Als Karl Wieners an einem Aprilmorgen 1950 in München aus dem Zug steigt, fühlt er sich alles andere als zu Hause angekommen. So nächtigt er lieber auf dem Sofa eines Freundes als bei seiner Familie in Haidhausen. Nicht umsonst hat Karl vor Jahren mit seinen Leuten gebrochen und ist nach Berlin gezogen. Aber dann kam der Krieg, und Karl hat alles verloren. Und so konnte er jetzt das Angebot, bei einer neu gegründeten Münchner Illustrierten als Reporter zu arbeiten, nicht ausschlagen. Er soll recherchieren, ob an dem Gerücht etwas dran ist, dass die bei Kriegsende verschwundene Raubkunst unter der Hand verkauft werden soll. Hilfe bekommt Karl von seiner Nichte Magda, die Einzige in der Familie, zu der er eine Verbindung spürt. Magda sprüht im Gegensatz zu ihm vor Leben und sie will etwas aus sich machen. Auch, wenn sie sich dafür manchmal am Rande der Legalität bewegt. Gemeinsam kommen sie den gestohlenen Bildern auf die Spur und merken zu spät, dass sie in ein Netz der Täuschung geraten sind, das sie nicht mehr freizugeben droht.

Ursprünglich wollte Andreas Götz seine Kriminalromane in der Nazi-Zeit ansiedeln. Doch bei der Recherche wurde ihm schnell klar, dass sich die 1950er Jahre viel besser eignen. Ein gesellschaftliches Klima von Schuld, Verdrängung und Selbstbetrug, wie es in dieser Zeit herrschte, bringt alle Voraussetzungen mit, die ein fesselnder Roman braucht. Der Handlungsort München hat sich nicht zuletzt deshalb aufgedrängt, weil Andreas Götz ganz in der Nähe als freier Autor lebt und arbeitet und daher Land und Leute gut kennt. »Die im Dunkeln sieht man nicht« ist der erste Band in der 1950er-Jahre-Trilogie um den Journalisten Karl Wieners, seine Nichte Magda und Kommissär Ludwig Gruber.

*Weitere Informationen finden Sie auf www.fischerverlage.de*

ANDREAS GÖTZ

# Die im Dunkeln sieht man nicht

Kriminalroman

FISCHER Taschenbuch

Erschienen bei FISCHER Taschenbuch
Frankfurt am Main, April 2021

© 2019 S. Fischer Verlag GmbH, Hedderichstraße 114,
D-60596 Frankfurt am Main

Satz: Dörlemann Satz, Lemförde
Druck und Bindung: CPI books GmbH, Leck
Printed in Germany
ISBN 978-3-596-70524-5

*Die wichtigsten handelnden Personen*

---

## AUS MÜNCHEN-HAIDHAUSEN

*Karl Wieners*: ehemals Schriftsteller, ehemals Familienvater, ehemals Berliner; versucht einen Neuanfang als Journalist in seiner Geburtsstadt München.
*Magda Wieners*: die Tochter von Karls im Krieg gefallenem Bruder Alfons; will raus aus Haidhausen.
*Veit Wieners*: Karls jüngerer Bruder; führt das Gasthaus *Kammererwirt* und allerhand im Schilde.
*Georg Borgmann*: alter Schulfreund von Karl und Gründer einer Zeitschrift.

## VON DER POLIZEI

*Ludwig Gruber*: vielfältig gefährdeter Oberkommissär und Ehemann von Annerl, Vater zweier kleiner Buben.
*Emil Brennicke*: eigensinniger Ermittler in Sachen Raubkunst.
*Zöllner*: Polizeikollege und ständiges Ärgernis von Ludwig.

## AUS DER SCHMUGGLERSZENE

*Walter Blohm*: Schmugglerkönig; sucht den Übergang ins legale Geschäftsleben.
*Herbert Kumpfmayer*: ehemaliges Faktotum Blohms; schlägt sich durch und dient jedem, der ihn bezahlt.
*Simon Herzberg*: ein Freund von Magda Wieners; hat gute Kontakte zum Schwarzmarkt.

## AUS DER KUNSTSZENE

*Andrew Aldrich*: deutsch-amerikanischer Kunstexperte mit Verbindungen zur amerikanischen Unterwelt.
*Bernhard Mohnhaupt*: Kunsthändler und Galerist.
*Charlotte Mohnhaupt*: seine attraktive Tochter.

## AUS DEM EMIGRANTEN- UND FLÜCHTLINGSMILIEU

*Maria Gronska*: polnische Übersetzerin mit einer geheimen Leidenschaft.
*Olga Martova*: ukrainische Emigrantin und Freundin von Maria.
*Janusz Falski*: polnischer Hehler.
*Lech*: Janusz' Komplize und Schützling.

*Dienstag, 24. Januar 1950*

---

SIE HATTE ETWAS Iiypnotisierendes, diese helle, von einem Staubrahmen eingefasste Fläche an der Wand. Als wäre sie selbst aufgemalt: weißes Quadrat auf weißem Grund. Hier hatte bis vor kurzem ein Bild gehangen. Vermutlich bis letzte Nacht.

Ludwig Gruber riss den Blick los und wandte ihn wieder der Leiche zu. Auf einem Bürostuhl, der vom Schreibtisch ein gutes Stück nach hinten abgerückt war, saß der Mann, tief eingesunken und gehalten nur von Seilen, wie man sie zum Festzurren von Fracht auf der Ladefläche eines Last-wagens verwendete. Der Fuhrunternehmer Otto Brandl. Er trug nichts als seine Unterwäsche am Leib. Das Gesicht, nur noch ein Brei aus Blut, Haut und Gewebe; Arme und Beine, so schien es, mehrfach gebrochen; sicher gab es innere Ver-letzungen. Das Folterinstrument, ein simples Eisenrohr, lag neben dem Stuhl auf dem Boden.

»Der Schlag auf den Schädel war wohl einer zu viel«, sagte Dr. Schnellberger und deutete mit dem kleinen Finger auf eine Stelle am Kopf des Toten. Im gleichen Moment drückte Polizeifotograf Kolbenheyer den Auslöser, das Blitzlicht riss die hässliche Wunde noch weiter auf. Kein schöner Anblick.

Er muss geschrien haben wie ein Stier, dachte Ludwig. So ein stämmiger Kerl wie der, mit diesem Brustumfang. Gut möglich, dass die Welt letzte Nacht einen begabten Bass verloren hat.

In die Wand, an der das Bild fehlte, war ein Tresor eingelassen, der weit offenstand. Ein Mann von der Spurensicherung, den Ludwig noch nie gesehen hatte, leuchtete die Vertiefung mit der Taschenlampe aus. Dabei sah man auch so, dass er leer war.

»Schon was gefunden?«, fragte er Hans Baumgartner, den Chef der Spurenleute.

»Dies und das«, grummelte der. »Steht dann alles im Bericht.«

Kollege Zöllner kam aus dem Nebenraum zurück, wo er die Sekretärin, ein altjüngferliches Fräulein mittleren Alters, befragt hatte. Sie hatte ihren Chef so vorgefunden und war bis jetzt erstaunlich gefasst geblieben. Beinahe schon abgebrüht.

»Sie sagt, Brandl hat öfter bis spät in die Nacht gearbeitet«, berichtete Zöllner. »Der war lieber in seinem Büro als zu Hause. Er hat sich wohl nicht so gut mit seiner Gattin vertragen.«

»Soll vorkommen«, murmelte Ludwig. »Was sagt sie zum Tresor?«

»Nur Fahrzeugpapiere, Versicherungspolicen, private Dokumente wie Heirats- und Geburtsurkunden. An bestimmten Tagen auch Lohngelder, weil die Fahrer wöchentlich bar ausbezahlt werden. Aber Zahltag war Freitag, und heute ist erst Dienstag. Außerdem waren Erbstücke drin: Schmuck von der Großtante, eine goldene Taschenuhr vom Uropa, so was. Kein Plunder, aber auch nicht gerade die Kronjuwelen von London.«

Also nichts, was man mit seinem Leben beschützen würde.

»Und was sagt sie zu dem Bild? Das da nicht mehr hängt?«

Er deutete zu dem Quadrat an der Wand.

»Hab ich nicht gefragt.«

Ludwig unterdrückte den spontan aufwallenden Ärger.
»Warum nicht?«

»Vergessen.«

»Dann gehen Sie noch mal hin und fragen Sie.«

Zöllner verschwand. Wenn man ihm nicht alles sagte. Am
besten zweimal. Aber den Hut vor dem Polizeipräsidenten
zu ziehen, das vergaß er nie. Solche Leute brachten es weit.

Eine oder zwei Minuten später kam Zöllner im Lauf-
schritt zurück.

»Und?«

»Zwei Mädchen waren drauf, mit riesigen Schleifen«,
sagte er atemlos, als hätte er einen Hundert-Meter-Lauf hinter sich, dabei war er nur im Zimmer nebenan gewesen. »Sah
nicht besonders alt aus. Ihr Chef hat immer gesagt, das seien
seine unehelichen Töchter, aber das war natürlich bloß Spaß.
Dass es was wert war, glaubt sie nicht, weil wenn es was wert
gewesen wäre, hätte ihr Chef es sich doch nicht ins Büro gehängt, oder?«

Ludwig wusste es auch nicht. Das Denken fiel ihm zuneh-
mend schwer. Der Gestank von Blut und Urin lähmte ihn.
Und Zöllners Kölnisch Wasser tat ein Übriges. Er musste
hier schnellstens raus.

Die eisigkalte Januarluft machte seinen Kopf gleich viel
klarer. Er zündete sich eine Zigarette an und schob den Hut
in den Nacken.

»Und, Kollege? Was denken Sie?«, kam von hinten Zöllners Stimme.

Doch vorher hatte Ludwig ihn schon gerochen.

Er nahm einen Zug von der Zigarette und blies den Rauch
in die kristallklare Winterluft. »Entweder in dem Tresor war

was, von dem die Sekretärin nichts weiß, wohl aber der Täter, oder ...«

»Oder was?«

»Oder es ging bei der Folter nicht um die Kombination
des Tresors, sondern um was ganz anderes.«

»Und was könnte das sein?«

Ludwig schnippte die Kippe auf den Hof, sie rollte unter den Tatortwagen der Spurensicherung und glühte dort
weiter.

»Denken Sie nach, Zöllner«, sagte er. »Denken hat noch
keinem geschadet.«

## Montag, 3. April 1950

GEBOREN AUS SONNE, Wind und Wasser, so kommen ihm die beiden kleinen Geschöpfe vor. Wie der Meeresschaum ihre nackten Beinchen umspült. Wie der Wind ihre blonden Löckchen umzärtelt und ihnen das gicksende Lachen von den Mündern pflückt. Mami! Papi! Guckt mal! Sie springen gleichzeitig in die auslaufende Welle, dass es nur so spritzt. Gundi und Gerti – er kann es nicht fassen, seine Mädchen sind wieder da! Etwas löst sich in ihm. Etwas fällt von ihm ab. Heidi, im Strandkorb neben ihm, ihre gebräunten schlanken Beine, die feingliedrige Hand, die locker auf ihrem Knie liegt. Er fasst danach. Spürt sie. Hält sie. Ist alles immer da gewesen? Alles ist gut. Und so bleibt es jetzt. Für immer.

»Mutti, warum weint der Mann?«, flüsterte ein Junge.

Karl wusste nicht, wo er war. Eben noch am Ostseestrand, zur Sommerfrische mit der Familie, aber jetzt ...? Sah aus wie ein Zugabteil. Hastig wischte er sich über die Augen. Er vermied es, die Mutter und den Jungen am Fenster anzusehen. Floh in den Speisewagen. Zündete sich eine Zigarette an. Sog gierig den Rauch ein. Wie er diese Träume hasste.

Das Rattern der Räder unter ihm, das Hin und Her der

Menschen, die Stimmen, das teils laute, teils verhaltene Lachen – all das machte ihn nervös. Wann waren sie endlich in München? Es war kurz vor halb acht, und sie waren noch nicht einmal in Augsburg. Die Zeit, die sie an der Zonengrenze verloren hatten, holten sie nicht mehr auf. Er war ungeduldig und zugleich dankbar für den Aufschub. Wünschte sich, dass der Zug niemals ankäme. Dass er verlorenginge im Ungefähren zwischen Abfahrt und Ankunft.

Hinter den mit Wassertropfen gesprenkelten Scheiben zog die Landschaft vorüber. Der Himmel hing heute tief. Der Frühling war hier schon weiter als in Berlin. Bäume und Büsche schlugen aus, noch eine oder höchstens zwei Wochen, dann war alles grün.

Er schaute auf die Uhr. Kurz vor acht. Jetzt heizte Tante Frederike den Ofen an oder vielleicht setzte sie bereits Kaffeewasser auf; Onkel Herbert stopfte seine Meerschaumpfeife, die er nach dem Frühstück schmauchen würde. Wilhelm und Rudolf wälzten sich noch in den Federn. Fünf Jahre, so war ihm vor kurzem klar geworden, nächtigte er selbst inzwischen auf dem durchgelegenen Sofa in der Küche, während Heidis Onkel und Tante in seinem Ehebett schliefen und ihre erwachsenen Söhne im Mädchenzimmer, in den viel zu kleinen Betten. Was hatte er mit diesen Leuten zu schaffen, deren Dialekt er bis heute nur mit Mühe verstand? War es nicht seine Wohnung? Nein, es war längst die ihre, und das wussten sie.

Karl holte die Zigaretten aus der Jacketttasche, schüttelte eine heraus, ließ sein altes Wehrmachtfeuerzeug aufschnappen. Knisternd ergriff der Tabak die Flamme. Der Rauch brannte angenehm auf der Zunge. Niemand wusste, dass er heute ankam, nicht mal Georg. Er konnte es sich also immer noch anders überlegen und gleich wieder den Nachtzug zurück nach Berlin nehmen. Dann wäre es fast so gewesen, als hätte er Berlin nie verlassen.

Er kehrte ins Abteil zurück. Die Frau am Fenster lächelte verlegen, der Junge beobachtete ihn aus dem Schutz der mütterlichen Achselhöhle.

Karl zwinkerte ihm zu und ließ die Verschlüsse seines Koffers aufschnappen.

»Will der junge Mann vielleicht ein Stück Schokolade?«

Noch ehe der Zug in den Bahnhof einfuhr, stellte Karl sich mit seinem Koffer in den Gang. Jetzt konnte er es kaum mehr erwarten, eine andere Luft zu atmen. Er zog das Fenster herunter, nahm den Hut ab und steckte den Kopf hinaus. Der Fahrtwind zerzauste ihm das Haar. Einzelne Regentropfen trafen sein Gesicht.

Quietschend und schnaufend kam der Zug im Hauptbahnhof zum Stehen. Karl drängte mit den anderen Fahrgästen nach draußen. Allerlei Volk lungerte auf dem Bahnsteig herum. Kofferträger, Schlepper, Taschendiebe. Einer hatte ihn auch gleich aufs Korn genommen. Ein hagerer Kerl in einem abgewetzten Mantel. Karl vermied Augenkontakt und beschleunigte die Schritte.

»Zimmer?«, redete ihn ein junger Mann von der Seite an. »Zimmer gefällig? Billig!«

»Einen öffentlichen Fernsprecher suche ich«, sagte Karl, doch der junge Mann war schon beim Nächsten.

In der notdürftig geflickten Schalterhalle hingen an der Front zwei meterlange Fahnen: eine weißblaue und eine schwarz-rot-goldene. Von draußen drang der Lärm von Baumaschinen herein: Bagger, Presslufthämmer, Lastwagen. Karl fand ein Telefon. Das Münzgeld hatte er lose in der Hosentasche. Während er sich nach dem Hageren im abgewetzten Mantel umsah, kramte er den Zettel mit Georgs Adresse hervor.

»Bei Borgmann«, meldete sich eine Frauenstimme.

»Hier spricht Karl Wieners. Ist Georg Borgmann zu sprechen?«

»Augenblick, bitte.«

Der Hagere stand jetzt bei einem anderen, sie redeten. Über ihn?

»Karl!«, rief Georg aufgeregt in sein Ohr. »Bist du's wirklich?«

»Höchstpersönlich.«

»Ich hab nicht mehr dran geglaubt, dass du dich meldest. Kommst du nach München?«

»Ich bin schon da. Eben angekommen.«

»Was? Ja, warum –? Dann gehst du wahrscheinlich erst mal heim zu deinen Leuten, oder?«

Heim? Seltsames Wort. Und wer sollten seine Leute sein?

»Eigentlich hätte ich lieber gleich dich gesehen. «

»So. Na, komm einfach vorbei, dann lernst du auch gleich die anderen kennen. Es ist Schellingstraße 60, genau zwischen der *Osteria Italiana* und dem *Schellingsalon*. Aber lass dir Zeit. Wir sind noch in einer Besprechung.«

Karl hängte ein.

Waren die beiden dunklen Gestalten noch da? Er schaute sich nach allen Seiten um. Zu sehen waren sie nicht mehr.


Das Klappern der Schreibmaschine drang bis ins Stiegenhaus. Karl musste ihm nur folgen, es führte ihn vor eine Tür, an der auf einem Schildchen aus Emaille der Name Borgmann stand. Er drückte den Klingelknopf.

»Nur herein«, hörte er von drinnen jemanden rufen, »es ist offen!«

Hinter der Tür tat sich eine großzügige Diele auf. An der Garderobe hingen mehrere Mäntel und Hüte. *Eigenes Heim, Glück allein*, las er goldgerahmt und hinter Glas. Vor ihm lagen Bauklötze, wie sie auch seine Mädchen gehabt hatten. Die Schreibmaschine verstummte und hob gleich wieder an.

Georg kam ihm entgegen und strahlte übers ganze Gesicht.

»Da bin ich«, sagte Karl verlegen.

Georg klopfte ihm auf die Schulter. »Ja, da bist du. Komm rein, altes Haus.«

In der Küche hing dicker Zigarettenqualm unter der Decke. Zwei Männer saßen an der langen Seite eines Küchentisches, eine Frau an der schmalen, sie tippte etwas ab, das jemand handschriftlich aufgesetzt hatte. Sie hielt kurz inne, schaute hoch und grüßte, dann glitten ihre Finger weiter über die Tasten.

»Die beiden Herren sind« – Georg deutete auf die Männer, die aufgestanden waren – »Hermann Gabler und Reinhard Schollgruber. Meine Mitherausgeber des *Blitzlichts*. Ich bin in Personalunion auch noch Schriftleiter. Und diese Rose ohne Dornen«, er deutet auf die Frau, »ist Inge, mein Eheweib und bis auf weiteres Redaktionssekretärin.«

Karl hatte den Koffer abgestellt und seinen Mantel, den er auf dem Arm trug, über eine Stuhllehne gehängt. Nun schüttelte er Hände.

»Hier wird noch gearbeitet«, sagte Georg, »da drücken wir uns lieber. Ihr kommt eine Zeitlang ohne mich aus, oder? Hast du Hunger?«

Im gut besuchten Lokal ein paar Häuser weiter ließ Karl sich von Georg noch einmal erklären, was es mit dem Zeitschriftenprojekt auf sich hatte. Das *Blitzlicht* sollte ein neuartiges illustriertes Wochenmagazin für den Herrn von heute werden, mit Politik, Gesellschaft, Unterhaltung und einer Prise Erotik. »In der Mitte einer jeden Ausgabe wird ein attraktives Fräulein über eine Doppelseite abgebildet, sinnlich, aber geschmackvoll. Das *Blitzlicht-Mädel der Woche*. Dazu eine kleine Geschichte, niveauvoll, aber mit Schuss, wenn du verstehst.« Georg grinste, und Karl wunderte sich. Bis ihm einfiel, dass Georg ja auch auf dem Schulhof Schmuddelbilder für fünf Pfennige verkauft hatte.

Eine Bedienung brachte eine Porzellanschüssel, in der sechs Weißwürste in dampfendem Wasser schwammen, dazu einen Korb mit Brezen und ein Töpfchen mit süßem Senf. Karl lief das Wasser im Mund zusammen. Die ersten Weißwürste seit zwölf Jahren.

»Dass wir unsere Sitzungen in meiner Wohnung abhalten, ist natürlich nur provisorisch«, erklärte Georg beim Essen. »Wir suchen fieberhaft nach passenden Räumen. Mit einer Druckerei und einem Pressevertrieb stehen wir gerade in Verhandlungen. Sobald das alles geklärt ist, können wir richtig loslegen.«

»Und was mach ich?«

»Reporter. Ich kann dir leider noch keine feste Stelle anbieten. Nur Spesen und, je nach Kassenlage, noch was oben drauf.«

Das ist besser als alles, was ich im Moment habe, dachte Karl, aber nicht ganz das, was Georg versprochen hat. Trotzdem schwieg er und tunkte bloß ein Stück Wurst in den süßen Senf.

Georg dämpfte die Stimme, als er sagte: »Ich hab auch schon eine interessante Geschichte für dich.«

»Da bin ich ja gespannt.«

»Also, pass auf. Stell dir vor: München, Königsplatz, Führerbau. Es ist das Jahr fünfundvierzig, Ende April. Die Nazis sind verduftet, die Amis noch nicht da. Die Stadt liegt da wie eine alte Schlampe und macht die Beine breit. Und was tun die Münchner? Sie stürzen sich natürlich auf sie mit Gebrüll.«

»Sehr plastisches Bild.«

»Es wird geplündert, was das Zeug hält. Auch im Führerbau. Am Ende ist alles weg: Lebensmittel, Möbel, Geschirr. Und außerdem Kunst im Wert von zig Millionen Dollar, die im Keller lagerte. Das meiste davon ist bis heute nicht aufgetaucht. Und die Polizei tappt im Dunkeln.«

»Wahrscheinlich getauscht gegen Lebensmittel und Kohlen.«

»Gut möglich. Aber wart's ab, es kommt noch besser. Es gibt nämlich Leute, die behaupten, dass vor den Plünderern schon jemand anders da war und den Löwenanteil des Kunstschatzes rausgetragen hat. Ein klassischer Raubzug also.« Georg boxte Karl in die Schulter. »Also, was sagst du? Ist das eine Sache, die dich interessieren könnte?«

Karl hatte eine weitere Weißwurst aus der Schüssel gefischt und legte sie auf den Teller. »Ja, hört sich interessant an. Wirklich. Aber in Berlin klang das noch ein bisschen anders. Von was soll ich leben, wenn du mich nicht bezahlst? Ersparnisse hab ich nämlich keine.«

»Ich lass dich schon nicht verhungern.« Georgs Augen fingen wieder an zu glänzen. »Stell dir bloß mal vor, wir finden den Kunstschatz. Was das für ein Aufsehen gäbe!«

»Ich denk drüber nach«, versprach Karl. »Obwohl ich mir nicht vorstellen kann, dass ausgerechnet ich was finde, wenn sich schon die Polizei die Zähne ausbeißt.«

»Während du drüber nachdenkst, kannst du ja schon mal mit jemandem reden, oder?«

Karl zögerte, dann sagte er: »Mit wem denn?«

»Einem Deutsch-Amerikaner, der für den *Central Collecting Point* gearbeitet hat. Andrew Aldrich.«

»*Central Collecting Point?* Was ist das?«

»Das kann dir Herr Aldrich viel besser erklären als ich. Ich hab ihn kennengelernt, als ich noch bei der *Abendzeitung* war und selbst mal einen Artikel über Raubkunst geschrieben hab. Ein feiner Mann, wir sind seitdem lose in Kontakt geblieben. Jude zwar, aber einer von den guten. Er hat mich überhaupt erst auf die Idee gebracht, über diese Sache was zu machen. Zufällig ist er gerade jetzt wieder in der Stadt. Ich ruf ihn an und verabrede einen Termin für dich.«

»Ach, weißt du … Mein Englisch ist ziemlich eingerostet.«

»Keine Sorge, Deutsch ist seine zweite Muttersprache.«

»Also gut. Aber du musst mir auch einen Gefallen tun, Schorsch.«

»Wenn ich kann.«

»Lässt du mich bei dir übernachten? Auf dem Sofa oder auf dem Boden. Wo immer Platz ist. Nur zwei oder drei Nächte. Ich kann jetzt noch nicht –«

Die Worte lagen ihm auf der Zunge, doch er brachte sie nicht über die Lippen: *nach Hause.*

## Dienstag, 4. April 1950

---

ANDREW ALDRICH KAM in einem nachtblauen Anzug und einem sandfarbenen Trenchcoat über dem Arm die Hoteltreppe herunter. Das Haar glänzte vor Brillantine, die Oberlippe zierte ein akkurat gestutztes Bärtchen. Anscheinend ein Mann von Welt, der sich in den Foyers exklusiver Hotels bewegte wie ein Fisch im Wasser. Einer von den guten Juden, hatte Georg gesagt. Was sollte das eigentlich bedeuten? Schau an, dachte Karl jetzt, da er ihn sah, ein Heiratsschwindler. So hatte Heidi im Scherz Männer genannt, von denen man nicht wusste, ob sie noch kultiviert oder schon blasiert waren.

Ehe Karl sich überlegen konnte, wo sie das Gespräch führen sollten, hatte Aldrich schon entschieden. »Setzen wir uns dorthin.« Er wies auf eine Sitzgruppe abseits vom Hin und Her vor der Rezeption. Er selbst nahm im Sessel Platz, Karl auf dem Zweiersofa gegenüber.

Aldrich schaute auf die Uhr an seinem Handgelenk. »Wir haben nur zwanzig Minuten, dann muss ich zu meinem Termin. Also sparen wir uns das übliche Vorgeplänkel und kommen gleich zur Sache.«

»Natürlich. Vielen Dank, dass Sie sich überhaupt –«

»Schon gut. Ihre Fragen, bitte.«

»Sofort.« Karl kramte sein Schreibzeug, das er sich auf dem Weg hierher gekauft hatte, aus der Manteltasche. Der

Bleistift fiel zu Boden und rollte unter das Sofa. »Verzeihung«, murmelte er und bückte sich.

Als sei nichts geschehen, begann Aldrich: »Wenn ich Sie am Telefon richtig verstanden habe, geht es um Raubkunst, Führerbau und all diese Sachen. Was wissen Sie denn darüber?«

Karl kniete auf dem Boden, die Hand tastend unter dem Sofa und blickte auf. »Nicht viel, wenn ich ehrlich bin. Eigentlich …«

»Verstehe. Dann fange ich besser ganz von vorne an. – Wird das noch was mit Ihrem Bleistift?«

Karl zog die Hand unter dem Sofa hervor. Was mache ich hier eigentlich?, dachte er. »Anscheinend nicht«, sagte er. »Eigentlich muss ich gar nicht mitschreiben. Ich kann mir Sachen ziemlich gut merken.«

Plötzlich brach Aldrich in lautes, ungezwungenes Gelächter aus. Wurde geradezu durchgeschüttelt. Hatte Tränen in den Augen. Da konnte Karl auch nicht mehr an sich halten. Was für eine Szene! Er auf Knien, die Hand unter dem Sofa. Wie aus einer Filmklamotte!

»Entschuldigen Sie«, sagte Aldrich, als der Anfall allmählich abebbte, und wischte sich mit einem Taschentuch die Lachtränen aus den Augen. »Ich wollte Sie nicht … Es sah nur zu komisch aus …«

»Schon gut.« Karl ließ sich auf dem Sofa nieder. »Fangen wir an. Ihr Termin …«

»Danke, dass Sie mich daran erinnern.« Lächelnd steckte Aldrich das Taschentuch ein. Dann begann er zu erzählen. Von Hitler, der unbedingt ein Museum – größer und reicher als der Louvre – brauchte und mit dieser provinziellen Protzerei seine provinzielle Heimstadt Linz beglücken wollte; der dafür Museen und Sammlungen in ganz Europa plündern ließ. Aldrich hob den Zeigefinger. »Aber was heißt plündern. Die meisten Werke wurden offiziell gekauft. Selbstverständlich zu einem Preis weit unter dem Marktwert. Und ebenso selbstverständlich war es den sogenannten Verkäufern unmöglich, über das Angebot zu verhandeln oder es gar abzulehnen.«

Karl fiel eine Locke auf, die sich bei Aldrichs Lachanfall aus dessen mit Brillantine versiegeltem Haarverbund gelöst hatte und sich vor seiner Stirn kräuselte.

»Von welchen Künstlern reden wir hier eigentlich?«, warf er ein.

»Keine Rembrandts, Vermeers und Dürers, falls Sie das erwartet haben sollten. Eher weniger bekannte Namen, alte Flamen und Holländer, aber auch Spitzweg, Defregger, Bürkel. Zugegeben, heutzutage ein bisschen aus der Mode gekommen, trotzdem im Großen und Ganzen feine Kunst von bleibendem Wert.« Aldrich lächelte hintergründig. »Und für Diebe auch leichter zu verkaufen. Versuchen Sie mal, einen gestohlenen Rembrandt zu Geld zu machen. Und dann stellen Sie sich vor, Sie haben drei, vier oder fünf davon.«

»Ich verstehe.«

»Ein großer Teil der Kunstwerke wurde nach München geschafft, gesichtet, katalogisiert und im Keller des Führerbaus verwahrt«, fuhr Aldrich fort. »Wenn Hitler hier war, ließ er sich die Neuerwerbungen vorführen und entschied, wie damit weiter zu verfahren sei. Später, als die Alliierten heranrückten, wurde vieles nach Altaussee in Österreich verfrachtet und dort in einem alten Salzstollen versteckt. Doch es war einfach zu viel, ein großer Teil der Kunstwerke musste in München zurückbleiben. Nach den Plünderungen waren die meisten dieser Werke weg. Etliches wurde im Lauf der letzten Jahre zwar mehr oder weniger freiwillig zurückgegeben, aber der große Rest ist bis jetzt nicht wiederaufgetaucht.«

»Georg hat was von einem *Collecting Point* erzählt«, wandte Karl ein. »Was ist das?«

»Eine Sammelstelle für geraubte Kunst. Die Amerikaner haben mehrere davon eingerichtet, die größte in München, im Gebäude neben dem Führerbau. Die Werke mussten ja erst identifiziert, ihre Eigentümer ausfindig gemacht werden, damit man ihnen ihren Besitz zurückgeben konnte. Was keineswegs immer möglich ist. Viele waren Juden und sind mit all ihren Angehörigen in den Lagern umgekommen. Wem gehören diese Werke also? Es war eine Sisyphusarbeit, zu der ich ein paar Jahre lang einen bescheidenen Beitrag leisten durfte.«

Karl wunderte sich, wie ungerührt Aldrich von den Lagern sprach. Vielleicht, weil er als Amerikaner weit weg gewesen war. Aber konnte man auch als Jude weit weg sein? Gott sei Dank hatte ich damit nie was zu tun, dachte Karl.

»Was sagen Sie zu dem Gerücht«, fragte er nun, »dass vor den Plünderern schon jemand anderes im Führerbau war und gezielt Kunst gestohlen wurde?«

»Was ich dazu sage?« Aldrich neigte sich vor und fuhr mit gedämpfter Stimme fort: »Eine Menge Leute wussten von dem Kunstschatz im Keller: Naziprominenz, Kunsthändler, aber auch einfache Angestellte und Wachleute. Gelegenheit macht bekanntlich Diebe.« Er rückte weiter vor, saß nur noch auf der Kante des Sessels. »Die Türen zu den Depots waren gut gesichert, es brauchte schon Spezialwerkzeug, um sie aufzubrechen. Zumindest, wenn man die Schlüssel nicht hat.« Er zwinkerte. »Augenzeugen wollen Lastkraftwagen vor den Gebäuden gesehen haben und Männer, die sie mit großen Kisten beluden.« Aldrich schaute auf seine Uhr. »Oh, schon!« Er richtete sich auf. »Es tut mir leid, Herr Wieners, ich muss los. Eigentlich bin ich schon zu spät.«

Sie standen beide auf, und Karl sah zu, wie Aldrich in den Trenchcoat schlüpfte. Doch er verfehlte immer wieder den Ärmel. »Sie verlieren Ihren Bleistift«, scherzte er, »und ich finde nicht in den Ärmel. Was wohl der gute alte Freud dazu sagen würde? Seien Sie doch so gut und helfen Sie mir.«

Karl ließ sich kein zweites Mal bitten.

»Wir können noch einmal reden, wenn ich mehr Zeit habe«, schlug Aldrich vor. »Auf Wiedersehen.« Ein kurzer, aber fester Händedruck, dann war er auch schon fort Richtung Ausgang. Doch auf halbem Weg blieb er stehen, kehrte um und sagte: »Eben fällt mir ein: Es gibt hier in München einen Galeristen, der Ihnen vielleicht mehr über den aktuellen Stand dieser Geschichte erzählen kann. Mohnhaupt ist sein Name. Bernhard Mohnhaupt. Die Adresse hab ich gerade nicht im Kopf, aber er steht sicher im Telefonbuch.«

Mohnhaupt, echote es in Karls Kopf. Wo hatte er den Namen schon einmal gehört?

———————————————

»WENN ICH DIE Akten richtig lese«, sagte Dr. Meilhammer und lehnte sich in seinem Bürostuhl zurück, »dann haben wir nichts.«

»Nicht nichts«, antwortete Ludwig und wischte sich Asche vom Knie, »nur … zu wenig Etwas. Oder vielleicht auch zu viel.«

Meilhammer lachte auf. »In Ihnen steckt ja ein Sophist!«

»Wenn Sie mir jetzt noch sagen, was das ist, stimme ich gerne zu.«

»Machen Sie nicht auf dumm. Sie wissen ganz genau, was das ist.«

Ludwig hatte eine Ahnung, ließ es aber auf sich beruhen.

Meilhammer deutete auf Ludwigs Zigaretten, die dieser vorsorglich auf den Tisch gelegt hatte. »Darf ich?«

»Freilich.«

Seiner Frau zuliebe hatte Meilhammer mit dem Rauchen aufgehört. Doch eigentlich hatte er nur aufgehört, sich Zigaretten zu kaufen. Dafür schnorrte er bei jeder Gelegenheit.

»Haben Sie's gehört?«, fragte Meilhammer, nachdem er sich die Zigarette angezündet hatte. »In der Goldschieberaffäre gibt's jetzt einen Verhandlungstermin. Im Juni. Man darf gespannt sein, was da noch alles herauskommt.«

Ludwig seufzte leise. Die Goldschieberaffäre. Ein Skandal und zugleich eine Posse wie aus dem Kintopp. Wenn er es richtig wusste, hatten ein paar Hochstapler prominenten Münchner Persönlichkeiten Gold und Waren angeboten, die es gar nicht gab, und dafür deftige Vorauszahlungen kassiert, die dann bei der Geldübergabe angeblich geraubt worden waren. Die Krönung: Der ehemalige Polizeipräsident Pitzke war anscheinend auch verwickelt. Bestechlichkeit und Begünstigung im Amt lautete die Anklage.

»Wir leben in der Zeit der Hochstapelei.« Meilhammer blies genüsslich Rauch in die Büroluft. »Die Leute haben Angst, aber sie haben auch Hoffnungen. Keiner will was verpassen. Da haben Betrüger immer Hochkonjunktur.«

Ludwig mochte Meilhammer, auch wenn der sich für seinen Geschmack ein bisschen zu gerne reden hörte. Wenn man ihn nicht rechtzeitig einfing, bevor er sich warmgeredet hatte, nahm es kein Ende. »Sprechen wir lieber darüber, wie wir mit unserem Fall weitermachen«, sagte Ludwig.

»Schießen Sie los.«

Ludwig zündete sich auch eine Zigarette an. Was sollte er zu der Ermittlung sagen? Er hatte auf eine Eingebung von Meilhammer gehofft.

Otto Brandl hatte einfach zu viele Feinde. Seine Ehe war zerrüttet gewesen, seine Frau hasste ihn. Dito die Kinder, alle erwachsen. Seine Lkw fuhren für Schmuggler, und was man hörte, gab es dauernd Streit ums Geld. Wie man außerdem hörte, wäre Brandl wohl gerne viel größer ins Geschäft eingestiegen, aber die alten Platzhirsche ließen ihn nicht. Vielleicht wollte er es am Ende ein bisschen zu sehr. Unter den Nazis hatte er fleißig denunziert, vor allem Konkurrenten und wer ihm sonst in die Quere gekommen war. Er hatte sich an jüdischem Besitz bereichert, und die Fremdarbeiter, die man ihm zugeteilt hatte, hatte er übel schikaniert. Das einzig Gute, was sich über ihn sagen ließ, war, dass er dem katholischen Waisenhaus, in dem er selber seine Kindheit und Jugend verbracht hatte, jedes Jahr großzügig spendete. So viel wussten sie, und trotzdem gab es keine heiße Spur. Die Kollegen begannen schon, den Fall als brutalen Raubmord abzuhaken und den oder die Täter unter den verrohten Ausländern zu vermuten, von denen es viel zu viele in München gab.

»Offen gesagt«, gestand Ludwig schließlich, »ich hab keine Ahnung, wie wir weitermachen sollen. Und ich weiß – das ist ein Armutszeugnis.«

»Unsinn. Sie leisten alle hervorragende Arbeit in der Morddienststelle. Sie ganz besonders, Herr Gruber.«

Ludwig seufzte. Wie konnte Meilhammer sagen, dass sie gute Arbeit leisteten, wenn nichts dabei herauskam? War es nicht das Ergebnis, das am Ende darüber Auskunft gab, ob man gut genug gewesen war? Ihn jedenfalls konnte das bloße Gefühl, das Beste gegeben zu haben, immer weniger zufriedenstellen. Und sogar wenn er und seine Kollegen ein Verbrechen aufklären konnten, blieb ein Rest an Unzufriedenheit zurück.

»Ihre Aufklärungsquote ist gut bis sehr gut«, lobte Meilhammer bedenkenlos weiter, »da müssen Sie sich keine Sorgen machen. Und was die Mordsache Brandl angeht: Wir bleiben natürlich dran. Gut' Ding will Weile haben, und Justitia hat einen langen Atem. Nur tun uns die anderen Mörder und Totschläger in der Stadt leider nicht den Gefallen, mit ihren Taten zu warten, bis wir die Altfälle abgearbeitet haben. Sie wissen ja selbst …«

Nur zu gut. Das alte Lied. Personalmangel. Das fing schon bei den Sekretärinnen an. Und wenn man endlich jemanden bekam, dann war es einer wie Zöllner: versetzt aus einer

Verwaltungsabteilung, fachfremd und auf die Schnelle angelernt.

»Ja, ja«, sagte Ludwig. »Ich muss dann auch wieder.«

Als er seine Zigaretten vom Tisch nahm, sagte Meilhammer mit einem honigsüßen Lächeln: »Ach, Herr Gruber, seien Sie so gut und lassen Sie mir eine da. Oder zwei.«

## Dienstag, 11. April 1950

MAGDA PRÜFTE EIN letztes Mal, ob die Nähte ihrer Nylons richtig saßen, dann warf sie den Mantel über, nahm die Handtasche und verließ das Zimmer. Von unten drängte Lärm herauf, dazu Bierdunst und der Geruch von Zigaretten und Zigarren. Im Hinterzimmer ging es hoch her, eine Versammlung der Bayernpartei zu den Landtagswahlen im Herbst. Aus der Wirtsstube dagegen waberte die gedämpfte Behäbigkeit eines gewöhnlichen Wochentags in den Flur. Munter klackerten ihre Absätze auf der Treppe. Die Schuhe waren brandneu, italienisch, aus nicht ganz legaler Quelle, aber das sah und hörte man ihnen ja nicht an. Das Etuikleid aus schwarzem Satin, das sie unter dem Mantel trug, hatte sie selbst genäht. Es war schlicht, aber elegant, nach dem Vorbild des kleinen Schwarzen von Chanel. Sie freute sich schon auf die neidischen Blicke ihrer neuen Bekannten, mit denen sie sich gleich einen Film in der *Schwabinger Filmburg* ansah, und noch mehr auf das, was danach kam: die schmissige Musik in der *Zelt Bar*, die Cocktails und die attraktiven Herren.

Da vernahm sie hinter sich ein anerkennendes Pfeifen. Sie blieb stehen, drehte sich jedoch nur halb um. Veit stand am Ende des Gangs.

»Fesch«, sagte er. »Wo geht's heute hin?«

Obwohl sie so tat, als sei es ihr unangenehm, dass er sie taxierte, fühlte sie sich von seinen Blicken geschmeichelt.

»Hauptsache hier raus«, antwortete sie.

»Du hast es gut. Du bist frei wie ein Vögelchen.«

Sie zuckte mit den Schultern. »Man ist so frei, wie man sich fühlt.«

Damit stöckelte sie davon.

Die frische Abendluft ließ sie frösteln. Es schien, als wolle der Winter zurückkehren. Wenigstens hatte der böige Wind nachgelassen. Wenn sie sich beeilte, schaffte sie die Tram am Wiener Platz noch. Gut, dass die sowieso meist zu spät war. Sie zog die Lederhandschuhe über.

»Magda! Warte!«, rief jemand von der anderen Straßenseite herüber.

Georg Borgmann eilte auf sie zu. Wie jeden zweiten Dienstagabend im Monat traf er sich mit dreien seiner alten Schulfreunde zum Schafkopfen. Schnaufend kam er neben ihr zum Stehen, sein warmer Atem streifte ihre Wange. Es war ihr unangenehm, dass er sich immer so an sie herandrängte.

»Ich soll's dir eigentlich nicht sagen«, begann er mit gedämpfter Stimme, »aber …«

»Was denn?«

Er trat noch näher und ergriff ihre Hand. »Er ist da.«

Sie wusste sofort, von wem die Rede war, doch sie wollte es erst glauben, wenn er den Namen aussprach und fragte deshalb: »Wer?«

»Dein Onkel Karl.«

Ihr Herz raste mit einem Mal. »Wieso das …? Ich dachte …« Sie konnte nur stammeln.

»Ich hab auch gedacht, dass er nicht angebissen hat. Aber auf einmal war er da. Ohne Vorankündigung.«

Magda versagte die Stimme.

Georg Borgmann trat von einem Bein aufs andere. »Es ist bloß so …«, druckste er herum, »wie soll ich sagen … der verlorene Sohn will nicht heim zu seiner Familie. Er hat mir sogar verboten, einem von euch zu sagen, dass er hier ist. Aber wenigstens du solltest es wissen. Schließlich bist du schuld.«

Magda überhörte den leisen Vorwurf. Dass Karl sich von seinen Verwandten fernhielt, verstand sie nur zu gut. »Wo ist er?«

»Bei mir. Schläft auf dem Sofa in der Küche. Bloß die ersten paar Nächte, hat er gesagt, vor Ostern wollte er weg sein. Aber Ostern ist rum, und er ist immer noch da, und es sieht nicht so aus, als würde er bald umsiedeln. Ich glaub, bevor er zu euch kommt, geht er lieber wieder zurück nach Berlin.«

Magda erschrak. Das durfte nicht passieren. »Ich lass mir was einfallen«, versprach sie.

»Und noch was. Dass ich ihn als Reporter für die Raubkunstsache haben will, nimmt er mir nicht ab. So leicht lässt sich der gute alte Karl nicht hinters Licht führen.«

»Wieso? Sie brauchen doch wirklich jemanden, der die Geschichte für Sie schreibt. Haben Sie selbst gesagt.«

Borgmann setzte ein herablassendes Lächeln auf. »Ja, schon, aber – Verzeihung – keinen Autor von Liebesromanen und Feuilletons.«

»Er *ist* der richtige Mann!«, brauste sie auf.

»Woher willst du das wissen, Madl? Du hast deinen Onkel einmal gesehen, da warst du wie alt? Neun?«

»Zehn.«

Seine Augen verengten sich. »Was willst du eigentlich von ihm? Er ist doch bloß ein Fremder für dich.«

Die Spitze traf. Doch sie ließ es sich nicht anmerken. »Was

30

beschweren Sie sich überhaupt? Sie kriegen ihn für umsonst, sogar die Spesen ersetze ich Ihnen.«

Georg Borgmann nickte mit einem milden Lächeln, so als kenne er ihr junges Herz in Tiefen, die sogar ihr selbst fremd waren. Er setzte gerade an, etwas zu sagen, als jemand dazwischenrief: »Machst du dich schon wieder an die Jugend ran, Schorsch? Du alter Schwerenöter, du!«

Ludwig Gruber, auch ein Mitglied der Schafkopfrunde, näherte sich, im Sonntagsanzug, so wie stets, wenn er von der Probe des Kirchenchors kam. Die Mappe mit den Noten klemmte unter seinem Arm.

Borgmann wich einen Schritt von Magda zurück und schob beide Hände in die Hosentaschen. Er sagte noch irgendetwas Belangloses, vermutlich Witziges, weil er sein kehliges Lachen folgen ließ, aber Magda achtete nicht mehr darauf, rief bloß noch »Muss zur Tram« und war weg. Im Kopf nur einen einzigen Gedanken: Er ist da! Endlich ist er da!


»Er ist da«, sagte Kumpfmayer, der neben dem Wagen stand und eine Zigarette nach der anderen rauchte. Anscheinend machte es ihn nervös, seinem alten Chef nach so langer Zeit wieder unter die Augen zu treten. Verständlich, wenn man wusste, dass die ungeschriebenen Dienstverträge mit Walter Blohm eigentlich auf Lebenszeit geschlossen wurden und keine Kündigungsklausel enthielten. Ein wenig nervös war Emil auch. Er beschäftigte sich schon lange mit Walter Blohm, aber er war ihm noch nie zuvor begegnet.

Kumpfmayers Hinweis war völlig überflüssig. Die Scheinwerfer des nahenden Wagens waren in der pechschwarzen Dunkelheit nicht zu übersehen. Früher war das hier mal ein Lagerhaus gewesen, heute waren es nur noch ein paar verkohlte Mauern ohne Dach. Was es zum idealen Ort für ein konspiratives Treffen wie dieses machte.

Emil schaltete die Scheinwerfer des Horch ein, um sich zu erkennen zu geben. Nach einer Weile sah er den unverkennbaren Mercedes-Kühlergrill zwischen den nahenden Lichtern glänzen und darüber den Stern. Auch wenn er das Modell im Dunkeln nicht bestimmen konnte, war ihm doch bewusst, dass es sicher ein noch schönerer Wagen war als sein Horch.

Der Mercedes hielt ein Stück versetzt vor dem Horch, die Lichtkegel strahlten in verschiedene Richtungen und gingen dann kurz nach dem Motor des Mercedes aus. Danach wirkte die Dunkelheit noch ein wenig dunkler.

Emil stieg als Erster aus. Seine Augen gewöhnten sich nur langsam wieder an die tiefe Finsternis. In weiser Voraussicht war er schon tagsüber hier gewesen, hatte sich das ganze Areal angesehen und genau eingeprägt. Er hörte, wie auch die Tür des Mercedes sich öffnete. Knirschende Schritte. Ein Schattenriss mit Hut. Er ging darauf zu. Man traf sich in der Mitte.

»Freut mich, dass Sie meiner Einladung gefolgt sind«, sagte Emil höflich, aber ohne jede Unterwürfigkeit.

»Sie sollten daraus keine voreiligen Schlüsse ziehen«, entgegnete Walter Blohm.

Die Sichel des abnehmenden Mondes schob sich in eine Wolkenlücke, so dass Emil in dem Hauch von Licht, den sie spendete, etwas mehr von Blohm erkennen konnte. Er war kleiner als Emil. Gedrungen, schien es ihm.

»Na, Herbert«, rief Blohm Kumpfmayer zu, »lange nichts von dir gehört. Bist du mir etwa untreu geworden?«

»Nein, Herr Blohm«, erwiderte Kumpfmayer eilfertig, ohne näherzukommen, »hat sich nur so … ergeben …«

War das ein Lächeln auf Blohms Lippen?

»Immer noch Ihr Mann, wenn Sie ihn brauchen«, versicherte Emil.

»Kommen wir zur Sache«, sagte Blohm. »Was haben Sie anzubieten?«

»Ein Geschäft, bei dem Sie aus zwei oder drei Millionen D-Mark fünfzig oder sechzig Millionen US-Dollar machen können«, erwiderte Emil kühl. »Vielleicht auch mehr.«

Emil glaubte auf Blohms Gesicht Staunen zu erkennen. Jedenfalls blieb es ein paar Sekunden lang still, bis Blohm fragte: »Wie soll das gehen?«

»Mit Kunst. Genauer gesagt mit den Beständen, die bei Kriegsende aus dem Führerbau verschwunden sind. Ich nehme an, Sie wissen davon.«

»Soll das heißen, Sie haben die Bilder?«

»Ich? Nein. Ich bin nur der Vermittler. Der Makler. Mein Auftraggeber will aus verständlichen Gründen im Hintergrund bleiben. Nicht einmal ich kenne seinen Namen. Es hat also keinen Sinn, mir Daumenschrauben anzulegen. Er ruft mich an, schickt Boten – so läuft das. Es geht zunächst nur um eine Anzahlung von hunderttausend D-Mark. Der Restbetrag wird später in Raten fällig, mit der schrittweisen Übergabe der Kunstwerke. Über die Modalitäten können wir noch verhandeln. Im Moment will mein Auftraggeber nur wissen, ob Sie grundsätzlich interessiert sind. Es gibt nämlich weitere Interessenten. Und leider sind nicht alle bereit, sich an die Regeln eines gepflegten Geschäftsgebarens zu halten.«

»Was meinen Sie?«

Mit dieser Frage zog sich die Mondsichel hinter eine Wolke zurück, nahm ihr bisschen Licht mit und ließ die Männer wieder in tiefster Schwärze zurück.

»Haben Sie vom Mord an Otto Brandl gehört? Natürlich haben Sie das. Jemand wollte so Druck ausüben. Und den Preis bestimmen.«

»Was hatte Otto Brandl mit der Sache zu tun?«

»Solche Dinge dürfen Sie mich nicht fragen. Ich weiß nur so viel: Er soll damals wohl beim Abtransport der Kunstwerke aus dem Führerbau geholfen haben. Mein Auftraggeber möchte am liebsten an einen seriösen Geschäftsmann wie Sie verkaufen, statt an skrupellose Menschen, für die Mord und Totschlag alltägliche Geschäftspraktiken sind. Und die zudem aus dem Ausland kommen.«

Blohm horchte auf. »Ausland? Woher?«

»Amerika, heißt es. Chicago.« Emil ließ die beiden Worte einen Moment wirken, ehe er fortfuhr: »Das Geschäft steht aufgrund dieser Situation unter einem gewissen Zeitdruck. Darf ich also Ihr Interesse übermitteln?«

»Unbedingt!«, erklärte Blohm.

Emil lächelte still. Auf Blohms Geltungssucht war Verlass. Dass er die amerikanischen Gangsterlegenden der Vorkriegszeit bewunderte – Leute wie Al Capone und Lucky Luciano, oder eher die Kinofassungen von ihnen –, war kein Geheimnis. Und auch dass er den Gedanken nicht ertrug, jemand anders könne ein besseres Geschäft machen als er. Er wollte als Visionär gelten, als der Mann mit dem besonderen Näschen.

»Dann ist das auch schon alles, was wir heute zu besprechen haben«, schloss Emil die Unterredung. »Ich melde mich wieder bei Ihnen. Vielen Dank, dass Sie sich die Zeit genommen haben.«

»Ich habe zu danken.«

Die ausgestreckten Hände verfehlten sich in der Dunkelheit zuerst, ergriffen sich danach aber umso entschlossener.

## Donnerstag, 13. April 1950

---

KARL WUSSTE SELBST, dass er schon viel zu lange so tat, als betrachte er das großformatige Bild im Schaufenster. Vielleicht musste man in einer gewissen Stimmung sein, um es würdigen zu können. Einer Stimmung, in der er gerade nicht war. Vor fünf Jahren hätte man es wohl noch als entartet im Keller verschwinden lassen oder gleich im Hinterhof verbrannt. Das Werk entstehe erst im Auge des Betrachters, hatte Heidi ihm mal die moderne Kunst erklärt. Das hatte er verstanden. Er betrachtete sein Spiegelbild in der Scheibe: ein Mann dünn wie ein Bleistift, in einem zerknitterten Mantel, die Krawatte schief, der Hut auf dem Kopf alt und verdrückt. Die Krawatte rückte er gerade, der Rest musste so gehen. Das Werk entsteht im Auge des Betrachters, dachte er mit einem Lächeln.

Er betrat die Galerie. Da nicht sofort jemand kam, schlenderte er ein wenig umher und sah sich die Bilder an. Eines zeigte eine dunkelhaarige Frau in einem blauen Kleid, mit einer Gießkanne in der Hand. Der Titel lautete: *Gärtnerin*. Der Name des Künstlers: Leonhardt Wüllfarth.

»Kann ich helfen oder wollen Sie sich nur umschauen?«

Karl erschrak und wandte sich um. Er hatte die adrette junge Rothaarige in dem enganliegenden Kostüm nicht kommen hören. Ihre Haut war leuchtend weiß wie Alabaster.

»Zwar nicht mehr ganz jung, der Künstler«, sagte sie, um das Schweigen zu brechen, in dem er verharrte, »aber man wird noch viel von ihm hören. Er hat beim ersten Deutschen Kunstpreisausschreiben einen zweiten Platz gemacht. Das heißt: Er wird im Wert steigen.«

»Schön für ihn«, gab Karl zurück. »Ich bin aber nicht wegen Ihrer Exponate hier. Mein Name ist Karl Wieners, ich würde gerne mit Herrn Mohnhaupt sprechen. Ist er da?«

»In welcher Angelegenheit?«

»Nun … wir kennen uns … flüchtig … aus Berlin.«

»Wenn Sie kurz warten wollen.«

Während die Rothaarige verschwand, betrat noch jemand die Galerie. Eine junge Frau. Offene schwarze Haare, große bernsteinfarbene Augen unter schmalen bogenförmigen Brauen, volle Wangen und Lippen. Vielleicht jüdisch, dachte er sofort. Und genau sein Fall. Sie trug ein schlichtes Wollkleid, darüber einen hellblauen Mantel, gepunktet von ein paar verirrten Regentropfen. Er musste sich zwingen, sie nicht länger als schicklich anzusehen, so attraktiv war sie. Das intensive Rot auf den Lippen der Vielleicht-Jüdin stach ins Auge. Wenn nicht alles täuschte, waren auch ihre Wimpern getuscht. War es denn schon wieder üblich, dass Frauen sich an einem gewöhnlichen Wochentag derart auffällig schminkten? Als sie ihn anlächelte, auf eine beinahe schon routinierte Art, drehte er sich abrupt weg.

Gerade da kam Bernhard Mohnhaupt herein. Halbglatze, Kugelbauch. Ein Ausbund großzügig besonnter Selbstzufriedenheit. Sein Anzug war gewiss maßgeschneidert. Feiner englischer Tweed. In seinen besten Tagen hatte Karl auch so etwas getragen. Anscheinend florierte der Kunsthandel schon wieder.

»Herr Wieners?«, fragte Mohnhaupt mit geschäftsmäßiger Freundlichkeit. »Wir kennen uns? Verzeihen Sie mir, wenn es mir nicht einfällt, aber im Moment …«

»Sie kennen weniger mich als meine Frau. Adelheid Wieners. Sie hat für das Berliner Auktionshaus Hambach gearbeitet. Friedrich Hambach war ihr Chef.«

»Natürlich! Und wann sind wir uns …?«

»Ich habe meine Frau zu einer Feierlichkeit begleitet, und dabei sind wir beide ins Gespräch gekommen. Sie haben, wenn ich mich richtig erinnere, am Tag zuvor einen alten Meister ersteigert. Das war kurz vor dem Krieg.«

»Ja, ja, ja«, sagte Mohnhaupt und legte die Stirn in Falten. »Ein alter Niederländer. Jan van Goyen, wenn ich nicht irre. Irgendeine Flusslandschaft. Sie sind Schauspieler?«

»Schriftsteller. Ich habe Ihnen für Ihre Gattin ein Buch signiert.«

»Richtig!«

»Wie geht es ihr übrigens? Und den Kindern? Ich hoffe …«

»Alle wohlauf. Unkraut vergeht nicht. Das ist meine Tochter.« Er wies auf die junge Frau im Kostüm. »Ganz die Mutter, zum Glück. Und wie geht es der werten Frau Wieners?«

»Nun …« Karl senkte den Blick. Sein Schweigen, das alles sagte, riss ein Loch in die Atmosphäre routinierter Fröhlichkeit, mit der sich der Kunsthändler umgab.

»Das tut mir leid. Schrecklich, schrecklich. Der Krieg. Es trifft immer die Falschen …« Ein paar Gedenksekunden lang rang er noch die Hände, dann kehrte Mohnhaupt auf trittsicheres Gelände zurück. »Was kann ich heute für Sie tun?«

»Es ist ein wenig heikel. Ich interessiere mich für verschwundene Kunst. Um genau zu sein: die Werke, die Ende

April fünfundvierzig aus dem Führerbau gestohlen wurden. Sie haben ja sicher davon gehört.«

Bernhard Mohnhaupts Miene verhärtete sich beinahe schlagartig, alle freundliche Verbindlichkeit verflog. »Und wieso kommen Sie damit zu mir?«, fragte er vorsichtig. »Die Provenienz aller Werke in meinen Räumen ist lückenlos belegt.«

»Oh, nein!«, wehrte Karl ab. »Ich will damit nicht sagen, dass Sie … Ich hab nicht den leisesten Verdacht gegen Sie. Ich habe mit einem Amerikaner gesprochen, einem Mister Aldrich. Er hat mir Ihren Namen genannt. Er meinte, Sie hätten vielleicht … nun ja, Dinge gehört.«

»Ich? Wie kommt er denn darauf? Ich habe zu diesem Herrn schon seit Jahren keinen Kontakt mehr.«

»Kann ja sein. Aber Sie kennen viele Leute hier. Sammler. Händler. Sie können mir vielleicht sagen, wo ich suchen soll.«

Mohnhaupt sah Karl prüfend an. »Wofür brauchen Sie das? Sind Sie unter die Reporter gegangen?«

Karl wollte das schon bejahen, doch dann fiel ihm ein, dass er Mohnhaupt damit vielleicht nur weiter verschreckte. »Wo denken Sie hin. Ich recherchiere für einen neuen Roman. Er soll im Kunstmilieu spielen. Eine Kriminalgeschichte, frei nach wahren Begebenheiten. Sehr frei. Es geht lediglich um Hintergrundinformationen. Nichts davon wird veröffentlicht.«

Karl hatte die Erfahrung gemacht, dass viele Leute nur zu gerne an der Entstehung eines belletristischen Werkes beteiligt waren. Doch Bernhard Mohnhaupt schien nicht zu dieser Sorte Mensch zu gehören. Er blieb verschlossen wie ein zugeklapptes Buch. »Ich glaube nicht«, sagte er, »dass ich Ihnen dazu viel erzählen kann. Mir fehlt auch gerade die

Zeit. Bei Fragen zu den hier ausgestellten Werken wenden Sie sich bitte an mein Fräulein Tochter. Sie wird Ihnen alles sagen, was Sie wissen wollen. Einen schönen Tag noch.«

Damit war er verschwunden. Karl stand unentschlossen da. Als Fräulein Mohnhaupt sich ihm näherte, entschied er sich, einen letzten Versuch zu unternehmen. »Ich bin wirklich Schriftsteller«, versicherte er. »Es geht nur um einen Roman.« War da etwa ein Anzeichen von Interesse auf ihrem Gesicht? »Sie können es sich ja überlegen«, sagte er, holte Block und Bleistift hervor und fing an zu schreiben. »Unter dieser Nummer bin ich zu erreichen. Das ist der Anschluss von Georg Borgmann. Dort wohne ich vorerst. Verlangen Sie einfach nach mir oder hinterlassen Sie eine Nachricht. Ich rufe zurück.« Er riss das Blatt heraus und reichte es ihr. Sie betrachtete das Geschriebene und faltete den Zettel zusammen, behielt ihn aber in der Hand. »Dann hoffentlich auf ein Wiedersehen«, verabschiedete er sich und wandte sich zur Tür.

Sein Blick fiel im Hinausgehen noch einmal auf die Vielleicht-Jüdin. Sie stand vor der *Gärtnerin*, sah jedoch ihn an, so als wolle sie etwas sagen. Er zögerte kurz, sie lächelte aber nur verlegen und drehte sich dem Bild zu. Darauf verließ er die Galerie.

Obwohl der frische Wind kühn unter ihren Mantel fuhr, ließ Magda ihn offen. Sie konnte etwas Abkühlung gebrauchen. Wo war Karl hin? Hatte sie ihn verloren? Nein. Keine hundert Meter vor ihr überquerte er gerade die Straße. Sie musste unbedingt an ihm dranbleiben, auch wenn sie nicht wusste, wohin das alles führen sollte. Was sie sich erhoffte. Er hatte nicht einmal auf ihre Briefe geantwortet, zumindest die nach dem Krieg nicht. Erst hatte sie befürchtet, dass er vielleicht tot sei, aber wären ihre Briefe dann nicht als unzustellbar zurückgekommen? Offensichtlich wollte er keinen Kontakt. Wieso hatte sie das nicht akzeptiert und die Sache auf sich beruhen lassen?

Sie ging ein wenig schneller, schloss zu ihrem Onkel auf. Er bog ab. Wo wollte er hin? Zur Tram? Nein, er passierte die Haltestelle. Bog wieder ab. Noch einmal. Hatte er überhaupt ein Ziel? Da vorne ist schon die Prinzregentenstraße, dachte sie. Will er in den Englischen Garten? Zu einem Spaziergang lud das nasskalte Wetter eigentlich nicht ein.

Sie sah ihn hinter der Ecke verschwinden und beschleunigte ihre Schritte. Ihr Herz pochte wild. Sie wünschte, sie hätte ihn schon in der Galerie angesprochen, so wie sie es eigentlich vorgehabt hatte. Seit wann war sie so feige? Er war nur ihr Onkel.

Ein feiner Stich fuhr ihr bei dem Gedanken ins Herz. Wen wollte sie eigentlich belügen? Selbst Georg Borgmann wusste, was los war. Heute Morgen, als er ihr mitteilte, dass Karl in die Galerie Mohnhaupt ging, hatte er das *eine Gelegenheit für ein unverhofftes Rendezvous* genannt, mit diesem gewissen Unterton. Nein, Unsinn! Georg Borgmann wusste überhaupt nichts. Ihre Gefühle waren viel komplizierter, als jemand wie er es sich vorzustellen vermochte.

Sie bog in die Prinzregentenstraße ein, erschrak und blieb stehen. Ihr Onkel Karl stand da, als warte er auf jemanden, und das tat er auch, wie seine Haltung ihr unzweifelhaft zeigte.

Und zwar auf sie.

All die Zickzackwege, wurde ihr klar, hatte er nur gemacht, um zu testen, ob sie ihm folgte.

Er trat auf eine Armeslänge an sie heran.

»Wieso laufen Sie mir nach?«, fragte er. »Wer sind Sie?«

»Magda«, antwortete sie mit belegter Stimme, räusperte sich, wiederholte: »Ich bin Magda. Deine Nichte.«

Magda. Die kleine Magda mit den bernsteinfarbenen Augen und den pechschwarzen Zöpfen. Er konnte es noch immer nicht fassen, dass sie es war, die neben ihm her spazierte. Ihre Augen waren noch so lebhaft wie früher, doch Zöpfe hatte sie keine mehr. Aus ihr war eine strahlende junge Frau geworden. Schweigend ging er an ihrer Seite durch den Englischen Garten und überließ ihr das Reden. Das meiste von dem, was sie erzählte, wusste er schon von Georg: ihr Vater Alfons, sein Bruder: in Russland gefallen; ihre Mutter, seine Schwägerin: auch tot; ihr Opa, sein Vater: gefallen im Volkssturm, der alte Narr; Onkel Veit, sein deutlich jüngerer Bruder: natürlich am Leben und wohlauf, Unkraut vergeht nicht, wie Galerist Mohnhaupt vorhin gesagt hatte. Veit arbeitete im Gasthaus, das, wie hätte es anders sein können, die Oma, seine Mutter, aus dem Hintergrund dirigierte.

Er hörte all dem nur mit einem Ohr zu, dachte lange Zeit an gar nichts, bis ihm an einer Brücke über den Schwabinger Bach einfiel, dass er hier zum ersten Mal ein Mädchen geküsst hatte. Er schaute sich um. War es nicht dort hinten gewesen, zwischen den Bäumen? Er wusste sogar noch den Namen des Mädchens: Erika Schüttler. Bäckerstochter aus der Au, ihr Haar roch nach Brot und ihre Haut nach Kümmel. Oder hatte er sich das bloß eingebildet, weil eine Bäckerstochter eben so riechen müsse? Den Kuss aber, den hatte er sich nicht eingebildet. Nicht die ungestüme Unbeholfenheit dabei und nicht den schamhaften Stolz danach.

»Ich muss dir ein Geständnis machen«, sagte Magda.

Er ging noch ein, zwei Schritte, bis er bemerkte, dass sie stehengeblieben war. »Was denn?«

»Ich war nicht zufällig in der Galerie. Herr Borgmann hat mich angerufen und mir gesagt, dass du hingehst. Er ist einmal im Monat bei uns zum Schafkopfen.«

Karl lächelte. »Ich hab schon so was geahnt.«

»Er hat mir auch erzählt, warum du hier bist. Und an was für einer Geschichte du für ihn arbeitest.«

»Ob daraus was wird …« Er zuckte mit den Schultern. »Ich bin kein Reporter. Du hast ja selbst gesehen, wie dilettantisch ich mich in der Galerie angestellt hab.«

»Das hast du gar nicht! Und es war ja erst der Anfang. Nur Mut!« Sie lächelte ihn an. Nach einer Weile verblühte dieses Lächeln. »Ich weiß, was du verloren hast. Wir wissen es alle.«

Karl hatte es sich schon gedacht. Lange bevor Georg ihn in Berlin aufgesucht hatte, hatte er unverhofft in einer Eckkneipe einen anderen Bekannten aus der Haidhausener Zeit getroffen, Bier und Schnaps hatten beiderseits die Zunge gelöst und sie mehr erzählen lassen, als sie eigentlich wollten. Neben dem Kater am nächsten Morgen war da auch dieses schale Gefühl im Bauch gewesen, das er immer hatte, wenn er zu viel über Dinge redete, die besser unter tonnenschwerem Schweigen begraben liegen sollten.

»Wir haben alle was verloren«, sagte er vage.

»Die einen mehr, die anderen weniger.«

»Das macht keinen Unterschied. Das Leben muss weitergehen. Was es ja auch tut … irgendwie.«

»Und wann kommst du mal –« Sie brach ab, doch er wusste, was sie sagen wollte: *nach Hause.* Stattdessen vollendete sie: »zu uns?« Aber das sollte wohl heißen: *zu mir.*

# Freitag, 14. April 1950

ES WAR NOCH dunkel, als Karl sich vom Sofa erhob. Er
hatte kaum geschlafen. Die Begegnung mit Magda gestern
hatte allerhand in ihm aufgewühlt. Bei ihrer Geburt hatte
er noch in München gewohnt, doch er erinnerte sich nur an
ein schreiendes Bündel in einer Wiege oder einem Kinder-
wagen. Der junge Kerl, der er damals war, hatte keinen Sinn
für Säuglinge. Trotzdem war ihm jetzt, als habe er das kleine
Ding manchmal auf seinem Schoß gehabt oder in seinen Armen gewiegt. Die einzige Begegnung, die man auch so nennen konnte und an die er sich bestens erinnerte, war 1938,
kurz nach dem Anschluss, als er für einige Tage seine Familie in München besuchte. Er wusste noch, wie glücksbesoffen
alle waren über die Heimkehr Österreichs ins Reich – nur
Magda nicht. Sie war zehn, sie wusste nichts über Politik
und doch so viel mehr als all die angeblich Erwachsenen, die
sich in zügellose, grausame Kinder verwandelt hatten. Sie
hatte eine natürliche Abneigung gegen Disziplin, brüllende
Männer und die Farbe Braun. Das imponierte ihm. Und er
imponierte ihr. Nein, sie verehrte ihn. Noch bevor sie ihn
persönlich kennengelernt hatte, ihren Onkel aus Berlin,
hatte sie ihn schon verehrt. Was sie nicht alles in ihm sah.
Einen Künstler. Einen Abenteurer. Einen Helden. So wie die
männlichen Hauptfiguren seiner Romane. Nichts davon war

er wirklich, schon gar nicht so, wie sie dachte. Dennoch ließ er sie in dem Glauben. Heidi neckte ihn damit, dass er allzu anfällig sei für Schmeicheleien und Applaus, und was den Mann betraf, der er damals war, hatte sie recht. Magda und er schrieben sich ein ganzes Jahr lang, bis der Krieg begann. Dann schrieb sie noch ein paarmal, doch er antwortete nicht mehr.

Ob sie ihn immer noch so verehrte wie damals, nach all den Jahren? Lächerlich, das auch nur eine Sekunde zu glauben. Sie war eine erwachsene Frau, und wenn das stimmte, was Georg über sie erzählte, dann war sie kein Kind von Traurigkeit. Sein Glanz dagegen war verloschen. Ja, sie hing an ihm, aber wohl eher so, wie man an alten Erinnerungen hängt.

Karl fischte seine Zigaretten aus der Tasche seines Jacketts, das über dem Stuhl hing. Nur noch eine drin. Als sich der bläuliche Rauch Richtung Zimmerdecke schlängelte, holte er ein mit grobem Bindfaden zusammengehaltenes Bündel von fünf Briefen aus dem Koffer. Die Briefe, die Magda ihm nach dem Krieg geschrieben hatte. Alle ungeöffnet.

Leise knarrte die Tür in den Angeln. Georg stand neben ihm, in Schlafanzug und Pantoffeln, die Augen noch ganz klein.

»Schon auf?«, fragte er.

»Ich bin weg, bevor Inge aufwacht.«

»Das musst du nicht.«

»Ich will aber. Sie wird froh sein, und du hast einen entspannten Morgen.«

Karl drückte seine Zigarette im übervollen Aschenbecher aus, den er vergessen hatte zu leeren. Dann erhob er sich.

»Ich will diese Geschichte schreiben, Georg«, sagte er. »Ehrlich. Hab ein bisschen Geduld mit mir, du wirst es nicht bereuen.«

»Sicher. Vielleicht redest du mal mit Ludwig.«

»Ludwig? Welchem Ludwig?«

»Der Gruber Wig. Letzte Reihe, Reißzwecken auf dem Stuhl vom alten Anschütz?«

»Ach, *der* Ludwig.«

»Heute singt er im Kirchenchor. Er ist ein Kriminaler durch und durch. Kripo. Mord zwar, aber er kennt auch die Leute aus den anderen Abteilungen.«

Ludwig Gruber. Als Buben hatten sie und die anderen Haidhausener dauernd irgendeinen Unsinn ausgeheckt. Hatten den Großen die Luft aus den Reifen gelassen und Silvesterkracher in die Plumpsklos der Herbergshäuser geworfen.

Der Ludwig.

Karl versuchte, sich sein Gesicht vorzustellen. Es gelang ihm nicht.


Der Wind trieb den Regen unter den überdachten Querbahnsteig vor den Gleisen. Ludwig machte das nichts aus, aber er sah, wie Zöllner, der zusammen mit Gärtler die Seite zur Bayerstraße sicherte, seinen Mantelkragen hochklappte und die Hände in die Hosentasche schob. Und was für ein Gesicht er dabei machte! Der hätte am liebsten den ganzen Tag im warmen Büro gesessen und telefoniert. Oder wenn es sein musste, sogar Protokolle und Berichte getippt. Jetzt schaute er herüber. Ludwig gab ihm verstohlen ein Zeichen, dass er sich wieder näher an den Ausgang bewegen sollte, damit er alle, die kamen und gingen, besser im Blick hatte. Aber da war es ihm wahrscheinlich zu zugig.

Wo blieben die Zielpersonen bloß? Der Spitzel war sich sicher gewesen, dass der Verkauf der Wertsachen heute über die Bühne gehen würde. Wertvoller Schmuck, hatte es geheißen. Juwelen. Weil wegen zu vieler Krankmeldungen in der Fahndungsabteilung noch ein paar Männer gefehlt hatten, hatte Ludwig sich und Zöllner als Aushilfe angeboten. Natürlich ohne Zöllner vorher zu fragen. Leider sah es nicht so aus, als würde heute noch was passieren. Entweder die Hehler hatten Lunte gerochen oder ihnen war irgendwas dazwischengekommen. Eine halbe Stunde noch, schätzte Ludwig, dann brach Einsatzleiter Lutz die Aktion ab.

Ludwig ließ den Blick über die Bahnsteige und Gleise schweifen. Im Dunst dahinter schwebte die provisorisch geflickte Hackerbrücke wie ein Luftschiff. Man gewöhnt sich viel zu schnell an alles, dachte er. Vergisst, wie es war. Erst im letzten Jahr hatten sie die eiserne Überdachung über den Gleisanlagen abgebaut; oder besser das, was die Bomben davon übrig gelassen hatten. Heute wusste man kaum noch, wie die Halle ausgesehen hatte. Selbst die Mauertürme, die das Dach getragen hatten und jetzt nutzlos in die Höhe ragten, schienen ihren früheren Zweck bereits vergessen zu haben. Die kämen auch bald weg, hieß es.

Obacht! Ludwig schüttelte sich. Unnützes Sinnieren. Das war die Gefahr, wenn so ein Einsatz sich ewig hinzog. Man stand sich die Beine in den Bauch, und weil nichts passierte, lenkten einen alle möglichen Gedanken ab. Man musste aufmerksam bleiben. Immerzu. Sonst war man es im entscheidenden Moment nicht.

Plötzlich kam Hektik auf. Ludwig erschrak.

Was war da los? Ein Mann rannte zur Bahnhofshalle. »Halt«, schallte es, »stehen bleiben!«; und jemand rief: »Polizei!« Ahnungslose Passanten stoppten abrupt, die einen schauten verdutzt, andere traten zur Seite. Abseits dieses Geschehens bemerkte Ludwig einen Mann mit Ballonmütze und aufgeschnalltem Rucksack, der anfing zu rennen, und zwar genau in die andere Richtung, auf einen Bahnsteig zu. Es waren zwei Männer! Wo wollte der zweite hin? Über die Gleise und weg? Ludwig schaute sich nach den Kollegen um. Er sah niemanden. »Zöllner, hierher!«, schrie er noch, und schon rannte er los.

Er hetzte den Bahnsteig hinab, im Slalom zwischen den wartenden Leuten hindurch, manchmal stand ihm ein Koffer im Weg oder eine Tasche, er sprang in der Art eines Hürdenläufers einfach darüber hinweg. Seine Mantelschöße flatterten wie Flügel. Den Mann mit der Ballonmütze behielt er die ganze Zeit fest im Blick. Den kaufte er sich. Koste es, was es wolle!

Der andere war am Ende des Bahnsteigs angekommen. Er blieb kurz stehen und drehte sich um. Ein Ausländer, das sah Ludwig sofort, selbst auf diese Entfernung. Jetzt wusste er nicht, was er tun sollte, der Lump. Ludwig verlangsamte sein Tempo und griff unter sein Sakko, wo die Waffe im Halfter steckte. »Stehen bleiben!«, rief er. »Polizei!« Der Ausländer ließ sich auf die Bahnsteigkante hinab und rutschte hinunter auf das Gleisbett.

Ludwig hatte die Hand an der Dienstwaffe. Wenn er sie zog, musste er auch schießen. Er ließ die Waffe stecken. »Halt!«, befahl er dem Flüchtenden noch einmal. »Polizei!«

Der Ausländer rannte einfach weiter. Quer über die Gleise.

Ohne nachzudenken, sprang Ludwig auch runter vom Bahnsteig. Der andere lief immer geradeaus, zwischen den Gleissträngen, bis er auch die Bahnsteige des Starnberger Flügelbahnhofs hinter sich hatte. Dann zog er nach links rüber, zur Arnulfstraße, obwohl die Bayerstraße eigentlich näher gewesen wäre. Vielleicht, weil auf der Seite jemand auf ihn wartete? Oder bloß, weil er in Panik falsche Entscheidungen traf?

Dem Ausländer ging offenbar die Puste aus, er wurde langsamer, Ludwig holte auf. In den Muskeln ein Stechen wie von tausend heißen Nadeln. Die Lungen brannten bei jedem Atemzug. Fünfzehn, zwanzig Meter waren es noch, dann hatte er ihn.

Da schrillte ihm ein Pfeifen in den Ohren, das unterlegt war mit einem Schnauben und Rattern. Eine Bahn rollte heran. Würde sich zwischen ihn und den Flüchtenden schieben. Das durfte nicht passieren. Sonst war der andere weg.

Ich kann es auf die andere Seite schaffen, dachte Ludwig. Der Zug hatte ja kaum noch halbe Fahrt.

Warnend pfiff die Lok. Drohend dröhnten die Maschinen.

Ein Schritt: die eine Schiene. Noch ein Schritt: die zweite. Noch einer: fast drüben. Fast. Reicht das?

Etwas packt ihn mit einem Ruck, reißt ihn von den Beinen und herum, zerrt an seinen Armen. Der Schreck fährt ihm bis ins Mark. Etwas umflattert ihn. Eben hatte er noch Angst, jetzt ist er schon jenseits davon. Er hört das Agnus Dei aus der Deutschen Messe von Schubert, *Mein Heiland, Herr und Meister*, die Stelle, die bei der letzten Chorprobe ein bisschen schief klang.

Ein wuchtiger Aufprall auf dem Boden. Schottersteine drückten sich ihm in die Brust. Hinter ihm rauschte der Zug vorbei, ratternd und pfeifend und röhrend. Jetzt erst fuhr ihm der Schreck in die Glieder. Die Waffe. Immer der erste Gedanke. Wo ist die Waffe? Steckte wie durch ein Wunder im Halfter. Und sein Mantel? Den er eben noch anhatte? Wo war der? Fetzen davon lagen über das Gleisbett verteilt. Er war wohl irgendwo hängengeblieben. Was für ein Scheißglück hab ich gehabt, dachte er. Und wozu das Ganze?

Der Ausländer.

War er über alle Berge?

Nein, er stand da und schaute gebannt.

Ludwig vergaß den Schmerz und sprang auf. Er musste ihn kriegen. Jetzt erst recht. Er hatte doch nicht sein Leben riskiert, um ihn danach entwischen zu lassen!

Der Ausländer rannte wieder los, aber er war mit den Kräften am Ende. Ludwig dagegen waren neue Kräfte zugewachsen, er kam ihm näher und näher, war bald auf Armeslänge heran, konnte ihn keuchen hören und fluchen oder beten oder was auch immer, Ludwig verstand die Sprache nicht. Er kriegte ihn am Rucksack zu packen, aber der andere rutschte einfach aus den Trägern. Ludwig warf den Rucksack weg und hechtete auf den Mann zu, an den Schultern erwischte er ihn nicht, aber am Hosenbund. Eine Naht riss auf, der Ausländer fiel, Ludwig machte eine Drehung und saß auf ihm. Er schlug ihm ins Gesicht, einmal, zweimal, dreimal. »Du Lump!«, schrie er. »Du dreckiger Lump, du!« Alles entlud sich plötzlich, alle Angst und Wut, weil er wegen so einem Scheißer hätte tot sein können. Das Gesicht des Ausländers war schon ganz blutig, als er erkannte, dass der, der unter ihm lag und sich weinend wand, fast noch ein Kind war. Da kam er endlich zur Besinnung und hörte auf zu schlagen.

Er holte die Handschellen heraus, legte sie dem Burschen um die schmalen Handgelenke und zog ihn hoch. Gemeinsam humpelten sie zurück. Auf einem Bahnsteig winkte Zöllner. Jetzt kommt er daher, dachte Ludwig, obwohl er selbst nicht wusste, wie der Kollege ihm hätte helfen können.

Sie erreichten die Stelle, an der der Rucksack lag. Ludwig hob ihn auf. Da bin ich ja mal gespannt, was da drin ist, dachte er und löste den ersten der beiden Lederriemen.

*Kammererwirt*, stand groß und in Fraktur über dem Eingang, darunter, etwas kleiner: *Inh. Fam. Wieners*. Die Schrift war verblasst, an manchen Stellen war die Farbe abgeblättert, aber man konnte es noch lesen. Neben der Tür hing ein Schild, auf dem stand: *Fremdenzimmer* und darunter, etwas kleiner: *mit Frühstück pro Nacht DM 3,50*. Karl setzte den Koffer ab und zündete sich eine Zigarette an. Trotz des windigen, nasskalten Wetters war er am Wiener Platz nicht einfach in die Steinstraße rein und schnurstracks hierhergegangen. Stattdessen hatte er sich sein altes Viertel angesehen, das, verglichen mit der Innenstadt, glimpflich durch den Krieg gekommen zu sein schien. Erst hier spürte er, wie weit und wie lange er weg gewesen war. Du kannst deine Wurzeln abhacken, dachte er, aber sie bleiben an der Stelle in der Erde stecken, wo sie gewachsen sind.

Aus der Tür des Wirtshauses trat ein Mann und schaute wie gebannt herüber. Das könnte Veit sein, dachte Karl. Sein kleiner Bruder. Als er ihn zum letzten Mal gesehen hatte, war er noch im Braun der Hitlerjugend herumgerannt und hatte *Unsere Fahne flattert uns voran* geplärrt. Den Krieg hatte er, wenn es stimmte, was Magda ihm erzählt hatte, mit viel Glück im Unglück überstanden: zuerst hauptsächlich in der Etappe, und dann, als alles, was halbwegs laufen konnte, nach vorne geworfen wurde, nach einem schweren Unfall mit einem Kübelwagen irgendwo im Elsass, verwundet im Lazarett oder auf Genesungsurlaub. Die Front hatte er jedenfalls nicht gesehen.

»Karl?«, rief Veit. »Bist du's wirklich?!«

Karl nickte bloß.

Veit kam über die Straße gelaufen. Einen Moment lang sah es so aus, als wolle er Karl umarmen, aber dann fasste er ihn doch nur an den Schultern und schüttelte ihn.

»Mensch, Karl! Ist es die Möglichkeit!«

So wie Veit über das ganze Gesicht strahlte, hätte man fast meinen können, dass er sich aufrichtig freute.

»Wieso hast du nicht geschrieben, dass du kommst? Jetzt sind wir gar nicht vorbereitet.«

Obwohl er es ihr nicht verboten hatte, hatte Magda anscheinend niemandem erzählt, dass er in der Stadt war. Sie hatte ihn wohl noch ein bisschen für sich allein gewollt.

»Ich hab's selbst erst gewusst, als ich fast schon im Zug saß«, sagte Karl.

»Gehen wir rein«, schlug Veit vor. »Hast du Hunger? Oder willst du was trinken? Bier? Kaffee?«

Veit nahm den Koffer, ging einen Schritt voraus, schaute sich aber immer wieder um, wie um sicherzugehen, dass es wirklich Karl war.

Vor der Tür schnippte Karl seine Zigarette in den Rinnstein. »Ihr habt wieder Fremdenzimmer?«, fragte er, mit einem Wink auf das Schild.

»Seit keine Vertriebenen mehr einquartiert sind. Die Mutt hat das durchgesetzt.«

Durch den Windfang gelangten sie in die holzvertäfelte Wirtsstube. Dort war alles wie eh und je. Ein paar Tische waren besetzt, nur alte Männer, am Stammtisch wurde in dichtem Zigarrenqualm Schafkopf gespielt. An der Wand hing noch der alte Regulator, der alle Viertelstunde schlug; im Herrgottswinkel auf der anderen Seite der Stube schwebte wie früher das düstere Kruzifix, das ihm als Kind solche Angst gemacht hatte.

»Schaut alle her!«, rief Veit. »Der Karl ist wieder da! Mein Bruder!«

»Der Karl?«, hallte es zurück, ein Alter kniff die Augen zusammen. »Wo war er denn? In Gefangenschaft?«

»Wie man's nimmt. Bei den Preußen in Berlin, schon ewig!«

»Ach, *der* Karl ist das.«

»So, so«, meinte ein anderer, »der verlorene Sohn kehrt heim.«

»Nicht ganz«, erwiderte Karl. »Grüß Gott, zusammen.«

Gemurmel wie fernes Donnergrollen.

»Ich bring dich rauf«, sagte Veit. »Danach muss ich wieder runter, bin gerade allein. Aber die Mutt kommt gleich, sie ist noch in der Kirche.«

»Mitten am Tag?«

Veit rollte mit den Augen und winkte ab.

Obwohl er den Koffer trug, hielt er Karl die Tür auf.

»Und Magda?«, fragte Karl auf der Treppe. »Wo ist die?«

»In der Möhlstraße. Besorgt was.«

»Da sind doch nur Villen und – «

Veit lachte, als Karl nicht zu Ende sprach. »Sag's ruhig: Juden. Die Villen sind zerbombt, aber Juden gibt's wieder mehr als genug. Das musst du dir anschauen. Eine Bretterbude an der anderen. Da geht was. Und das wenigste legal. Weißt du, wie die Leute die Tram zur Möhlstraße nennen? Palästinaexpress.« Veit lachte vergnügt. »Ach, die Juden, die fallen immer auf die Füße. Um die muss man sich keine Sorgen machen. Die waren überall vorne dran, bei allen Zuteilungen. Nicht, dass ihnen das reichen würde. Entschädigung wollen sie. Und wer entschädigt uns?«

Veit klang nicht wie ein Agitator. Er plapperte nur.

In der Wohnstube standen noch die gediegenen alten Möbel, die wohl schon in der Kaiserzeit dort gestanden hatten. Nicht einen Kratzer hatten sie. Die Standuhr tickte, wahrscheinlich ging sie immer noch zwei Minuten vor. An der

Wand hing ein großes Porträt von Alfons und gleich daneben ein etwas kleineres von seinem Vater, beide mit Trauerflor. War das nicht die Stelle, an der bei seinem letzten Besuch noch das Hitler-Bild geprangt hatte?

Veit stellte den Koffer ab. »Was soll ich dir bringen?«

»Bloß ein Glas Wasser.«

»Kommt sofort.«

Fast schon an der Tür, kehrte Veit um, warf nun doch seine Arme um Karl, hielt ihn eine Weile fest. Karl verharrte stocksteif. Veit hatte Tränen in den Augen, als er die Umarmung löste und aus dem Zimmer lief.

Karl stand regungslos da. Dann kehrte sein Blick zurück zu den Porträts von Bruder und Vater. Auf dem Büfett waren weitere Fotografien aufgereiht. Hochzeitsbilder: die Eltern; Alfons und Helga; Alfons, einmal als Soldat und einmal mit Helga, die die kleine Magda auf dem Arm hielt; Veit als Jugendlicher, die Hände an der Hosennaht und das Haar wie mit dem Lineal gescheitelt; und er selbst als ganz junger Mann, damals noch voller Hoffnungen und Erwartungen. Er sah die Ähnlichkeit zwischen ihm und seinen Brüdern. Sie war größer, als er gedacht hätte. Vielleicht war es doch ein Fehler, zurückzukommen, dachte er. Was hatte er sich davon erhofft? Er wusste es nicht mehr.

Magda blieb kurz bei den Kümmelblättchen-Spielern stehen, um die sich eine kleine Menschentraube gebildet hatte. Auf einem Klapptischchen schob der Geber gerade die Karten herum. Der sommersprossige Spieler schaute gebannt auf die fliegenden Hände und die rotierenden Karten. Siegessicher deutete er dann auf die mittlere. Der Geber deckte auf. Herzdame. Die Sommersprosse hatte gewonnen. Fünfzig Pfennig. Magda lächelte verstohlen. Sie waren also erst am Anfang mit dem armen Kerl. »Nochmal«, verlangte die Sommersprosse, »und diesmal mit höherem Einsatz.« – »Klar«, antwortete der Geber. »Also jetzt um eine Mark.« Magda betrachtete die umstehenden Leute. Die meisten waren Komplizen des Gebers, man erkannte es an den verstohlenen Blicken, die sie sich zuwarfen: Da waren die Aufpasser, die die Umgebung im Auge behielten; die Lockvögel, die neue Spieler anlockten, und die Schläger, die schlechte Verlierer in die Schranken wiesen. Die Sommersprosse würde geschröpft werden, das war das einzig Sichere in diesem Spiel.

»Brauchst du schon wieder neue Schuhe?«, hörte sie da jemanden neben sich in scherzhaftem Ton fragen. »Oder feine Stoffe für ein neues Kleid? Ich könnte dir Chinaseide beschaffen.«

Sie blickte von den Karten auf und schaute in das milchbärtige Gesicht von Simon Herzberg. Sie hatte gehofft, ihn hier zu treffen, denn wenn jemand ihr beschaffen konnte, was sie brauchte, dann er. »Keine Schuhe heute«, erwiderte sie, »und keine Stoffe.«

»Sondern?«

»Einen Fotoapparat. Am besten mit allem Zubehör.«

»Da muss ich jemanden fragen. Der hatte gestern noch eine Kine Exakta II, das neue Modell. Leicht zu bedienen und mit Blitz zum Aufstecken.«

»Und der Preis?«

»Muss ich auch erst fragen. Aber sicher mit gutem Rabatt.«

Die Kamera war bestimmt gestohlen. Wer nicht auf seine Sachen aufpasste, war eben selbst schuld. »Schau ich mir gerne an.«

»Wofür brauchst du sie überhaupt?«

»Du bist ganz schön neugierig.« Magda lächelte.

»Versteh schon.« Seine Miene blieb ernst. »Musst du gleich wieder weiter?«, fragte er nach einer Verlegenheitspause.

»Ein bisschen Zeit habe ich noch.«

Sie spazierten die Möhlstraße hinab, passierten Bretterbuden und Stände, Händler mit Bauchladen, Schuhputzer und Würstchenverkäufer. An Wochentagen konnte man gemütlich flanieren. An den Sonntagen aber, wenn die Leute Zeit und die anderen Läden alle geschlossen hatten, war ganz München hier, es war ein einziges Gedränge, und man musste wie ein Luchs auf seine Tasche aufpassen, weil es von Langfingern wimmelte.

Ein Stück vor ihnen griff ein Zitherspieler in die Saiten. Magda erkannte die Melodie sofort.

»Wenn das nicht passt«, sagte sie.

»Was?«

»Die Musik. Aus *Der dritte Mann*. Und hier überall die Schwarzhändler.«

Simon zog ein Päckchen *Wrigley's* Kaugummi aus der Jackentasche. »Willst du?« Sie nahm einen Streifen, schälte ihn aus dem Papier und steckte ihn in den Mund.

Kauend ließen sie im Vorübergehen ihre Blicke über die ausgelegten Waren schweifen: hier Obst und Gemüse, dort Seifen und Badeöle, Kaffee, Zigaretten, Kleidung, Töpfe, Pfannen. Nicht alles illegal, aber das meiste. Als sie zu dem Zitherspieler kamen, warf Magda ihm ein Zehn-Pfennig-Stück in den Blechnapf neben seinem Tisch. Simon stand da, die Hände tief in den Hosentaschen, und starrte vor sich hin.

»Ich weiß schon, wofür du den Fotoapparat brauchst«, sagte er, als sie weitergingen.

»So?«

»Es ist wegen deinem Onkel, oder? Ihr macht irgendwas zusammen.«

»Kann sein«, gab sich Magda geheimnisvoll.

»So wie du lächelst, könnte man glatt meinen, dass du in ihn verliebt bist.«

»Ich? Verliebt? In meinen Onkel?!« Sie boxte ihn in die Schulter. »Was redest du denn da!«

Der Anblick einer schwarzen Mercedes-Limousine brachte sie abrupt zum Schweigen. Langsam rollte sie die Straße herab. Als der Fahrer einmal hupte, sprangen alle zur Seite wie Pfützenwasser. Im Fond saß ein Mann, sein Gesicht verschwand ganz hinter einer aufgeschlagenen Zeitung.

»Ist das …?«

»Ja«, antwortete Simon, »das ist er.«

Walter Blohm, Schmuggler, Schieber, Ganove. Mit Kaffee, Zigaretten und Nylonstrümpfen war er steinreich geworden, inzwischen handelte er mit allem, wofür es Abnehmer gab. Das wusste jeder. Auch die Polizei. Sie kam allerdings nicht an ihn heran. Obwohl er kein Jude war. Doch es nützte auch ihm, dass die Amerikaner ihre schützende Hand über die Möhlstraße und andere Umschlagplätze des Schwarzhandels hielten.

»Wenn du mit deinem Onkel irgendeine krumme Sache abziehen willst«, sagte Simon, nachdem der Wagen verschwunden war, »dann passt bloß auf, dass ihr keinem ins Gehege kommt.«

»Wir planen doch keine krumme Sache«, versetzte Magda mit empörtem Unterton. »Was denkst du denn!«

»Ich sag ja nur. Aber auch wenn es was anderes ist – nehmt euch in Acht! Du täuschst dich nämlich, wenn du meinst, dass Walter Blohm nicht wüsste, wer du bist und was du treibst. Er weiß alles.«

»Ach. Und von wem? Etwa von dir?«

»Und, wie war's?«, fragte Zöllner.

Ludwig winkte ab und ließ sich auf seinen Bürostuhl fallen. Wie sollte ein Anpfiff vom Chef schon gewesen sein? Da riskierte man Kopf und Kragen, doch statt Dank gab es nur Vorwürfe. »Sie könnten tot sein! Und ich hätt' das Geschiss g'habt, es Ihrer Annerl beizubringen. Und wenn Sie schon Wildwest spielen, Gruber, wieso schießen Sie dann nicht? Dafür haben Sie schließlich eine Dienstwaffe. Um so einen Haderlump, so einen elenden, ist es doch nicht schade!« Aber froh war er trotzdem gewesen, der Alte, dass Ludwig dem Ausländer nachgerannt war und ihn erwischt hatte, sonst hätte er am Ende nicht gesagt: »Mal schauen, wofür es gut war.«

Im Auto hatte Ludwig nach und nach gemerkt, was ihm alles weh tat. Ein paar Rippen, der Rücken, das Knie. Und nicht nur der Mantel war perdu, auch das Sakko hatte einen Riss, die Hose war verdreckt und am Hemd war Blut. Ob ihm die Sachen ersetzt werden würden? Eigentlich war nur die Krawatte in Ordnung, und ein neuer Anzug kostete bestimmt achtzig Mark. Damit er sich rasch umziehen konnte, hatten er und Zöllner auf dem Rückweg in die Ettstraße einen Schlenker zu Ludwig nach Hause gemacht. Sein Annerl war zum Glück mit einigen anderen Frauen aus dem Haus unten in der Waschküche gewesen. Für die Blutflecke im Hemd würde sie sich schönstens bedanken. Die ganze Fahrt zur Wohnung über hatten er und Zöllner kein Wort gesprochen. Erst als Ludwig wieder im Auto gesessen und Zöllner den Motor angelassen hatte, hatte der sich zu fragen getraut: »Was war jetzt eigentlich drin in dem Rucksack?«

Ludwig wusste es selbst nicht so genau. »Nur Kram«, hatte er geantwortet.

Er wollte gerade ein Blatt Papier in die Schreibmaschine spannen, um seinen Bericht zu schreiben, als das Telefon klingelte. Er nahm ab. »Gruber, Mord.«

»Dengler hier. Können Sie rüberkommen, Kollege? Wir quetschen gleich den Polacken aus, und vielleicht wollen Sie ja dabei sein. Weil, bei dem Fang von heute Vormittag gibt's was, das könnte Sie interessieren.«

»Karl ...«

Er schlug die Augen auf und wusste erst nicht, wo er war. Dann sah er das Wasserglas auf dem Tischchen, sah die schweren Möbel, seinen Koffer neben der Tür, und es fiel ihm wieder ein: München, die alte Wohnstube, sein Elternhaus. Und er, tief eingesunken auf dem Kanapee. Eingeschlafen.

»Karl.«

Er fuhr herum. Neben dem Sofa stand seine Mutter und blickte auf ihn herab. Mit halb ausgestreckter Hand. Ohne ein weiteres Wort.

Grau ist sie geworden, dachte er. Alt und grau.

Doch er empfand nichts dabei.

Sie jedoch hatte Tränen in den Augen, als sie sagte: »Du bist wieder da.«

Nach all der Kälte, mit der sie ihn früher behandelt hatte, hatte er keinen solchen Empfang erwartet.

»Ich weiß nicht, ob ich bleibe«, sagte er, ohne sie anzusehen.

»Hauptsache, du bist erst mal hier.«

»Ich gehe in eines der Fremdenzimmer. Und ich bezahl dafür.«

Wann war ihm das eingefallen? Erst jetzt oder schon als er das Schild neben der Tür gesehen hatte? Auf jeden Fall

58

fühlte es sich richtig an. Er war hier nur Gast. Ein Durchreisender. Ein Fremdling.

»Ist schon recht«, antwortete seine Mutter. »Ich mach gleich ein Zimmer fertig. Schlaf einfach mal. Du siehst so müde aus.«

Nachdem sie die Stube verlassen hatte, atmete er erleichtert durch. Nun war auch das überstanden. Die erste Begegnung mit der Mutter, nach so vielen Jahren. Nach so viel Streit und so langem, unerbittlichem Schweigen. Aber das war weit weg. Und was fühlte er? Jetzt, in diesem Moment?

Von draußen drang der Klang eiliger Schritte an sein Ohr, und schon flog die Tür auf. Magda stand vor ihm, mit einer Baskenmütze auf dem Kopf, unter der ihr dichtes schwarzes Haar hervorquoll, einem roten Halstuch, einer Jacke und in Hosen.

»Du bist schon da!«, rief sie und warf sich neben ihn aufs Kanapee. Dann schaute sie ihn an und wirkte dabei ein wenig enttäuscht: »Warum so schnell jetzt?«

»Vielleicht wegen dir.« Er zwinkerte ihr zu. »Ich wollte unbedingt in deiner Nähe sein.«

»Und ich wollte dich eigentlich noch ein bisschen für mich allein haben.«

Er kniff sie in die Wange. »Das hast du doch jetzt erst recht.«

»Bilde dir aber bloß nicht ein, dass du nur zu deinem Vergnügen hier bist. Wir haben eine Menge zu tun. Der Bericht schreibt sich schließlich nicht von allein. Einen Fotoapparat hab ich uns übrigens schon organisiert. Ich bekomme ihn morgen.«

»Warum redest du eigentlich dauernd von *wir* und *uns*? Hat Schorsch dich gefragt oder mich?«

Sie lächelte spitzbübisch. »Mach dir nichts vor, du brauchst mich dringender, als du dir vorstellen kannst.«

Ludwig traf Dengler schon vor seinem Büro auf dem Gang, wo er sich mit einem Kollegen unterhielt und dabei eines seiner Zigarillos rauchte. Er verabschiedete den anderen und wandte sich Ludwig zu. »Gehen wir da lieber nicht rein.« Dengler deutete auf die Tür zu seinem Büro. »Marthaler hat gerade einen fahren lassen, da kommen einem die Tränen. Aber nichts schmeckt halt so gut wie der Bohneneintopf von Mutti. Zum Frühstück, wohlgemerkt.«

»Wie läuft die Vernehmung?«

»Mussten wir kurzfristig verschieben. Der Polack kann nur ein paar Brocken Deutsch. Oder tut zumindest so. Wir haben ihn jetzt erst mal zum Ermittlungsrichter runtergeschickt. Morgen kommt die Dolmetscherin, dann schauen wir weiter. Wenn Sie Zeit haben: elf Uhr im Vernehmungszimmer. Könnte für Sie interessant werden. Der Kerl hatte eine wertvolle Uhr bei sich, mit einer Gravur im Deckel. In einer versteckten Innentasche seiner Jacke.« Er holte einen Zettel aus der Tasche seines Jacketts und las: »Dem lieben Papa zum 50. Geburtstag. Deine Söhne Roland, Ernst und Max. – Das passt doch zu der Uhr aus Ihrem Fall, oder?«

Ludwig nickte. Das war genau die Inschrift, die die Witwe Brandl ihm in den Block diktiert hatte. Roland, Ernst, Max. Genau diese Namen. Kein Zweifel.

»Die Uhr wird gerade von der Kriminaltechnik unter die Lupe genommen. Wenn es was Neues gibt, ruf ich durch. Ich wette mit Ihnen um hundert Mark, dass das Ihre Täter sind. Also vielleicht nicht der Bub, aber sein Vater.«

»Wie geht's dem Jungen eigentlich? Ich hab's, glaub ich, ein bisschen übertrieben.«

Dengler winkte ab und meinte munter: »Der wird schon wieder. Ich wünschte, wir könnten mit dem Alten auch so umspringen. Dann wären wir im Handumdrehen fertig, und München wäre wieder eine bessere Stadt.«

Ludwig zuckte mit den Schultern, sagte aber nichts. Er wusste, wie die meisten Kollegen dachten. Sie konnten sich nur schwer daran gewöhnen, Verdächtige nicht wie Verurteilte zu behandeln, sondern wie Menschen mit Rechten. Und es zerrte ja auch bei ihm an den Nerven, wenn er von so einem Kriminellen oder dessen Winkeladvokat höhnisch angegrinst wurde, weil er ihn laufen lassen musste, obwohl er wusste, was der Kerl getan hatte, ihm aber der letzte Beweis fehlte.

»Es war nicht alles schlecht früher«, sagte Dengler nur noch, als er sich schon abwandte, hob zum Abschied lässig die rechte Hand und verschwand in seinem Büro.

## Samstag, 15. April 1950

DER JUNGE MANN in seinem hellen Anzug passte so wenig in die gediegene, holzvertäfelte Gaststube des *Kammererwirt* wie sein nobler Wagen auf die Straßen von Haidhausen. Magda hatte ihn vom Fenster aus vorfahren sehen und war sofort nach unten gelaufen. Eigentlich wollte sie weder mit dem Gaststättenbetrieb noch den Fremdenzimmern etwas zu tun haben. Aber auf diesen Herrn musste sie unbedingt einen näheren Blick werfen. Der wirkte so merkwürdig abgehoben auf sie, als wäre er vom Film. Oder besser noch: geradewegs aus einem Film herausgestiegen. Und da stand er nun, ein wenig unbeholfen, weil er ganz allein in der Gaststube war und niemand sich um ihn kümmert, so wie es in einem Grandhotel der Fall gewesen wäre. Als er Magda bemerkte, hellte sich seine Miene auf.

»Grüß Gott«, sagte er und zog den Hut, »ich komme wegen des Zimmers.«

Magda schaute in die blauesten Augen, die sie in ihrem ganzen Leben gesehen hatte. Sie gehörten zu einem jungenhaften Gesicht mit nur wenig Bartwuchs und strohblondem, kurz geschnittenem Haar. Wie ein gestrenger Erzengel hätte er ausgesehen, hätte nicht ein feines Lächeln seine Mundwinkel umspielt. Auch wenn er nicht unbedingt ihr Typ war, war er doch eine überaus interessante Erscheinung.

»Dann schauen wir mal«, sagte sie und ging hinter den Tresen. »Auf welchen Namen haben Sie denn reserviert?«

»Brennicke. Emil Brennicke. Ich habe gestern angerufen.«

Magda hatte keine Ahnung, wo Veit oder ihre Oma die Reservierungen eintrugen. Bestimmt gab es ein Empfangsbuch. Aber gab es auch ein Reservierungsbuch oder so etwas? Sie zog eine Schublade auf. Etliche Schlüssel mit Nummernschildchen lagen darin, ein dickes, speckiges Buch sowie ein Block mit Meldeformularen für die Polizei. Außerdem noch eine Menge anderer Zettel. Sie nahm das Buch heraus und legte es auf den Tresen. Es würde schon seine Richtigkeit haben, wenn sich der Herr hier eintrug. »Ihnen ist hoffentlich klar, dass die Zimmer sehr einfach sind. Bad und Toilette nur auf der Etage«, sagte sie und schlug das Buch auf.

»Weniger ist manchmal mehr.«

»Wie ein Asket sehen Sie mir nicht gerade aus.«

Er lachte auf. »Ein Asket bin ich nicht, das stimmt. Eigentlich hab ich ja eine Wohnung in München. Aber in dem Haus sind gerade die Handwerker zugange, deshalb gehe ich für ein paar Wochen ins Exil.«

»Sagen Sie das mit dem Exil bloß nicht zu laut«, warnte Magda scherzhaft. »Exilanten mag hier keiner. Außer mir.« Sie lächelte.

»Dann bin ich ja beruhigt.« Brennicke neigte sich vor, so dass Magda sein Rasierwasser riechen konnte. Ein wenig zu süßlich, für ihren Geschmack, aber zu ihm passte es. »Wann gibt es Frühstück?«

»Weiß nicht. Wann wollen Sie denn frühstücken?«

»Ganz egal, Hauptsache Sie bringen mir das Frühstück ans Bett.« Er neigte sich noch ein bisschen weiter vor. »Ich meine: Sie *persönlich*.«

Ganz schön frech! Noch nicht mal richtig angekommen und schon am Anbändeln!

»Wenn Sie Zimmerservice wollen, mein Herr, müssen Sie ins *Vier Jahreszeiten* gehen oder in den *Bayerischen Hof*«, gab sie keck zurück, konnte sich ein Lächeln aber nicht verkneifen. »Wenn Sie sich hier bitte eintragen wollen.«

Sie schob das Buch über den Tresen.

»Was für wunderbare Grübchen Sie haben, wenn Sie lächeln«, schmeichelte er und sah sie beinahe schon verzückt an.

»Sie müssen sich irren. Ich habe überhaupt nicht gelächelt.«

Sie lachten beide.

»Darf ich Ihren Namen erfahren?«

»Magda!«, sagte nicht sie, sondern Veit, der eben zur Tür hereinkam. »Was machst du da?«

»Ich erschrecke die Zimmergäste«, gab sie zurück, jedoch erst, nachdem sie selbst sich von dem Schreck über Veits plötzlichen Auftritt wieder gefangen hatte.

Magda wollte den Platz hinter dem Tresen schon räumen, doch der junge Mann – Emil – hielt sie am Handgelenk fest. »Warten Sie, Fräulein! Wir müssen unbedingt einmal ausgehen.«

»Wir werden sehen«, gab sie nonchalant zurück, machte sich von ihm los und ging mit wiegendem Hüftschwung davon.

Veit schickte ihr bestimmt einen jener giftigen Blicke hinterher, bei denen sie nie wusste, ob sie Ärger, Gekränktheit oder Eifersucht entsprangen. Sie hörte ihn noch zu dem Gast sagen: »Ihr Zimmer ist fertig, Herr Brennicke. Und entschuldigen Sie meine Nichte. Sie kennt die Arbeit in unserem Gasthaus nicht.«

Das Vernehmungszimmer war ein kahler Raum, in der Mitte stand ein Tisch mit mehreren Stühlen. Von der Decke hing eine Lampe, sie brannte, obwohl es eigentlich hell genug war. Der Hehler saß mit dem Rücken zum Fenster, ein bärtiger Kerl mit dicken Brauen und finsterem Blick. Mit so einer Visage kann man nur Verbrecher werden, dachte Ludwig, als er ihn erblickte. An der schmalen Seite des Tisches saß die Dolmetscherin, eine blässliche Frau mittleren Alters, die Dengler Ludwig nicht vorstellte. Er plumpste nur schwer auf seinen Stuhl, nahm ein Zigarillo aus der Schachtel vor sich und zündete es an. Ludwig nahm zwischen Dengler und dem Kollegen, der das Protokoll führte, Platz.

Nun saßen sie alle da und schwiegen. Dengler rauchte und sah den Mann auf der anderen Seite des Tisches an. Eine schiere Ewigkeit. Regungslos. Dann stippte Dengler den Aschefinger von seinem Zigarillo in den Aschenbecher und sagte: »Dein Name ist Janusz Falski, und du kommst aus Kielce irgendwo in Polen, richtig?«

Die Dolmetscherin übersetzte, der Hehler nickte.

»Papiere habt ihr aber keine, du und dein Bub?«

»Die Papiere wurden uns vor kurzem gestohlen«, übersetzte die Dolmetscherin die Antwort. »Der Junge heißt übrigens Lech.«

»Ja, ja. Um den kümmern wir uns, wenn er vernehmungsfähig ist. Wie und wann bist du nach Deutschland gekommen?«

Die Erwähnung des Jungen versetzte Ludwig einen feinen Stich. Er hielt sich aber nicht damit auf, sondern betrachtete die schmalen Lippen der Dolmetscherin, während sie ohne Schwierigkeiten die unaussprechlichen polnischen Worte formten und dann die Antwort auf Deutsch mitteilte: »Er war im Lager in Mauthausen. Als die Russen im Anmarsch waren, wurden die Häftlinge nach Westen getrieben. Die meisten starben. Er konnte sich absetzen und hat sich nach Deutschland durchgeschlagen. Seitdem ist er hier.«

Dengler nickte. »Diese Geschichte also«, murmelte er, und Ludwig wusste nicht, wie er das deuten sollte.

»Du hattest mehrere Dinge bei dir, aber uns interessiert erst mal nur eines: diese Uhr.« Dengler holte mehrere Fotografien aus der Aktenmappe und legte sie vor Janusz hin. Die Bilder zeigten die Taschenuhr aus Brandls Safe. »Wo hast du sie her?«

»Tauschen«, sagte Janusz selbst auf Deutsch.

»Aha«, meinte Dengler süffisant grinsend, »der Herr versteht uns also doch. Und gegen was hast du sie eingetauscht? Was hast du dafür gegeben?«

Janusz schaute etwas ratlos zur Dolmetscherin und ließ sich übersetzen. Ludwig hatte den Verdacht, dass er sehr wohl verstanden hatte und sich nur Zeit verschaffen wollte, um sich eine Antwort zurechtzulegen, die ihm möglichst wenig schadete. Dengler signalisierte mit einem Seitenblick und einem leichten Heben des Mundwinkels, was er von der Sache dachte: dasselbe wie Ludwig.

»Einen Mantel.«

»Was für einen Mantel?«

»Einen Wintermantel.«

»Wie hat er ausgesehen?«

Janusz zuckte mit den Schultern und sagte etwas auf Polnisch, das die Dolmetscherin so übersetzte: »Sehen nicht alle Mäntel gleich aus? Er war grau, für einen Mann, ein Knopf fehlte.«

»Verstehe. Jemand gibt so eine wertvolle Uhr für einen alten Mantel, an dem ein Knopf fehlt.«

»Wenn kalt«, sagte Janusz, »Uhr macht nicht warm. Mantel schon.«

»Und was hast du mit dem Bild gemacht?«

Janusz ließ sich die Frage wieder übersetzen.

»Von einem Bild weiß er nichts«, sagte die Dolmetscherin.

»So, davon weiß er nichts. Dann halt noch mal zu dem Mantel und der Uhr. Von wem hat er die Uhr bekommen? Kennt er den Namen des Mannes?«

Nachdem die Frage übersetzt war, schüttelte Janusz den Kopf und sagte etwas auf Polnisch, das die Dolmetscherin so übersetzte: »Bei solchen Geschäften wird nicht nach dem Namen gefragt. Es war ein großer Mann. Ein Lette, vermutet er.«

»Versteh schon, der große Unbekannte. Weißt du noch, wo du am dreiundzwanzigsten Januar warst? In der Nacht auf den vierundzwanzigsten?«

»Das weiß er nicht mehr«, übersetzte die Dolmetscherin Janusz' Antwort. »Er ist viel unterwegs, oft weiß er nicht einmal den Wochentag.«

»Dann sagen Sie ihm, dass er erst wieder aus seiner Arrestzelle kommt, wenn es ihm eingefallen ist.«

Eine bleierne Müdigkeit überfiel Ludwig. Beinahe schlagartig. Und so heftig, dass er sich kaum mehr auf dem Stuhl halten konnte. Woher das kam – er wusste es nicht.

»Ich geh dann jetzt«, sagte er mit angehaltenem Atem.

Dengler begleitete ihn auf den Flur.

»Die Geschichte mit Mauthausen und der Flucht ist erfunden, darauf können Sie Gift nehmen. Wahrscheinlich ist er ein Kollaborateur oder ein Deserteur und kann nicht zurück nach Polen, weil sie ihn dort aufknüpfen würden. Und der Rest von der Geschichte stimmt auch nicht. Wer tauscht heutzutage noch eine wertvolle Uhr gegen einen alten Mantel? Gleich nach dem Krieg, ja, aber wir haben seit zwei Jahren das neue Geld, die Geschäfte sind voll. Die anderen Zeiten sind doch wohl vorbei, oder?«

»Nicht für jeden.«

»Ja, aber dann verkauf ich doch die Uhr oder versetz sie im Pfandhaus gegen Geld, statt dafür einen alten Mantel einzutauschen.«

Da hatte Dengler allerdings recht. »Ich muss jetzt woanders hin. Sie sagen mir Bescheid, wenn es was Relevantes zu meinem Fall gibt.«

Er ging davon. Mit einem unangenehmen Gefühl im Bauch. Wie jedes Mal, wenn er länger mit Dengler zusammen war. Der Mann strömte etwas aus, das einem die Seele verätzte.

## Dienstag, 18. April 1950

———————————————

ALS KARL auf die Straße trat, fiel ihm der Mann mit der
Ballonmütze an der Ecke sofort auf. Er stand rauchend da,
so als warte er auf jemanden. Dabei schaute er erst verstohlen herüber und dann gleich wieder in ein Stück Papier in
seiner Hand. Vielleicht eine Adresse, die er suchte? Karl war
kaum losgegangen, da bewegte sich auch der andere von der
Stelle. Er folgte ihm mit etwas Abstand in die Steinstraße.
Veit hatte erzählt, durch die vielen Ausländer sei München
das reinste Wildwest, über Wohnungseinbrüche und Über-
fälle am helllichten Tag rege sich schon keiner mehr auf, das
sei völlig normal. Wenn es so weiterginge, sei der anständige
Bürger bald seines Lebens nicht mehr sicher. Ach was, beruhigte Karl sich selbst, bei mir gibt's doch nichts zu holen.
Und wer zur Tram will, muss eben hier entlang.

Die Tram war um diese Zeit voll, selbst auf den Tritt-
brettern war kein Platz mehr. Im Gedränge des Ein- und
Aussteigens verlor Karl den Mann mit der Ballonmütze aus
den Augen. Auch beim Umsteigen am Marienplatz sah er
ihn nicht. Erst als er selbst ein paar Stationen später ausstieg,
war der andere plötzlich wieder da. Kurz kreuzten sich ihre
Blicke. Kannte man sich vielleicht von früher? Sollte er einfach hingehen und fragen? Doch dafür war es zu spät. Kaum
ausgestiegen, hatte der andere sich sogleich umgewandt und

entfernte sich bereits zügig auf der Ludwigstraße. Auch gut, dachte Karl und bog in die Theresienstraße ein.

Gleich an der ersten Kreuzung lag das *Café Stefanie*. Als Ludwig am Telefon vorgeschlagen hatte, man solle sich dort treffen, war ein kurzer, aber heftiger Anfall von Nostalgie über Karl gekommen. Nicht wegen der glorreichen Geschichte des Cafés, jener Zeit am Beginn des Jahrhunderts, in der es im Volksmund als Café Größenwahn verschrien war, wegen all der überkandidelten Künstler und Bohemiens, die hier ein und aus gegangen waren. Nein, er hatte sich daran erinnert, wie oft er als Halbstarker mit einem Madel an einem der runden Marmortische im *Tête-à-Tête* gesessen und seine Eroberung mit heißer Schokolade und lockeren Sprüchen umgarnt hatte, um irgendwann schüchtern seine Hand nach der ihren auszustrecken. Die Unschuld jener Zeit rührte ihn im Nachhinein fast zu Tränen. Schon von weitem sah Karl, dass das Gebäude einen Bombentreffer abbekommen hatte und nur notdürftig wiederhergerichtet war. Zweifellos bloß für eine Gnadenfrist, denn auf Dauer war das Haus nicht zu retten. Immerhin gab es drinnen noch den riesigen Kronleuchter, und auch einige der Marmortische waren noch da. Die Spiegel und der Plüsch hatten Krieg und Hungerwinter freilich nicht überstanden.

»Karl, altes Haus!«, rief Ludwig durch das Lokal.

Auf offener Straße hätte Karl ihn nicht erkannt, so kräftig und wohlgenährt wie Ludwig vor ihm stand. Er erinnerte sich an einen ungelenken Schlacks und ein Gesicht voller Pusteln. Einige wenige Narben auf seinen Wangen zeugten noch von letzteren, verliehen seinem Gesicht jetzt aber etwas Markantes. Nur in den wachen Augen fand Karl den jungen Burschen von früher wieder.

Karl ergriff die hingehaltene Rechte. Ludwigs Händedruck war fest, vielleicht ein bisschen zu fest. »Der Karl«, sagte Ludwig noch einmal. »Und wie war's in Berlin oben?«, fragte er, nachdem sie sich gesetzt hatten. »Man hat ja gar nichts mehr gehört von dir.«

»War eine gute Zeit. Mit Frau und Kindern. Ein Auto und eine eigene Wohnung. Das war –« Karl brach ab, schüttelte eine Zigarette aus der Packung und drehte sie zwischen den Fingern, als er weitersprach: »Hab Bücher geschrieben.«

»Wolltest du nicht zum Theater? Auf die Bühne? Oder nein – zum Film?«

Wie kindisch sich das jetzt anhörte. Aber er würde sich nicht dafür schämen, als junger Mensch Träume und Ambitionen gehabt zu haben. Zumal einige davon sich ja erfüllt hatten. »Dafür war ich als Schauspieler leider zu schlecht«, gab er zu, zündete sich die Zigarette an und fuhr fort: »Drum hab ich mich aufs Schreiben verlegt. Und so bin ich dann doch noch zum Film gekommen. Mit Drehbüchern. Ich war mit Zarah Leander aus, noch bevor sie berühmt wurde.«

Ludwig lachte. »Herrgott, ja, einen Schlag bei den Frauen hattest du immer schon. Was hat denn deine Gattin dazu gesagt? Zu der Zarah Leander, mein ich.«

Karl winkte ab. »Es war bloß ein harmloses Mittagessen. Und nur einmal. Man darf das nicht so eng sehen.«

»In Berlin vielleicht! Meine Annerl würde mir was erzählen, wenn ich mit einer anderen zum Mittagessen gehen würde. Privat. Aber die Berliner Frauen sind ja bekannt dafür, dass sie –« Ludwig brach ab, wurde ernst. »Nichts für ungut, Karl. Ich wollte nicht andeuten … deine Frau … Ich weiß, was passiert ist.«

Karl rang sich ein beschwichtigendes Lächeln ab, schüttelte abwehrend den Kopf. Er war nicht gekränkt, wechselte aber trotzdem lieber das Thema. »Und bei dir? Du bist verheiratet, wie ich sehe.« Er deutete mit der Zigarettenglut auf den Ehering an Ludwigs Hand.

»Zwei noch ganz kleine Kinder, vielleicht kommt noch eins. Jetzt sag mal, wie war denn das, als die Russen euch da oben in Berlin aushungern wollten? Wie ist es dir da gegangen?«

»Du meinst die Blockade? Ich war nicht abgeschnitten, meine Wohnung liegt im Osten, auf der russischen Seite. Aber gehört haben wir die Flugzeuge. Ständig. Wenn es mal für kurze Zeit still wurde, ist man richtig erschrocken. Verrückte Sache.«

»Du warst bei den Roten drüben? Bist gar selbst ein Roter? Immer noch?« Ludwigs Lächeln wirkte angespannt. Zweifellos war er selbst kein Roter.

Karl winkte ab. »Früher wollte ich damit bloß meinen Vater ärgern. Heute bin ich gar nichts mehr. Eigentlich hat mich Politik nie interessiert. Aber wenn du mich fragst: Die probieren wenigstens mal was anderes aus.« Er stippte die Asche von seiner Zigarette. »In Berlin warten sie jetzt alle bloß noch auf den nächsten Krieg. Dann ist Berlin Frontstadt, und was das heißt …«

Eine Bedienung kam an den Tisch, sie bestellten beide ein Glas Riesling, und wenig später stand er auch schon vor ihnen. Auf den kelchartigen Gläsern waren rankende Reben eingraviert, dahinter schimmerte grünlich der Wein.

»Trinken wir auf dich, dass du wieder da bist«, sagte Ludwig und hob sein Glas. »Und jetzt?«, fragte er, nachdem sie getrunken hatten. »Bleibst du hier? Georg sagt, du schreibst was für sein geplantes Blatt.«

»Ich tu zumindest so. Deshalb wollte ich auch mit dir reden.«

»Hast du am Telefon erwähnt. Worum geht's?«

»Raubkunst aus dem Führerbau. Die Plünderung bei Kriegsende. Weißt du was darüber?«

»Wenig. Ich bin beim Mord. Ich kann einen der Kollegen vom Raub fragen. Da gibt es sogar eine Sondereinheit dazu. Aber erwarte dir nicht zu viel. Über laufende Ermittlungen redet kein Kriminaler gern, schon gar nicht mit einem von der Zeitung. Ich übrigens auch nicht.«

Magda zog den Lippenstift nach. Befeuchtete die Lippen. Sattes, glänzendes Kirschrot. Zum Anbeißen. Sie steckte den Stift zurück in ihre Handtasche und betrachtete die eingedrehten Riesenlocken an ihrer rechten Schläfe und über ihrer Stirn. Ein GI, der inzwischen längst wieder in seinem Friseursalon in New Jersey Dauerwellen legte, hatte sie ihr beigebracht. *Victory Rolls* nannten die Amis diese Kreation, zur Feier ihres Sieges über die German Krauts. Zufrieden betastete Magda ihr kleines Kunstwerk. Keine der Nadeln hatte sich gelockert, alles saß noch genauso stramm wie zu Hause an der Frisierkommode. Sie verließ das leicht anrüchige Örtchen, tauchte in den schmissigen Rhythmus der Jazz-Combo ein und kehrte an die Bar zurück, wo Emil Brennicke sie ungeduldig erwartete. Seine Blicke sagten: Du siehst gut aus! Ich will dich! – Und sie? Was wollte sie?

»Die Bilder sind wirklich von Gästen hier?«, fragte Brennicke, nachdem sie sich wieder auf den Barhocker geschoben hatte. Überall an den holzvertäfelten Wänden hingen Zeichnungen. Rasch von geschickter Hand hingeworfene Porträts, Karikaturen und dazwischen auch schon mal ein Gedicht.

»Mutti Bräu hat ein Herz für Künstler. Wer nicht zahlen kann, muss malen.«

»Sehr geistreich.«

Magda nahm ihr Zigarettenetui aus der Handtasche und legte es auf den Tresen, ohne es zu öffnen.

»Jeden Donnerstag ist Dichterstammtisch, mit Auftritten und künstlerischen Darbietungen. Alles, was Rang und Namen hat, ist dann hier: Schriftsteller, Schauspieler, aber auch Geschäftsmänner mit ihren Damen, und nicht alle von ihnen sind solide.«

»Wer? Die Damen oder die Geschäftsmänner?«

»Beide. Gleich und gleich gesellt sich gern. Nicht nur in Schwabing.« Magda nippte an ihrem Rotwein, leckte sich danach über die Lippen und sagte: »Wenn Sie mir jetzt nicht endlich verraten, was Sie beruflich machen, werde ich Sie für einen russischen Spion halten. Und Sie wissen, dass jeder Bürger die Pflicht hat, Spione sofort zu melden.«

Brennicke lächelte amüsiert. »Sie liegen gar nicht so weit daneben.«

Und schon verfiel er wieder in Schweigen.

»Also?«, drängte sie.

»Na gut. Wahrscheinlich sind Sie jetzt enttäuscht. Ich bin Polizist.«

Magda zuckte unwillkürlich zusammen. Polizisten lösten stets diesen Reflex in ihr aus. Und wenn man bedachte, auf welchen Wegen sie Geschäfte machte, war Vorsicht geboten. »Aha«, sagte sie nur.

»Hab ich Sie erschreckt?«

Sie nahm einen Schluck Rotwein. »Nur dass Sie's wissen«, sagte sie dann. »Ich hasse Uniformen.«

»Ich auch! Deshalb bin ich auch nicht so ein Polizist.«

»Sondern?«

»Kripo. Raub.«

»Was Sie nicht sagen.«

»Ich suche nach verschollenen Bildern.«

Und ob Magda verstand. Ihre Scheu war vergessen. Dieser Emil Brennicke mauserte sich zum Glücksstreffer. »Mein Onkel und ich schreiben gerade eine Reportage über Raubkunst. Die Bilder, die bei Kriegsende aus dem Führerbau verschwunden sind. Da könnten Sie uns sicher eine Menge erzählen.«

Brennicke schwieg einen Moment lang, ehe er sagte: »Und ob ich Ihnen was erzählen könnte. Darf ich aber nicht. Dienstgeheimnis.«

»Ach, kommen Sie! Wenigstens ein paar Hintergrundinformationen. Und Anekdoten.«

Brennicke gefiel es sichtlich, von ihr bedrängt zu werden. »Wissen Sie«, warf er sich in Pose, »es gibt bei uns eine Menge Bürohengste. Aber so einer bin ich nicht. Ich muss raus auf die freie Wildbahn. Verdeckte Ermittlungen, wenn Sie verstehen. Vor ein paar Monaten habe ich einen Canaletto aufgetrieben, ich bin als Kunsthändler in Erscheinung getreten. Die Übergabe fand auf einer Raststätte an der Autobahn statt.«

»Das hört sich ja an wie aus dem Kino!«

Brennicke sonnte sich in ihrer Bewunderung. »Leider ist es viel zu selten so. Das Meiste ist langweilige Büroarbeit. Oder man redet mit Galeristen, Museumsleitern, Kunstexperten. Sieht Bestandlisten durch, prüft Unterlagen.« Er gähnte demonstrativ.

»Sie sind wohl eher der Abenteurer.«

»O ja. Bei mir geht's nicht immer nach Vorschrift. Hauptsache das Ergebnis stimmt. Und das gilt nicht nur bei der Arbeit.«

Die beiden GIs – grüne Jungs mit sauber ausrasierten Nacken, aber ohne jede Fronterfahrung – gingen Karl gehörig auf die Nerven. Wie Schiedsrichter oder Sportreporter beobachteten sie jeden Stoß seines Queues, und nach dem Klackklack der Kugeln machten sie in ihrem breiten, unverständlichen Englisch Bemerkungen und grinsten dabei spöttisch. Wenn er nicht völlig aus der Übung gewesen wäre, hätte er sie herausgefordert. Karl warf einen Seitenblick zu Ludwig, dann konzentrierte er sich wieder auf den Stoß. Ludwig dachte bestimmt dasselbe wie er, er sagte aber nur: »Das eine Spiel noch, dann muss ich.«

Karl stieß, versenkte versehentlich die schwarze Kugel mit, die GIs grinsten noch eine Spur breiter.

Mit bleiernen Gliedern schlurften Karl und Ludwig auf die Straße, wo es angefangen hatte zu nieseln. Die drei Hellen und die Kurzen zeigten ihre Wirkung. Nach dem Dampf in der Wirtschaft tat die kühle Nachtluft gut, Karl sog sie tief in seine Lungen. Er setzte den Hut auf. »War schon besser, dass wir den Krieg verloren haben«, sagte er, »aber mussten ausgerechnet *die* ihn gewinnen?«

Ludwig zuckte mit den Schultern. »Gehst du mit zur Tram?«

»Ist noch zu früh für mich.«

»Zu früh? Wo willst du um Viertel nach elf noch hin?«

Karl schwieg. Er hatte keine Ahnung.

Ludwig setzte den Hut auf und streckte ihm die Hand entgegen. »Schön, dass du wieder da bist. Ich hoffe, wir sehen uns jetzt öfter.«

Karl schlug ein. »Du rufst an, wenn du was weißt.«

Er sah zu, wie Ludwig im Schein der Straßenlaterne immer kleiner wurde. Was er wohl in den finsteren Jahren alles gesehen hatte? Und getan? Besser, man wusste es nicht. Die Gestapo wollte ihn, hatte Schorsch erzählt, Ludwig hätte bei denen richtig Karriere machen können, aber er sagte nein und wurde all die Jahre nicht mehr befördert. Nach dem Krieg hatte ihm das geholfen, er galt als unbelastet und wurde als einer der Ersten wiedereingestellt. Ob die Amis wussten, dass er auch für eine Weile zum Polizeidienst in den Osten abgestellt worden war? Als Retourkutsche für seine Absage an die Gestapo? Was er dort genau gemacht hatte – darüber redete er nicht. Aber, da war Schorsch sicher, in seinen Entnazifizierungsfragebogen hatte er diese Dienstzeit sicher nicht eingetragen.

Auf der anderen Straßenseite staksten zwei junge Fräuleins vorbei, die kleinere war eng bei der größeren untergehakt. Klack-klack, klack-klack machten ihre Stöckelschuhe auf dem Trottoir, fast so hell im Klang wie eben die Billardkugeln. Er pfiff zum Spaß auf zwei Fingern. Die Kleine duckte sich, als habe er mit Steinchen nach ihnen geworfen, die Größere schaute zumindest kurz herüber. Bei der wäre vielleicht was gegangen. Aber die Kleine zog sie mit sich fort.

Karl lachte. Er hätte sowieso nicht genug Geld gehabt, sie beide einzuladen, wahrscheinlich hätte es nicht mal für eine gereicht. Die Frauen waren selbstbewusst und anspruchsvoll geworden. Zumindest die, die was zu bieten hatten.

Er holte eine frische Packung Zigaretten aus dem Jackett. Riss sie auf und zog eine Zigarette heraus. In ihm war eine Unruhe, ein Rumoren, die ganze Zeit schon, und er wusste nicht, woher das kam. Nein, eigentlich wusste er es wohl. Diese verdammten Ami-Burschen eben mit ihrer lässigen Arroganz und ihrem kaugummikauenden Siegerlächeln. Haben wir jemals so gut ausgesehen? So gestrahlt, in dieser Frische? Nicht mal in unseren besten Zeiten. Nicht mal nach unseren größten Siegen. Er zündete die Zigarette an, grauer Rauch stieg in die Nacht.

Da sah er ihn plötzlich: seinen Verfolger. Er erkannte ihn

an der Ballonmütze auf dem Kopf. Die Hände in den Hosentaschen schaute er aus dem fahlen Schatten eines Hauseingangs herüber. War er etwa die ganze Zeit dagewesen? Den ganzen Abend? Und all die Tage davor auch schon? Wie zwei Boxer im Ring standen sie da, jeder in seiner Ecke, in Erwartung des Gongs, der den Kampf eröffnete. Aber noch bevor es losging, machte der andere die Fliege.

Auf dem Bahnhofsplatz, wo die Laternen mehr Schatten als Licht warfen, war zwielichtiges Volk unterwegs. Nur den anderen, dem er bis hierher gefolgt war, sah Karl nicht mehr. Der hatte sich wohl in Luft aufgelöst, und zwar so gründlich, dass Karl schon bezweifelte, ob es ihn wirklich gegeben hatte. Statt seiner nun überall Mützen und Jacken tragende unrasierte Männer, die in Zweier- oder Dreiergruppen beieinanderstanden und jeden, der so spät noch auf den Beinen war, verstohlen betrachteten. Abschätzten. Gesichter, von der Nacht geschwärzt. Diebe, Schmuggler, Einbrecher. Karl zog den Hut tiefer ins Gesicht und das Jackett enger zusammen. Die drei halbstarken Kerle da drüben – baldowerten die gerade einen Einbruch aus? Oder einen Überfall? Vielleicht auf ihn? Ich hab nichts, dachte er, aber dann fielen ihm der Hut auf seinem Kopf ein, das Jackett, die Schuhe. Und ein paar Mark hatte er wohl auch noch im Geldbeutel. Es waren schon Leute für weniger ermordet worden.

Zwischen all diesen finsteren Gestalten erblickte Karl den anderen. Und schon wieder wollte er sich davonmachen. Aber Karl hatte keine Lust mehr auf dieses Spielchen. Er rannte los, und bis der andere es bemerkte, war es fast schon zu spät für ihn. Ein letzter Satz, und Karl holte ihn von den Beinen. Die Mütze flog dem anderen dabei vom Kopf. Fäuste wirbelten. Karl landete zwei, drei gute Treffer. »Wer bist du?«, schrie er ihn an. »Was willst du von mir?« Der andere lag auf dem Boden, schnaufte wie ein Vieh und blieb auch genauso stumm. Er stierte Karl, der halb kniete, halb hockte, nur an, lauerte offensichtlich auf eine Gelegenheit zum Befreiungsschlag. Karl wischte sich kurz den Schweiß aus den Augen, da traf ihn der Schlag des anderen. Und was für einer! Wie ein Hammer schlug die Faust in Karls Magengrube ein, ein zweiter Hieb traf die Schläfe. Lichtflecken trieben vor seinen Augen, der Boden unter seinen Füßen schaukelte. Schon war der andere auf den Beinen, Karl streckte sich mit letzter Kraft nach ihm, bekam seine Jacke zu fassen, sie riss krachend. Doch der andere war trotzdem frei. Stand über ihm. Etwas lag neben seinem Stiefel, so viel sah Karl, aber nicht, was es war. Er legte seine Hand darauf. Dann knallte der Stiefel gegen seinen Hinterkopf und löschte alle Lichter.

## Mittwoch, 19. April 1950

KARL SCHLUG die Augen auf. Er lag in einem Bett. *Seinem* Bett, wie er erleichtert feststellte. Der Wecker zeigte kurz nach sechs. Auf einem Stuhl neben dem Bett entdeckte er ein Buch, aus dem ein Lesezeichen ragte. *Ernest Hemingway*, las er auf dem Umschlag, *Wem die Stunde schlägt*. Wie passend. Als er den Kopf anhob, lief ein stechender Schmerz über seinen Schädel, strahlte in Nacken und Schultern aus. Der untere Rücken, der Steiß, ein Knie – irgendwie tat ihm alles weh.

»Bist du wach?«, fragte Magda. Sie lehnte am Fensterbrett, in einem hellblauen Morgenrock aus Seide.

Nur ein Brummen, zu mehr war er nicht fähig.

Magdas Schritte ließen die Dielenbretter leise knarren. Er linste zu ihr hoch.

»Du kannst den Ausländern vom Bahnhof dankbar sein«, sagte sie. »Sie haben dich in einem Bollerwagen durch die ganze Stadt gezogen, sogar den Rosenheimer Berg rauf. Zum Glück warst du noch so weit bei dir, dass du ihnen sagen konntest, wo du wohnst.« Sie setzte sich auf die Bettkante. »Die Männer meinten, du hättest jemanden angegriffen.«

Karl schnaufte. Allmählich fanden er und der Schmerz wieder zueinander. Alte Kameraden, die sie waren. Sie hatten zusammen schon weit Schlimmeres geteilt. Der Steckschuss am Oberschenkel, Granatsplitter im Rücken, Feldlazarette, Operationen und kein Morphium weit und breit … Was war das hier dagegen? Ein bisschen Kopfweh und Gliederschmerzen.

Stöhnend setzte er sich auf. Magda legte ihm die Hand auf die Schulter. »Nicht …«

Doch er blieb sitzen.

Auf dem Boden entdeckte er eine Schüssel mit Wasser und einem nassen Lappen. Der Lappen hatte rostrote Flecken, das Wasser die Farbe eines zarten Morgenrots.

»Da war so ein Kerl«, flüsterte er. »Ist mir nachgeschlichen. Den halben Tag. Gleich hier vorne an der Ecke ging's los, da hat er auf mich gewartet. Keine Ahnung, was der wollte. Seh ich aus, als gäb's bei mir was zu holen?«

»Kommt drauf an, hinter was man her ist.«

Sie lächelte, und er versuchte es auch, aber mehr als ein schiefes Grinsen kam dabei nicht heraus.

Da fiel ihm etwas ein. »Mein Jackett. Wo ist es?«

Es hing am Bettpfosten hinter ihm. Er fasste in die Tasche und holte ein Stück Papier heraus, das dem Mann aus der zerrissenen Jackentasche gefallen war. Das Letzte, wonach Karl sich gestreckt hatte, bevor er k.o. ging. Er betrachtete es stumm.

Magda lehnte sich vor. »Was ist das?«

»Eine Tankquittung über dreizehn Mark und zweiundachtzig Pfennig, für fünfundzwanzig Liter Benzin. Von einer Esso-Tankstelle am Lenbachplatz. Ausgestellt in der letzten Woche. Bringt uns das was?«

»Vielleicht, wenn dir noch einfällt, wie der Mann ausgesehen hat.«

Karl überlegte. »Es war ziemlich dunkel, und er ist immer auf Abstand geblieben. Jedenfalls hat er so eine Mütze getragen. Eine Ballonmütze.«

Magda stand auf und holte etwas vom Fensterbrett. »Vielleicht die hier?« Sie hielt ihm eine Mütze hin.

Er erkannte sie sofort wieder. »Wo kommt die denn her?«

»Die Männer, die dich gebracht haben, dachten wohl, die gehört dir und haben sie mitgenommen.«

»Und was machen wir jetzt?«

»*Du* ruhst dich aus. Und ich – «

»Du tust auch nichts!«, befahl Karl streng. »Der Mann ist gefährlich.«

Magda grinste. »Ich bin auch gefährlich.«

Die Zündapp rollte noch, als Magda bereits aus dem Beiwagen sprang. Ihre Knie schlotterten. Fast wären sie unter einen Laster geraten, bloß weil Simon unbedingt noch vor der Kreuzung überholen musste.

»Noch mal so was, und ich fahr nie wieder bei dir mit«, schimpfte sie.

Simon lachte und stellte den Motor ab. »Seit wann bist du so ein Schisser?« Als er merkte, dass er mit einem witzigen Spruch nicht durchkam, verteidigte er sich: »Der hat einfach rübergezogen! Was sollte ich machen?«

»Ja, ja.«

Magda nahm ihre Tasche aus dem Beiwagen und wandte sich um. Die Tankstelle in ihrem strahlenden Weiß stand in scharfem Kontrast zu den gleich hinter ihr aufragenden Mauerresten der zerbombten und größtenteils abgeräumten Maxburg.

Ein junger Tankwart in einer roten Latzhose, auf die das Emblem der Firma *Esso* gestickt war, eilte herbei. »Grüß Gott, die Herrschaften. Einmal vollmachen?«

»Danke, ich tanke woanders«, gab Simon zurück und grinste hämisch. »Zu unschlagbaren Preisen.«

Die Miene des Tankwarts verfinsterte sich. Er verstand die Anspielung auf den Schwarzmarkt. »Dann schleich dich hier, Jud'!«, polterte er.

»Der will Sie doch nur ärgern«, beschwichtigte Magda. »Freilich müssen wir tanken. Für drei Mark. Ich geh rein und zahl gleich.«

»Wenn's so ist«, sagte der Tankwart mürrisch, »nehm ich den Jud' zurück.«

»Aber ich nicht«, zischte Simon.

Magda lief in das Kassenhaus, das nur aus Glas und Metall bestand. Alles roch noch nach frischer Farbe, so neu war es. Der Mann hinter dem Tresen empfing sie mit einem Lächeln. Eines seiner Augen war starr. Ein Glasauge.

»Wir kriegen Benzin um drei Mark«, sagte sie, nahm den Geldbeutel aus ihrer Handtasche und legte die Münzen auf den Tresen.

Der Mann ließ die Kasse klingeln, wischte das Geld in seine hohle Hand, sortierte die Münzen in die entsprechenden Kleingeldfächer und schob das Fach zu.

»Ihr Freund da draußen scheint auf Streit aus zu sein«, sagte er, als er den Bon aushändigte.

Magda schaute zur Zapfsäule, wo Simon und der Tankwart in einen intensiven Wortwechsel verwickelt waren.

»Der ist harmlos. Darf ich Sie was fragen, Herr –?«

»Burgstaller.« Der Mann reckte das Kinn vor und drückte die Brust heraus. »Kommt drauf an, was.«

»Ich suche einen Mann.«

»Sie haben doch schon einen. Und anscheinend einen ganz schön temperamentvollen.«

Magda lächelte sich über die Bemerkung hinweg. Sie hoffte nur, dass sie ihre Auskunft bekam, bevor Simon anfing, den Tankwart zu verprügeln. »Ich habe hier eine Tankquittung von letzter Woche.« Sie nahm den Zettel aus ihrer Tasche und reichte ihn Burgstaller. »Ich muss wissen, wer der Mann ist, der hier getankt hat.«

»Liebes Fräulein …« Burgstaller grinste gönnerhaft. »Sie glauben nicht ernsthaft, dass ich mich an jeden Kunden erinnere, nur aufgrund einer Quittung, oder?«

»Das ist ja auch nicht alles.« Nun holte sie die Ballonmütze heraus. »Ich hab noch das hier. Er hat sie verloren, und ich würde sie ihm gern zurückgeben.«

Burgstaller betrachtete die Mütze eine kleine Weile, dann meinte er: »Könnte die von Herbert sein. Ist es einer mit schiefen Zähnen?«

»Keine Ahnung. Herbert wie? Haben Sie zufällig auch einen Nachnamen parat?«

»Kumpfmayer. Mit A und Ypsilon.«

»Und wo finde ich diesen Kumpfmayer mit A und Ypsilon?«

»Da muss ich Sie enttäuschen, Fräulein. Ich kenne den Herbert zwar schon länger, weil er überall rumgeht und fragt, ob er was helfen kann, auch in der Werkstatt, wo ich zuvor war, ist er aufgekreuzt. Aber wo er wohnt, weiß ich nicht. Mal hier, mal da, schätz ich. Gibt ja viele Arbeitslose, die sich so durchschlagen. – Besser, Sie fahren jetzt mit Ihrem Freund da draußen, bevor die noch zu raufen anfangen.«

Burgstaller hatte recht. Die Auseinandersetzung an der Zapfsäule wurde immer heftiger geführt. Doch Magda war noch nicht fertig.

»Sonst wissen Sie nichts? Welches Auto fährt er? Oder hat er ein Motorrad? Er war ja schließlich hier zum Tanken.«

»Mit einem Opel Kapitän. Cabriolet. Hellblau. Ein Schmuckstück von einem Wagen. Aber der gehört nicht ihm, sondern«, – er kam näher und dämpfte seine Stimme, obwohl sie ganz alleine waren; das Glasauge starrte kalt – »der Frau Brandl. Sie wissen schon.«

Magda überlegte. »Äh … nein. Welche Frau Brandl?«

»Na, die, von der sie den Mann umgebracht haben. Den mit der Spedition. Im Januar. War doch groß in der Zeitung.«

Da fiel es Magda ein. Ja, die Oma hatte darüber gesprochen. Sie kannte die Frau wohl sogar vom Sehen. Und Veit auch. Solche Verbrechen, sagten sie, habe es früher nicht gegeben. Als Magda so frei war, an das KZ in Dachau zu erinnern, hieß es nur: Du wieder. Das ist doch was ganz anderes.

»Und diese Frau Brandl, wo wohnt die?«, bohrte Magda weiter. »Wissen Sie das zufällig?«

»Auswendig nicht, aber ich kann nachschauen. Sie hatte nämlich vor kurzem eine Reparatur, und das haben wir auf Rechnung gemacht.«

Er holte einen Ordner aus einem Regal, blätterte darin herum und schrieb Magda die Adresse auf. Als sie zurück zur Zapfsäule kam, verstummte der Streit, der Tankwart kehrte grummelnd zur Werkstatt zurück, aus der er gekommen war.

»Was gab's denn mit dem?«, fragte Magda.

Simon winkte ab. »Ach, nichts.«

Sie konnte es sich schon denken. Der Jude. Der Schwarzmarkt. Das gab immer Zündstoff. Simon legte es mit seinen flapsigen Bemerkungen ja auch darauf an. Es gefiel ihm, gewisse Leute auf die Palme zu bringen.

Er schob einen Kaugummi in den Mund und fragte: »Hast du was erfahren?«

»Ich hab sogar eine Adresse. Wir suchen einen Herbert Kumpfmayer. Mit A und Ypsilon.«

Simon schaute überrascht. »Kumpfmayer?«

»Kennst du ihn?«

»Nicht persönlich. Ich weiß bloß, dass er auch in der Möhlstraße unterwegs ist. Und zwar für Walter Blohm. Fußvolk natürlich. Aber trotzdem.«

»Hm«, machte Magda. Der Vormittag war noch nicht rum, und die Suche hatte schon zur Witwe eines brutal ermordeten Spediteurs und indirekt zu der Schmugglergröße Walter Blohm geführt.

»Darf ich dir einen Rat geben?«, fragte Simon. »Wenn der Name Walter Blohm am Horizont auftaucht, ist es immer besser, die Füße still zu halten. Weil man nie weiß, in welches Wespennest man hineinsticht.«

Magda stieg in den Beiwagen und sagte nur: »Auf geht's, fahren wir!«


Die hat Mut, dachte Kumpfmayer, dass sie's am helllichten Tag mit einem treibt. In ihrem Alter. Aber Feuer hatte sie mehr wie jede Junge, das musste man ihr lassen. Er zündete sich die selbstgedrehte Zigarette an und sah zu, wie die geile Vroni sich zurück in die trauernde Witwe Veronika Brandl verwandelte. Er streckte die Hand aus, schob sie über das teigige Fleisch ihres Oberschenkels, unter ihren Hüfthalter.

»Geh zu, Herbert«, sagte sie, »überschätz dich mal nicht.«

Wahrscheinlich hatte sie recht. Er war ja auch nicht mehr der Jüngste.

Da klingelte es unten an der Tür.

Kumpfmayer und Veronika Brandl schauten sich an.

»Vielleicht nur ein Hausierer«, sagte Veronika.

Er sprang aus dem Bett und half ihr ins Kleid. Noch einen flüchtigen Blick in den Spiegel, und schon knarrten ihre Schritte auf der Treppe.

Kumpfmayer drückte die Zigarette aus, schlüpfte in die

Unterhose und ging ans Fenster, hinter den Vorhang, damit ihn von draußen keiner sah. Auf der Straße war alles tot, nur ein Motorrad mit Beiwagen stand am Trottoir. Eine Zündapp, wenn er sich nicht täuschte. Von unten drangen Stimmen herauf.

Er warf sich in Hemd und Hose. Eigentlich war seine Aufgabe hier getan. Auf allerlei Umwegen hatte er Veronika ausgehorcht, mit stets demselben Ergebnis. Da sie selbst das Kriegsende bei ihrer verheirateten Tochter auf dem Land erlebt hatte, hatte sie von der Plünderung des Führerbaus nichts mitgekriegt, auch nichts von Wertsachen, namentlich Kunstwerken, die ihr Otto – Gott hab ihn selig – möglicherweise in geheimen Verstecken hortete. Gut möglich, dass sie doch was wusste, aber um das aus ihr rauszubekommen, hätte Kumpfmayer ihr weh tun müssen. Emil Brennicke wollte das nicht, zumindest noch nicht, und Kumpfmayer war froh darüber. Er kam gerne hierher, nicht nur zum Schnaxeln. Es war das Ganze, das ihn anzog: das Haus, in dem er zu essen bekam; der Garten, in dem er zu tun hatte; das schöne Auto und dann eben ein Weib, das sogar einen wie ihn ohne Widerwillen zwischen ihre Schenkel nahm. Dass es all das noch gab, und sei es nur für ein paar Stunden jede Woche, das machte ihm Hoffnung.

Unten verstummten die Stimmen, die Haustür fiel ins Schloss. Kumpfmayer eilte ans Fenster. Zwei junge Leute, eine schwarzhaarige Frau und ein leichtfüßiger Bursche, gingen zum Gartentürl. Wenn das Mädel mal nicht die Nichte von diesem Karl Wieners war. So ein verdammter Mist! Wie hatte die hierher gefunden?

»Ich glaub, das ist deine.«

Er drehte sich um. Veronika stand vor ihm, mit seiner Ballonmütze in der Hand. Die Wiedersehensfreude hielt sich in

Grenzen. Aufgeflogen, dachte er. Und das bedeutete, dass er fürs Erste nicht mehr hierherkommen durfte.

»Was hältst du davon?«, fragte Magda und schaute wieder zu dem Fenster im ersten Stock hinauf. Irgendwie war ihr, als habe sie jemand von dort oben beobachtet. Doch es war niemand zu sehen. Nur graue Stores und etwas von den grünen Vorhängen.

»Wir sollten verschwinden«, sagte Simon und startete den Motor.

»Ich glaube, Kumpfmayer ist im Haus. Die hat doch gelogen.«

»Na und? Das darf sie. Und wer weiß, vielleicht ist der Kumpfmayer ja deinem Onkel gar nicht nachgestiegen. Vielleicht war es alles bloß ein Zufall. Ein Missverständnis.«

Magda schaute ihn empört an. »Zufall? Das glaubst du doch selbst nicht. Du scheißt dich bloß ein, weil der Name Walter Blohm gefallen ist.«

»Wenn du das sagst.« Er setzte seine Motorradbrille auf. »Kommst du mit?«

Magda stieg in den Beiwagen. »Wir fahren bloß ums Eck, damit es so aussieht, als wären wir weg. Es dauert bestimmt keine fünf Minuten, bis Kumpfmayer rauskommt.«

»Und dann? Was machen wir dann?«, brauste Simon auf. »Nehmen wir ihn gefangen?«

»Weiß ich noch nicht. Vielleicht verfolgen wir ihn auch nur. Wäre doch interessant, wo er hingeht.«

Simon schaute finster. »Großartiger Plan.«

»Jetzt red nicht lang und fahr los.«

»Zu Befehl, mein Führer!«

Simon wendete das Gefährt. Doch statt hinter der Ecke anzuhalten, gab er Gas, und auch die nächste Biegung nahm er mit größtmöglichem Tempo. Magda schimpfte und boxte ihn in die Schulter.

»Das ist nur zu deiner Sicherheit!«, schrie er über den Lärm des hochdrehenden Motors hinweg. »Du solltest mir dankbar sein!«

## Freitag, 21. April 1950

»HERRGOTTSAKRA«, fluchte Ludwig. Er war in einen Kaugummi getreten, den ein rücksichtsloser Mensch aufs Trottoir gespuckt hatte, und jetzt pappte ihm bei jedem Schritt der Schuh auf dem Boden fest. Mit einem Blatt aus seinem Notizblock versuchte er die klebrige Masse von der Sohle zu rubbeln, doch das wollte nicht recht gelingen. Als er kurz den Kopf hob, trat gerade ein geschniegelter Mann in einem dunklen Mantel auf den Vorhof des Polizeipräsidiums. Ein Rechtsanwalt, erinnerte er sich, aber der Name war ihm entfallen. Was ihn innehalten ließ, war aber nicht der Anwalt selbst, sondern der Kerl, der neben ihm herlief: Es war der ausländische Hehler, den sie am Bahnhof geschnappt hatten. Janusz Falski. Was machte der außerhalb einer Zelle?

Ludwig knüllte das Papier zusammen und warf es weg.

»He, warten Sie mal!«, rief er und ging auf den Anwalt zu, mit einer kleinen Verzögerung bei jedem Schritt, die ihm der Kaugummi abnötigte. »Warum ist dieser Mann hier?«

»Der Herr Kriminaloberkommissär Gruber«, trat ihm der Anwalt entgegen. »Sie kommen mir gerade recht.«

Da fiel Ludwig der Name wieder ein: Dr. August Höfer. Strafverteidiger. Ehemaliger Emigrant.

»Ich will wissen, was der Mann auf der Straße macht«, fragte Ludwig noch einmal.

»Das, was sein gutes Recht ist«, sagte der Anwalt spitz. »Er geht in Freiheit seiner Wege. Und der erste wird ihn ans Krankenbett seines Buben führen. Eines Opfers roher Polizeigewalt. Die namentlich Sie verübt haben.«

Das Zeigefingergewackel konnte er sich sparen, Ludwig wusste selbst, dass die Geschichte mit dem Buben nicht in Ordnung gewesen war. Aber er ließ sich weder von der Anklage noch von seinem eigenen schlechten Gewissen beirren und sagte nur: »Das geht aber nicht. Der Mann ist ein Hehler. Ein Dieb. Vielleicht sogar ein Mörder.«

»Sagt wer?«, schallte es von Höfer zurück.

Ludwig schwieg.

»Die Zeiten, in denen Sie und Ihresgleichen selbstherrlich und im Voraus bestimmt haben, wer schuldig ist und wer nicht, sind Gottlob vorbei.«

Ludwig packte ihn am Revers. *Sie und Ihresgleichen* – was wollte er denn damit andeuten? Kripo und Gestapo – das waren immer zwei Paar Stiefel gewesen.

Höfer klaubte Ludwigs Finger einzeln aus seinem Wollmantel und stieß die ganze Hand dann weg wie einen wurmstichigen Apfel.

»Sie haben gar nichts gegen meinen Mandanten, und das wissen Sie«, schimpfte Höfer. »Nicht mal Hehlerei können Sie ihm beweisen. Bei keinem der Dinge, die Sie bei Janusz Falski gefunden haben, ist Ihnen der Nachweis gelungen, dass er sie gestohlen hat oder wusste, dass sie gestohlen waren. Schon gar nicht bei der ominösen Taschenuhr, die ihn in Ihren Augen sogar zum Mörder stempelt. Die Tat liegt Monate zurück. In dieser Zeit kann die Uhr durch viele Hände gegangen sein.«

Ludwig musste zugeben, dass Höfer recht hatte. Zumindest, was die Beweislage anging, die war in der Tat erbärmlich. Und die Woche in der Zelle hatten Falski nicht dazu gebracht, auch nur das geringste Vergehen zuzugeben. Vielmehr beharrte er darauf, alles, was bei ihm und seinem Sohn gefunden worden war, eingetauscht zu haben. Anscheinend genoss er den warmen Platz und die geregelten Mahlzeiten. Doch Ludwigs Intuition sagte ihm, dass Janusz Falski in irgendeiner Verbindung zum Mord an Otto Brandl stand. Leider reichte Intuition nicht aus. Alles, was er gebraucht hätte, wäre etwas mehr Zeit gewesen. Denn eines war sicher: Spätestens wenn der junge Falski aus dem Krankenhaus entlassen wurde, würden sie Vater und Sohn nie mehr wiedersehen.

»Machen Sie sich auf was gefasst«, zeterte Höfer weiter. »Wegen der Sache mit dem Buben werde ich offiziell Beschwerde einreichen und auch zivilrechtlich gegen Sie vorgehen. Es gab keinen Grund, den Buben derart zu misshandeln. Das war völlig übertrieben.«

Das wusste Ludwig selbst. Aber lieber hätte er sich die Zunge abgebissen, als das vor diesem aufgeblasenen Advokaten zuzugeben.

»Ich hab nur meine Pflicht getan«, sagte er schwach.

Höfer grinste ihn böse an. »Wo hab ich das nur schon mal gehört?«

Wut stieg in Ludwig auf. Was unterstand sich dieser Kerl, ihn schon wieder mit solchen Leuten in einen Topf zu werfen! Bloß weil einer im Land geblieben und nicht im KZ gewesen war, musste das nicht heißen, dass er bei den Sauereien der Nazis mitgemacht hatte. Und Krieg war nun mal Krieg, da galten eigene Gesetze. Was wusste der schon, wie es im Osten wirklich zugegangen war. Oder daheim im Reich, mit Gestapo und dem ganzen Denunziantentum. Genau diese Art von Selbstgerechtigkeit war es, die die Leute gegen die Emigranten aufbrachte.

Ludwigs Sohle pappte immer noch bei jedem Schritt, als er vor dem Paternoster Dengler mit ein paar Akten unter dem Arm erspähte.

»Warten Sie, Kollege!«, rief er ihm zu.

Dengler lächelte dieses humorlose Lächeln, das Ludwig stets an einen Fisch erinnerte. »So aufgeregt wie Sie sind, haben Sie es wohl schon gehört, Kollege, oder?«, fragte er, als sie gemeinsam in die offene Kabine traten.

»Hab ihn sogar getroffen, den Höfer, und fast geplatzt ist er vor Selbstgefälligkeit.« Ludwig musste nur daran denken, schon schlug ihm das Herz bis zum Hals.

»In der Sache hat er halt leider recht«, gab Dengler zu. »Der Haftrichter musste so entscheiden, nach einer Woche, die der Polack schon bei uns saß. Ich hab's Ihnen gesagt.«

»Ja, ja. Aber er hat doch nicht mal gültige Papiere!«

»Dafür können Sie keinen einsperren. Und Höfer hat zugesichert, dass er seinem Mandanten die nötigen Papiere besorgt.«

»Wieso haben Sie mir nicht gesagt, dass ein Antrag auf Haftprüfung läuft? Das müssen Sie doch gewusst haben.«

»Hätte es was geändert? Außerdem war Falski meine Sache. Von Ihnen kam ja nichts.«

Ludwig schwieg einen Moment, nur das Betriebsgeräusch des Paternosters füllte die Enge zwischen ihnen. »Höfer will Beschwerde einreichen«, sagte er dann kleinlaut. »Wegen dem Burschen.«

Dengler winkte ab. »Da wird nix draus. Die Kollegen stehen hinter Ihnen wie eine Wand. Der kleine Scheißkerl hat Sie angegriffen. Das hat jeder gesehen.« Er zwinkerte wie bei einem schlüpfrigen Witz. »Und klagen kann sowieso nicht der Höfer, sondern nur der Polack. Aber der ist froh, wenn er zurück in das Loch kriechen kann, aus dem er rausgeschlüpft ist, und nichts mehr von Polizei und Gericht hört.«

Ludwig war halbwegs beruhigt. Zugleich fühlte er sich unwohl, ohne so recht zu wissen, warum. Sie waren auf ihrem Stockwerk angekommen und stiegen beide aus.

»Sie können den Polacken-Burschen ja besuchen«, sagte Dengler. »Er liegt rechts der Isar. Bringen Sie ihm Schokolade mit. Freut er sich.«

Stimmt, dachte Ludwig und ärgerte sich, dass Dengler ihn erst darauf bringen musste. Ausgerechnet der.

»Was mich an der Sache wundert«, sagte Dengler in Ludwigs anhaltendes Schweigen hinein, »ist eher, wie der Dr. Höfer von dem Polacken erfahren hat. Und warum er wegen einem Würstchen wie dem einen solchen Aufstand macht. Ich weiß nicht, wie gut Sie den Höfer kennen, aber ich kann Ihnen eines über ihn flüstern: Sozialdemokrat hin oder her, das ist kein Arme-Leute-Anwalt. Jemand hat ihn geschickt, damit er den Polacken raushaut. Jemand mit Geld.« Er grinste. »Auch wenn es gerade nicht danach aussieht, aber gut möglich, dass wir mit unserem Fang in einen Ameisenhaufen gestochen haben, und wir Deppen haben es nicht mal gemerkt.«

Rückgebäude, hatte Georg gesagt. Karl ging durch die Durchfahrt in einen freudlosen Hof, in dessen Mitte ein abgebranntes Baumgerippe stand. Das Gebäude gegenüber musste es sein. Der Dachstuhl sah geflickt aus. Hatte sicher einen Treffer abbekommen. Im Erdgeschoss, wo Eisentüren und große Fenster dominierten, die jetzt mit Brettern zugenagelt waren, war wohl die Schneiderei untergebracht gewesen, von der Georg am Telefon erzählt hatte. Im Stock darüber waren ehemals Versand und Verwaltung. Dort wurde jetzt ein Fenster aufgerissen. »Karl! Hierher!« Georg winkte mit beiden Armen. Seine Krawatte flatterte wie ein Fähnchen. »Das musst du sehen.«

Im Treppenaufgang hing kalter Brandgeruch. Ein paar Stufen waren ausgebessert, einige provisorisch mit Linoleum überzogen. Überall Staub und in den Ecken Spinnweben. Trotzdem, man hatte schon Schlimmeres gesehen.

Georg stand an der Tür. Im Mundwinkel hing eine Zigarre. »Willkommen in der Redaktion des *Blitzlichts*! Bitte näherzutreten, der Herr!«

»Bin so frei.« Karl trat ein.

»Wieso läufst du denn so unrund?«

»Hab mir das Knie angeschlagen. Halb so wild.«

Karl nahm den Hut ab. Vor ihm tat sich ein langer Flur auf. Die Türen zu allen Zimmern standen offen, die Zimmer selbst waren leer. Georg ging mit forschem Schritt voraus, »Büro, Büro, noch ein Büro«, sagte er von Tür zu Tür, und schließlich: »Besprechungsraum.« Hier saßen vier Männer um einen zerschrammten ovalen Tisch, der leicht Platz für mindestens noch sechs Leute bot. Einen von ihnen erkannte Karl von seinem ersten Besuch bei Georg wieder; nur der Name war ihm entfallen. Georg half ihm aus der Verlegenheit, indem er sagte: »Hermann Gabler, den einen unserer beiden Herausgeber, kennst du ja schon. Die anderen Herren hier sind Wolfgang König, Ludwig Hochstätter, Matthias Winterberg.« Hochstätters Gesicht war verzogen, sein Mund schief und tropfenförmig. Wahrscheinlich zerschossener Kiefer. An die Männer gewandt, sagte Georg: »Karl Wieners, Schriftsteller und alter Schulfreund.«

»Schön habt ihr's hier«, sagte Karl.

»Ist besser als es aussieht. Bisschen Politur drauf und alles glänzt wie neu.«

Auf dem Tisch lagen, zwischen allerhand deutschen Zeitschriften wie dem *Spiegel* und der *Quick*, mehrere Ausgaben amerikanischer Wochenmagazine: *Time Magazine*, *Life Magazine*, auch eine Ausgabe der französischen *Match*, die inzwischen *Paris Match* hieß. Doch nicht die Titelseiten all dieser Blätter fesselten Karls Blick, sondern die weiteren aufgeschlagenen Hefte mit ihren über eine Doppelseite laufenden Aufnahmen leicht bekleideter Damen in Badeanzügen, Dessous oder knappen, durchsichtigen Negligés. Georg trat dicht neben ihn, der Rauch seiner Zigarre nebelte Karl ein, als er mit breitem Grinsen sagte: »Hübsch, oder?«

»Willst du das wirklich so bringen? Die setzen dein Blatt doch sofort auf den Index, hier im katholischen München.«

»Umso besser! So was ist kostenlose Reklame! Unser Herr Hochstätter hier hatte eben eine witzige Idee. Sagen Sie schon.«

Hochstätter bekam einen roten Kopf, als sein tropfenförmiger Mund die Wörter hervorbrachte wie goldene Eier: »Wir könnten das Bild aufteilen. Zum Zusammensetzen. Woche für Woche.«

»Vielleicht sogar lebensgroß«, meinte König, in sich hineinkichernd.

»Die besten Teile kommen natürlich zum Schluss!« Auch Georg lachte und deutete mit den Händen Riesenbrüste an.

»Das ist nicht euer Ernst, oder?«, fragte Karl.

Die Männer kicherten wie frühreife Gymnasiasten.

Karl legte den Hut weg, schüttelte eine Zigarette aus der Packung und zündete sie an.

»Kann ich kurz mit dir reden, Schorsch?«, sagte er. »Allein?«

Sie verließen den Besprechungsraum und gingen in ein geräumiges Büro am Ende des Flurs, das einzige mit einem

Vorzimmer, in dem allerdings noch niemand saß. Ein großer, schwerer Schreibtisch, der wahrscheinlich noch aus dem letzten Jahrhundert stammte, nahm die Mitte von Georgs Reich ein, dahinter stand, wie ein Thron, ein bequemer Sessel aus schwarzem Leder.

»Das wird meine Residenz«, sagte Georg und wies mit einer lässigen Handbewegung um sich, obwohl es bis jetzt außer dem Schreibtisch und dem Sessel noch nichts zu sehen gab. Er setzte sich mit jovialer Lässigkeit auf die Schreibtischkante. »Worum geht's?«

»Um die Geschichte, die ich für dich recherchieren soll.«

Georg schob einen Aschenbecher über den Tisch. »Ich bin ganz Ohr.«

»Vielleicht wecken wir mit unserem Herumstochern schlafende Hunde.«

»Was für schlafende Hunde?«

»Solche, die nicht nur bellen, sondern auch beißen.«

Georg ging, die Zigarre zwischen den Fingern, um den Schreibtisch herum und setzte sich in den Bürostuhl dahinter. »Kannst du ein bisschen deutlicher werden?«

»Jemand ist mir nachgestiegen, vor ein paar Tagen. Ein Mann namens Herbert Kumpfmayer. Er hat mich beschattet. Bis es mir irgendwann zu bunt geworden ist und ich ihn mir zur Brust genommen hab. Dabei hab ich mir auch das Knie verletzt. Der Kerl arbeitet für jeden, der ihn bezahlt. Und zu einem Fuhrunternehmer, der vor ein paar Monaten ermordet wurde, gibt es ebenfalls Verbindungen.«

»Du meinst Otto Brandl?«

»Genau den. Magda hat rausgefunden, dass Kumpfmayer irgendwie mit der Witwe verbandelt ist. Das muss nicht heißen, dass das eine mit dem anderen was zu tun hat. Aber vielleicht ja doch.«

Karl drückte seine Zigarette aus und nahm gleich eine neue, während Georg mit gerunzelter Stirn dasaß und überlegte. »Meinst du, die wollen dir was antun?«, fragte er schließlich.

Karl zuckte mit den Schultern. »Was weiß ich. Jedenfalls hat dieser Kumpfmayer Verbindungen zum Schwarzmarkt. Möhlstraße und so.«

Stumm saß Georg hinter seinem breiten Schreibtisch.

»Such dir einen anderen für die Geschichte«, sagte Karl in sein Schweigen hinein. »Einen richtigen Reporter. Es ist nicht wegen mir. Ich hab Angst um Magda. Sie lässt sich nicht davon abbringen, mir zu helfen. Und man weiß nie, in was man bei so einer Sache hineingerät. Ich würde es mir im Leben nicht verzeihen, wenn ihr was zustößt.«

Georg saß wieder nur da und schaute Karl an, der mit wachsender Unruhe seine Antwort erwartete. Schließlich nahm Georg ein Streichholz und zündete die inzwischen erkaltete Zigarre ohne jede Eile wieder an.

»Was ist bloß aus dir geworden, Karl«, sagte er dann. »Du warst immer der Mutigste von uns. Bei jedem Streich wolltest du noch einen draufsetzen. Kein Gegner war dir zu groß für eine Rauferei. Und kein Madl zu hübsch oder zu frech oder zu reich, um nicht dein Glück zu versuchen. Und oft mit Erfolg.«

Karl wandte den Blick ab. »Diesen Karl gibt es schon lange nicht mehr.«

»Kann schon sein, dann schieb aber nicht Magda vor, sondern sag gerade heraus, dass du zu feige bist!«, rief Georg aus und schlug mit der Faust auf den Tisch. »Das Madl hat tausendmal mehr Mumm wie du! Ohne sie würdest du noch heute in deinem beschissenen Berlin sitzen und Löcher in die Luft starren. Hier kannst du was tun! Was aus dir machen!«

»Warte mal«, hakte Karl ein. »Was meinst du damit, dass ich ohne Magda nicht hier wäre?«

»So, wie ich es gesagt hab. Magda hat mich bedrängt, dass ich dich aus dem verkrachten Berlin nach München hole. Alles Geld, was ich dir vorgeschossen hab, kommt von ihr.«

Karl senkte den Blick, schaute auf die glimmende Zigarette zwischen seinen eigenen Fingern. So ist das also, dachte er.

»Du ahnst nicht, wie sehr das Madl an dir hängt«, fuhr Georg fort. »Seit ich vor zwei Jahren mal fallen lassen hab, dass ich irgendwann eine Zeitschrift gründen will, hat sie auf mich eingeredet, dass ich dich mit ins Boot hole. Ehrlich gesagt, bei aller alten Freundschaft: Von allein wäre ich nicht auf die Idee gekommen. Du warst ja auch so weit weg. Als ich dann wegen dieser Erbschaftssache nach Berlin musste, hat sie mich bekniet, dass ich zu dir geh und dir ein Angebot mache. Alle Kosten würde sie übernehmen, hat sie versprochen. Da hab ich halt zugestimmt. Der Mann, der dem Madl was abschlagen kann, muss erst noch geboren werden.«

Karl nahm einen tiefen Zug von der Zigarette. Doch er blieb stumm. Was sollte er auch sagen?

»Jetzt sei nicht eingeschnappt«, sagte dafür Georg. »Ich weiß selbst, dass ich da nicht hätte mitmachen sollen. Sei froh, dass du hier bist. Berlin ist nur noch ein Loch in der Landkarte. Hier im Westen spielt die Musik.«

Karl drückte die Zigarette im Aschenbecher aus und stand auf.

»Sei nicht dumm, Karl«, beschwor Georg ihn und erhob sich auch aus seinem Sessel. »Du bist vielleicht an einer Riesensache dran, das ist deine Gelegenheit! Nutze sie!«

Das Opfer musst du bringen, dachte Ludwig, vor der Pforte des Krankenhauses rechts der Isar stehend. Krankenhäuser – wie er sie hasste! Und nicht erst, seit er seine Mutter in einem von ihnen dahinsiechen und schließlich qualvoll hatte sterben sehen. Er vergewisserte sich, dass die Tafel Schokolade in der Innentasche seines Jacketts noch da war, dann betrat er die Klinik. Chirurgische Abteilung, Zimmer vierunddreißig. So hatte man es ihm am Telefon gesagt. Er folgte den Hinweistafeln im Foyer, stieg ein paar Treppen hinauf und geriet in einen Flur, in dem ihn der widerliche Krankenhausgeruch mit besonderer Intensität traf. Eine Mischung aus Jod, Alkohol und vollen Bettpfannen. Dazu diese gedämpfte Geschäftigkeit, die man wahrnahm, selbst wenn man niemanden sah. Stimmen und Schritte, hie und da ein Seufzen und Stöhnen.

Zimmer vierunddreißig. Durch ein Fenster ganz am anderen Ende des Flurs drang milchiges Licht herein. Er blieb vor der Tür stehen, sammelte sich und klopfte. Beherzt machte er sogleich die Tür auf. Vier Betten, vier Patienten. Doch in keinem der Gesichter erkannte er das des polnischen Burschen Lech Falski.

»Verzeihung«, sagte er.

Wieder auf dem Flur, sah er sich nach einer Schwester um. Hatte man ihm die falsche Zimmernummer genannt? Oder hatte er sie falsch verstanden? Er hatte am Vormittag angerufen, jetzt war es später Nachmittag. Vielleicht war Lech in der Zwischenzeit verlegt worden.

Endlich tauchte eine Schwester auf. Er trat ihr in den Weg. »Ich suche den Patienten Lech Falski. Junger Bursche, Pole«, sagte er und las dabei den Namen Ulrike auf ihrer blütenweißen Schwesterntracht. »Soll auf Zimmer vierunddreißig liegen, aber da ist er nicht.«

»Ja, ich weiß schon«, sagte Schwester Ulrike. »Armer Kerl. Wie sie den zugerichtet haben. Wer so was tut, gehört hart bestraft.«

Ludwig schwieg betreten.

»Lech Falski?«, kam eine zweite Schwester hinzu, die den Namen aufgeschnappt hatte. Schwester Marianne, las Ludwig auf dem üppigen Busen. »Der ist weg. Wurde abgeholt, von seinem Vater.«

»Wann?«, fragte Ludwig.

»Vor ein oder zwei Stunden. Der Herr Doktor hat zwar dringlich abgeraten, bei der Gehirnerschütterung ist absolute Bettruhe angesagt, aber der Vater hat es nicht eingesehen. Oder verstanden, bei dem bisschen Deutsch, was der gesprochen hat.«

»Wo sie hin wollen, haben sie wahrscheinlich nicht gesagt, oder?«

Die beiden Krankenschwestern schauten einander an und schüttelten den Kopf.

»Und wer sind jetzt eigentlich Sie?«, fragte Schwester Marianne.

Doch Ludwig hatte sich schon abgewandt und ging davon.

So ein Mist, dachte er auf dem Weg nach draußen, die sehen wir nie wieder.


In der Gaststube saß nur eine Handvoll Menschen. Einige der Logisgäste nahmen ein Mahl ein, das es für sie zum Sonderpreis gab. Jeder hockte einzeln an einem Tisch. Die älteren Herren am Stammtisch rauchten, lasen Zeitung, und nur ab und zu gab es einen kurzen Wortwechsel. Veit stand hinter dem Tresen.

Karl schlurfte herein und fragte: »Hast du was zu essen?«

»Wieso gehst du nicht rauf? Die Mutt macht dir bestimmt was.«

Karl zuckte mit den Schultern. Er wusste es selbst nicht. Am liebsten wäre er ganz woanders gewesen. Wenn er nur gewusst hätte, wo. Er schaute auf die Tageskarte, die mit Kreide in Kathis rundlicher Handschrift auf eine Schiefertafel geschrieben war. »Ich krieg das Saure Lüngerl mit Semmelknödel«, bestellte er, »und dazu ein Helles.«

»Ist recht.«

Veit verschwand in die Küche. Karl ließ sich gleich neben dem Tresen nieder. Er spürte schon länger, dass Veits anfängliche Wiedersehensfreude einer kühlen, aufgesetzten Höflichkeit gewichen war. Wahrscheinlich hatte Veit gedacht, er sei nur für kurze Zeit zu Besuch, doch nun dämmerte ihm, dass er vielleicht für immer blieb.

Wenn er gewusst hätte, wo er hin sollte, hätte Karl noch in dieser Stunde seine Koffer gepackt. Doch Berlin war nur noch ein Loch in der Landkarte, wie Georg richtig sagte. Die kleine Magda hatte ihn mit einer Finte von dort weggelockt, und wahrscheinlich sollte er ihr deshalb böse sein, doch er war es nicht. Sie war das einzig Gute in dem ganzen Schlamassel, der sein Leben war. Ein Leben, das seit Jahren schon festsaß, in dem nichts vor und nichts zurück ging. Und er hatte keine Ahnung, wie er das ändern sollte, denn alles, was er begann, kam ihm schon nach kurzem sinnlos vor und zum Scheitern verurteilt. Nein, er hatte genauso wenig Angst vor einem Kumpfmayer oder vor irgendwelchen Schiebergrößen wie Magda. Er wünschte, er hätte Angst. Dann würde er wenigstens irgendwas fühlen. Aber so war alles nur eine große, erschreckende Leere.

Veit kehrte aus der Küche zurück, sagte, dass das Essen gleich käme und stellte sich an den Zapfhahn. Nachdem er das Bier gebracht hatte, kam ein Mann in einem hellen Anzug herein, der hier völlig fehl am Platze wirkte und deshalb alle Blicke auf sich zog. Er trat an den Tresen und legte einen Schlüssel ab. Er hatte also ein Zimmer. Wahrscheinlich war das dieser Emil Brennicke, mit dem Magda vor ein paar Tagen ausgegangen war. Ein Polizist, hatte sie erzählt, der ausgerechnet über Raubkunst ermittelte. Doch allein schon wie sie von ihm sprach, machte Karl den Mann unsympathisch, weshalb er ihn bis jetzt gemieden hatte. Und sein geschniegeltes Aussehen passte irgendwie dazu.

»Geht's noch auf die Pirsch?«, fragte Veit scherzhaft.

»Leider. Dienst ist Dienst und Schnaps ist Schnaps.«

*Samstag, 22. April 1950*

---

LUDWIG WAR NIE viel ins Museum gegangen, aber als er
bei Kriegsende zum ersten Mal die von Bomben zerstörten
Pinakotheken gesehen hatte, war sogar ihm das Herz gebrochen. Gott sei Dank hatten die Kunstwerke da schon längst
sicher in irgendwelchen Depots gelegen, so dass es nur die
Gebäude getroffen hatte. Inzwischen war man an den Anblick gewöhnt. Wie an so vieles. Doch vorhin, auf der Fahrt
durch die Maxvorstadt, beim Anblick der gespenstischen Ruinen und der leergeräumten Baulücken, war ihm erneut bewusst geworden, was verloren gegangen war, und da hatte er
den Schmerz wieder gespürt. Schuld war vielleicht der Zei-
tungsartikel, den er im Büro gelesen hatte, bevor der Anruf
kam. Das alte München sei passé, hatte es dort geheißen, man
solle den Rest, der noch stand, am besten abreißen und ein
neues München bauen. Aus Glas und Stahl und Beton solle es
bestehen, mit breiten Straßen für den Autoverkehr. Modern
und zukunftsorientiert, wie die Städte in Amerika. Ludwig
hatte nur den Kopf geschüttelt. Wolkenkratzer am Marienplatz? Autobahnen bis zum Hauptbahnhof? Das wollte er
sich lieber nicht vorstellen. Das war dann nicht mehr seine
Stadt.

»Sie liegen dort drüben, Herr Kriminaloberkommissär«,
sagte der Schutzpolizist, nachdem Ludwig ausgestiegen war,

und deutete auf den Steinhaufen, der einmal eine Mauer in der Alten Pinakothek gewesen war.

»Sie?«, fragte Ludwig. »Es sind mehrere?«

Ein Nicken. »Zwei. Einer liegt hier« – er deutete erst in eine, dann in eine andere Richtung – »der andere dort.«

»Ein Arzt ist verständigt?«

»Dr. Schnellberger.«

Gerade da fuhr ein Wagen heran. Es war jedoch nicht der Arzt, wie Ludwig zuerst vermutet hatte. »Einen Augenblick noch«, sagte er zu dem Polizisten an seiner Seite. Was wollte Meilhammer hier? Eigentlich rückte der Staatsanwalt erst ab drei Toten aus. Ludwig kam ihm ein paar Schritte entgegen. Als Meilhammer ausgestiegen war, trat er mit ausgestreckter Hand auf Ludwig zu. »Grüß Gott«, sagte er, offensichtlich ebenso erfreut. »Was haben wir?«

»Einen Toten zu wenig für Sie«, scherzte Ludwig. »Oder sind Sie nur zum Rauchen gekommen?«

Meilhammer lächelte. Der Mann hatte wenigstens Humor. »Gehen wir's an«, sagte er schmunzelnd.

Er setzte den Hut auf – Ludwig hatte seinen im Büro gelassen –, dann folgten sie dem Kollegen in Uniform, vorbei an Pfützen und Schutthaufen. Zöllner, der Karl chauffiert hatte, schlenderte, die Hände in den Hosentaschen, zwei Meter hinter ihnen her, so als habe er mit all dem nur am Rande etwas zu tun.

»Irgendwas Neues im Fall Otto Brandl?«, wollte Meilhammer wissen.

»Leider nein.«

»Nehmen Sie es nicht so schwer. Manchmal läuft es halt so.«

Sie waren um den Tatortwagen herumgegangen, wo die

Spurenleute plaudernd und rauchend ihre Ausrüstung fertig machten, und bemerkten jemanden, der fotografierte.

»Ist der von uns?«, fragte Ludwig.

»Äh … ja …«

Anscheinend war er neu, zumindest benahm er sich so. Vor dem ermittelnden Kriminaler hatte keiner was bei der Leiche zu suchen. Wieso passten die Erkennungsdienstler nicht besser auf? Der war doch bestimmt mit ihnen gekommen.

»He, Sie, weg da!«, rief Ludwig ärgerlich und ging ein wenig schneller. »Wenn man nicht alles selber macht«, sagte er zu Meilhammer, um sich sogleich an den Kollegen in Uniform zu wenden. »Wer hat die beiden gefunden?«

»Lausbuben, die hier Cowboy und Indianer gespielt haben. Sitzen da hinten im Polizeiauto. Und sie haben noch was gefunden.«

Ludwig sah den Mann erwartungsvoll an.

»Eine Ledertasche voller Fotografien von Gemälden. Und Listen.«

Sie kamen bei der einen Leiche an. Meilhammer ließ sich ein paar Schritte zurückfallen. Schon recht. Man wusste nie, was für ein Anblick einen erwartete.

»Hat Ihnen keiner gesagt, dass Sie erst dürfen, wenn ein Kriminaler hier war?«, wies Ludwig den Fotografen zurecht.

»Schon …«, gab der zu und lief feuerrot an. Wohl um von seinem Übereifer abzulenken, sagte er: »Sie sollten den anderen erst sehen. Der hat wohl vor kurzem erst eine gehörige Abreibung bekommen. Und noch so ein junger Kerl.«

Feine Härchen stellten sich in Ludwigs Nacken auf, eine Unruhe fuhr in ihn, die ihn alles andere vergessen ließ. Dennoch erkannte er den Toten erst, als er ihn schon ein paar Sekunden angeschaut hatte. Er rannte zu dem anderen. Ein von Blutergüssen und genähten Platzwunden entstelltes Gesicht. Er war's auch. Freilich. Was sonst? Beide waren sie es. Die Polen. Da lief es ihm eiskalt den Rücken hinunter. »Das gibt's doch nicht«, hauchte er, während er in das geschundene, wächserne Antlitz blickte.

»Du siehst bezaubernd aus.«

Karls Blick verriet Magda, dass sie das Kompliment nicht bloß reiner Höflichkeit verdankte. Sie schlug die Augen nieder. Es stimmte: In dem schwarzen Cocktailkleid sah sie ganz besonders reizvoll aus, weil darin ihre schmale Taille so gut zur Geltung kam.

»Das Kleid hab ich selbst genäht«, sagte sie stolz.

»Du bist ein Genie.«

Sie lachte. »Einstein ist ein Genie. Das ist gar nicht so schwer. Wenn man's kann.«

Sie biss sich auf die Unterlippe. Was redete sie nur für einen Blödsinn? Warum war sie so nervös? Sie ging doch nicht zum ersten Mal mit einem Mann aus. Auch nicht mit zweien.

Karl ließ die Augen durch den Raum schweifen. »Ist das *ihr* Zimmer?«, fragte er.

Sie nickte. Es war ja auch kaum zu übersehen. Alles hier stammte von ihren Eltern: das schwere Bettgestell, die Eichenschränke, die Kommode, der Frisiertisch. Nur die Sachen im Hitler-Schrein und die Waschschüssel mit dem Hakenkreuz hatte sie wegwerfen dürfen.

»Macht es dir gar nichts aus, im Ehebett deiner toten Eltern zu schlafen?«

Sie zuckte mit den Schultern.

Anfangs war es schon seltsam gewesen. Aber die ersten Jahre hatte sie das Zimmer sowieso mit ihrer Oma geteilt, das Haus war ja bis unters Dach voll gewesen mit Schlesiern, Sudetendeutschen und wo sie überall herkamen, die vertriebenen Volksgenossen; also keine Zeit für Empfindsamkeiten, und das war auch das einzig Gute daran gewesen.

»Wir müssen gehen«, sagte sie, »sonst ist die Tram weg.«

Er nahm ihren Mantel von der Stuhllehne und half ihr hinein. Dabei kam er ihr näher, als er eigentlich musste. Ihr wurde plötzlich ganz heiß. Besser, der Mantel blieb erst noch offen. Auch die Handschuhe zog sie nicht an, sondern steckte sie in die Manteltaschen.

Schweigend verließen sie das Zimmer. Gut möglich, dass ihre Blicke sie längst verraten hatten, doch sagen würde sie ihm niemals, wie blendend er für sie in diesem Anzug und dem Mantel aussah. Sein Haar war ein wenig länger als der gepflegte Herr es üblicherweise trug, im Nacken ragte es bereits über den Hemdkragen, so dass die Oma sich schon über Anzeichen von Verwahrlosung beschwerte, doch ihr gefiel genau das. Oder wie ihm immer wieder eine Strähne in die Stirn rutschte, und er sie dann wegwischte, mit dieser beiläufigen und doch so bestimmten Handbewegung; das erinnerte sie an amerikanische Filmstars. Gregory Peck oder Robert Mitchum.

»Was macht dieser Herr Brennicke eigentlich den ganzen Tag?«, fragte Karl im Stiegenhaus auf dem Weg nach unten. »Er scheint dauernd im Dienst zu sein, auch noch am Abend. Bis jetzt hab ich ihn erst einmal kurz gesehen. Vor ein paar Tagen war das.«

Dass sie Emil beinahe jeden Morgen traf, wenn er frühstückte, und sich dabei Komplimente machen ließ, verschwieg Magda lieber. Etwas an dem Herrn reizte sie.

»Es ist wirklich höchste Zeit, dass ihr euch kennenlernt«, sagte sie, »schließlich findest du keine bessere Quelle für unseren Artikel. Ein Polizist, der auf Raubkunst spezialisiert ist. Besser geht's nicht.«

»Du kriegst sicher mehr aus ihm heraus.«

Sie verzog den Mund, sagte aber nichts dazu, sondern fuhr fort: »Was ist eigentlich aus deinem Amerikaner geworden? Wie hieß er noch mal?«

»Aldrich. Andrew Aldrich.«

»Hat er sich noch mal bei dir gemeldet? Oder du dich bei ihm?«

Karl zuckte mit den Schultern. Magda verstand und verzog den Mund. Doch egal wie viele Tritte in den Hintern er brauchte, um in Gang zu kommen, sie würde ihm jeden einzelnen davon mit dem allergrößten Vergnügen verpassen.

So wie es sich anhörte, war die Gaststube voll, und auch im Nebenzimmer ging es hoch her. Veit hatte am Zapfhahn sicher alle Hände voll zu tun, und Kathi bestimmt noch viel mehr. Aus der Küche, wo die alte Kreszenz den Kochlöffel schwang, drang der schwere Dunst von Braten, Knödelwasser und Blaukraut in den Flur. Magda ging schneller, aus Angst, der Geruch könnte sich an ihr festhängen.

Karl hob etwas auf. Einen Zettel.

»Weißt du, was das für Leute sind, im Nebenraum?«, fragte er und hielt ihr den Zettel hin.

## DEUTSCHLAND AM ABGRUND!

Wie lange noch unterwerfen wir uns dem Siegerdiktat? Was
können wir gegen Überfremdung und Unterwanderung tun?

Vortrag und Aussprache.
Es spricht Oberleutnant a. D.
Henning von Mahnstein, München.

Ort: Kammererwirt, Haidhausen.
Zeit: Samstag, 22ster April, ½ 8 Uhr
Veranstalter: Die Wahren Deutschen

Zornig zerknüllte Magda den Zettel. Veit war so ein Depp!
Und dann wunderte er sich, wenn ihm manche Leute faule
Eier an die Hauswand warfen. Am liebsten hätte sie das
gleich selbst getan. Zu Karl sagte sie unwirsch: »Was werden
das schon für Leute sein? Alte Nazis und junge Idioten.« Sie
ging weiter. Karl hielt ihr die Tür auf. Endlich draußen warf
sie das Papierknäuel voller Verachtung in den Rinnstein.

Später als üblich verließ Ludwig sein Büro. Für heute hatte
er dem Tag lange genug beim Vergehen zugeschaut. Auf
den Fluren des Polizeipräsidiums war längst Ruhe einge-
kehrt. Nur noch der Hausdiener, der auf seinem Rundgang ein »Schöner Feierabend auch, Herr Kommissär!«
entbot. Stumm zog Ludwig den Hut. Weil der Paternoster
schon abgestellt war, musste er die Treppe nehmen. Als er
durch den Haupteingang ins Freie trat, fiel ihm ein, dass
er seinen Schirm im Büro vergessen hatte. Sollte er noch
mal zurückgehen und ihn holen? Er streckte die Hand aus.
Nein, das bisschen Nieselregen würde ihn schon nicht umbringen.

Seine Schuld war es jedenfalls nicht, dass die beiden

Polen tot waren. Wenn überhaupt jemand Schuld hatte, dann Dr. Höfer. Aber wieso nagte es dann die ganze Zeit so sehr an ihm? Der Schutzpolizist neben dem eisernen Tor grüßte, er grüßte zurück. Ging rasch weiter. Exekutiert. So sah es aus. Hinknien, die Walther PP in den Nacken, abdrücken. Er fröstelte bis unter die Haut. Es war nicht dort geschehen, wo sie die Leichen gefunden hatten. In der Museumsruine. So viel stand fest. Kein Tropfen Blut. Nirgends.

Er blieb stehen, kramte umständlich seine Zigaretten heraus. Zündete sich eine an. Der trockene Rauch kratzte im Rachen. Er ging weiter. Und dann erst diese andere Sache. Dieser Fund bei Janusz Falskis Leiche. Eine Ledertasche mit Fotografien von Gemälden, dazu eine maschinengeschriebene Liste mit Titeln von Bildern. Wie passte das zu zwei entwurzelten Polen, Vater und Sohn, die nichts hatten außer sich selbst? Was würde dabei am Ende herauskommen? Man konnte es sich denken. Er hörte Meilhammer schon sagen: Sie können nicht mehr tun, als Sie tun können. Doch was sollte einen daran schon trösten, wenn alles am Ende immer zu wenig war?

In der Tram war kein Sitzplatz mehr frei. Karl spürte sein angeschlagenes Knie noch, aber kein Grund zu klagen. Prüfend schaute er sich unter den Leuten um, die in ihrer Nähe waren. Schon auf dem Weg zur Haltestelle hatte er die Umgebung im Auge behalten. Er hatte nichts Auffälliges bemerkt, und doch wurde er das Gefühl nicht los, unter Beobachtung zu sein.

Magda stand dicht vor ihm, eine Hand umklammerte eine Haltestange, die andere hielt sich an seinem Unterarm fest. Ihr Parfüm stieg ihm in die Nase. Früher war er gut darin gewesen, Düfte zu erraten. Er konnte Sandelholz erkennen, vielleicht Bergamotte und auch Rosenholz. Musste eine neue Kreation sein. Französisch vielleicht. Wo sie sie wohl her hatte? Etwa von Brennicke? Konnte sich ein deutscher Beamter teure französische Parfüms leisten? Karl spürte einen feinen Schmerz in der Bauchhöhle. Er war gespannt auf diesen Emil Brennicke und hatte doch wenig Lust, ihm zu begegnen.

»Hat Veit eigentlich öfter solche Leute im Hinterzimmer?«, fragte er, um sich selbst auf andere Gedanken zu bringen. »Wie diese *Wahren Deutschen*, meine ich.«

»Veit ist ein Narr«, antwortete Magda schroff. »Politisch und auch so.« Nach einer kurzen Pause fügte sie hinzu: »Eigentlich mag ich ihn ja, den Veit. Er kann charmant sein, wenn er will, und lustig. Aber dann wieder …«

Magda schaute aus dem Fenster, wo gerade das zerbombte und ausgebrannte Nationaltheater schemenhaft und finster wie ein Bergmassiv vorüberzog. Karl fragte sich, wann er ihr eröffnen sollte, dass er wusste, wie sie und Georg ihn hierhergelockt hatten. Und dass er ernsthaft darüber nachdachte, aus der Geschichte auszusteigen. Nicht deswegen, sondern weil er sich die ganze Zeit wie ein Betrüger vorkam. Oder eine Fehlbesetzung. Falls er es wirklich tat, würde Magda sicher tief enttäuscht von ihm sein. Aber würde sie das nicht sowieso sein, eines Tages, wenn sie erkannte, dass sie jemanden in ihm sah, der er nicht war?

Magda achtete auf jede Regung in Karls Miene, doch er ließ mit nichts durchblicken, ob ihm die Tanzbar gefiel. Sie würde ihn schon auf Trab bringen, beschloss sie für sich, stieß ihn sanft in die Seite und verkündete: »Wir schwingen heute noch das Tanzbein, bis dir schwindlig wird.«

»Das macht mein Knie leider nicht mit«, gab er humorlos zurück.

»Faule Ausreden werden nicht akzeptiert!«

Sie ließen ihre Mäntel an der Garderobe. Die ganze Zeit schon erging sich eine Klarinette in einer vertrauten Melodie, die Magdas Körper in geschmeidige Schwingungen versetzt. *Komm zurück, ich warte auf dich*, fiel ein Sänger in die Melodie ein, als Karl mit Magda am Arm die Bar betrat.

Sie hielt Ausschau nach Emil, doch die Tanzpaare versperrten ihr die Sicht zur anderen Seite des Raumes. Anscheinend waren alle Tische besetzt, nur an der Bar fanden sich noch einzelne freie Plätze. Gerade übernahm die Trompete vom Sänger die Melodieführung, da bemerkte sie Emil endlich. »Dort«, rief sie über die Musik und den Gesprächslärm hinweg und zog Karl sanft, aber bestimmt mit sich.

Emil stand auf, um sie und Karl an seinem Tisch zu empfangen. Er machte in seinem hellgrauen Anzug eine großartige Figur. Ein Mann von Welt.

»Sie sehen umwerfend aus, Fräulein Magda«, sagte er und küsste ihre Hand. Dann wandte er sich sogleich Karl zu. Magda machte die beiden offiziell bekannt. »Es ist mir eine Ehre«, sagte Emil, während Karl nur murmelte: »Angenehm.«

Kaum hatten sie ihre Stühle zurechtgerückt, eilte auch schon ein befrackter Kellner herbei und nahm die Bestellung auf. Magda wählte einen Gin Tonic, Karl einen Whiskey Sour. Emil, der sein erstes Glas bereits geleert hatte, schloss sich Karl an. Magda schaute zwischen den beiden Männern hin und her. Emils lässige Souveränität hatte etwas Provozierendes, so als sei er sich seiner Sache völlig sicher. Seine

Sache, so wurde ihr bewusst, das war wohl ihre Gunst. Und Karl? Er war auf eine distanzierte Weise höflich. Mehr nicht. Irgendwann holte er seine Zigaretten und das Feuerzeug heraus.

»Nettes Ding«, bemerkte Emil. »Sie können sich wohl schwer davon trennen, oder warum benutzen Sie es immer noch?«

Magda fragte sich, was er meinte, bis ihr Blick auf das Feuerzeug fiel. *Wehrmacht* las sie; darunter prangte der Reichsadler.

»Es ist nur ein Feuerzeug, und es erfüllt seinen Dienst«, sagte Karl und zündete die Zigarette an. Nach dem ersten Zug begann er: »Sie sind also bei der Kriminalpolizei? Dann kennen Sie vielleicht einen Schulfreund von mir. Ludwig Gruber.«

»Ist mir bekannt. Wenn auch nur flüchtig. Sicher ein guter deutscher Beamter. Rechtschaffen. Gut katholisch.«

»Aus Ihrem Mund hört sich jedes einzelne Wort an wie eine Beleidigung.«

»Keineswegs. Solche Leute muss es auch geben. Ich bin nur eben aus einem anderen Holz geschnitzt.«

So oberflächlich sich das Geplänkel anhörte, Magda spürte, dass es um mehr ging. Hahnenkämpfe. Scheinbar unauffällig und doch mit Argusaugen wachten beide Herren darüber, wem sie mehr Blicke schenkte, bei wem sie öfter nickte, wen sie häufiger anlächelte. Doch keiner von ihnen kam auf die Idee, sie in ihr Gespräch einzubeziehen.

»Sie sind also ein ganz harter Junge«, meinte Karl, herablassend lächelnd. »Erzählen Sie mehr.«

Emil lehnte sich zurück. »Ich kann Ihnen erzählen, wie ich den Caneletto wiederbeschafft habe.«

»Bitte nicht schon wieder die Geschichte!«, fiel Magda

ein. Immer wieder kam er darauf zurück. So aufregend wie er dachte, war das gar nicht.

»Was wollen Sie denn hören?«, fragte Emil leicht verstimmt.

Magda tat so, als überlege sie, was wohl ein interessantes Thema wäre. Dabei hatte sie schon längst etwas im Kopf. »Es gibt da eine Kunsthandlung. Galerie Mohnhaupt. Vater und Tochter. Es heißt …« Sie vollendete den Satz nicht, schaute Emil nur vielsagend an. Natürlich hatte sie keine Ahnung, ob über die besagte Kunsthandlung Gerüchte im Umlauf waren. Doch das Verhalten von Vater Mohnhaupt nach Karls Besuch, die Nervosität, die Karl in ihm ausgelöst hatte, ließ einiges vermuten. Wenn Emil mehr wusste, half der kleine Bluff vielleicht, ihm etwas zu entlocken.

Für einen Moment wirkte Emil erstaunt, so als habe sie tatsächlich einen Nerv getroffen. Dann lachte er plötzlich auf. »Oh, Sie sind gut, Magda! Sie sind wirklich gut! Sie wollen mich verleiten, über laufende Ermittlungen zu plaudern. Fast wäre ich darauf hereingefallen.«

Nun lachte sie auch. »Sie sind doch hereingefallen, mein Lieber. Offensichtlich kennen Sie die Mohnhaupts.«

Errötete Emil?

»Sie haben gewonnen«, gab er sich geschlagen. »Ja, ich kenne die Mohnhaupts wirklich. Aber es läuft keine Ermittlung gegen sie. Im Gegenteil. Sie helfen uns.«

»Kann es sein, dass Sie ein Auge auf das Fräulein Tochter geworfen haben?«, scherzte Magda übermütig. »Ich meine nur, weil sie ein wenig rot geworden sind.«

»Jetzt ist es aber gut. Sie haben mich genug auf den Arm genommen.« Emil war plötzlich ernst. Beinahe gekränkt.

Sie tröstete ihn, indem sie seine Hand tätschelte. »Ich

mach doch nur Spaß. Und dafür dürfen Sie nachher mit mir tanzen.«

»Wie kommen Sie ausgerechnet auf die Mohnhaupts?«, fragte Emil.

»Ein Kunstsachverständiger aus New York hat uns den Hinweis gegeben«, sagte Karl. »Er war früher beim *Central Collecting Point* hier in München.«

Emil lachte auf. »Sagen Sie jetzt bloß nicht, Sie haben mit Andrew Aldrich gesprochen.«

Karl wirkte kurz verunsichert. »Sie kennen ihn?«

»Leider! Wie sind Sie denn an den geraten?«

»Durch einen gemeinsamen Bekannten.«

Emil hatte sein Zigarettenetui genommen, ließ es nun aufspringen und bot Magda wortlos eine Zigarette an, die sie jedoch ablehnte. Dafür nahm er sich eine und riss ein Streichholz an. »Trauen Sie Aldrich ja nicht. Er war auch nie ein Sachverständiger, sondern nur ein Assistent von irgend-jemandem. Vor allem aber verfolgt er ganz bestimmte Inter-essen. Was hat er Ihnen erzählt?«

»Eigentlich nichts Besonderes. Hintergrundwissen.« Karl drückte seine Zigarette im Aschenbecher aus. »Was meinen Sie mit: ganz bestimmte Interessen?«

Der Kellner trat mit den Getränken an den Tisch, stellte die Gläser hin und verschwand wieder.

Emil lehnte sich vor und sagte mit gedämpfter Stimme: »Aldrich hat Verbindungen nach Chicago, zum organisier-ten Verbrechen. Seine Hintermänner interessieren sich we-nig für Kunst, aber sehr für Geld und Geschäfte. Und was Herrn Aldrich angeht: Sein Abgang aus dem *Collecting Point* war wenig ehrenhaft. Er soll das eine oder andere Kunst-werk für sich abgezweigt haben. Er hat eine Schwäche für Defregger und Spitzweg. Offiziell ist er allerdings auf eigenen Wunsch gegangen, die Leitung wollte unter allen Umständen schädliche Presse vermeiden. Es sollte nicht heißen: Die Amis sind nicht besser als die Nazis. Sie beklauen die toten Juden auch.«

Die Musiker hatten eine Pause gemacht, jetzt begaben sie sich wieder an ihre Instrumente und eröffneten die nächste Tanzrunde, auf vielfachen Wunsch, wie sie sagten, mit dem Sensationserfolg der letzten Saison: den *Capri-Fischern*.

»Genug geredet«, rief Magda da. »Jetzt wird getanzt. Wer von den Herren will als Erster?«


Herbert Kumpfmayer hatte sich an einem Stehausschank vor dem Hauptbahnhof zwei Bier und ein paar Schnäpse gegönnt. Nun war er auf dem Weg nach Hause. Falls man das Drecksloch, in dem er seit zwei Jahren wohnte, so nennen wollte. Irgendwann bemerkte er den Wagen hinter sich. Im Schritttempo. Wie lange tuckerte ihm der schon nach? Fahr doch vorbei, dachte er. Aber dann verstand er und blieb stehen. Der Wagen, eine Mercedes Limousine, rollte neben ihm aus, das Fenster im Fond wurde heruntergekurbelt.

»Guten Abend, Herr Blohm.«

»Steig ein, wir müssen reden.«

Kumpfmayer zögerte. Er wäre nicht der Erste gewesen, den Blohm in einer Kiesgrube verscharren ließ. Aber er war sich keiner Schuld bewusst. Ja, er arbeitete für jemand anderen. Doch er hatte Blohm weder verraten noch hintergangen. Und es war Blohm selbst gewesen, der ihn weggeschickt hatte. Seine Worte klangen ihm noch im Ohr: »Mit einem Säufer wie dir kann ich nichts anfangen.« Dass ihre Wege sich durch Brennicke wieder kreuzen würden, hatte er nicht vorhersehen können.

»Nun mach schon«, verlangte Blohm, und Kumpfmayer stieg ein. Wenigstens war es hier drin schön warm.

»Wegen Herrn Brennicke«, sagte er, noch ehe Blohm danach fragen konnte, »ich wusste nicht, dass Sie und er – «

»Schon in Ordnung«, unterbrach ihn Blohm. »Du musst auch sehen, wo du bleibst. Und ich hab dir nicht verboten, für jemand anderen zu arbeiten.«

Blohm kurbelte das Fenster auf seiner Seite herunter. Kumpfmayer verstand. Die Alkoholfahne. Und wahrscheinlich nicht bloß die. Seit seinem letzten Besuch bei Vroni Brandl hatte er sich nicht mehr gewaschen.

»Wie bist du zu diesem Brennicke gekommen?«, fragte Blohm. »Oder besser er zu dir?«

Kumpfmayer zuckte mit den Schultern. »Durch meine Vorstrafen, hat er gesagt. Er ist ja bei der Polizei und kennt mein ganzes Register.«

»Hat er dich über mich ausgefragt?«

»Nein. Er wusste schon alles.«

»Was meinst du: Spielt er den korrupten Bullen nur oder ist er wirklich einer?«

Kumpfmayer wunderte sich, dass Blohm ausgerechnet ihn fragte. Als Schmuggler und Hehler im großen Stil hatte er über die Jahre mit so vielen korrupten Beamten, Amtsträgern und Polizisten Geschäfte gemacht, dass Blohm ein besseres Näschen dafür hatte als er, der nie mehr als nur ein Laufbursche gewesen war. Vorsicht ist die Mutter der Porzellankiste, dachte Kumpfmayer, und: Bloß nicht zu weit aus dem Fenster lehnen. Sonst blieb es am Ende noch an ihm hängen, wenn die Sache entweder in die Grütze ging oder Blohm ein Bombengeschäft verpasste. Und Blohm konnte sehr nachtragend sein.

»Wenn er den korrupten Bullen nur spielt«, sagte Kumpfmayer, »dann spielt er ihn wirklich gut.«

Blohm knurrte nur. Offenbar stellte ihn die Antwort nicht ganz zufrieden. Dann fragte er: »Was weißt du über Brennickes Hintermann? Den, der die Bilder hat?«

»Nichts. Brennicke kennt ihn auch nicht. Manchmal muss ich Nachrichten überbringen. Ich treffe aber nie jemanden, sondern lege die Umschläge immer irgendwo ab. Jedes Mal an einem anderen Platz. Mal am Bahnhof, mal in einer Telefonzelle, mal in einem toten Briefkasten.«

»Und die Antworten?«

»Keine Ahnung, wer die überbringt. Ich muss immer nur was ablegen, nie was abholen.«

Sicher hatte Blohm sich mehr erhofft. Nach kurzem Schweigen sagte er: »Halt die Augen offen und erzähl mir alles, was du siehst.«

»Wollte ich eh machen, seit ich weiß, dass Sie was mit der Sache zu tun haben.« Das war nicht mal gelogen.

»Gut. Soll dein Schaden nicht sein. Und jetzt raus.«

Kumpfmayer kehrte zurück in die Kälte und schaute den Rücklichtern des Mercedes nach, bis der Wagen abgebogen war. Im Zweifel war es immer besser, mit Blohm zu gehen. Denn wer war schon Emil Brennicke? Ein durch und durch korrupter Bulle. Angeblich. Und sonst? Die Emil Brennickes kamen und gingen. Walter Blohm blieb.


»Gute Nacht«, hauchte Magda, als sie vor Karls Tür standen. Sie stellte sich auf die Zehenspitzen, lehnte sich an ihn, zog sich an seinen Schultern hoch und küsste ihn auf die Wange. Sie hatte einen Schwips, aber das machte nichts, es stand ihr gut, fand er. Jedes Fräulein in einem schwarzen Cocktailkleid sollte einen Schwips haben. Wäre das nicht ein guter Titel für einen Schlager? Hoppla, dachte er, ich bin wohl auch nicht mehr nüchtern.

»Gute Nacht«, hauchte er zurück und verlor sich fast in ihren wundervollen Augen.

Vielleicht war es ganz gut, dass Emil Brennicke, die Hände tief in die Hosentaschen vergraben, nur zwei Armlängen entfernt an der Wand des schlecht beleuchteten Flurs lehnte und wartete, dass diese Abschiedsszene endete. Sie dauerte schon viel zu lange.

Magda löste sich und wendete sich Brennicke zu. Karl hatte ein Gefühl im Bauch, als habe er einen Stein verschluckt. Doch er sagte nichts. Dafür sprach Brennicke: »Der Schlüssel. Sie haben noch den Wagenschlüssel.«

Karl holte ihn aus der Manteltasche und warf ihn Brennicke zu, der ihn sicher fing. »Phantastischer Wagen.«

»Wenn Sie ihn mal wieder fahren wollen, wissen Sie ja, wo Sie mich finden«, antwortete Brennicke.

Karl schloss seine Tür auf, das »Gute Nacht«, das Brennicke ihm hinterherwarf wie ein benutztes Taschentuch, beantwortete er nicht mehr.

Drinnen ließ er sich rückwärts aufs Bett fallen und lauschte angestrengt ins Dunkel. Waren draußen auf dem Flur noch Geräusche? Getuschel? Gestohlene oder geschenkte Küsse? Er hörte nur das Rauschen seines Blutes in den Ohren. Wie viele von diesen Whiskey Sour hatte er sich eigentlich genehmigt? Vier? Fünf? Auf jeden Fall zu viele. Und doch nicht genug, um dieses Bild wie aus einem Hollywoodschmachtfetzen zu vergessen: Magda und Brennicke, die den *Tennessee Waltz* tanzten: er so hell und blond, sie so schillernd und dunkel, und beide umspült von der süßen Schwermut des Songs.

Was für ein Narr sein Herz doch war. Wieso schlug es so wild? Was bildete es sich ein? Besser, er dachte an etwas anderes. Wie etwa an den Wagen. Der war herrlich gewesen.

Ein Horch 830 BL, ein Schiff von einem Auto, schon zwölf Jahre alt, aber wunderbar in Schuss. Die Schaltung hakte ein wenig, das war auch schon alles, und er hatte rasch heraus, was sie von ihm wollte. Und trotzdem ärgerte es ihn im Nachhinein, dass er sich darauf eingelassen hatte, ans Steuer zu gehen. Schon wie Brennicke ihm den Schlüssel in die Hand gedrückt hatte – wie einem Chauffeur. Da war eigentlich alles klar gewesen. Statt auf dem Beifahrersitz mit ihm über den Wagen zu fachsimpeln, saß Brennicke hinten bei Magda und schäkerte ungestört mit ihr herum. Und sie hatte es sich gefallen lassen. Warum auch nicht?

Was bin ich doch für ein Narr, dachte Karl.

»Jetzt sind es nur noch wir beide«, sagte Emil, nachdem Karls Tür zugegangen war.

Magda schaute ihn keck an. »Und wenn ich auch noch gehe, sind Sie ganz alleine. Sie Ärmster.«

Er löste sich von der Wand und trat an sie heran. Sein Geruch war männlicher als seine Erscheinung. Tabak, Rasierwasser, ein wenig Schweiß. Sie mochte es, wenn Männer so rochen. Und wenn ihm irgendwann ein Bart wächst, dachte sie und musste lachen.

»Was ist so witzig?«, fragte er irritiert.

Sie unterdrückte ihren Anflug von weinseliger Heiterkeit. »Nichts. Ich bin betrunken. Und müde. Gute Nacht.«

Er hielt sie am Arm fest. »Gute Nacht? Das ist alles?«

»Für heute schon.«

»Halten Sie mich eigentlich für eine Witzfigur?«

Sein Ton war plötzlich scharf, seine Augen blitzten, und die Hand um ihren Arm schloss sich enger. Wollte er sich mit Gewalt holen, was sie ihm nicht freiwillig gab?

»Sie wissen, wie Sie sich einen Mann gefügig machen.«

»Das ist nicht besonders schwer.« Sanft, aber bestimmt löste sie ihren Unterarm aus seiner Hand.

»Ich kann Ihnen helfen. Ihnen und Ihrem Onkel. Bei dieser Raubkunstgeschichte. Gerade sind Dinge im Gang, über die könnte Ihr Onkel nicht nur einen Artikel, sondern ein ganzes Buch schreiben.«

Schau an, dachte sie.

»Und was ist mit Ihrem Dienstgeheimnis?«

Er setzte ein schiefes Grinsen auf, wie aus einem schlechten Gangsterfilm. »Vorschriften sind doch nur was für Angsthasen.«

»Und dafür wollen Sie ...«

Er ließ den Blick über sie gleiten, vom Kopf bis zu den Füßen und zurück in weniger als zwei Sekunden, und das war Antwort genug.

»Sie haben offensichtlich keine sehr hohe Meinung von mir.«

Er lächelte fein. »Ich habe Fräuleins wie Sie zur Genüge kennengelernt. Was daran liegt, dass ich eine Schwäche für diesen Typ habe. Sie spielen gerne. Genau wie ich.«

Fräuleins wie mich, dachte sie, aha. Doch sie verkniff sich eine Bemerkung. Sie war zu müde für Geplänkel, Streit oder wohin auch immer so ein Gespräch führen würde.

»Gute Nacht«, sagte Magda nur. »Schlafen Sie gut.«

»Warten Sie!« Er hielt sie am Handgelenk fest. »Habe ich Sie gekränkt? Dann tut's mir leid. Manchmal will ich die Dinge ein bisschen zu sehr oder ein bisschen zu schnell. Es war so ein schöner Abend. Und morgen früh verreise ich für ein paar Tage. Bekomme ich wenigstens einen Abschiedskuss und ein wohlmeinendes ›Gute Reise‹ mit auf den Weg?«

Mit weit offenen Augen lag Magda im Bett und starrte in die Dunkelheit. Was war nur mit ihr los? Sie wusste es und wusste es zugleich nicht. Wie er sie angesehen hatte. Und wenn er sie berührt hatte, beim Tanzen oder vorhin beim Gute-Nacht-Sagen, es war wie …

Sie fuhr hoch. Dann knipste sie die Nachttischlampe an. Ihr Blick fiel auf den Wecker. Schon gleich drei.

Wie kannst du nur!, dachte sie.

Sie bedeckte ihr Gesicht mit den Händen. Warum musste sie auf einmal lachen? Weil sie so glücklich oder weil sie verrückt war?

Herrgott nochmal, er war ihr Onkel!

Der Bruder ihres Scheusals von Vater!

Karl war anders. Ganz anders.

Und woher wollte sie das so genau wissen? Sie kannte ihn doch überhaupt nicht. Hatte sie ihn über all die Jahre vielleicht genau deshalb so verehrt? Weil er eigentlich nur ein Traum war und kein wirklicher Mensch? So wie die Filmstars in den Illustrierten.

Und wenn schon! Jetzt war er kein Traum mehr, sondern ein echter Mensch. Ein Mann. Den sie liebte. Begehrte. Der Traum war Wirklichkeit geworden.

Mit allen Folgen und Schwierigkeiten. Etwa, dass sie verwandt waren. Kümmerte sie das gar nicht?

Ja. Nein.

Nicht mehr so sehr, nach dem heutigen Abend. Mit ihm zusammen zu sein machte sie glücklich. Und Angst machte es ihr auch.

Sie sprang auf. Entsetzt über sich selbst. Ging zu ihrem Bücherbrett, nahm das Konversationslexikon heraus und kehrte ins Bett zurück. Blätterte im gelblichen Schein der Nachttischlampe. *Insel … Inzell … In-zest …* Sie überflog den Artikel, begriff nur die Hälfte, las abermals. *Enge Verwandtschaft ... Eltern und Kinder ... ersten Grades, zweiten Grades ...* Von Onkeln und Nichten stand da nichts.

Sie schlug das Lexikon zu, ließ sich rückwärts aufs Bett fallen.

Trotzdem war er ihr ONKEL! Warum machte ihr das nichts aus? Weil sie ihn erst jetzt wirklich kennengelernt hatte? Oder weil sie keine Moral und keinen Anstand besaß, wie ihre Oma behauptete? Es war wohl eine Mischung aus beidem.

Die andere Sache: Er war deutlich älter als sie. Knapp siebzehn Jahre. Na und? Sie kannte viele Frauen, deren Ehemänner deutlich älter waren. Heutzutage nahm doch jede, was sie kriegen konnte.

Moment! Wo dachte sie denn hin? Dass sie und Karl heiraten würden?

Erschrocken über sich selbst fuhr sie wieder hoch. Sie war eindeutig immer noch betrunken. Morgen würde sie einen schlimmen Kater haben. Im Kopf. Und im Herzen.

Sie legte sich wieder hin.

Und wenn er sie gar nicht wollte?, fiel ihr ein. Wenn sie alles missverstanden hatte, einschließlich ihrer sonst untrüglichen Instinkte? Wenn er einfach nur nett war, ein lieber Onkel, nicht mehr? Die Briefe, die er ihr in der Nazizeit geschrieben hatte, mit ihren Tröstungen und aufmunternden Worten, hatten einem Kind gegolten. Und ihre Briefe nach dem Krieg waren ohne Antwort geblieben. Sie hatte sich damals vorgenommen, nach Berlin zu fahren und nach ihm zu sehen. Wenn sie alt genug war, um allein zu reisen. Wenn die Zeiten besser waren und man nicht mehr tausend Stempel für so eine Reise brauchte. – Aber nein, sie wäre nicht gefahren. Die Angst war einfach zu groß gewesen. Davor, dass er sie nicht wollte und wieder wegschickte. Und vor der Endgültigkeit einer solchen Abweisung. Einer Endgültigkeit, die ihr nicht einmal mehr zu träumen erlaubt hätte.

Trotzdem war Karl hier. Das Schicksal hatte ihr einen Weg gezeigt, sie hatte die Chance ergriffen. Das musste doch etwas bedeuten!

Plötzlich musste sie lachen.

Als ihr wieder einfiel, wie eifersüchtig Karl sie und Emil im Rückspiegel beobachtet hatte. Nein, er liebte sie, da gab es keinen Zweifel. Seine Blicke hatten ihn verraten. Und nicht erst da. Von Anfang an. Schon in der Galerie Mohnhaupt. Und selbst nachdem er erfahren hatte, dass sie seine Nichte war. Doch was hieß das schon? Würde er seinem Verlangen nachgeben? Würde er überhaupt zugeben, dass es dieses Verlangen in ihm gab? Wohl eher nicht. Männer waren schwierig, und dieser ganz besonders.

Also was tun?

# Dienstag, 25. April 1950

---

»GENICKSCHUSS«, hatte Dr. Schnellberger schon bei den Trümmern der Alten Pinakothek trocken festgestellt. Und jetzt stand es wieder vor ihm, dieses Wort, schwarz auf weiß diesmal, im vorläufigen Obduktionsbericht, der eben mit der Hauspost gekommen war. Genickschuss. Als hätte er einen Dr. Schnellberger oder einen Professor Weinert vom Gerichtsmedizinischen Institut gebraucht, um einen Genickschuss zu erkennen. Dass der Herrgott noch keinen Überdruss an der ganzen Menschheit hatte, war vielleicht das größte aller göttlichen Wunder. Ludwig ging zum Fenster hinüber und schaute in den tristen Hof, der sich unter ihm auftat. Das Stückchen Himmel, das er von hier aus sehen konnte, bot keinen Trost. Warum bloß hatte er sich nicht früher aufgerafft und war ins Krankenhaus gefahren, um dem Buben seine Tafel Schokolade zu bringen?

»Saubere Arbeit«, sagte Zöllner beim Anschauen der Leichenfotos aus dem Bericht und kaute dabei schmatzend auf einem Apfelschnitz herum, den er vorher feinsäuberlich mit seinem Taschenmesser geschält hatte.

Ludwigs Laune wurde noch schlechter. Wovon redete der Mensch? Hier tat er so abgebrüht, aber wehe er musste mit in die Gerichtsmedizin zu einer Leichenöffnung, dann schaute er auf einmal ganz sparsam aus der Wäsche.

»Sind wir schon wieder so weit, dass wir die Äpfel schälen«, sagte Ludwig verdrossen. »Noch nicht lange her, da haben die Leute den Kitt aus den Fenstern gekratzt, um überhaupt was zu fressen zu haben. Aber so schnell vergisst der Mensch.«

Zöllner grinste bloß.

Dem wird das Grinsen noch vergehen, dachte Ludwig und sagte: »Apropos vergessen. Haben Sie die Witwe Brandl inzwischen erreicht? Oder Brandls Sekretärin? Dass man einer von beiden endlich die Fotos mit den Gemälden zeigen kann?«

»Äh …«, machte Zöllner. »Ich bin erst vor einer halben Stunde gekommen.«

»Eben! Schon vor einer halben Stunde, und nix ist passiert!«

»Dann mach ich das gleich.«

»Nein, machen Sie nicht. Sie fahren mit den Fotos der beiden Polen in die Möhlstraße und wo sich sonst die Ausländer sammeln und fragen rum. Vielleicht finden Sie ja jemanden, der sie kennt. Nehmen Sie Breitsamer mit oder Draxler, wer Ihnen lieber ist.«

Zöllner verzog das Gesicht. »Muss das sein? Ich telefonier lieber. Das kann ich besser.«

»Werden Sie bloß nicht frech! Wenn jemand die beiden wiedererkennt, fragen Sie auch gleich weiter über die Fotos von den Gemälden. Ob wer was darüber weiß oder mitgekriegt hat, dass die beiden Kunst verschoben haben. Verstanden so weit?«

»Ich bin ja nicht blöd.« Zöllner schoss hoch, riss Mantel und Hut vom Garderobenständer, stieß mit dem Fuß die nur angelehnte Durchgangstür ins Büro nebenan auf und plärrte im Kasernenhofton: »Breitsamer, mitkommen, hopp, hopp!«

Breitsamer war der Einzige, der sich so eine Anrede gefallen ließ.

Ludwig nahm die Fotografien von Zöllners Schreibtisch und legte sie zurück in die Mappe mit dem Obduktionsbericht. Er schaute auf die Uhr. Am Nachmittag war Besprechung beim Chef. Der hatte für den Polen-Mord, wie der Doppelmord inzwischen intern hieß, eine zweite Mordkommission bilden und die Leitung dem Kollegen Vranitzky übertragen wollen. Doch Ludwig hatte ihn überzeugt, dass es besser war, wenn er diese Ermittlung auch leitete, wegen der Verbindung zur Mordsache Brandl. »Die Taschenuhr«, hatte Ludwig den Chef erinnern müssen, und das sagte alles darüber, wie dünn diese Verbindung war.

Aber so Gott wollte, wurde sie vielleicht schon bald sehr viel enger, wenn nämlich eine der Fotografien bei Januszs Leiche das Gemälde zeigte, das aus Brandls Büro verschwunden war. Und er hatte Grund zur Hoffnung, denn unter den Bildern befand sich eines, das der Beschreibung, die die Sekretärin gegeben hatte, ziemlich nahe kam.

Ludwig nahm den Hörer ab und legte sich den Zettel hin, auf dem er die Fernsprechnummern der Witwe und der Sekretärin von Otto Brandl aufgeschrieben hatte. Hoffentlich erreichte man heute endlich mal eine der beiden Damen. Die Sekretärin wäre sicher die bessere Zeugin gewesen, da sie das Bild jeden Tag vor Augen gehabt hatte, doch sie war inzwischen nach Passau verzogen, wo sie herstammte. Also dann die Witwe Brandl zuerst. Er wählte die Nummer. Und erreichte die gnädige Frau sogar. »Kommen Sie einfach vorbei«, sagte sie, nachdem er sein Anliegen geschildert hatte.

Deinhardt war so ehrlich wie ein altgedienter Schmuggler nur sein konnte, trotzdem beobachtete Magda mit wachen Augen seine flinken Finger, als sie ihr die Scheine auf den Tisch zählten. Erst fünf Hunderter, dann sechs Fünfziger und zuletzt zehn Zwanziger. »Tausend«, sagte er am Ende und schob ihr das Bündel aus roten, dunkelblauen und grünen Banknoten zu. Sie nahm es zwischen ihre Finger, steckte es aber nicht ein. Die Scheine waren weich und speckig von all den verschwitzten Händen, durch die sie gegangen waren.

»Was machst du damit?«, fragte Deinhardt und holte seine Schnupftabakdose aus der Hosentasche. Er klopfte eine Prise davon auf seinen Handrücken und zog die schwarze Spur mit einem scharfen Zischen in die Nase.

»Was ich immer mache.« Sie zählte dreihundertfünfzig Mark ab, den Rest schob sie zurück in die Mitte des Tisches. »Was lohnt sich gerade?«, fragte sie.

»Zigaretten krieg ich rein. Amerikanische. *Lucky Strike*. *Chesterfield*. Kaffee. Oder wieder Nylons. Was du willst.«

Er zog die Nase kraus, ein Abwarten, das nur die Ruhe vor dem Sturm war, dann explodierte er in ein heftiges Niesen. Ein kariertes Schnäuztuch kam zum Vorschein, das schon ganz braun und gelb war und in das er mit Wonne hineintrompetete.

»Was du willst«, wiederholte er danach.

»Was wirft gerade am meisten ab?«

Er betrachtete, was er ins Schnäuztuch geblasen hatte, knüllte es zusammen und steckte es wieder ein. »In Salzburg steht eine Waggonladung Schokolade. Braucht nur noch die neuen Frachtpapiere, dann geht sie über die Grenze. Könnte Ende der Woche schon hier sein. Fünfundzwanzig, dreißig Prozent Rendite, schätze ich. Vor Steuern.« Er grinste. Mit Steuern meinte er die Schmiergelder an die aus- und inländischen Zollbeamten und die Frachtaufschläge, die für die Spediteure fällig wurden, damit sie bei den Zollfahndern dichthielten. Das Geschäft musste sich für alle lohnen.

Magda überlegte kurz, dann sagte sie: »Na schön, also Schokolade.«

Deinhardt griff sich das Geld und steckte es in die Hosentasche, in der vorhin schon sein Schnäuztuch verschwunden war. »Wenn du noch mal richtig verdienen willst, solltest du bald investieren«, sagte er. »Wer weiß, wie lang's die Möhlstraße noch gibt.«

Magda horchte auf. »Weißt du was Genaues?«

Der Unmut der Münchner Geschäftsleute über das Treiben in der Möhlstraße war ihr bekannt, aber da die meisten Protestierer ihre ordnungsgemäß verzollten Warenbestände selbst mit Schmuggelware auffüllten, machte sie sich deshalb keine Sorgen. Und seit sich Polizei und Zollfahndung bei der großen Razzia im vorigen Jahr böse die Finger verbrannt hatten, drohte auch von der Seite derzeit wenig Gefahr. Die trauten sich jetzt nur noch an die Schmuggelplätze am Hauptbahnhof oder am Sendlinger Tor heran. Hatte sie zumindest gedacht. Was wusste Deinhardt?

»Nur so ein Gefühl«, sagt er bloß und holt die Schnupftabakdose wieder heraus. »Solange die Amis die Deutschen bremsen, geht's uns gut. Aber jetzt kriegen die Deutschen immer mehr das Sagen, weil sie werden ja bald wieder gebraucht, zum Kriegführen gegen die Russen, und da kann es sein, dass wir dafür ins Gras beißen müssen.«

Magda bekam jedes Mal eine Gänsehaut, wenn sie das Wort Krieg hörte. Sie hatte deshalb schon lange keine Lust mehr, Zeitung zu lesen. Der nächste Krieg würde der letzte sein, hieß es, und das durfte man ruhig als Drohung auffassen.

»Wird schon nicht so schlimm werden.« Magda nahm ihre Handtasche und machte Anstalten aufzustehen.

Deinhardt klopfte sich gemütlich die nächste Prise Schnupftabak auf den Handrücken und redete einfach weiter: »Man muss sich nur ansehen, was die großen Fische im Teich machen. Dann weiß man, wo die Reise hingeht.«

Magda horchte auf. »Was meinst du?«

»Walter Blohm, hört man, will ehrlich werden. Will ein Kaufhaus aufmachen, irgendwo in der Stadt. Vielleicht im Rosental, da, wo früher *Uhlfelder* war. Außerdem interessiert er sich neuerdings für Kunst. Geschäftlich. Keinen Schimmer, wie das zusammengeht. Was geht's mich auch an. Oder meinst du, wir beiden Hübschen sollten auch in Kunst investieren?« Er grinste breit.

»Weißt du denn was über dieses Geschäft mit Kunst?«, fragte sie. »Will Blohm kaufen oder verkaufen?«

Deinhardt lachte auf. »Woher soll ich das wissen? Ist einfach nur ein Gerücht, sonst nichts.«

»Und wo kommt es her, dieses Gerücht?«

»Von überall und nirgends. Die Leute reden halt.«

Magda überlegte einen Augenblick, dann fragte sie: »Was reden die Leute denn über einen Herbert Kumpfmayer? Oder Otto Brandl? Schon mal gehört, die Namen?«

Deinhardts Miene wurde ernst und verschlossen. »Wie kommst du denn jetzt auf die?«, wollte er wissen.

»Dann sagen dir die Namen was?«

»Vielleicht ja, vielleicht nein. Reden sollte man über keinen von beiden. Schon gar nicht über Brandl. Und dabei lassen wir es jetzt auch.«

Magda erkannte, dass sie nichts erfahren würde, und stand auf. Während sie über die knarrenden Holzplanken zur Tür von Deinhardts sogenanntem Büro ging, rief er ihr noch nach: »Bis nächste Woche, dann kriegst du dein Geld. Außer der Zoll schnappt unseren schönen Schokoladenexpress. Dann ist die Knete leider futsch! Und noch was.«

Sie blieb stehen und drehte sich um.

»Über Walter Blohm solltest du besser nicht groß rumquatschen. Zwischen uns geht das, weil wir uns schon ewig kennen. Aber andere kennen dich nicht so gut. Die könnten denken, dass du ein Spitzel bist. Und bei Spitzeln kennt der alte Blohm kein Pardon.«

Die Witwe Brandl hatte Kaffee gekocht. Bohnenkaffee. Und Kuchen aus der Konditorei geholt hatte sie auch. Schwarzwälderkirsch und Marmorkuchen. »Ich wusste ja nicht, ob Sie eher der sahnige Typ sind oder der trockene«, sagte sie lächelnd. Und nun saß sie vor ihm in all ihrer Sahnigkeit und schaute ihn an, als wäre er die Kirsche auf der Sahne. Aber Ludwig war eher der trockene Typ.

»Es geht um diese Bilder«, sagte er sachlich, nachdem sie Kaffee eingeschenkt hatte, und schob ihr den kleinen Stapel Fotografien über den Tisch. »Wenn Sie die Freundlichkeit hätten, sie kurz durchzusehen.«

Sie leckte sich die Lippen und sagte: »Und wie sind Sie an die Bilder gekommen? Haben Sie jemanden gefasst, der ...«

»Auf eine leider sehr bedauernswerte Weise. Ein Pole hatte sie bei sich. Wir fanden nur noch seine Leiche. Und die seines Sohnes.«

»Schrecklich«, sagte sie. »Sind das die beiden, die man bei der Alten Pinakothek gefunden hat? Ich hab davon in der Zeitung gelesen.«

Ludwig nickte.

»Was für eine Ironie des Schicksals. Ich meine, sie haben

diese Fotos dabei, und sie finden ausgerechnet vor einem Museum den Tod.«

Eine Ironie des Schicksals war das nicht, hätte Ludwig sagen können. Die beiden wurden dort nicht ermordet, aber mit Bedacht abgelegt. Jemand wollte ein Zeichen setzen. Oder eine Warnung senden. Sicher nicht an die Polizei, aber vielleicht an die Verbrecherkonkurrenz. Doch darüber schwieg Ludwig, er sagte nur: »Der Kaffee schmeckt wirklich gut. Welche Marke ist das?«

Veronika Brandl blätterte die Fotografien durch. »Wissen Sie«, sagte sie zwischendurch ohne besonderen Anlass, »ich bin kein Mensch, der in Museen geht oder ins Theater oder ins Konzert. Ins Kino vielleicht, von Zeit zu Zeit. Und Sie, was machen Sie so, wenn Sie frei haben?«

»Was meinen Sie mit ›frei‹? Ich hab auch noch Familie.«

Schrecklich, dachte er plötzlich, all diese Frauen, die der Krieg zu Witwen gemacht hatte, oft in der Blüte ihrer Jahre. Obwohl es in Veronika Brandls Fall nicht der Krieg gewesen war. Leid tat sie ihm trotzdem.

»Das hier«, sagte sie mit einem Mal. »Das ist es.«

Er stellte die Kaffeetasse, die er eben aufgenommen hatte, wieder hin, ohne zu trinken. Sie reichte ihm das Foto. Es zeigte ein Gemälde, auf dem sich zwei Backfische mit üppigen Schleifen im wallenden Haar befanden. Es war genau das Bild, das ihm Hoffnungen gemacht hatte.

Gott sei Dank! Endlich ein Lichtblick!

»Sind Sie ganz sicher?«

»Vollkommen. Es hing eine Weile hier im Haus, bevor Otto es ins Büro mitgenommen hat. Fragen Sie nicht, wieso. Ich habe lange genug in die dunklen Abgründe dieser Seele geschaut.«

»Sie haben mir sehr geholfen, Frau Brandl«, sagte Ludwig und erhob sich.

»So trinken Sie doch wenigstens noch Ihren Kaffee aus. Und den Kuchen haben Sie auch nicht angerührt.«

»Es tut mir leid. Ich muss wirklich gehen.«

Gemessen an seinem Auftreten war die Kanzlei von Rechtsanwalt Höfer überraschend klein, ja geradezu bescheiden. Wenn man genauer hinschaute, drängte sich ein anderes Wort auf: heruntergekommen. Das Vorzimmer mit der ältlichen Sekretärin war ebenso überladen wie Höfers eigenes Büro. Überall lagen Akten herum, offene und geschlossene Leitz-Ordner, lose Blätter und Gesetzbücher. Ludwig konnte sich kaum vorstellen, dass er hier wirklich solvente Klienten empfing, wie Dengler behauptet hatte. Der einzige Vorzug der Kanzlei blieb ihre Lage nur zehn Minuten vom Justizpalast entfernt. Als Ludwig eintrat, stand Höfer auf und schloss das Fenster, um den Lärm auszusperren, der von der Abrissbaustelle am Stachus herüberdrang. Dafür war das Schreibmaschinengeklapper aus dem Vorzimmer nun umso deutlicher zu hören.

Höfer bot weder Ludwig einen Platz an, noch setzte er sich selbst. »Was verschafft mir die Ehre, Herr Kriminaloberkommissär?«, fragte er mit dieser leicht spöttischen Höflichkeit im Ton, die früher als typisch jüdisch gegolten hatte und die Ludwig partout nicht leiden konnte. Und der Mann war nicht mal Jude.

»Vielleicht wissen Sie es ja schon …« Ludwig drehte den Hut in der Hand. »Vater und Sohn Falski wurden tot aufgefunden. Ermordet. Beide.«

Höfer brauchte ein paar Sekunden, ehe er seine Stimme wiederfand: »Das wusste ich nicht.«

»Stand sogar in der Zeitung.« In einer kleinen, leicht zu übersehenden Notiz, hätte er hinzufügen können, ließ es aber sein.

»Ich hab schon lange aufgehört, Zeitung zu lesen. Haben Sie schon eine Ahnung, wer es getan hat? Und warum?«

»Nein. Deshalb bin ich hier. Ich muss wissen, wer Sie beauftragt hat, die beiden aus unserem Arrest zu holen. Vielleicht hat derjenige auch was mit ihrem Tod zu tun.«

»Wie kommen Sie denn darauf?«

»Vertrauen Sie mir einfach. So wie es aussieht, könnte es um ein viel größeres Verbrechen gehen.«

Höfer überlegte. Offenbar befand er sich in einem Konflikt. »Ich darf es Ihnen nicht sagen«, meinte er dann. »Ich habe es versprochen.«

»Darauf kann ich leider keine Rücksicht nehmen. Sie schützen vielleicht einen Mörder. Oder den Handlanger eines Mörders.«

»Das denke ich nicht. Im Übrigen unterliege ich, und das sollten Sie wissen, der Schweigepflicht.«

»Nur wenn die besagte Person ein Mandant ist. Ist sie das?«

Höfer trat von einem Bein aufs andere, sein Blick wurde unstet. »Nicht in dem Sinne. Nein, eigentlich nicht …«

»Dann reden Sie. Bevor weitere Morde geschehen.«

Höfers Gesicht verschattete sich. »Hätten Sie Herrn Falski sofort den rechtlichen Beistand besorgt, der ihm zustand«, erregte er sich, »befänden wir alle uns jetzt nicht in dieser peinlichen Lage. Und die beiden Falskis würden noch leben!«

»Das würden sie auf jeden Fall, wenn sie noch bei uns in der Zelle säßen«, hielt Ludwig dagegen. »Mann, jetzt reden Sie endlich!«

Noch einmal überlegte Höfer, ehe er sagte: »Sie müssen mir aber versprechen, dass diese Person selbst unbehelligt bleibt.«

»Wenn sie mit den Verbrechen nichts zu tun hat.«

»Das hat sie nicht, da können Sie sicher sein. Der Name dürfte ohnehin eine Enttäuschung für Sie sein.«

Wie lange wollte er diesen Eiertanz noch aufführen? Ludwig riss allmählich der Geduldsfaden.

»Also, bitte, Herr Dr. Höfer …!«

»Ich wurde von Fräulein Maria Gronska auf die beiden aufmerksam gemacht. Ich habe für meine Tätigkeit übrigens kein Honorar genommen.«

Ludwig stutzte. Höfer sagte den Namen so, als müsse er ihm vertraut sein, und irgendwie kam er ihm auch bekannt vor, doch er erinnerte sich nicht.

»Wer ist dieses Fräulein Gronska?«

»Das wissen Sie nicht?« Eine tiefe Furche kerbte sich zwischen seine Brauen. »Nun, dann erzähle ich es Ihnen. Sie ist eine Polin aus Ostpreußen, die den größten Teil ihres Lebens in ihrer Heimat als Deutschlehrerin gearbeitet hat. Mit nur einer großen Liebe: der zur deutschen Sprache und Kultur. Deshalb musste sie nach Kriegsende fliehen. Man hielt sie für eine Kollaborateurin. Was sie nie war.«

Ludwig wusste weniger denn je, wen er meinte.

Höfer schüttelte den Kopf, wie über einen ungelehrigen Schüler. »Es ist die Dolmetscherin, die bei Janusz Falskis Vernehmungen übersetzt hat.«

Jetzt erinnerte Ludwig sich. Ihr Name war im Protokoll vermerkt. Daher kannte er ihn. Doch er hatte stets nur darüber hinweggesehen. Wieso auch nicht? Was bildete Höfer sich ein? Konnte er nicht einfach den Namen sagen und fertig? So wie jeder andere es getan hätte? Erwartet er ernsthaft, dass ein Kriminalkommissär von jedem, der an einer Ermittlung in irgendeiner Weise beteiligt war, Namen und Lebensgeschichte parat hatte?

»Wissen Sie sonst noch was über die beiden Falskis?«, fragte er kühl. »Insbesondere über den Vater?«

»Eigentlich nicht. Der Mann war sehr verschlossen. Misstrauisch. Auch mir gegenüber.«

»Und was wissen Sie über Fräulein Gronska? Ich meine nicht ihre Vergangenheit, über die sie Sie anscheinend sehr ausführlich unterrichtet hat, sondern was sie heute so treibt?«

Höfer rieb sich das Kinn. »Eigentlich nichts«, wiederholte er.


Das ist also die Möhlstraße, in der Magda ihre Geschäfte macht, dachte Karl. Es sah hier nicht anders aus als in den ausgebombten Verkaufsstraßen der Innenstadt, wo Behelfsbuden die Läden ersetzten, nur dass die Buden hier in den Vorgärten zerbombter Villen standen. Es gab alles: frisches Obst, Lebensmittel, Haushaltswaren, Kleidung. Ein Schuhputzer sprach Karl an, man konnte auch gleich Bürsten, Lappen und Schuhwichse bei ihm erwerben. Irgendwo spielte jemand Zither: die Titelmelodie aus *Der Dritte Mann*. Manch einer, der hier entlangspazierte, wirkte wenig vertrauenerweckend, doch die meisten waren normale Bürger und Hausfrauen, wie sie einem auch auf dem Viktualienmarkt begegneten. Sogar Magda hatte er gesehen. Aber nur von weitem. Sie war zu einem jungen Mann aufs Motorrad gestiegen, vermutlich dieser Simon Herzberg, von dem sie ihm erzählt hatte, und mit ihm weggefahren.

Er kaufte sich eine Orange, schälte sie im Gehen, aß ein Stück nach dem anderen und spuckte die Kerne auf die Straße. Danach rauchte er eine Zigarette. Über ihm zog sich der Himmel zusammen, der Wind frischte auf. Das gibt gleich was, dachte er. In was für einer merkwürdigen Stimmung er doch war. Wo kam die bloß her? Wo führte sie ihn hin? Er dachte an Magda, wie er sie in der Galerie Mohnhaupt zum ersten Mal gesehen hatte, dann an Magda und Brennicke, dann an Magda und Simon eben auf dem Motorrad. Er tat es mit Wehmut, so als sei all das nur noch ferne Erinnerung, als habe es nichts mehr mit ihm und seinem Leben zu tun. Wenn der Mann mit der Ballonmütze, dieser Kumpfmayer, jetzt von der Seite an ihn heranträte, mit einem Messer in der Hand – er hätte ihm seine Brust dargeboten.

Als er den Wiener Platz erreichte, setzte Schneetreiben ein. Mit eisigen Fingern griff ihm der Wind unter das viel zu dünne Sakko. Zum Glück fuhr gerade eine Tram bimmelnd in die Haltestelle ein, an der sich eine Menschentraube drängte. Seine Vierer-Fahrkarte war noch für zwei Fahrten gut. Mehr würde er nicht brauchen. Er zwängte sich in die Tram und überlegte sich, während zwei Herren neben ihm lautstark die Weltpolitik erörterten, eine Begründung für eine Entscheidung, die scheinbar ohne sein Zutun gefallen war, hinter den Kulissen seines Bewusstseins. Im Moment fühlte er sich, als sei eine Last von ihm abgefallen. Doch er wusste, dass dieses Gefühl nicht von Dauer sein würde. Das war es nie.

Es änderte sich bereits, als er aus der Tram stieg. So wie sich das Wetter geändert hatte. Vor einer Stunde noch frühlingshaft, war es jetzt winterlich kalt geworden, und immer dichter trieben die Schneeflocken im Wind. Die Durchfahrt und der Hinterhof boten etwas Schutz vor diesen Wetterkapriolen. Der tote Baum grüßte stumm, Karl zog spaßeshalber den Hut. Vor der Tür überlegte er, ob er anklopfen sollte, ließ es aber sein und trat einfach ein. »Schorsch!«, rief er den Flur hinab. »Bist du da?«

Aus dem Konferenzraum streckte Georg den Kopf auf den Gang heraus. Seine Krawatte hing schief, der Knoten war gelockert. »Karl? Was verschafft mir die Ehre?«

Karl ging zu ihm. Die Herren vom letzten Mal saßen am mit Papieren gepflasterten Konferenztisch, Zigarrenglut glomm vor ihren Gesichtern, als sie gleichzeitig Rauch einsogen, in bauchigen Gläsern glänzte goldbraun der Cognac.

»Ihr arbeitet hart, wie man sieht«, scherzte Karl.

Niemand lachte.

»Ich hab nur zwei Minuten.« Georg wies mit ausgestrecktem Arm den bekannten Weg zu seinem Büro.

Wie beim letzten Mal setzte Georg sich auf die Schreibtischkante. Karl blieb stehen. Er nahm den Hut ab und drehte ihn in den Händen, während er sagte: »Ich geh wieder nach Berlin. Du musst dir einen anderen suchen.«

Aus Georgs Miene sprach Verachtung. »Ist vielleicht besser so. Man muss für die neue Zeit auch die Nerven haben.«

Vielleicht hat er recht, dachte Karl auf dem Weg nach unten, vielleicht habe ich einfach nicht die Nerven für das Neue. Und auch nicht für das Alte. Und so hänge ich zwischen dem Gestern und Morgen, an einem seidenen Faden, der einfach nicht reißen will, und weit und breit ist keiner, der ihn für mich durchschneidet.

Nun, da er seine Entscheidung jemandem verkündet hatte, fühlte er sich nicht mehr ganz so sicher. War er vielleicht etwas vorschnell gewesen? Hätte er nicht noch eine Nacht darüber schlafen sollen? Georgs Blick eben. Die Sache mit den Nerven.

Berlin, dachte er. Ein Loch in der Landkarte.

Wieder zurück in der Steinstraße nahm er nicht den Weg

durch die Wirtsstube, auch nicht durch den anderen Eingang von der Straße; er ging über den Hinterhof und durch den dortigen Eingang. In der Hoffnung, dass ihn keiner bemerkte. Wie ein Dieb in der Nacht.

In seinem Zimmer sah er als Erstes den offenen Koffer. Seine Sachen lagen darin und zum Teil auch daneben, so wie er sie am Morgen hinterlassen hatte. Dann erst fiel ihm der große Umschlag auf dem Tisch ins Auge. Er musste heute mit der Post gekommen sein. Er lag einfach da, ein Ausbund an Geduld, und wartete darauf, geöffnet zu werden.

*Mittwoch, 26. April 1950*

---

PUNKT SECHS UHR morgens schlug Ludwig die Augen auf. In fünf Minuten würde der Wecker rasseln. Er nahm ihn und stellte ihn ab. So wie an jedem Morgen, an dem er ins Büro musste. Der Wecker war nur für den noch nie eingetretenen Notfall gestellt, dass er verschlafen sollte. Annerl saß in ihrem geblümten Nachthemd an der Bettkante, ihre rechte Schulter kreiste, eine Bewegung, die von ihrer Hand ausging. Ihre Beinprothese lehnte an der Kommode.

»Ist es heute besser«, fragte er, »mit der Salbe?«

»Ein wenig«, antwortete sie. »Ich mach dir gleich deinen Kaffee. Vom Hefezopf von gestern ist noch was da, wenn du magst. Ich leg ihn dir raus.«

»Lass doch, ich mach schon selbst.«

Ludwig stand auf und schaute in die beiden Kinderbetten, in denen Martin und Hermann schlummerten wie kleine Engel auf Wolken aus Zuckerwatte. Wenn er jetzt noch ein süßes Mäderl mit roten Pausbäckchen und goldenen Locken gehabt hätte, wäre sein Glück vollkommen gewesen. Er gab die Hoffnung nicht auf, dass Annerl sich noch besann. Sie machte sich einfach zu viele Sorgen. Und es war nicht allein ihre Entscheidung. Kinder waren ein Geschenk Gottes, und sie zurückzuweisen, hieß, Gott zurückzuweisen.

Beim Aufschäumen der Rasierseife wallte in Ludwig

spontaner Zorn über Zöllner auf. Mit leeren Händen war er gestern aus der Möhlstraße zurückgekehrt. Bestimmt nur, weil er und Breitsamer nicht richtig gefragt hatten. Nachgebohrt, wie man es machte, wenn einer die Fotos merkwürdig anschaute oder auffallend herumdruckste. Und obwohl er es Zöllner aufgetragen hatte, waren sie nach der Möhlstraße weder am Hauptbahnhof noch an den anderen Plätzen gewesen, an denen die Ausländer für gewöhnlich herumlungerten. Zöllner behauptete sogar dreist, dass die Anweisung nicht so gelautet hatte. Und als Krönung meldete er sich ab für den Außendienst, er spüre so ein Kratzen im Hals, und grinste ihm dabei auch noch frech ins Gesicht. Mit solchen Leuten musste man arbeiten.

Bahn für Bahn zog Ludwig den Rasierer über seine eingeschäumte Wange. Ein lautes, krachendes Schaben aus der Küche ließ ihn innehalten. Die Kaffeemühle. Sie kann es nicht lassen, dachte er. Obwohl er froh war, denn eigentlich war er schon zu spät dran, um sich selbst das Frühstück und die Brotzeit fürs Büro zu richten.

Was regte er sich überhaupt auf wegen diesem Zöllner. Gestern war der erste gute Tag seit langem gewesen. Dass Veronika Brandl das Bild auf dem Foto identifiziert hatte, hatte endlich etwas Bewegung in seine Fälle gebracht. Eine Verbindung. Da hatte sogar der Chef in der Besprechung zufrieden genickt. Für die Kollegen stand natürlich fest, dass die Polen Otto Brandl ermordet hatten. Aber bewiesen war es mitnichten. Und selbst wenn sie es waren – wofür tatsächlich eine Menge sprach –, konnte man davon ausgehen, dass sie lediglich Handlanger gewesen waren. Fragte sich nur, von wem.

Als Erstes würde er sich heute die Dolmetscherin Maria Gronska vornehmen. Ob sie durch ihre Einmischung gegen irgendwelche Vorschriften oder ihren Amtseid verstoßen hatte, wusste er nicht. Der schwerwiegendere Verstoß lag in jedem Fall aufseiten der Polizei, denn das Recht auf einen Anwalt hatte Janusz Falski ja gehabt, und man hätte ihn darüber belehren oder gleich einen Pflichtverteidiger hinzuziehen müssen. Daraus war dem Fräulein also wohl kein Strick zu drehen. Aber er machte sich trotzdem keine Sorgen, er hatte schon ganz andere Kaliber zum Reden gebracht.

Prüfend betrachtete Ludwig sein glattes Gesicht. Dann klatschte er sich Rasierwasser auf die Wangen und wusch Rasierer und Pinsel aus. Dabei fielen ihm Karl und sein Artikel über den Kunstraub aus dem Führerbau ein. Wie weit er wohl inzwischen gediehen war? Vielleicht hatte Karl ja was Brauchbares für ihn. Nicht, dass er einem Reporter – und noch dazu einem Anfänger – mehr zugetraut hätte als den Spezialisten vom Raub. Aber manchmal wollte es der Zufall, dass das Mosaiksteinchen, das man am dringendsten brauchte, in den Händen eines blutigen Laien gelandet war, der keine Ahnung hatte, was er damit anfangen sollte.

»Karl?«

Magda klopfte erst verhalten, dann etwas kräftiger. Schließlich drückte sie die Klinke herunter.

Abgeschlossen. Genau wie gestern Abend.

Wo steckte er nur? War ihm etwas zugestoßen? Es passierten jeden Tag so viele schreckliche Dinge: Verkehrsunfälle, Raubüberfälle, Prügeleien und Messerstechereien aus nichtigsten Anlässen. Und dann waren da noch Herbert Kumpfmayer und derjenige, der ihn geschickt hatte.

Magda lief nach unten. Hinter dem Haus wummerte der Motor des Brauereilasters, der Bierfässer und Eisblöcke für die Kühlung angeliefert hatte. Sie trat ins Freie. Veit stand fröstelnd, weil viel zu leicht gekleidet, bei den Bierfahrern. Sie hatten die vollen Fässer ab- und die leeren aufgeladen und gönnten sich eine Zigarettenpause. Veit rauchte nicht, kaute dafür auf einem Zahnstocher herum.

»Veit!«, schrie Magda über das Motorenbrummen hinweg.

Er hörte es, doch erst, als sie ihm hektisch winkte, kam er auch.

»Weißt du, wo Karl ist?«, fragte sie.

Er schüttelte den Kopf. »Warum? Ist er nicht da?«

»Würde ich dann fragen? Sein Zimmer ist abgeschlossen. Nichts rührt sich. Wann hast du ihn zuletzt gesehen?«

»Gestern, später Vormittag. Er wollte in die Möhlstraße.«

»In der Möhlstraße? Warum?«

»Sich das Ganze mal anschauen.«

Sie überlegte, was das bedeuten konnte, kam aber zu keinem Schluss.

Veit trat einen Schritt näher. »Mach dir keine Sorgen, der taucht schon wieder auf. Vielleicht ist er beim Borgmann Schorsch.«

Magda hatte wenig Hoffnung. Sie hatte am Abend zuvor bei Borgmann antelefoniert, aber nur seine Frau Inge erreicht, und die hatte nichts gewusst. Georg Borgmann selbst war in der neuen Redaktion, wo es noch keinen Telefonanschluss gab. Es war schon zu spät gewesen, um noch hinzufahren, sie wollte auch nicht hysterisch erscheinen.

»Weißt du, wo die Oma ist?«

»Mit einer ihrer Betschwestern in der Stadt.«

Magda verzog das Gesicht. Wenn man die Alte mal brauchte, war sie natürlich nicht da.

»Den Generalschlüssel!«, verlangte sie.

»Was willst du damit?«

»In Karls Zimmer. Nachsehen, ob alles in Ordnung ist.«

»Du denkst, er hat sich was angetan?«

Magda erschrak. Auf die Idee war sie noch gar nicht gekommen. Aber nein, das glaubte sie nicht.

Veit hatte den Generalschlüssel immer bei sich. Er ging voran, die Stiege zu den Fremdenzimmern hinauf. Der Schlüsselbund klimperte in seiner Hand. Vor Karls Tür angekommen, hielt er kurz inne. »Du wartest hier«, bestimmte er.

»Jetzt mach schon auf!«

Der Schlüssel fuhr ins Schloss, drehte sich mit einem metallischen Knirschen. Veit drückte die Klinke herunter, öffnete die Tür nur einen Spalt breit und lugte hinein.

Magda hielt es nicht mehr aus. Sie stieß die Tür auf und schritt an Veit vorbei ins Zimmer. Das Bett war zerwühlt, auf dem Boden lag sein Koffer offen da, Hemden, Wäsche, Socken waren drum herum verteilt. Doch keine Spur von Karl.


Manchmal hat man also auch Glück, dachte Ludwig und hängte den Hörer ein. Dass Maria Gronska, wie er eben erfahren hatte, an diesem Morgen im Polizeipräsidium zu tun hatte, verkürzte die Angelegenheit erheblich. So konnte er sogar noch vor der großen Besprechung mit ihr reden. Er überließ Zöllner das Büro, sagte nur noch: »Ich bin auf Zimmer 411, wenn was sein sollte.«

Zöllner schaute überrascht auf. »411? Sitte? Was wollen Sie denn bei denen?«

Ohne ein weiteres Wort verließ Ludwig das Büro.

Er versuchte, sich Maria Gronska vorzustellen, doch er hatte kein Bild mehr vor Augen. Schmale Lippen, die schwer auszusprechende Worte formten. Das war alles, was ihm in den Sinn kam. Einen Ehemann hatte sie jedenfalls nicht, das Protokoll wies sie als Fräulein Maria Gronska aus.

Auf der Bank vor Zimmer 411 fläzten zwei Damen, die offenbar unter Schlafmangel litten, denn sie hatten sichtlich Schwierigkeiten dabei, sich aufrecht hinzusetzen und die Augen offen zu halten. Ludwig klopfte an die Tür und trat auch gleich ein.

»Morgen, die Herren«, grüßte er.

»Morgen«, hallte es von den beiden Kollegen zurück.

»Die Gronska schon da?«

»Im Anmarsch«, teilte einer mit, während er weiter mit einem Finger auf die Tasten seiner Schreibmaschine hieb.

»Wollen Sie mal sehen, was die Weiber machen, wenn ihre Männer aus dem Haus sind?«, fragte der andere Kollege grinsend. »Das sind die beiden Grazien, die draußen auf der Bank sitzen.« Er nahm zwei Fotos aus der Aktenmappe, die er bearbeitete, und hielt sie hoch. Sie zeigten zwei nackte Frauen, die sich küssten und liebkosten. Ludwig hätte in ihnen niemals die beiden Frauen wiedererkannt, an denen er eben vorübergegangen war. »Hübsch, nicht wahr?«

Ludwig wandte den Blick von dem Schmutz ab, den er schon viel zu lange angesehen hatte. »Wo bleibt Fräulein Gronska denn?«

Als hätte sie sein Rufen vernommen, trat sie in diesem Moment durch die Tür. Schmal, blass, aber mit wachen Augen. Ob sie damit ihn betrachtete oder die Fotos, die der Kollege noch immer hochhielt, war schwer zu sagen. Sie errötete jedenfalls kein bisschen.

»Kann ich Sie kurz sprechen, Fräulein Gronska?«, fragte Ludwig. »Sie erinnern sich ja hoffentlich noch an mich. Die Vernehmung von Janusz Falski, bei der Sie gedolmetscht haben. Kriminaloberkommissär Gruber.«

»Natürlich erinnere ich mich, Herr Kommissär«, sagte sie und zog ihre Handschuhe aus.

»Reden wir draußen. Es dauert nicht lange.«

Sie verließen das Büro. Ludwig wagte im Vorübergehen einen Seitenblick auf die beiden Damen auf der Bank. Er brachte sie auch jetzt nicht in eins mit ihren Ebenbildern auf den Fotos.

»Stört es Sie, wenn ich rauche?«, fragte Maria Gronska.

»Nein. Darf ich Ihnen eine von meinen anbieten?«

»Sind die mit Filter?«

War das ihr Ernst? Sah er aus, als würde er Zigaretten mit Filter rauchen? *»Roxy«*, sagte er und zeigte ihr die Schachtel.

»Dann nicht.«

Sie holte eine Schachtel *F 58* aus ihrer Handtasche und nahm eine Zigarette heraus. Er nahm eine von seinen, riss ein Streichholz an und gab erst ihr Feuer, dann sich selbst.

»Es geht um Dr. Höfer«, begann er. »Er hat gesagt, dass Sie ihn gebeten haben, sich um Janusz Falski zu kümmern.«

Sie brauchte einen Moment, um zu verdauen, dass der Anwalt sein Versprechen gebrochen hatte, ehe sie bestätigte: »Das ist richtig.«

»Warum haben Sie das getan?«

Statt zu antworten, versenkte sie sich in den Anblick der glühenden Spitze ihrer Zigarette. Ludwig betrachtete ihr Gesicht. Unauffällig, fand er nach wie vor, aber mit jedem Blick ein bisschen interessanter. Die langen Wimpern. Der feine Mund. Eine verborgene Schönheit. Wie alt mochte sie sein? Nicht so alt, wie er zunächst angenommen hatte. Ende dreißig? Heutzutage war es schwer, das Alter eines Menschen richtig zu schätzen, weil die Zeit im Leben vieler ihren ordnenden Sinn verloren hatte. Ehejahre, gelebt in wenigen Tagen oder Wochen Fronturlaub, eine Kindheit, die im Alter von fünf oder zehn endete, eine Jugend, schon vorüber, ehe sie begann.

»Tun Sie das für jeden Kriminellen, den Sie hier treffen?«, fragte Ludwig weiter, weil sie immer noch schwieg.

Ein Kopfschütteln.

»Warum in diesem Fall? Kannten Sie Janusz Falski schon, bevor Sie ihn bei uns sahen?«

Wieder ein Kopfschütteln.

»Also? Was hatten Sie für einen Grund, Fräulein?«

Erst jetzt hob sie ihren Blick. Es war etwas Trotziges darin. Vielleicht nur, weil ihr die Art missfiel, in der er sie angesprochen hatte, mit diesem bloßen *Fräulein*. Vielleicht auch aus einem anderen Grund.

»Ist das wirklich so schwer zu erraten?« Sie klopfte die Asche von ihrer Zigarette. »Janusz Falski hat mir leidgetan. Und er hatte ein Recht auf einen Anwalt. Ich fand es empörend, dass Sie ihn nicht darauf hingewiesen haben.«

Ihre Augen blitzten, ihre Stimme war scharf wie eine geschliffene Klinge. Doch Ludwig blieb die Ruhe selbst.

»Sie haben recht«, sagte er. »Herr Dengler hat sich falsch verhalten. Er ist noch ganz alte Schule und sieht nicht ein, wofür Anwälte gut sein sollen.«

»Und Sie? Was sind Sie für eine Schule?«

»Mir geht's nur um die Wahrheit. Und deshalb frage ich mich, warum zwischen der Vernehmung und dem Auftauchen von Herrn Dr. Höfer eine ganze Woche vergangen ist. Eine Woche, in der Sie Ihre Empörung ganz für sich behalten haben. Statt zum Beispiel Dengler, den Haftrichter oder den Staatsanwalt auf den Fehler hinzuweisen. Nein, Sie warten eine Woche und laufen dann zum Anwalt.«

Sie wirkte etwas verunsichert. »Ich … habe mit mir gerungen …«

»Verstehe. Sie haben das noch nie zuvor getan. Sich für einen Verdächtigen eingesetzt, meine ich.«

»Nein.«

»Und warum jetzt? Warum bei Janusz Falski?«

Sie schwieg. Nahm nur einen Zug von ihrer Zigarette.

»Hat jemand Sie darum gebeten?«

Sie lächelte gequält. »Wie kommen Sie denn darauf? Wer sollte ein Interesse an zwei heimatlosen Polen haben?«

»Derjenige, der sie ermordet hat.«

Sie ließ vor Schreck ihre Zigarette fallen. »Sie sind tot?«, fragte sie mit brüchiger Stimme.

»Das wussten Sie nicht?«

Sie brauchte einen Moment, dann sagte sie, wieder gefasst: »Sehr traurig. Aber ich kann Ihnen trotzdem nichts anderes sagen. Ich bin aus freien Stücken zu Herrn Dr. Höfer gegangen. Es gab niemanden, der das von mir verlangt hätte. Das ist die Wahrheit.« Damit trat sie die glimmende Zigarette auf dem Boden aus.

»Wie Sie meinen.«

»Ich muss gehen. Man wartet auf mich.«

Ludwig nickte. Sinnierend schaute er ihr nach. Dass Janusz Falski ihr leidgetan hatte, glaubte er ihr. Der Rest war gelogen. Es gab jemanden, der sie zu Höfer geschickt hatte. Und obwohl er nicht wusste, wie er darauf kam, war er ziemlich sicher, dass sie noch viel mehr verbarg.


Der verbrannte Baum im Hinterhof kam Magda vor wie ein böses Omen. Zwei Männer in Arbeitskleidung und Schiebermützen standen darunter und berieten, wie er sich am besten fällen ließe. Als sie die Tür des Rückgebäudes aufstoßen wollte, fand sie sie verschlossen. Mist, dachte sie.

»Die sind Mittagessen«, rief einer der Männer ungefragt.

Magda drehte sich um. »Wissen Sie auch, wo?«

»Straße raus, links runter. *Rosis Eck*. Ist nicht weit.«

Es war eine kleine Bierwirtschaft mit einer überschaubaren, auf eine Schiefertafel mit Kreide geschriebenen Mittagskarte. Dennoch war sie bis auf den letzten Platz besetzt. Teller und Bestecke klapperten bei gedämpften Tischgesprächen. Georg saß mit drei Männern eingezwängt an einem zu kleinen Tisch, eine Bedienung trug gerade die Teller ab, Zigaretten wurden entzündet. Er bemerkte Magda erst, als sie vor ihm stand.

»Wie schaust du denn aus, Madl?«, rief er. »Ist was passiert? Mit dem Karl?«

Wenn er schon so fragte … »Dann war er nicht hier?«

Die Art, wie Georg aufstand und sie beiseitenahm, beunruhigte sie. »Was ist denn los?«

»Der Karl war heute früh und wahrscheinlich die ganze Nacht nicht da«, sagte sie. »Haben Sie ihn gesehen?«

»Zuletzt gestern am Nachmittag.« Georg schnaufte mitfühlend. »Er hat gesagt, dass er nicht mehr weitermachen will. Mit der Geschichte. Und überhaupt.«

Magdas Herz sank. »Warum denn?«

Georg winkte ab. »Der Karl ist nur noch ein Schatten seiner Selbst. Traurig, aber wahr. Ihm fehlt der Biss. Und das hat er erkannt.«

»Glauben Sie, er ist wieder nach Berlin?«

»Gesagt hat er so was.«

Magda biss sich auf die Unterlippe. Das passte alles nicht zusammen. Wenn Karl wirklich den Nachtzug genommen hatte, wieso waren dann seine Sachen noch da? Nein, er musste noch hier sein. Es waren für die Fahrt ja Formalitäten zu erledigen. Aber wo steckte er?

»Ich hab ihm übrigens unser kleines Arrangement gebeichtet«, sagte Georg in ihre Gedanken hinein. »Schon vor ein paar Tagen. Hat er dir das erzählt?«

Sie schaute auf. »Was meinen Sie? Was für ein Arrangement?«

»Das wirst du doch wohl noch wissen. Dass ich ihn bloß dir zuliebe besucht hab, als ich in Berlin war, und ihm dieses Angebot gemacht hab. Und dass das Geld, das er bekommen hat, von dir stammte.«

War er deshalb fort? Fühlte er sich von ihr betrogen? In seinem Stolz verletzt? Männer pflegten in solchen Fragen ja Empfindlichkeiten.

»Wieso haben Sie ihm das erzählt?«, fuhr sie Georg an. »Sie haben mir versprochen –«

»Es war von Anfang an eine Dummheit, mich auf so eine Kinderei einzulassen«, fiel er ihr ins Wort. »Und das kommt dabei raus, wenn man Schicksal spielen will. Der Karl passt nicht mehr zu uns. Alles, was er hatte und war, liegt unter den Trümmern von Berlin begraben. Also lass ihn seinen Weg gehen und geh du den deinen.«

Die Wörter brannten in ihrem Herzen, und umso mehr, weil Georg vielleicht recht hatte. Doch das machte Magda nur noch zorniger auf ihn. Sie stampfte mit dem Fuß auf und rannte aus der dampfenden Wirtschaft hinaus auf die Straße.

Was sollte sie jetzt tun?


Bis auf Vranitzky war die Mordkommission komplett. Fünf Mann: außer ihm selbst Vranitzky, Breitsamer, Gassner und … Zöllner. Der gerade zum Zeitvertreib Strichmännchen auf seinen Block zeichnete. Strichmännchen an einem Galgen. Vier*einhalb* Mann, dachte Ludwig. »Sie wissen schon, dass das Papier bei uns immer noch knapp ist, Zöllner«, wies er ihn zurecht.

»Ist nur Bleistift«, gab der maulend zurück. »Kann man wieder wegradieren. Oder sind Bleistifte und Radiergummis auch knapp?«

»Alles ist knapp.«

Außer Vranitzky fehlte auch noch Emil Brennicke, der aus der Sonderkommission Raubkunst zu ihnen stoßen und die Kunstspur bearbeiten sollte. Wo blieb der eigentlich?

Die Tür flog auf, die beiden Kollegen schneiten gemeinsam in lockerem Gespräch herein. Ludwig schaute Vranitzky streng an und tippte auf seine Armbanduhr. Schuldbewusst setzt der sich auf den ersten freien Stuhl. Mit der Pünktlichkeit hatte es der werte Kollege noch nie gehabt. Doch einem fähigen Kriminaler sah man kleine Unzulänglichkeiten nach. Emil Brennicke ließ sich auf dem anderen freien Stuhl nieder und legte eine Aktenmappe vor sich hin. Ein seltsamer Mensch war das. Umgänglich und doch ungreifbar. Einer von diesen Männern, die immer wie Jünglinge aussahen, wegen ihrer schlanken Gestalt und dem schwachen Bartwuchs. Wie Mitte dreißig – das war sein angebliches Alter – sah er jedenfalls nicht aus. Man war in der Kantine schon das eine oder andere Mal ins Gespräch gekommen, aber ohne dass eine Nähe entstanden wäre, auch keine kollegiale. Musste ja auch nicht sein. Als Ludwig erfahren hatte, dass ihm ausgerechnet dieser Brennicke geschickt wurde, hatte er sich bei den Kollegen vom Raub vorsichtig näher über ihn erkundigt. Doch weil er erst ein knappes Jahr in München war, wusste niemand was Genaues. Ein fähiger Mann, hieß es allseits, blitzgescheit, aber ein wenig zu sehr von sich überzeugt. Arbeitete am liebsten alleine. Ludwig hatte kein gutes Gefühl bei dem Mann, aber gespannt war er.

»Fangen wir an, Männer.« Ludwig, wandte sich Breitsamer zu und fragte, obwohl er die Antwort eigentlich kannte: »Von der Streife noch nichts, oder?«

»So schnell geht das nicht.«

Alle Polizeistreifen waren angewiesen, Ausschau nach dem Unterschlupf der beiden Polen zu halten, vornehmlich in den Ruinen ausgebombter Häuser, wo nicht wenige der heimatlosen Ausländer mehr schlecht als recht hausten. Die paar Sammelunterkünfte, die es in München noch gab, hatten sie schon abgeklappert, aber die Bewohner dort halfen deutschen Amtsträgern nur ungern, schon gar nicht, wenn sie in Uniform kamen, und wer wollte es ihnen verdenken.

»Wir können an die Presse gehen«, meinte Breitsamer, »die morgigen Ausgaben schaffen wir noch.«

Ludwig nickte. »Übernehmen Sie das, sobald wir hier fertig sind. Auch wenn es wahrscheinlich nichts bringt.« Er wandte sich an Brennicke. »Seien Sie so gut und setzen Sie uns ins Bild, was es mit Führerbau und Raubkunst auf sich hat und was es zu diesen Listen und Fotos zu sagen gibt, die bei den Polen gefunden wurden. In aller Kürze, wenn's geht.«

Brennicke rückte seinen Stuhl zurecht, ließ die Mappe vor sich jedoch unberührt und begann völlig frei zu referieren, und während er über Hitlers Museumsprojekt in Linz sprach, die Plünderung des Führerbaus bei Kriegsende in Erinnerung rief und dann von der Polizeiaktion der Sonderermittler Anfang März erzählte, bei der vierundfünfzig der verschwundenen Werke wiederbeschafft werden konnten, darunter ein Canaletto, den er selbst als verdeckter Ermittler unter abenteuerlichen Umständen wiederbeschafft hatte – während er all dies vor ihnen ausbreitete, wanderten Ludwigs Gedanken zurück zu der morgendlichen Begegnung mit Maria Gronska. Er sah ihre feingliedrige Gestalt vor sich, die langen Wimpern, den zarten Mund, die gepflegte Haut, und erst jetzt, im Nachhinein, wurde ihm ihre Zerbrechlichkeit bewusst. Nein, mehr als nur das, sie berührte ihn im Innersten, machte ihn tieftraurig. Obwohl er noch immer davon überzeugt war, dass sie log, fühlte auch er sich im Unrecht. Besser, es redet keiner der Kollegen mit ihr, dachte er, denen fehlt es am nötigen Feingefühl.

»Was die Listen und Fotos der Gemälde angeht«, führte Brennicke gerade aus, als Ludwig ihm seine Aufmerksamkeit wieder ungeteilt zuwandte, »so lässt sich mit Sicherheit sagen, dass sie weder aus dem Führerbau stammen noch aus dem *Central Collecting Point*. Die Qualität der Fotografien ist viel zu schlecht, die Listen sind voller Fehler, sowohl in der Schreibung wie in der Zuordnung der Werke. Wir gehen all dem gerade nach, fragen die Händler und unsere Informanten in der Hehler- und Schmugglerszene. Vielleicht ist ja jemandem so eine Liste oder so ein Foto schon mal untergekommen.«

»Aber die Bilder selbst«, sagte Ludwig, »ich meine die Gemälde auf den Fotos, die stammen aus dem Führerbau?«

»Ja.«

»Gut«, sagte Ludwig. »Sie halten uns auf dem Laufenden.«

»Selbstverständlich.«

Da es weiter nicht viel Neues gab und die Aufgaben ohnehin verteilt waren, war die Besprechung recht bald beendet. Während die Kollegen den Raum verließen, kam Brennicke auf Ludwig zu.

»Wie es der Zufall will, hab ich vor kurzem einen alten Schulfreund von Ihnen kennengelernt«, begann Brennicke. Die Aktenmappe klemmte unter seiner Achsel. »Karl Wieners.«

»So was. Ermitteln Sie etwa gegen ihn?«

»Wieso? Sollte ich das?«

»Unsinn!«, sagte Ludwig sofort. »War nur ein Scherz.«

Erst jetzt ließ Brennicke ein Grinsen zu. »Weiß ich schon. Wir sind Zimmernachbarn, Herr Wieners und ich. In der Wirtschaft seines Bruders. Ich hab mich für ein paar Wochen ausquartieren müssen. Renovierungsarbeiten im Haus.«

»Das passt ja ausgezeichnet. Karl schreibt gerade einen Artikel zur Raubkunst.«

»Weiß ich, wir haben schon gesprochen. Ich weiß aber nicht so recht, was ich von dem Mann halten soll. Was meinen Sie, als ein alter Freund? Kann man ihm vertrauen?«

Gute Frage, dachte Ludwig und überlegte, um dann zu sagen: »Karl war immer ehrlich, ein bisschen naiv manchmal und unüberlegt. Zumindest war er früher so. Wir hatten lange keinen Kontakt.«

»Und seine Nichte?«

»Die ist jung und schön.«

»Oh, ich bin sicher, dass sie noch sehr viel mehr ist. Aber jetzt muss ich sausen. Einen guten Tag noch, Herr Kollege.«

Ludwig sah ihm nach. Hätte er Brennicke von Magdas Aktivitäten erzählen müssen? Er hatte so ein Gefühl, dass der Kollege längst darüber Bescheid wusste, wahrscheinlich sogar besser als er.


Magda fand Karl am Bahnhof, in der Schalterhalle, auf einer Bank sitzend. In einem Mantel, den sie noch nie an ihm gesehen hatte. Und ohne Krawatte, den obersten Knopf seines Hemdes geöffnet. Sie war erleichtert, dass er anscheinend wohlauf war, und zugleich war ihr Herz schwer, denn wieso sollte er sich hier aufhalten, wenn er nicht vorhatte, die Stadt und damit sie zu verlassen? Hatte er die Fahrkarte nach Berlin vielleicht schon in der Tasche?

Sie näherte sich vorsichtig, wie scheuem Wild, doch er war so tief in sich versunken, dass er sie nicht einmal bemerkte, als sie vor ihm stand. Erst als sie ihn ansprach, schaute er auf.

»Magda«, sagte er mit unendlich traurigen Augen und schien doch froh, sie zu sehen.

»Wo warst du die ganze Nacht? Ich hab dich gesucht.«

»Ich hab der Witwe eines Kameraden das Bett gewärmt«, sagte er. »Dafür hat sie mir den Mantel gegeben. Wir haben also Wärme gegen Wärme getauscht.«

Was sollte das bedeuten? Sie fragte lieber nicht, ließ sich stattdessen auf der Bank nieder, so dicht neben ihm, dass ihre Beine aneinander lagen.

»Schorsch hat mir gesagt, dass du alles weißt. Dass ich ihn zu dir geschickt hab und dass das Geld, das er dir gegeben hat, von mir kommt. Ich weiß, das war dumm von mir. Kindisch. Aber … du hast nach dem Krieg meine Briefe nicht mehr beantwortet, und dann hab ich erfahren, was du alles verloren hast. Es tut mir so leid.«

Karl ergriff ihre Hand. »Das ist schon gut, Magda. Das nehm ich dir nicht übel. Im Gegenteil.«

Sie atmete etwas auf.

»Was ist es dann, das dich umtreibt? Wieso redest du nicht mit mir?«

Plötzlich fuhr er hoch. Eine Haarsträhne fiel ihm in die Stirn, er ließ sie, wo sie war. »Lass uns von hier weggehen, Magda.«

Er hielt noch immer ihre Hand.

Was meinte er? Wohin wollte er gehen? In eine andere Stadt? Mit ihr? Ein neues, anderes, ein gemeinsames Leben beginnen? Ihr wurde mit einem Mal heiß. Wollte sie das auch? Sie sagte mit dünner Stimme: »Wo willst du denn hin?«

»Einfach raus hier. Vielleicht rüber in den Alten Botanischen Garten. Den gibt's ja noch, oder?«

Die Spannung in ihr entlud sich schlagartig, eine zweite Hitzewelle schoss durch sie hindurch, diesmal war es Scham. Was bildete sie sich ein? Wann wachte sie endlich auf! Er wollte nicht mit ihr weggehen, sondern nur raus aus der Schalterhalle.

Er ging schnell. Mit weit ausholenden Schritten. Sie hatte Mühe, ihm zu folgen. Der Lärm von Lieferwagen und Autos, das Bimmeln von Trambahnen und das Knattern von Motorrädern beherrschten den Bahnhofsplatz, dazu Presslufthämmer von einer der Baustellen ringsum. Alles schien im Aufbruch. Auf der Flucht geradezu. Und so kam ihr auch Karl vor. Doch wovor floh er?

Im Alten Botanischen Garten war es ruhiger. Ein paar betagte Leute, die auf Bänken saßen und stumm Tauben fütterten. Karl verlangsamte seine Schritte.

»Jetzt sag schon, was los ist«, drängte Magda ihn sanft. »Bestimmt ist dir nachher leichter.«

Er fasste in die Innentasche seines Jacketts und holte ein Kuvert heraus. »Hier«, sagte er. »Diesen Brief haben mir die Verwandten in Berlin nachgeschickt.«

Sie schaute den Brief an. Er kam von einem Amtsgericht in Berlin.

»Ich will nicht lesen«, sagte sie. »Ich will, dass du mir sagst, was da drinsteht.«

Er atmete schwer, ein letztes Zögern, dann begann er endlich: »Du weißt ja, dass meine beiden Mädchen ... Gundi und Gerti ... dass sie auf diesem Schiff waren ... der *Wilhelm*

*Gustloff* … die in der Ostsee gesunken ist, nach Torpedobeschuss.«

Ja, das wusste sie. So wie sie auch wusste, dass die beiden von ihrer Mutter getrennt worden waren und dass ihre Mutter auf dem Marsch nach Westen von russischen Soldaten vergewaltigt und dann erschossen worden war.

»Und?« Mehr brachte Magda nicht hervor.

»Sie wurden nie gefunden. Das da in dem Umschlag … das ist die amtliche Todeserklärung. Sie sind tot. Für das Gericht sind sie tot.«

Magda verstand, wie sehr ihn das treffen musste. Bestimmt hatte er gehofft, dass sie eines Tages zu ihm zurückkehrten. Sie warf sich vor, dass sie ihn nie auf seine Töchter angesprochen, dass sie ihn damit alleingelassen hatte. Aber sie hatte nie den richtigen Zeitpunkt dafür gesehen, und sie wollte keine Wunden aufreißen, die kaum verheilt waren.

»Das hat nichts zu bedeuten«, sagte sie. »Sie können trotzdem noch leben. Jeden Tag tauchen Menschen wieder auf, die als tot galten. Was ich nicht verstehe … Wie kommt das Gericht dazu, deine Kinder einfach für tot zu erklären? Muss man das nicht beantragen? Oder ist das in Berlin anders als hier?«

Er schaute sie an und sagte mit starrer Miene: »Ich war das, Magda. Ich habe den Antrag gestellt. Schon vor Monaten.«

Er wandte den Blick wieder ab, in eine Ferne, die jenseits dieser Welt lag.

»Es musste ein Ende haben mit dem Hoffen und Bangen und Warten. Und mit den Träumen. Diesen unerträglichen Träumen, in denen sie noch da sind und alles gut ist. Und dann wacht man auf und verliert sie wieder. Jeden Morgen wieder.«

Tränen füllten Magdas Augen. Tränen um seine Kinder. Tränen um seine Frau. Tränen um ihn. Vor allem um ihn. Wie einsam er sich fühlen musste. Es war leichter, einsam zu sein, wenn man es immer gewesen war. So wie sie. Doch er hatte Menschen gehabt, die ihn liebten. Die er liebte. Wie musste es sein, das alles verloren zu haben? Und weiterzuleben!

Sie legte ihre Arme um ihn, er griff nach ihr, und schließlich lagen sie sich in den Armen und klammerten sich aneinander. Eine kleine Ewigkeit lang. Die doch irgendwann endete. Als sie sich wieder voneinander lösten, wichen ihre Blicke einander aus.

»Man sollte keine Kinder haben«, sagte Karl in das entstandene Schweigen hinein. »Sie machen dich auf eine Weise verletzlich, wie du es ohne sie nicht bist.«

Es war eine Verbitterung in diesen Worten, die Magda erschreckte. »Sag so was nicht«, beschwor sie ihn. »Oder wäre es dir lieber, du hättest deine Töchter nie gehabt? Deine Frau nie gekannt?«

Er sah sie erst stumm an, dann schüttelte er den Kopf.

»Und was willst du jetzt tun? Wieder nach Berlin gehen?«

Sie hielt den Atem an, in Erwartung seiner Antwort.


Verlassen lag die Möhlstraße vor Emil. Die Verkaufsbuden waren längst geschlossen, auch die Cafés und teils kosheren Restaurants hatten zu. Trotzdem war er in einem dieser Lokale verabredet: in der *Ciro Bar*. Er schnippte die heruntergerauchte Zigarette in den Rinnstein, zog den Hut tiefer ins Gesicht und schlug den Mantelkragen hoch. Auf dieses Treffen mit Blohm hätte er gerne verzichten können. Es konnte dabei nichts Gutes herauskommen.

Emil bog in die Höchlstraße ein. Die *Ciro Bar* befand sich

in der ehemaligen Villa Lindenhof, einem Renommierbau aus der Zeit um die Jahrhundertwende, von dessen Pracht die Bomben nur eine Ahnung übrig gelassen hatten. Ein Hirsch aus Bronze flankierte die Treppe zum früheren Haupteingang, der heute aber nicht mehr zugänglich war. Die Besucher der Bar gelangten über einen früheren Seiteneingang ins Gebäude. Drinnen brannte Licht, doch die Tür war verriegelt. Emil klopfte an und wurde eingelassen.

Walter Blohm erwartete ihn in einem Nebenzimmer. Als Emil eintrat, hatte Blohm sich gerade eine Zigarette angezündet. Sein Blick war so kalt wie diese Nacht.

»Es ist spät«, sagte er, »und ich bin müde. Machen wir es also kurz.«

Er drückte die kaum angerauchte Zigarette im Aschenbecher aus.

»Ich bin ganz Ohr«, sagte Emil, knöpfte seinen Mantel auf, behielt ihn aber an, und da ihm kein Platz angeboten wurde, blieb er stehen.

»Die Sache, die Sie mir vorschlagen, gefällt mir nicht.«

Emil unterdrückte einen Seufzer. »Was genau gefällt Ihnen daran nicht?«

»Nun, so ziemlich alles. Vor allem, dass ich ein Geschäft machen soll, obwohl ich die Ware nicht sehen kann. Ich kenne noch nicht einmal den Verkäufer.«

»Ich verstehe Ihre Vorbehalte nur zu gut. Dann gebe ich weiter, dass Sie nicht mehr interessiert sind, ja?«

Blohm hob die Hand. »Langsam, langsam, junger Mann! Das habe ich nicht gesagt.«

»Und was haben Sie gesagt?«

»Ich brauche Informationen. Sicherheiten. Beweise.«

»All das beizubringen, kostet Zeit. Zeit, die wir nicht haben.« Emil trat einen Schritt näher. »Für diesen Schatz wurde und wird gemordet, Herr Blohm. Eben wieder zwei Männer. Man fand sie bei der Alten Pinakothek. Sie haben vielleicht davon gehört.«

Blohm nickte. »Stand in der Zeitung. Auch dass bei den Toten Fotografien von Gemälden und Listen gefunden wurden. Ich habe mich schon gefragt, ob diese Taten mit unserem Geschäft zu tun haben.«

»Haben Sie bestimmt, auch wenn mir die genauen Hintergründe ebenfalls unbekannt sind. Mein Auftraggeber ist nun mal ein verschwiegener Mann, und ich will nicht spekulieren. Was ich aber weiß: Die Unruhe macht ihn nervös. Er will rasch verkaufen und sich zurückziehen.« Emil ließ die Worte ein paar Sekunden sacken, dann hakte er nach: »Welche Botschaft darf ich ihm von Ihnen übermitteln? Sind Sie noch im Rennen?«

Blohm wirkte unentschlossen. Schließlich sagte er: »Wenn Ihr mysteriöser Auftraggeber die Zeit nicht hat, die ich brauche, dann muss er eben an jemand anderen verkaufen.«

»Ich werde es ihm übermitteln«, sagte Emil, nach außen gefasster, als er innerlich war. »Gute Nacht, Herr Blohm.«

»Gute Nacht, Herr Brennicke.«

# Donnerstag, 27. April 1950

---

KARL WISCHTE den beschlagenen Spiegel ab. Sein Gesicht darin wirkte seltsam fremd auf ihn. Wie abgetrennt. Als wäre es nicht seines. Schaute man so auf einen Arm, der einem amputiert worden war? Eben noch ein Teil von einem selbst, war er plötzlich nur noch ein Ding unter anderen Dingen. Was hatten sie in den Lazaretten eigentlich mit all den herrenlosen Gliedmaßen gemacht? Ein bizarres Bild blitzte in ihm auf: eine Müllhalde, übersät mit abgetrennten Körperteilen. Und ihre früheren Besitzer gingen in Büros und Werkstätten ihrer alten Beschäftigung nach, nur eben um einen Arm oder ein Bein leichter.

Die Klinke wurde mehrmals heruntergedrückt, danach heftiges Hämmern an der Tür. »Wie lange dauert das denn noch? Ich hab Termine!« Der Logisgast, der vorhin schon mal geklopft hatte.

»Zwei Minuten.«

Wieder im Zimmer fiel Karls Blick auf den Mantel über der Stuhllehne. Er hatte die Frau in einer Spelunke aufgegabelt, wo ein Verehrer sie versetzt hatte. Sie nahm ihn mit zu sich. Manchmal nehme sie Geld, sagte sie, manchmal nicht. Wenn er welches hätte … Er hatte keines. Dafür hörte er sich ihre Geschichten an, und sie sich die seinen. Dinge, die er noch nie erzählt hatte, erzählte er ihr. Der Namenlosen, die er am Ende Heidi nannte. Sie überließ ihm den Mantel, weil er ihm, wie sie sagte, besser passte als seinem wahren Besitzer. Sie wolle ihn nie wiedersehen, sagte sie, und er wusste nicht, ob er gemeint war oder der Mantel. All das kam ihm jetzt vor wie ein Traum. Aber wie konnte es ein Traum sein, da der Mantel doch hier über der Stuhllehne hing? Etwas war geschehen zwischen Tag und Nacht, und dann hatte Magda ihn gefunden, am Bahnhof, und er kam sich vor wie ein Geretteter. Worin aber bestand die Rettung?

Die Schreibmaschine. Magda hatte sie schon vor einer Weile auf dem Schwarzmarkt besorgt, ihm aber gestern erst davon erzählt. Und nun stand sie hier auf seinem Tisch. Eine Triumph. Genau so eine hatte er früher auch gehabt. Er berührte sie. Zaghaft zuerst. Ihren schlanken und doch robusten Körper. Die Tasten. Jahrelang hatte er keine einzige Zeile geschrieben. Hatte es auch nicht vermisst. Nun, zum ersten Mal, kribbelte es ihn wieder in den Fingerspitzen. Wo die Maschine früher ihren Dienst getan hatte, war unschwer zu erkennen: über der Drei befand sich die doppelte Siegrune der SS. Besser, man stellte sich nicht vor, wie viele Schicksale sie amtlich besiegelt hatte.

Er und Magda waren gestern noch gemeinsam bei Georg gewesen und hatten alles zurückgenommen, was Karl davor gesagt hatte. Dummheiten, hatte er selbst es genannt. Eine Laune. Berlin war vom Tisch. Nur noch ein Loch in der Landkarte. Hier im Westen spiele die Musik. »Ihr beide seid mir so ein Pärchen«, hatte Georg gescherzt. »Man darf gespannt sein, was ihr bringt.«

Danach das *Café Luitpold*. Man aß dort wieder gut und teuer. Magda zahlte. Vielleicht hätte er die Briefe, die sie ihm nach dem Krieg geschrieben hatte, nicht erwähnen sollen. Warum hatte er es getan? Sie war nicht böse. Oder gekränkt.

Aber es war unnötig gewesen. Er holte das mit Bindfaden zusammengehaltene Bündel aus dem Koffer. Dass sie ihn überhaupt erreicht hatten, im sowjetischen Sektor. Ein Wunder. Wie alles andere, was mit Magda zu tun hatte. »Lies sie nicht«, bat sie ihn. »Du bist nicht mehr der, für den sie bestimmt waren, und ich nicht mehr die, die sie geschrieben hat.« So wie sie waren, legte er sie zurück in den Koffer.

Unten im Stiegenhaus schrillte ein Telefon. Als die Leute im Viertel noch kaum eigene Anschlüsse gehabt hatten, waren sie zum Telefonieren ins Wirtshaus gekommen, sie hatten sich hier sogar anrufen lassen. Karl erinnerte sich gut, wie er als Bub oft oben auf dem Treppenabsatz saß und die Gespräche belauschte. Meistens ging es ja nur um profane Alltagsdinge, aber einmal hatte er von einer ungewollten Schwangerschaft erfahren; und ein anderes Mal – das hatte er nicht selbst mitgehört, das hatte sein Vater immer stolz erzählt – hatte Hitler höchstpersönlich von diesem Apparat aus telefoniert, angeblich kurz vor dem Putsch im Jahr 1923.

»Karl!«, schrie Veit herauf, kurz nachdem das Klingeln aufgehört hatte. »Telefon für dich!«

Er ging nach unten, wo Veit mit dem Hörer in der Hand auf ihn wartete. »Ludwig Gruber«, teilte Veit mit. Karl wartete, bis er in die Wirtsstube verschwunden war, dann meldete er sich. »Grüß dich, Ludwig. Was verschafft mir die Ehre?«

»Ich wollte dich einladen, für heute Abend, zu mir nach Hause. Annerl kocht uns was Schönes. Du kennst sie ja noch gar nicht. Und die Buben auch nicht. Also, wenn du nichts anderes vorhast …«

Wieder in seinem Zimmer, holte er den Spiralblock mit den Notizen hervor, die er bis jetzt gemacht hatte. Es war nicht viel. Aber das sollte sich nun ändern.

»Ist die nächste schon Feilitzschplatz?«, fragte der ältere Herr die stämmige Schaffnerin, die gerade einen neu zugestiegenen Fahrgast abkassierte.

»Ja«, sagte sie, »oder Münchner Freiheit, wie es jetzt heißt.«

»Gehn'S zu, Frau. Und irgendwann war's mal die Danziger Freiheit. Das solln sich die Jungen merken, wir Alten fangen damit nimmer an.«

Ludwig schob sich zwischen den dicht stehenden Fahrgästen hindurch in Richtung Ausstieg. An der Haltestelle mit den vielen wechselnden Namen musste er auch raus. Er hätte statt der Tram lieber einen Dienstwagen genommen, aber die waren entweder im Einsatz oder in der Werkstatt.

»Münchner Freiheit, nächste«, rief die Schaffnerin aus, und schon wurde die Tram langsamer.

Ludwig stieg aus, ging die Feilitzschstraße hinab und dann links in die Occamstraße. Einige der Häuser bestanden nur aus Hohlräumen hinter Fassaden, andere waren schon wieder hergerichtet. Nur wenige waren völlig unzerstört, so wie die Nummer sieben. Er musste in den dritten Stock hinauf. An der Tür mit dem Namensschild Mayerhoff klingelte er. Eine ältere Dame öffnete ihm. Heruntergekommenes Großbürgertum. So was sah er auf den ersten Blick.

»Ich möchte zu Fräulein Gronska.«

»Herrenbesuch auf dem Zimmer ist nicht gestattet«, antwortete Frau Mayerhoff pikiert.

Ludwig zückte seine Dienstmarke. Sie betrachtete sie lange und eingehend.

»Ist Fräulein Gronska in etwas verwickelt?«

Es klang, als wäre das für sie keine Überraschung. »Wieso fragen Sie das?«, wollte Ludwig daher wissen.

»Na, Polizei – das heißt nie was Gutes.«

Frau Mayerhoff machte den Weg in die Diele frei. Bei jedem Schritt knirschte das Parkett mürrisch unter den Schuhsohlen. Frau Mayerhoff klopfte an die erste Tür. »Da ist jemand für Sie. Polizei.« Sie wandte sich wieder an Ludwig. »Das Fräulein hat gerade Besuch. Sie gibt Sprachunterricht.«

Zaghaft ging die Tür auf, aber nur einen Spalt breit. Maria Gronska war sichtlich überrascht, Ludwig zu sehen. Und auch er war überrascht, denn wenn er richtig sah, trug sie einen seidenen Morgenrock, mit etwas darunter, das wohl ein Nachthemd war.

»Vielen Dank«, sagte Ludwig zu Frau Mayerhoff, die so wirkte, als wolle sie mit ins Zimmer kommen. Erst als sie in ihren Teil der Wohnung verschwunden war, wandte Ludwig sich wieder Maria zu.

»Kommen Sie dienstlich?«, fragte sie.

»Wie denn sonst?«

»Natürlich.« Sie errötete. »Mir ist heute nicht wohl. Ich wollte mich gleich hinlegen.«

Wahrscheinlich hoffte sie, er werde wieder gehen, doch er sagte nur: »Es dauert nicht lange.« Sie etwas unaufgeräumt zu finden, kam ihm entgegen. Es schwächte ihre Abwehr und führte leichter zu Fehlern.

Maria öffnete die Tür und gab den Blick frei auf eine hochgewachsene, üppige Frau in der Mitte des Raumes, die gerade ihren Hut mit einer Nadel im kastanienbraunen Haar befestigte. Große, slawische Augen sahen ihn an.

Ludwig zückte den Hut. »Gnädige Frau.«

Sie nickte. Wortlos.

Ihm war nicht entgangen, dass der oberste Knopf ihrer Bluse offenstand. Es wirkte aber nicht bewusst aufreizend, sondern eher nachlässig, was es erst recht aufreizend machte.

»Eine Freundin«, erklärte Maria rasch, »Olga Martova. Sie hat Besorgungen für mich gemacht.«

Eine Freundin?, dachte Ludwig. Hatte Frau Mayerhoff nicht von einer Schülerin gesprochen?

Die Frau küsste Maria zum Abschied auf beide Wangen. Ludwig hatte in seiner Zeit im Osten genug Russisch aufgeschnappt, um zu verstehen, dass sie Maria zwischen den Küssen aufmunterte. Dann nahm sie ihre Tasche und ihre Lederhandschuhe von einem Stuhl, klemmte sich erstere unter die Achsel, während sie letztere anzog, und schritt schließlich mit einem trotzigen Blick an Ludwig vorbei zur Tür.

Erst als sie fort war, bemerkte Ludwig die Unordnung im Zimmer. Ein zerwühltes Bett, Kleidungsstücke, die über Stuhllehnen hingen, Schuhe auf dem Boden, nicht ordentlich zusammengestellt, sondern einer hier, der andere dort; Stapel von Büchern und Illustrierten. Auf einem Frisiertisch Bürsten und Kämme, eine Waschschüssel mit Wasserkrug, daneben ein nasser Waschlappen.

»Verzeihen Sie meinen Aufzug, Herr Kommissär«, sagte Maria. »Ich fühle mich heute nicht ganz wohl.«

»Das sagten Sie schon. Es besteht aber kein Grund, sich für irgendwas zu entschuldigen. Ich komme schließlich unangekündigt.«

»Setzen Sie sich, bitte.« Sie entfernte aufgeklappte Bücher und Papiere von einem durchgesessenen Sofa. »Was kann ich für Sie tun?«

Ludwig sank tief in die müde Polsterung ein. »Ich möchte unser Gespräch von gestern beenden.«

»Es war zu Ende.«

Ludwig lächelte, nahm den Hut ab und legte ihn neben sich.

»Das sehe ich anders. Ich frage mich einfach, wieso – «

Er hatte wiederholen wollen, was er schon auf dem Präsidium gesagt hatte, doch etwas ließ ihn innehalten. Eine Eingebung. Der offene Knopf an Olga Martovas Bluse fiel ihm wieder ein, und da ordneten sich vor seinen Augen die herumliegenden Kleidungsstücke, die Bücher und Illustrierten, die Bürsten und Kämme, schließlich die Schüssel mit dem nassen Waschlappen zu einem Gesamtbild, in dessen Mitte das zerwühlte Bett rückte und in das sich nun auch Maria einfügte, indem sie, wie ertappt, beinahe schlagartig errötete und den Blick abwandte.

Er neigte sich vor, flüsterte, als fürchte er, die Wände hätten Ohren: »Diese Frau Martova ... oder Fräulein Martova?«

»Fräulein«, bestätigte Maria. »Was ist mit ihr?«

»Ja, was ist mit ihr?«

Ihre Wangen röteten sich noch mehr. »Was soll mit ihr sein?«

»Ihre Zimmerwirtin sagte mir, sie sei eine Schülerin. Sie selbst nennen sie eine Freundin. Was ist sie denn nun?«

»Kann sie nicht beides sein?«

»Oder auch etwas ganz anderes?«

»Was wollen Sie damit andeuten?«, fuhr sie auf. »Ich verbitte mir das! Olga ist eine Freundin. Ich bringe ihr Deutsch bei. Mehr gibt es dazu nicht zu sagen.«

»Wie Sie meinen. Aber sollte jemand an Sie herangetreten sein, mit der Drohung, Ihr Geheimnis zu verraten, wenn Sie nicht ... Was ich sagen will: Ihr Geheimnis ist sicher bei mir. Ich werde Sie aus allem heraushalten. Das verspreche ich Ihnen!«

»Sie machen sich lächerlich!« Maria verschränkte die Arme. »Es gibt kein Geheimnis, und niemand ist an mich herangetreten. Verlassen Sie jetzt meine Wohnung! Bitte! Ich bin krank und will mich hinlegen.«

Er wuchtete sich aus dem Sofa hoch, setzte seinen Hut auf und ging zur Tür. Dort drehte er sich noch einmal um und sagte: »Ich wünschte, ich könnte Sie in Ruhe lassen, Fräulein Gronska. Das wünschte ich wirklich. Doch ich muss den Mörder von Janusz und Lech finden. Oder sind Ihnen die beiden mit einem Mal egal?«

»Ihnen waren Sie doch egal, zumindest solange sie lebten. Wieso sind sie jetzt, da sie tot sind, auf einmal so wichtig? In Wirklichkeit sind sie jetzt egal. Oder kann ihr Mörder sie wieder lebendig machen, wenn Sie ihn erwischen?«

Im Moment war hier nichts auszurichten. Aber vielleicht kam sie ja zur Besinnung, wenn sie in Ruhe über alles nachdenken konnte. Und wenn nicht, würde er eben wiederkommen. So oft, bis sie ihm sagte, was er wissen wollte.

Neugierig lugte Magda durch die Öffnungen des Scherengitters ins Innere der Zelle, in der es aber nur Kisten und ein paar ausgemusterte Metallschränke zu sehen gab. Emil hatte es mit seinen Kontakten möglich gemacht, dass sie in die Katakomben unter dem Führerbau durften.

»Hier waren also die Bilder?«, fragte sie.

»Ja. Das ist der Tatort.« Emil trat näher. Er hatte sich ein Zigarillo angezündet. »In den Kisten da drinnen ist allerdings keine Kunst«, erklärte er. »Die Werke, die noch ihren Besitzer suchen, befinden sich im Nachbargebäude.«

Magda hatte sich den Ort anders vorgestellt. Mehr wie eine finstere Höhle. Wahrscheinlich weil ihr die Nazis wie Höhlenmenschen erschienen. Doch sie waren bis jetzt nur durch geräumige Treppenhäuser und weite, helle Gänge gelaufen. Was sie sich ja auch hätte denken können. Die Gebäude waren kaum fünfzehn Jahre alt und von den Bomben verschont geblieben.

»Die Amerikaner haben gleich nach dem Krieg Raubkunst aus verschiedenen Depots hierhergebracht«, fuhr Emil fort. »Hauptsächlich aus Altaussee in Österreich, wo sie in einem Salzstollen lagerten. Kennen Sie die Geschichte?«

Magda erinnerte sich, davon gehört zu haben. Die Nazis hatten viele ihrer Kunstschätze in jenem Stollen vor den anrückenden Alliierten in Sicherheit gebracht. Der Kommandant vor Ort, ein SS-Mann, wenn sie sich richtig erinnerte, hatte Befehl, sie zu vernichten, bevor sie dem Feind in die Hände fielen. Und fanatisch wie diese Unmenschen waren, wollte er dem Führerbefehl auch nachkommen. Mit List und Tücke einiger vernünftiger Leute gelang es, ihn auszumanövrieren.

»Haben nicht Sie selbst sie mir erzählt?«, fiel ihr ein.

Er lächelte. »Da sehen Sie es. Wir kennen uns noch nicht lange, und schon fange ich an, mich zu wiederholen. Das muss schrecklich langweilig für Sie sein.«

Oh, wie kokett, dachte sie. Doch das würde sie ihm nicht ohne weiteres durchgehen lassen.

»Dann erzählen Sie mir eben nicht immer dieselben Geschichten, sondern die, über die Sie schweigen«, gab sie keck zurück.

Er lachte auf. »Was wären das denn für welche?«

»Alle, die Sie selbst betreffen. Ihren Werdegang.«

Er winkte ab. »Diese Geschichten würden Sie schon beim ersten Hören langweilen.«

»Das glaube ich nicht. Sonst würden Sie kein solches Geheimnis aus sich machen.«

»Ich mache ein Geheimnis? Mitnichten! Und im Übrigen sind Sie auch nicht gerade gesprächig, wenn es um Sie geht.«

Er hatte recht. Sie redete nicht gerne über ihre Familie, über die Verirrungen und Abgründe. Und musste sie wirklich darüber sprechen? Waren es nicht genau die Abgründe, in die ihr ganzes Land, ihr Volk lustvoll hinabgestiegen war? Abgesehen von dem kleinen, besseren Teil davon, den es zum Glück auch gegeben hatte? Was hätte sie also darüber erzählen können, das nicht schon jeder wusste?

»Versuchen Sie bloß nicht, das Gespräch auf mich zu lenken. Es geht jetzt um Sie.«

»Na gut. Wenn Sie mir versprechen, dass Sie den weiteren Nachmittag mit mir verbringen, haben Sie drei Fragen frei. Was es auch sei, ich verspreche, sie alle wahrheitsgetreu zu beantworten. Und noch eine Bedingung: Ich habe auch drei Fragen frei.«

Sie war geneigt, auf den Handel einzugehen, wollte Emil aber noch ein wenig zappeln lassen, denn Männer wie er langweilten sich rasch, wenn sie zu schnell und zu leicht an ihr Ziel kamen. Deshalb sagte sie: »Wir werden sehen.«

»Wollen Sie hier gar kein Foto machen?«, sagte er nun. »Schließlich ist das der Ort, an dem Ihre Geschichte beginnt.«

Kein besonders fotogener Ort, dachte sie. Flure, Metallschränke, mit Scherengittern verschlossene Zellen. Trotzdem sagte sie: »Das wollte ich gerade tun«, griff in ihre Tasche und holte ihre *Exakta* heraus. »Sie müssen aber mit aufs Bild«, verlangte sie, während sie das Blitzlicht aufsteckte. »Bildunterschrift: Kommissar Emil Brennicke, unser Führer durch den Bunker des Führerbaus.«

»Sehr witzig.«

»Nun machen Sie schon, dass Sie aufs Bild kommen. Husch, husch! Vor das Gitter, genau in die Mitte.«

»Tut mir leid, aber es wäre meiner Arbeit abträglich, wenn jeder Ganove mein Gesicht aus der Zeitung kennt.«

»Keine Sorge, Sie bekommen einen sehr dekorativen schwarzen Balken über die Augen. Also bitte! Hopp, hopp!«

»Nein!«

Dieses Nein hallte so laut durch die Gänge, dass Magda erschrak.

»Verzeihen Sie«, beschwichtigte er rasch, »aber es geht wirklich nicht.«

»Wie Sie wollen«, sagte sie flapsig, »und so gut sehen Sie auch wieder nicht aus.«

Magda schaute durch den Sucher und stellte Brennweite und Belichtungszeit ein. Doch statt auf den Auslöser zu drücken, senkte sie die Kamera wieder. »Was fotografiere ich hier eigentlich? Ein Gitter und Kisten. Wissen Sie was, ich stell mich da hin und Sie machen das Bild.«

Bevor er ablehnen konnte, hatte sie ihm schon die Kamera in die Hand gedrückt. Sie stellte sich vor das Scherengitter, stützte die Arme locker in die Seiten wie es die Mannequins bei den Modenschauen machten, legte den Kopf leicht schräg und lächelte frech. Dann flammte schon das Blitzlicht auf.

Andrew Aldrich kam Karl mit einem Anruf zuvor. »Was für ein Zufall«, sagte Karl, »ich wollte auch noch einmal mit Ihnen reden.« Aldrich sagte, er habe neue Informationen, die Karl interessieren dürften. Sie verabredeten sich für halb drei vor der Feldherrnhalle zu einem Spaziergang.

Obwohl Karl pünktlich war, wartete Aldrich schon. Nach einer förmlichen Begrüßung strebte er zielgerichtet in die Brienner Straße.

»Worüber wollten Sie mit mir reden?«, begann Aldrich.

»Es geht um die Nacht, in der alle Welt den Führerbau verlassen hat«, erwiderte Karl. »Ich möchte mir ein Bild davon machen, über den Ablauf der Ereignisse. Den Abzug der Wachen und Angestellten, meine ich. Wer war bis zuletzt im Gebäude? Wer hat welche Rolle gespielt?«

172

»Wenn man das so genau wüsste. Bekannt ist nur, was der letzte Zivilist dort, ein gewisser Hans Reger, den Amerikanern erzählt hat. Regers Aufgabe im Führerbau war es gewesen, die eingehenden Kunstwerke zu erfassen und zu katalogisieren. Also Karteikarten und Fotografien anzufertigen und abzulegen. Wenn Hitler in München war, hat Reger ihm auch die Neuerwerbungen präsentiert. In jener letzten Nacht übergab er nach eigener Aussage die Schlüssel an einen Hauptmann namens Egbert von Xylander. Reger selbst nahm einen Wagen, um Richtung Salzburg zu fahren, genauer gesagt nach Altaussee, wo ein Großteil der Raubkunst in einen Salzstollen ausgelagert war. Mit sich führte er einen Teil seiner Kartei. Östlich von München wurde er jedoch von einem Trupp SS-Männer angehalten, die seinen Wagen für ihre eigene Flucht konfiszierten. Die Kartei konnte er zum Glück aber retten.«

»Egbert von Xylander. Merkwürdiger Name. Den müssen Sie mir später noch buchstabieren. Was hat er mit den Schlüsseln gemacht?«

»Das liegt leider völlig im Dunkeln. Als die Amerikaner die Gebäude am Königsplatz einnahmen, war er jedenfalls nicht mehr da. Und die Münchner Bevölkerung hatte die Bauten geplündert. Mehrmals sogar. Nicht nur die Vorräte aus den Kellern. Auch Mobiliar, Teppiche bis zu den Handtüchern, selbst Kloschüsseln wurden herausgetragen, heißt es. Außerdem – darüber sprachen wir schon – auch die Kunstschätze in den Bunkern unter den Gebäuden.«

»Und dieser Egbert von Xylander, was ist aus dem geworden?«

»Seine Spur verliert sich in jener Nacht, und auch so ist nur wenig über ihn bekannt. Seine Vorväter waren alle zum Teil hochdekorierte Offiziere in der Bayerischen Armee.

Keiner seiner noch lebenden Verwandten weiß, wo er steckt. Zumindest sagt keiner was.«

»Hat er sich unter den Nazis was Schwerwiegenderes zuschulden kommen lassen? Oder wieso versteckt er sich?«

»Er hat sich wohl zeitweise journalistisch betätigt, beim *Völkischen Beobachter*. Schlimmeres ist nicht bekannt.«

»Dann ist er wahrscheinlich tot?«

»Möglich. Aber viel wichtiger ist die Frage: Was ist aus den Schlüsseln geworden? Wem haben sie möglicherweise vor dem Eindringen der Bevölkerung die Türen zum Führerbau geöffnet? Der Hauptmann war im Übrigen ja nicht allein. Es dürften noch ein paar Untergebene bei ihm gewesen sein. Eine Handvoll Leute vielleicht, über die man rein gar nichts weiß. Oder zumindest bisher nichts wusste. Aber das könnte sich jetzt ändern.«

Aldrich blieb stehen. Karl hatte ihm so interessiert zugehört, dass er die Umgebung darüber ganz vergessen hatte.

»Schauen Sie«, sagte Aldrich nun und wies auf die andere Straßenseite, wo eine Zeile niedriger Ladenbauten sich vor einer Ruine duckte. *Gutbrod Motoren*, las Karl, und *Radio Metz*. »Was genau meinen Sie?«, fragte er.

»Hinter den Geschäften.«

Ach das, dachte Karl. Etwas zurückgesetzt von der Brienner Straße erhob sich die Ruine des Wittelsbacher Palais. Es standen nur noch Teile der rötlich schimmernden Fassade: Außenmauern, ein Eckturm, alles durchbrochen von leeren neugotisch spitzen Fenstern. Karl erinnerte sich gut an die Leichtigkeit, die das Gebäude früher ausgestrahlt hatte, und dort wo sich jetzt Abraum und Läden breitmachten, hatte sich ein schattiger Kastaniengarten erstreckt.

»Der Sitz der Gestapo«, sagte Aldrich.

Karl nickte. »Schade drum. Das Gebäude, meine ich.«

Aldrich ging weiter, und Karl folgte.

»Um auf unser Gespräch zurückzukommen«, nahm Aldrich den Faden wieder auf, »ich hab gestern erfahren, dass einige der Männer, die im Führerbau unter Egbert von Xylanders Befehl standen, heute Mitglieder einer Gruppe von alten Kameraden sind, die immer noch dem Großdeutschen Reich und seinem Führer nachtrauert. Mir als amerikanischem Juden ist der Zugang zu diesen Leuten verschlossen, aber vielleicht werden Sie ja vorgelassen und können ein paar Fragen stellen.«

»Und warum gehen Sie mit Ihrem Verdacht nicht zur Polizei?«

»Ich habe meine Gründe. Und Sie sollten froh sein. Denn wenn die Polizei mitmischt, sind Sie aus dem Spiel.«

»Und Sie auch.«

Aldrich lächelte und zuckte mit den Schultern.

Karl blieb stehen. »Sie wollen also, dass wir beide zusammenarbeiten? Dass ich die Informationen beschaffe und an Sie weitergebe?«

»Es wäre für uns beide von Vorteil. Mir geht es allein um die vermissten Kunstschätze. Die Geschichte dazu gehört ganz Ihnen. Sie hätten Sie exklusiv.«

Karl rieb sich das stoppelige Kinn. Er musste wieder an das denken, was Emil Brennicke ihm erzählt hatte. Wer war dieser Andrew Aldrich? Was waren seine wirklichen Ziele?

»Bevor ich zustimme«, sagte er, »müssen Sie mir ein paar Dinge über sich erzählen.«

»Was wollen Sie wissen?«

»Stimmt es, dass Sie für ein Verbrecherkartell in Chicago arbeiten? Und ist es richtig, dass Sie selbst Bilder an sich genommen haben und deshalb beim *Collecting Point* entlassen wurden?«

Auf Aldrichs Gesicht waren keine Anzeichen von Betroffenheit oder gar Ärger über die in der Frage enthaltenen Unterstellungen zu entdecken. Vielmehr umspielte ein feines Lächeln seine Mundwinkel. »Ich kann mir schon vorstellen, von wem Sie das haben«, sagte er. »Emil Brennicke, nicht wahr?«

Woher wusste Aldrich das? Woher wusste er überhaupt, dass er Brennicke kannte?

Nun lachte Aldrich sogar. »Bemühen Sie sich nicht, es zu leugnen. Ich weiß, dass er im Gasthaus Ihrer Familie übernachtet; und auch, dass er sich um Ihre Nichte bemüht.«

Karl ignorierte den feinen Stich im Herzen und beharrte: »Stimmt es denn, was er sagt?«

»Und wenn? Würden Sie dann nicht mit mir zusammenarbeiten?«

Wieder blieb Karl nur zu schweigen, denn er hatte keine Antwort parat.

»Schon erstaunlich«, sagte dafür Aldrich. »Sie haben sich zwölf Jahre mit einem verbrecherischen Regime arrangiert, das Menschen erst entrechtete und ausraubte und dann systematisch quälte und ermordete; Sie sind sogar für dieses Regime in den Krieg gezogen und haben fremde Länder überfallen und es so möglich gemacht, dass noch mehr Menschen ermordet werden. Und nun, da Sie vielleicht einem amerikanischen Gangster zuarbeiten könnten, befallen Sie Skrupel? Ihr Deutschen seid schon ein merkwürdiges Völkchen mit eurer Moral und eurem ausgeprägten Sinn für Anstand.«

»Nun ... äh ...«, stammelte Karl, »das ist doch gar nicht ...«

»Es ist so, Herr Wieners: Meinem Auftraggeber wurde vorgeworfen, dass er mit kriminellen Syndikaten zusammengearbeitet habe; und mir wurde vorgeworfen, ich hätte

Kunstwerke entwendet. Doch niemals wurde irgendetwas bewiesen. Ich bin aus dem *Collecting Point* ausgeschieden, weil das beiderseitige Vertrauensverhältnis erschüttert war und weil ich Schaden von der wichtigen Arbeit des *Collecting Points* abwenden wollte. Mein Schritt war ausdrücklich kein Schuldeingeständnis. Weder gegen mich noch gegen meinen heutigen Auftraggeber gab es jemals ein Gerichtsverfahren. Unsere Absichten sind rein philanthropischer Natur. Und auch wenn es hierzulande lange anders war, da wo ich herkomme, gilt ein Mann als unschuldig, bis seine Schuld bewiesen ist. Reicht Ihnen das für Ihr ach so empfindsames Gewissen?«

»Es tut mir leid«, sagte Karl bloß. »Ich wollte Ihnen nicht zu nahe treten.«

»Das sind Sie nicht. Als Jude ist man Anfeindungen und Verleumdungen gewöhnt. Sie sollten nur nicht allzu viel auf Emil Brennicke geben. Er gehört zu den Leuten, die glauben, nur weil sie einer gerechten Sache dienen, ist jedes Mittel erlaubt. Dabei geht es ihm gar nicht um die Sache. Er ist ein Spieler, der immer gewinnen muss. Nehmen Sie sich vor ihm in Acht. Und passen Sie auf Ihr Fräulein Nichte auf. Brennicke weiß, wie man eine Frau um den Finger wickelt. Doch dem Mann fehlt es an echten Gefühlen.«

»Magda ist ein schlaues Mädchen«, sagte Karl, um dieses unliebsame Thema zu beenden, »sie kann gut auf sich selbst aufpassen. Reden wir lieber von diesen alten Kameraden. Wo treffe ich sie? Wie komme ich an sie heran?«

»Das müssen Sie schon selbst herausfinden. Die Gruppe nennt sich *Die Wahren Deutschen.*«

Karl horchte auf. »Wie bitte?«

»*Die Wahren Deutschen*«, wiederholte Aldrich. »Schon mal gehört?«

»Nicht, dass ich wüsste«, log Karl, ohne genau zu wissen, warum.

»Kopf der Gruppe ist ein gewisser Henning von Mahnstein.«

Die wiedergekehrten Nachtfröste hatten der Blumenpracht im Hofgarten zugesetzt, aber noch blühten die pastellfarbenen Stiefmütterchen, die die saftig grünen Rasenflächen säumten, und auch die Blausternchen, zwischen denen rote Tulpen wie Fackeln aufragten, hielten sich wacker. Magda vermisste nur die Bäume. Was der Krieg von ihnen übriggelassen hatte, war in den Notjahren danach zu Brennholz geworden. Bis die neu angepflanzten groß waren, war sie vermutlich eine alte Frau.

»Schön, oder?«, fragte Magda. »Die Blumen, meine ich.«

»Ich würde lieber im Café sitzen«, entgegnete Emil und rieb sich die Hände.

»Seien Sie kein solcher Weichling«, neckte sie ihn. »Wir versuchen es später noch mal. Ich glaube, der Kellner mochte uns. Und jetzt bewegen wir uns, dann wird uns warm. Da hinüber.« Sie wies zum teilweise eingerüsteten Rundtempel in der Mitte der Parkanlage.

Unter ihren Schritten knirschte feiner Kies. Eine kurze Weile spazierten sie stumm nebeneinander her, dann nahm Emil, nun wieder besserer Laune, das Gespräch von vorhin erneut auf. »Eine Frage hab ich noch frei.« Seine ersten beiden Fragen hatten Magda wenig überrascht. Natürlich hatte er wissen wollen, ob es einen Mann in ihrem Leben gebe, einen Verlobten gar oder zumindest einen Liebhaber, und sie hatte beides verneint. Danach hatte ihn interessiert, wie der Mann beschaffen sein müsse, dem sie ihr Herz schenken würde. »Treu müsste er sein«, hatte sie nach kurzem

Überlegen gesagt, »und in allem aufrichtig. Aber vor allem müsste er eine Leidenschaft haben. Ich meine nicht nur für mich, sondern für etwas anderes, etwas Größeres. Und er müsste verstehen, dass auch die Frau an seiner Seite einer Leidenschaft folgt. Jemand, der nur nach einer Mutter für seine Kinder und einer Haushälterin sucht, wäre bei mir verkehrt.«

»Das heißt, Sie suchen einen Idealisten. Einen strahlenden Helden.«

Sie zog eine Schnute. »Machen Sie sich nur lustig.«

»Das tue ich nicht. Ich kann dem viel abgewinnen.«

Wie auch immer, dachte sie und schwieg. Sie wollte ihm keinen weiteren Anlass bieten, sie zu necken.

»Was ist das eigentlich mit Ihrem Onkel?«, fragte Emil nun. »Ich meine Karl. Sie verehren ihn auf eine Weise, die … wie soll ich sagen … sehr besonders ist. Wäre er nicht ein Verwandter von Ihnen, würde ich denken, dass Sie in ihn – «

»Lächerlich!«, fiel Magda ihm ins Wort und blieb abrupt stehen, während ihr das Blut in die Wangen schoss.

»Natürlich ist es lächerlich«, pflichtete Emil bei. »Drum wundere ich mich ja so.«

Sie zwang sich, gemessen weiterzugehen, während ihr Herz nicht aufhören wollte, in ihrer Brust zu trommeln.

»Jetzt erzähle ich Ihnen mal was über meinen Onkel und mich«, sagte sie, vielleicht etwas lauter und nachdrücklicher als sie eigentlich wollte. »Als Kind hatte ich niemanden. Meine Eltern und Großeltern waren zu mir kalt wie zu einer Fremden. Und Freunde hatte ich auch keine. Wissen Sie, wie die anderen Kinder mich riefen? Judenmädel. Oder Zigeunerin. Wegen meiner dunklen Haare und Augen. An mir ist nichts jüdisch, ich bin die Tochter von glühenden Nazis. Mit Ariernachweis und allem, was dazugehört. Trotzdem haben sich alle für mich geschämt. Nicht bloß deshalb, ich habe ihnen auch andere Gründe gegeben.« Sie lachte kurz auf. »Und dann taucht eines Tages – ich war zehn – mein Onkel aus Berlin auf. Über den bis dahin so dröhnend geschwiegen wurde. Sogar ich kleines Kind wusste sofort, warum. Weil er anders war. So wie ich.« Sie blieb stehen und betrachtete die Kuppel des Armeemuseums, die unversehrt über den beiden vollständig zerstörten Flügeln des Bauwerks thronte wie eine Königin ohne Land. »Meine Eltern sind beide tot. Man könnte sagen, ich hab sie durch den Krieg verloren. Aber wie kann man etwas verlieren, das man nie wirklich hatte?«

Noch während sie redete, bereute Magda schon, dass sie Emil so viel über sich erzählt hatte. Klang es nicht wie eine Rechtfertigung?

»Ich beneide Sie«, sagte Emil nach einer kurzen Weile. »Sie haben etwas Besonderes. Etwas Einmaliges. Das ist nicht jedem vergönnt.«

Sie sah ihn an, wie er neben ihr stand: schlank, elegant, fröstelnd. Ja, es stimmte: Sie und Karl – das war etwas Besonderes. Etwas, worüber man besser keine Worte verlor. Etwas, das nur im Schweigen und in der Stille gedieh.

»Genug von mir«, sagte sie, nun wieder ruhiger, mit heller Stimme. »Jetzt sind Sie dran mit den Geständnissen, und ich will keine Ausflüchte hören!«

Veit stand hinter dem Tresen und las im *Münchner Merkur*. Am Stammtisch hockten zwei alte Männer und redeten über die neuen Zeiten, die auch nicht viel besser waren als die alten. »Der frühere Polizeipräsident steht bald vor Gericht«, sagte Veit kopfschüttelnd, als Karl auf ihn zutrat, »wegen Beihilfe zum Betrug. Solche Leute wie der haben jetzt das Sagen, und das Volk schaut zu und staunt.«

»Weißt du, wann Magda wieder da ist?«, fragte Karl. Mehr als Münchner Provinzpossen beunruhigte ihn, dass seine Nichte so viel Zeit mit Brennicke verbrachte. Dem Mann, den Aldrich einen gefühlskalten Spieler genannt hatte.

Veit blätterte die Zeitung um. »Ich bin der Letzte, dem sie irgendwas sagen würde. Sie kommt und geht, wie sie will.«

»Hilft sie gar nicht mit?«

»Hast du sie hier schon mal bedienen sehen? Oder Gläser spülen?«

Karl fiel ein, dass er seiner vollmundigen Ankündigung, er werde für sein Zimmer bezahlen, bisher nicht nachgekommen war. »Wenn du mal jemanden brauchst, der einspringt, dann sag Bescheid«, bot er an.

Veit schaute auf. »Du willst Bier zapfen? Kannst du das überhaupt?«

»Glaubst du, bloß du hast mithelfen müssen? Mit dreizehn hab ich angefangen. Das weißt du bloß nicht mehr, weil du noch ein kleiner Junge warst. Und in Berlin hab ich eine Zeitlang in einer Eckkneipe ausgeholfen. In meinen ersten Jahren dort. Und in den letzten wieder.«

Veit nickte anerkennend. Karl wunderte sich. Irgendwie schienen alle zu glauben, er habe in Berlin ein stets unbeschwertes, abgehobenes Künstlerleben geführt.

Er trat nun ganz an den Tresen heran. Mit gedämpfter Stimme sagte er: »Du hattest neulich im Hinterzimmer eine Veranstaltung. Von einer Gruppe, die sich selbst als *Die Wahren Deutschen* bezeichnet.«

»Und?«

»Weißt du mehr über die? Was sind das für Männer?«

»Warum interessiert dich das?«

»Vielleicht will ich dem Verein beitreten.« Karl schmunzelte hintergründig. »Bist du mit denen enger?«

Veit winkte ab. »Ein paar von ihnen sind alte Schulkameraden, das ist alles. Es sind Patrioten, Idealisten, Kriegskameraden; der eine oder andere alte Nazi wird auch darunter sein.«

»Kannst du mich mit einem von ihnen zusammenbringen?«

»Warum? Geht's um den Artikel für den Borgmann Schorsch?«

»Ich will keinem was anhängen, falls dir das Sorgen macht. Ich sammle nur Informationen.«

Veit zögerte, ehe er sagte: »Nix für ungut, aber ich glaub nicht, dass die mit einem Zeitungsschreiberling was zu tun haben wollen.«

»Dann verschweigst du ihnen dieses Detail eben.«

»Das finden die auch so raus.«

»Na gut, dann stellst du heraus, dass ich ein Kriegsveteran bin. Ein Nationalist. Ein wahrer Deutscher eben. Machst du das?«


Der Kellner hatte Wort gehalten und ihnen einen Tisch reserviert. Sogar einen am Fenster. Obwohl er gesagt hatte, nachmittags gäbe es keine Möglichkeit zu reservieren. Emil dachte vermutlich, sie hätten das Entgegenkommen allein ihrem bezaubernden Lächeln zu verdanken, doch die zwei Mark, die Magda dem Kellner beim Hinausgehen heimlich zugesteckt hatte, hatten sicher ein Übriges getan.

»Jetzt sind Sie dran mit Erzählen«, sagte Magda, nachdem sie sich gesetzt und gleich ihre Bestellung aufgegeben hatten.

Er verschaffte sich Zeit, indem er sein Zigarettenetui hervorholte und öffnete, es ihr stumm hinhielt, um sich erst dann eine Zigarette herauszunehmen, als sie ebenso stumm abgelehnt hatte. »Ich habe meine Eltern früh verloren, hab viele

Jahre meiner Kindheit in Heimen verbracht. Ich war sicher kein einfaches Kind, aber manche der Erzieher waren wie KZ-Aufseher. Ich kann das beurteilen, ich war eine Weile in einem KZ, als angeblich arbeitsscheuer Asozialer, weil ich nicht an der Arbeitsstelle erschienen bin, die mir zugewiesen wurde. Das war achtunddreißig, ich war Anfang zwanzig. Eineinhalb Jahre später ließen sie mich zwar aus dem KZ, zogen mich aber zum Militär ein. Mir war klar, dass ich bei der ersten Gelegenheit verschwinden würde, und so machte ich es auch. Ich hab mich in Frankreich abgesetzt, hab eine Weile in den Bergen gelebt und mich dann der Résistance angeschlossen.«

Heime, KZ, Résistance. Es fiel ihr schwer, diese Dinge mit dem gepflegten, feinsinnigen Mann in Verbindung zu bringen, der vor ihr saß.

Der Kellner unterbrach das Gespräch, als er klappernd die bestellten Tassen Kaffee auf den Tisch platzierte.

»Wie kommt so jemand wie Sie dazu, Polizist zu werden?«, setzte sie neu an. »Das passt so gar nicht zu Ihnen.«

»Ich fasse das mal als Kompliment auf.« Emil lächelte fein, schwieg dann für eine kleine Weile, so als müsse er selbst erst überlegen, wie in seinem Leben eines zum anderen kam. »Zufall«, sagte er schließlich, »so wie das meiste im Leben.« Er rückte seinen Stuhl näher an den ihren und wandte sich ihr ganz zu. »Oder soll man es Schicksal nennen? Wenn ich bedenke, wie viele Zufälle es brauchte, damit wir beide hier zusammensitzen können.«

Magda war unsicher, ob ihr die Wendung gefiel, die das Gespräch nahm.

Emil näherte sich ihr noch mehr, sie wich zurück, drückte ihren Rücken gegen die gepolsterte Stuhllehne. »Unterstehen Sie sich bloß«, sagte sie, denn es war klar, worauf das

hinauslief. »Wollen Sie wirklich vor allen Leuten eine ge-
wischt kriegen?«

Offenbar wollte er das. Oder nahm es zumindest in Kauf.
Schon spürte sie seine Lippen auf den ihren, mit ihnen kam
der Geschmack von Tabak und Rauch. Er küsste gut, vielleicht zu gut für diesen ersten Kuss. Das machte ihn ihr verdächtig. Trotzdem gab sie ihm nach, wenn auch nur für ein
oder zwei oder drei Herzschläge. Als er sich von ihr löste,
war sie verwirrt. Etwas war richtig gewesen, etwas falsch,
doch es war ihr unmöglich, das eine vom anderen zu unterscheiden.

»Ganz schön dreist, der Herr Kommissar.« Sie wischte
eine Strähne, die sich gelöst hatte, zurück an ihren Platz.

»Wo bleibt die Ohrfeige?«

»Die kommt, verlassen Sie sich darauf. Für jetzt haben
wir genug Aufsehen erregt.«

Er lachte auf. Es kümmerte ihn kein bisschen, dieses Tu-
scheln und pikierte Deuten an den Nebentischen. Es schien
ihm sogar zu gefallen. Und ihr eigentlich auch. Aber das
brauchte er nicht zu merken. Lässig nahm er die Zigarette
aus dem Aschenbecher, lehnte sich zurück und rauchte weiter, als sei nichts gewesen.

»Glauben Sie ja nicht, das hätte etwas bedeutet«, sagte sie
trotzig, griff nach seinen Zigaretten, nahm sich eine aus dem
Etui und entwand seiner Hand das Feuerzeug, um sie sich
selbst anzuzünden.

Wenn er glaubte, dass er sie mit solchen Frechheiten beeindrucken konnte, dann hatte er – verdammt recht!

Von dem Haus in der Gabelsbergerstraße standen nur noch
die Außenmauern, ein Kamin sowie Reste einiger Mauern
im Innern. An einer von ihnen klebten im zweiten Stock

noch Fliesen, und es hing sogar ein Spiegel an der Wand. Unversehrt. Ein paar Schutzpolizisten sicherten den Zugang vor den wenigen neugierigen Passanten, die stehen geblieben waren. Einer der uniformierten Kollegen trat vor, als Ludwig aus dem Wagen stieg. Ludwig grüßte, warf seine Zigarettenkippe weg, drückte den Hut etwas fester auf den Kopf und ging zum Eingang. Die Bretter, mit denen er vernagelt gewesen war, lagen auf der Erde, genau wie das Schild, auf dem stand: *Betreten verboten! Einsturzgefahr!*

Die Treppe nach oben führte nirgendwo mehr hin, doch der Keller war einigermaßen intakt. Noch nicht ganz angekommen, vernahm Ludwig schon die Geschäftigkeit der Männer von der Spurensicherung. Und von Zeit zu Zeit flammte ein kaltes Blitzlicht auf. Ludwig ging hinein.

»Grüß Gott, die Herren«, sagte er und ließ seinen Blick schweifen.

Hier hatten sich die beiden Polen offensichtlich für länger eingerichtet. Alte Matratzen, Decken, ein Gaskocher. Rucksäcke und Taschen mit ihrem Kram. Ludwig nahm alles mit einem raschen Rundumblick auf, ehe er seine Aufmerksamkeit auf die beiden dunklen Flecken auf den Matratzen richtete. Eindeutig Blut. Nicht besonders viel. Nur eben die Menge, die bei einem Genickschuss austrat.

»Wissen wir sicher, dass das unser Tatort ist?«, fragte Ludwig in die Runde.

»Wenn das Blut von den beiden stammt«, antwortete Baumgartner und fügte gleich hinzu: »Davon können Sie aber getrost ausgehen. Wir haben Fotos von Janusz Falski gefunden. Familienfotos. Und Briefe. Er und sein Komplize haben hier gewohnt, so viel ist sicher.«

»Aber keine Bilder. Gemälde, meine ich. Auch nicht in den anderen Räumen.«

Baumgartner schüttelte den Kopf.

Ludwig hockte sich zwischen die beiden Matratzen, schaute von einem Blutfleck zum anderen. Das Unbehagen, das sich einstellen wollte, unterdrückte er sogleich wieder. Er fragte sich, ob sie im Schlaf gestorben waren. Oder ob ihr Mörder sie erst hatte hinknien lassen, um sie dann von hinten zu liquidieren. War es darum gegangen, Informationen zu bekommen? Wohl nicht, sonst hätten die Leichen Spuren von Misshandlungen aufgewiesen. Nein, bis jetzt sah er nichts, was seine Annahme widerlegt hätte, dass mit den Tötungen zwei Mitwisser zum Schweigen gebracht werden sollten.

Ludwig stand auf. »Fragen Sie herum, ob jemand in letzter Zeit hier Schüsse gehört hat«, wies er den Schutzpolizisten an, der immer noch an der Tür stand.

»Passiert schon.«

»Gut.«

»Schauen Sie mal hier«, sagte da einer der Spurensicherer und kam mit einem kleinen Stück Pappe auf Ludwig zu. Allem Anschein nach eine Visitenkarte. Ludwig las: *Bernhard Mohnhaupt, Kunsthändler*.


»Schön hast du's hier«, sagte Karl, während aus der Küche das Klappern von Geschirr herüberdrang, »wirklich schön.« Er lehnte sich auf dem Kanapee zurück und streckte die Beine von sich. Heidi hätte die mit wuchtigen Möbeln zugestellte Wohnung schrecklich gefunden. Und das war sie auch. Aber dann waren da diese Scharten im Parkett, der abgegangene Griff an der Kommode, der Fleck auf dem Polster, und ein jedes wollte am liebsten seine kleine Geschichte erzählen.

»Ein bisschen eng ist es halt, mit zwei Kindern«, sagte Ludwig, während er die Flasche Himbeergeist und zwei Gläser aus dem Büfettschrank nahm. Er schraubte die Flasche auf, machte die Gläser randvoll und setzte sich dann in den Sessel neben dem Kanapee. »Prost, alter Kamerad«, sagte er, und sie leerten die Gläser in einem Zug. Karl schmeckte die Himbeere unter der Schärfe des Alkohols deutlich heraus. Ein guter Tropfen. Ludwig schenkte sofort nach. Beinahe gleichzeitig griffen sie nach ihren Zigaretten.

»Wie ist das mit Annerls Bein eigentlich passiert?«, wollte Karl wissen. Er hatte sich beim Essen nicht getraut zu fragen.

»Das war Weihnachten vierundvierzig, bei ihren Eltern. In der Nacht zuvor sind sie ausgebombt worden, und sie wollte ein paar Sachen aus den Trümmern holen. Eine Wand ist eingestürzt und hat sie halb unter sich begraben. In anderen Zeiten hätte man das Bein wahrscheinlich retten können.«

»In anderen Zeiten wäre es gar nicht erst passiert.«

Ludwig nickte.

Sie zündeten ihre Zigaretten an, rauchten die ersten Züge schweigend.

»Wie geht's mit deiner Geschichte für Schorsch voran?«, fragte Ludwig schließlich.

»Ich komm allmählich rein. Könnte also was draus werden. Warum fragst du? Hast du was für mich?«

»Vielleicht hast du ja was für mich.« Ludwig stippte die Asche von seiner Zigarette.

Weil er nicht sicher war, wie er sich Ludwig gegenüber verhalten sollte, hatte Karl Georg um Rat gefragt. »Alte Freundschaft hin oder her«, hatte der gesagt, »du versuchst, so viel wie möglich zu kriegen und so wenig wie möglich zu geben. Mach dir aber keine großen Hoffnungen: Ludwig wird dir bloß Sachen erzählen, die du schon weißt. Er ist ein ausgefuchster alter Hund.«

»Ich wüsste nicht, was ich dir erzählen könnte«, sagte Karl.

Stumm sah Ludwig ihn an, nahm einen Zug von seiner Zigarette und sagte dann: »Wir haben letzte Woche zwei Polen gefunden. Tot. Und bei ihnen Listen und Fotografien von Kunstwerken. Solchen, die fünfundvierzig aus dem Führerbau verschwunden sind.«

»Interessant.«

»Es gibt auch eine Verbindung zu einem Mord im Januar. Sagt dir der Name Otto Brandl was? Fuhrunternehmer, wohnhaft in Sendling.«

»Interessant«, wiederholte Karl bloß. Sollte er Ludwig doch von Kumpfmayer erzählen? Magda und dieser nette, aber etwas undurchschaubare Simon hatten ihn eindringlich davor gewarnt, wegen der Sache mit Kumpfmayer zur Polizei zu gehen, weil der Mann für einen Schwarzmarktkönig arbeitete. Man wurde schnell für einen Spitzel gehalten. Dass dann keiner mehr mit einem von ihnen redeten, war noch der bessere Fall; im schlimmeren konnte es auch sein, dass sie irgendwann tot in der Isar trieben.

Im Flur klingelte ein Telefon. Zweimal, dann wurde abgenommen. Wenig später erschien Annerl in der Tür. »Ein Staatsanwalt«, teilte sie mit. »Er sagt, es ist wichtig.«

»Bestimmt Meilhammer. Bin gleich wieder da.« Ludwig legte die brennende Zigarette in den Aschenbecher und verschwand mit Annerl in den Flur. Die Tür blieb einen Spalt offen.

»Kein Durchsuchungsbeschluss also«, hörte Karl Ludwig sagen. »Hab mir schon gedacht, dass wir damit nicht durchkommen. Eine Visitenkarte ist halt doch zu wenig. Danke, dass Sie es trotzdem versucht haben. Schönen Abend.«

Nun hörte Karl das leise Rattern der Wählscheibe. Anscheinend rief Ludwig jemanden an. Karl stand auf und näherte sich der Tür, um besser zu verstehen.

»Breitsamer? Gruber hier. Wegen morgen.«

Unversehens ging die Tür auf, Annerl stand plötzlich vor ihm, in der Hand die Vase mit den Tulpen, die er mitgebracht hatte. »Hier drin hat man viel mehr davon als in der Küche.« Während er mit einem Ohr weiter auf Ludwigs Gespräch achtete, stellte sie die Blumen auf eine Kommode, unter ein Herz-Jesu-Bild. »Ich geh dann auch gleich ins Bett«, sagte sie. »Gute Nacht.«

»Sie warten vor dem Gebäude, Breitsamer«, sagte Ludwig, »und beobachten alles. Wir kommen um neun.«

»Gute Nacht«, sagte Karl zu Annerl. »Und danke für das Essen. Es hat fabelhaft geschmeckt.«

Diesmal schloss sich die Tür ganz. Doch vorher hatte Karl noch etwas von Ludwigs Gespräch aufgeschnappt. Einen Namen, der ihm wohlbekannt war: Galerie Mohnhaupt. Zog sich etwa gerade eine Schlinge um Mohnhaupts Hals zu?

Karl setzte sich wieder an seinen Platz, wenig später kehrte Ludwig zurück.

»Entschuldige, dass es so lange gedauert hat«, sagte er, »aber in meinem Beruf ist man immer im Dienst.«

Ludwig setzte sich auf seinen alten Platz und leerte sein Glas.

»Wo war ich stehengeblieben?«, fragte er, während er die Flasche aufschraubte, um ihnen beiden nachzuschenken.

»Deine Morde.«

»Richtig. Wie gesagt, die Morde, um die es geht, stehen vielleicht alle im Zusammenhang mit den verschwundenen Bildern aus dem Führerbau. Vielleicht können wir uns ja gegenseitig ein wenig zuarbeiten. Manche Leute werden auf einmal sehr schweigsam, wenn ein Kriminaler auftritt. Da erfährt einer wie du vielleicht mehr.«

»Willst du mich etwa zu deinem Spitzel machen?«

Ludwig lachte auf. »Das nicht gerade. Du sollst mich nur auf dem Laufenden halten.«

»Und was hab ich davon?«

»Einen guten Draht zur Polizei. Ich muss dir nicht sagen, wie wichtig der für einen Presseschreiber ist.«

»Schon, aber ich dachte, den guten Draht hätte ich schon.«

»Dann hast du jetzt einen noch besseren.« Ludwig grinste und hob sein Glas. »Auf gute Zusammenarbeit?«

Karl nahm ebenfalls das Glas. »Auf gute Zusammenarbeit.«

Sie kippten den Himbeergeist in einem Zug.

»Also, hast du was für mich?«, fragte Ludwig.

»Ich bin ja noch ganz am Anfang. Aber wenn ich auf was stoße, bist du der Erste, der es erfährt.«

»Kommst du Samstag in die Möhlstraße?«, fragte Simon.

Sie hatten zusammen einen Film im *OLI* gesehen. *Gabriela*. Mit Zarah Leander in der Hauptrolle. Ihr erster Film nach dem Krieg, in dem aber alles war wie immer. Die Leute liebten Melodramen. Auf den schlechten Geschmack der Massen war zu allen Zeiten Verlass.

»Ich weiß nicht, ob ich kann«, antwortete Magda.

»Komm einfach. Um halb acht.«

Sie sah ihn erstaunt an. Seine Ansage wirkte nicht so, als wolle er sie einfach nur treffen.

»Warum? Was gibt's um halb acht?«

»Das siehst du dann.«

»Meinetwegen. Also gute Nacht.« Sie fasste seinen Unterarm, drückte ihn und ging davon.

Die Turmuhr von St. Johannes Baptist schlug elf Uhr.

Je näher Magda dem *Kammererwirt* kam, desto größer wurde die Unruhe in ihr. In der Gaststube brannte Licht, aber viel war wohl nicht mehr los. Auch eines der Fremdenzimmer war erleuchtet. War das nicht Karls Fenster? Als habe er ihre unhörbaren Sirenengesänge vernommen, öffnete er es gerade jetzt und setzte sich aufs Fensterbrett.

»Hast du Zigaretten?«, rief er herunter.

»Ich komm zu dir.«

Die Haustür war offen, der Flur dahinter dunkel. Sie machte kein Licht. Aus der Gaststube hörte sie Stimmen. Veit. Und Kathi.

»Ah, geh«, sagte er, »jetzt sei doch nicht so.«

»Ich weiß net. Das geht doch net.«

»Veit«, rief Magda, »lass die Kathi in Ruhe!«

Hektische Schritte, die Tür zum Flur wurde aufgerissen, Kathi kam eiligen Schrittes, mit zerzauster Frisur und die Weste über dem Arm herausgeschossen und war im Nu zur Tür hinaus.

Veits langer Schatten fiel bis vor Magdas Füße. Im Gegenlicht konnte sie ihn nur als Silhouette erkennen.

»Ausgerechnet jetzt musst du daherkommen«, sagte er. »Ich hab sie fast so weit gehabt.«

»Sicher. Drum ist sie auch gleich auf und davon.«

Magda ließ ihn stehen und ging die Stiege hinauf.

»Was war denn da unten los?«, fragte Karl, als sie ins Zimmer trat.

»Nichts.«

Sie holte ihre Zigaretten aus der Handtasche. Weil sie nur wenig rauchte, kaufte sie stets die kleine Packung mit zehn Stück. Jetzt wünschte sie, sie hätte eine große genommen, denn es war nur noch eine da.

»Nimm ruhig«, sagte sie. »Ich muss nicht rauchen.«

»Wir teilen.«

Er nahm die Zigarette zwischen seine Lippen. Ihr Blick traf das Wehrmachtfeuerzeug in seiner Hand. Sie hasste das Ding, doch in diesem Moment beneidete sie es auch, weil es dort liegen durfte. Nach zwei tiefen Zügen reichte er ihr die Zigarette.

»Wie war dein Tag mit Brennicke?«, fragte er mit feiner Spitze.

Sie zuckte mit den Schultern. Was hätte er wohl dazu gesagt, dass Emil sie geküsst hatte? In aller Öffentlichkeit. Der freche Kerl. Ob Karl ihn zur Rede gestellt, ja vielleicht sogar geschlagen hätte? Sie musste zugeben, dass sie das gerne gesehen hätte.

»Ich habe Mister Aldrich getroffen«, sagte Karl. »Er warnt uns vor Brennicke.«

»Und Emil warnt uns vor Aldrich«, fügte sie hinzu. »Ist das nicht lustig?«

Sie lächelten sich an.

»Noch was hatte Aldrich für mich. Es gibt eine Gruppe von alten Nazis, und unter denen sind Männer, die bei Kriegsende unter den letzten im Führerbau waren. Erzähl ich dir morgen ausführlich, jetzt bin ich zu müde.«

»Klingt auf jeden Fall vielversprechend.«

Schweigend rauchten sie die Zigarette zu Ende. Er bot ihr den letzten Zug an, sie schüttelte den Kopf, also nahm er ihn. Dann schnippte er die Kippe auf die Straße. Sie standen noch einen Moment lang da, und für diesen Moment schien alles möglich. Sie war kurz davor, nach seiner Hand zu greifen, um sie zu streicheln, zu küssen, an ihren Busen zu legen – was auch immer, doch dann sagte Karl etwas, und der Moment war unwiederbringlich vorbei. Er sagte: »Hast du morgen Zeit für mich? Morgen früh? So ab acht?«

»Klar. Wofür?«

»Erzähl ich dir morgen. Du wirst deinen Fotoapparat brauchen.«

An der Tür küsste sie ihn auf die Wange. Sie wollte sich schon von ihm lösen, doch er ließ sie nicht los, nicht sofort.

Die Tür ging auf. Magda machte zwei Schritte in den dunklen Gang, dann drehte sie sich um. Da stand er und sah sie an. Ein Blick, der tief in sie eindrang. Der sie erregte. Begierden weckte. Sah er es ihr an? Sie wollte sich nicht dafür schämen, doch sie tat es. Ganz langsam schloss sich die Tür. Dann war es dunkel. Nur das spärliche Licht von unten erhellte den Flur noch ein wenig.

Was nun? An Schlaf war nicht zu denken. Und ihr Kissen zu umarmen, würde in dieser Nacht nicht reichen. Unter der Tür mit der Nummer fünf war ein Lichtsaum zu erkennen. Sie klopfte an.

»Je später der Abend, desto schöner die Gäste«, sagte Emil, sichtlich erfreut über den unverhofften Besuch.

»Ich bin Ihnen noch etwas schuldig«, sagte sie, holte aus und schlug ihn mit der flachen Hand ins Gesicht.

Wie vom Blitz getroffen sah er sie an.

Mit vorgerecktem Kinn schob sie sich an ihm vorbei ins Zimmer und trat ans Bett. »Bilden Sie sich bloß nichts ein, Herr Brennicke«, sagte sie kühl und streifte die Schuhe ab. »Zwischen Ihnen und mir ändert sich dadurch nichts.«

*Freitag, 28. April 1950*

———————————————

ICH BIN EIN schrecklicher Mensch, dachte Magda, während sie die Hand in einen Seidenstrumpf schob, um ihn im Schein der Nachttischlampe nach Löchern und Laufmaschen zu untersuchen. Sie hoffte nur, dass Emil Gentleman genug war, um die Sache nicht an die große Glocke zu hängen. Vielleicht ein Fehler, dass sie ihm das nicht eingeschärft hatte. Zum Glück verschwand er erst einmal für ein paar Tage, wegen irgendeiner Polizeisache. Ob jemals eine Zeit kam, in der eine Frau nicht in Verruf geriet, bloß weil sie eine Nacht mit einem Mann verbracht hatte, den sie nicht heiraten würde? Ja, den sie nicht einmal liebte? – Na, bitte! Da war es ja, das kleine Löchlein, das sich rasch in ein großes hässliches Loch verwandeln konnte. Was musste Emil auch so an ihr herumzerren, mit seinen viel zu langen Fingernägeln. Ein Tröpfchen Nagellack würde den Strumpf retten. Und das Loch war zum Glück weit genug oberhalb des Rocksaums, dass es selbst bei übereinandergeschlagenen Beinen nicht ins Auge fiel. Sie warf den Strumpf hinter sich aufs Bett und stand auf. Eigentlich hatte Emil seine Sache gut gemacht. Gerade das Ungestüme hatte ihr gefallen. Wie er sie packte und aufs Bett warf, auf den Bauch, und niederdrückte; wie er ihr Kleid und den Unterrock hochschob, das Höschen herunterzog, und dann hörte sie schon das Klingen seiner Gürtelschnalle, und dann war er auch schon in ihr. Etwas mulmig war ihr geworden, als sie seine Zähne an ihrem Nacken spürte, und erst im Nachhinein fragte sie sich, wie es sich wohl angefühlt hätte, wenn er richtig zugebissen hätte. Böses Mädchen, dachte sie dann wieder, solche Gedanken … Zum Glück war sie nicht in ihn verliebt. Das wusste sie jetzt. Nur irgendwie fasziniert. Er war so anders als jeder Mann, den sie kannte oder gehabt hatte. Dass sie an Karl dachte, während er in ihr war, ahnte Emil wohl. War es ihm egal? Oder erregte es ihn?

Magda bemerkte ihren Unterrock neben dem Bett, hob ihn auf, ging damit ans Fenster und zog die Vorhänge etwas auseinander, um besseres Licht zu haben. Ein Fleck, getrocknet zwar, aber nicht zu übersehen. Zum Glück gab es in Schwabing diese neue Wäscherei, in der jeder Kunde in einer von zig Waschmaschinen seine Sachen selbst waschen konnte. Auch das Waschpulver wurde bereitgestellt. So entging man einer bigotten Oma, die jede Unterhose nach verdächtigen Spuren untersuchte, bevor sie sie in den Sack für die Wäscherei steckte.

Als Magda vor den Spiegel trat, um sich zu kämmen, fiel ihr auf, dass sie nur noch einen ihrer beiden Ohrstecker trug. So ein Mist! Wieso hatte sie sich für die Rubine entschieden, da sie doch wusste, dass bei dem einen der Verschluss locker war? Purer Leichtsinn, dachte sie und fing an, das Bett zu durchsuchen. Was bin ich doch für ein schrecklicher, dummer Mensch!

Schon auf der Treppe empfing Karl fröhliches Pfeifen. Das konnte nur Brennicke sein. Erst hatte er ewig das Bad belegt und jetzt quälte er seine Mitmenschen mit diesem Gepfeife. Konnte er nicht wenigstens seine Tür zumachen? Als Karl im Vorbeigehen einen Blick hineinwarf, stand Brennicke gerade in einem hellen Anzug vor dem Spiegel und band sich die Krawatte. Karl war fast vorbei, als das Pfeifen abbrach und die Tür aufgerissen wurde.

»Gut, dass ich Sie sehe, Herr Wieners!«

Karl blieb stehen. »Was ist denn?«

»Können Sie mir einen kleinen Gefallen tun?«

»Kommt drauf an.«

»Augenblick.« Es dauerte wirklich nur einen Moment, bis Brennicke wieder erschien: »Wenn Sie das bitte Ihrer Nichte geben.«

Er legte einen kleinen, in Gold gefassten Rubin in Karls Hand. Ein Ohrstecker. Karl verstand nicht, was Brennicke damit wollte. Ein Geschenk für Magda war es wohl nicht, denn wer verschenkte einen einzelnen Ohrring?

»Den hat Magda gestern verloren«, erklärte Brennicke fein lächelnd. »Aber jetzt muss ich mich sputen, sonst verpasse ich meinen Zug.«

Karl ging weiter in sein Zimmer. Als die Tür hinter ihm ins Schloss gefallen war, betrachtete er den blutroten Ohrstecker in seiner Handfläche. Dann schaute er zum Fenster, wo er und Magda gestern gestanden und sich eine Zigarette geteilt hatten. War sie danach wirklich zu Brennicke gegangen? Und hatte mit ihm geschlafen? Unvorstellbar. Dann erinnerte er sich, wie die beiden in der Bar getanzt hatten, zum *Tennessee Waltz*. Wie sie ausgesehen hatten. Zwei junge Menschen. Junge Körper. Sie so dunkel, er so hell. Er dachte daran, wie seine Mutter und Veit Magda hinter ihrem Rücken nannten: Flitscherl. War sie das? Eine Hure? Eine, die es mit jedem trieb? Die sich wegwarf? Er hatte einige Frauen gehabt seit dem Krieg, manche nur, um ein Bedürfnis zu befriedigen, andere, um die Wärme eines Menschen zu spüren.

Wer war er, auch nur über eine dieser Frauen den Stab zu brechen? Oder über Magda?

Aus dem Flur drang das Klappern eiliger Schritte zu ihm. Brennicke, auf dem Weg nach unten und dann zum Bahnhof.

Wenn es nur nicht gerade er gewesen wäre: Brennicke eben. Der Mensch war ihm vom ersten Moment an zuwider gewesen. Diese glatte Höflichkeit, der er nicht traute. Und zugleich diese Frechheit, diese Anmaßung im Blick. Hatte Magda etwa Gefühle für diesen Kerl? Gar ernste Absichten? Was sah sie nur in ihm? Fiel sie auf diese Abenteurermasche herein? Oder auf das weltmännische Getue? Sie war doch viel zu klug, um das nicht zu durchschauen. Andererseits war sie nun mal eine Frau.


Magda wollte gerade anklopfen, als die Tür aufflog und Karl, den Hut in der Hand, vor ihr stand. Er trug wieder den fremden Mantel, in dem sie ihn vor ein paar Tagen am Bahnhof gefunden hatte, darunter ein helles Hemd mit Krawatte. Er war unrasiert und sah einfach großartig aus. Sie strich ihm über das stoppelige Kinn. »Ich mag kratzige Männer.«

»Dein Brennicke hat den halben Morgen das Bad belegt«, grummelte Karl.

*Mein* Brennicke? Magda tat so, als habe sie die Spitze nicht bemerkt und scherzte weiter: »Das Unrasierte steht dir wirklich. Du siehst so verwegen aus.«

»Ja, ja, mach dich nur lustig über deinen alten Onkel.«

»Hör bloß auf!«, protestierte sie. »Was machen wir heute eigentlich?«

»Wir fahren zur Galerie Mohnhaupt. Ich weiß zufällig, dass dort um neun die Polizei vorstellig wird.«

»Wie aufregend! Hat Ludwig dir das gestern gesteckt?«

»Gewissermaßen. Er hat telefoniert, und ich stand hinter der Tür.«

Magda schmunzelte. »Gut gemacht.«

»Du hast den Fotoapparat?«

Sie klopfte auf die Tasche, die über ihrer Schulter hing. »Alles da. Und wie kommen wir hin?«

»Veit leiht uns den Tempo.«

Sollte sie ihm sagen, dass Emil ihr für die Tage, die er fort war, den Schlüssel zu seinem Wagen überlassen hatte? Nein, besser kein Öl ins Feuer gießen.

Der Tempo, ein wendiger kleiner Pritschenwagen auf drei Rädern, stand im Hof. Karl half Magda hinein. Der Geruch von Rost, Öl und muffiger Polsterung ließ sie die Nase rümpfen. Das Ding neigte sich sogar, als Karl nun auf der anderen Seite einstieg. Hoffentlich kippt es nicht um, dachte sie. Er reichte ihr seinen Hut, steckte den Schlüssel ins Zündschloss und drehte ihn um. Der Anlasser ratterte, doch der Motor wollte nicht anspringen. Ein zweiter Versuch, dasselbe Ergebnis.

»Verdammt!«, schimpfte Karl.

»Und jetzt?«, fragte Magda vorsichtig.

»Ich muss ihn irgendwie zum Laufen kriegen. Außer du hast eine bessere Idee.« Karl klang gereizt.

»Die hab ich wirklich«, gab Magda zurück.


»Da vorne ist es«, sagte Ludwig aus dem Fond des Dienstwagens, »auf der rechten Seite.«

»Hab's schon gesehen«, antwortete Zöllner, doch statt abzubremsen gab er noch einmal Gas.

»Parken Sie den Wagen genau vor dem Schaufenster, so dass man uns von drinnen gut sieht. Und dann steigen Sie aus und machen mir die Tür auf.«

»Jetzt übertreiben Sie mal nicht so.«

»Das meine ich ernst.«

Zöllner manövrierte den Opel Olympia gekonnt in die Parklücke. Er war ein geschickter Fahrer, das musste man ihm lassen. Nachdem der Motor verstummt war, tat er, wie ihm geheißen und öffnete Ludwig den Schlag. Der stieg ohne Eile aus.

»Glauben Sie wirklich, damit beeindrucken Sie jemanden?«, fragte Zöllner.

»Vielleicht das junge Fräulein da drinnen«, antwortete Ludwig. »Auf geht's!«

Aus dem Innern der Galerie beobachtete tatsächlich eine junge Frau ihre Ankunft, mit einem flauen Gefühl im Bauch, wie Ludwig hoffte. Natürlich wäre eine dauerhafte Überwachung der Kunsthandlung weit zweckdienlicher gewesen, doch dafür fehlte das Personal. Bevor Ludwig zur Galerie schritt, schaute er sich nach allen Seiten um. War Breitsamer schon hier? An der Ecke auf der gegenüberliegenden Straßenseite stand ein zweiter Opel, in dem ein Mann saß und eine Zigarette rauchte. Breitsamer. Ludwig atmete auf. »Packen wir's«, sagte er zu Zöllner, der neben ihm stand, und ging los. Zöllner hielt ihm die Eingangstür auf. Der Diener, den er machte, war vielleicht eine Spur zu dick aufgetragen, aber so war Zöllner eben. Er hielt die ganze Aktion für einen Witz, einen Schuss in den Ofen. Und vielleicht war sie das auch. Aber manchmal musste man eben etwas ausprobieren.

»Wir möchten den Inhaber sprechen«, sagte Ludwig laut und bestimmend zu dem hübschen jungen Fräulein, das sogleich an ihn herantrat, »Herrn Bernhard Mohnhaupt.«

»In welcher Sache? Und wer sind Sie überhaupt?«

Ludwig zückte seine Dienstmarke und stellte sich und Zöllner vor.

»Ich bin Charlotte Mohnhaupt, die Tochter«, sagte die junge Frau daraufhin. »Mein Vater ist gerade nicht hier. Können Sie mir sagen, um was es geht?«

»Wann kommt er denn wieder, Ihr Herr Papa?«

Sie schaute auf die Uhr an ihrem zierlichen Handgelenk. »Eigentlich sollte er längst da sein, ich weiß auch nicht …«

»Dann hoffen wir mal, dass er in der nächsten Viertelstunde auftaucht, sonst muss ich ihn vorladen lassen. Ich hab nämlich nicht ewig Zeit. Wir sehen uns solange in Ihren Räumen um. Gibt es hier noch Hinterzimmer? Lagerräume?«

»Natürlich gibt es die.« Nur die Röte auf den porzellanweißen Wangen und eine leichte Anspannung in der Stimme verrieten Fräulein Mohnhaupts innere Erregung. Ansonsten blieb sie völlig ruhig. »Ist das eine Durchsuchung? Dann haben Sie sicherlich eine richterliche Anordnung oder wie das heißt.«

»Gut möglich, dass ich die habe. Im Moment brauchen wir sie aber nicht, denn diese Räume hier sind öffentlich, oder?«

Ludwig holte Zettel und Fotos hervor, gab einen Teil davon an Zöllner ab, und sie begannen beide, die ausgestellten Bilder mit den Unterlagen zu vergleichen. Nicht, dass sie erwartet hätten, in einem öffentlichen Schauraum eines auf ihrer Liste zu finden. Sie wollten nur Eindruck machen. Druck erzeugen.

Fräulein Mohnhaupt zupfte die ganze Zeit an ihrem engen Kostüm herum, zog an den Ärmeln, strich über die glatte, strenge Frisur. Zuletzt trat sie an das große Schaufenster und schaute angestrengt in die Richtung, aus der vermutlich ihr Vater kommen musste. So wie Zöllner die junge Frau taxierte, schienen ihm jedoch weniger kriminalistische Fragen durch den Kopf zu gehen.

»Kann ich den Herren irgendwie helfen?«, schallte es plötzlich mit fester Stimme durch den Raum.

Alle fuhren herum, auch Fräulein Mohnhaupt. »Papa!«, rief sie erleichtert aus. »Da bist du ja!«

Der Herr war eine durch und durch elegante Erscheinung von Anfang fünfzig, der Anzug sicher nicht aus dem Sonderangebot vom *Oberpollinger*. So viel sah selbst Ludwig, der sonst nicht viel Ahnung von Mode hatte. Anscheinend warf der Kunsthandel ordentlich was ab. Man konnte sich nur wundern, wofür die Leute heutzutage schon wieder Geld übrig hatten. Nun, wohl nicht alle Leute.

»Polizei«, raunte die Tochter ihrem Vater zu.

Mohnhaupt ließ nicht das kleinste Anzeichen von Beunruhigung erkennen. »Wie kann ich Ihnen helfen?«, fragte er mit ausgesuchter Höflichkeit.

»Zum Beispiel indem Sie uns darüber aufklären, wie ein polnischer Flüchtling und Hehler an Ihre Visitenkarte kommt.«

Mohnhaupt lächelte ein wenig ratlos. »Das kann ich leider nicht. Ich verteile meine Karten nur an Kunden und in interessierten Kreisen. Alles andere wäre Verschwendung. Wieso fragen Sie den Herrn nicht selbst, woher er die Karte hat?«

»Weil er leider tot ist. Genau wie sein Sohn. Bei den beiden Leichen fanden wir diese Listen und Fotografien.« Ludwig hielt die Papiere und Fotoabzüge in seiner Hand hoch. »Alles Kunst, die bei Kriegsende aus dem Führerbau gestohlen wurde.«

Mohnhaupts Miene wurde geradezu amtlich, als er versicherte: »Mir wurde nichts davon angeboten. Es war auch niemand hier, der mir in dieser Hinsicht verdächtig erschienen wäre. Ich arbeite mit den zuständigen Institutionen eng zusammen und achte auf alles, was in eine solche Richtung weisen könnte.«

Ludwig betrachtete Mohnhaupt genau. Den meisten Menschen sah man eine Lüge an. Ein kurzes Flackern im Blick. Eine Rötung der Wangen. Mohnhaupts höfliche Fassade indes war undurchschaubar. Aus seiner Freundlichkeit durfte man wohl schließen, dass sich im Moment keine heiße Ware in Reichweite befand. Ohne auch nur mit der Wimper zu zucken, fuhr Mohnhaupt fort: »Aber vielleicht hat dieser Ausländer, bei dem Sie meine Karte gefunden haben, ja geglaubt, er könnte mit seinen Bildern einfach zu einem ortsansässigen Kunsthändler gehen. Leute, die sich mit dem Kunsthandel nicht auskennen, haben ja oft die seltsamsten Vorstellungen.«

»Sicher. Merkwürdig ist dann nur eines: Wieso sammelt er nicht die Visitenkarten mehrerer Händler? Wieso hat er nur eine einzige: die Ihre? Vielleicht, weil er gehört hat, dass mit Ihnen ein Geschäft zu machen ist?«

Zum ersten Mal zeigte sich ein Anflug von Verunsicherung in Mohnhaupts Gesicht. »Ich verbitte mir diese Unterstellung!«, empörte er sich. »So eine Karte beweist gar nichts!«

»Ganz genau«, mischte sich nun Fräulein Mohnhaupt ein. Offenbar hatte sie ihre Nervosität überwunden. »Ihr Auftreten hier ist reichlich dreist, meine Herren. Wer weiß schon, aus welchem Abfallhaufen dieser Ausländer die Visitenkarte aufgelesen hat? Müssen wir uns deshalb erklären? Gar rechtfertigen wie Kriminelle? Ich dachte, die Zeiten, in denen ein haltloser Verdacht genügt, um den Ruf eines Menschen zu zerstören, seien vorbei!«

Ludwig war von der Vehemenz in der Stimme des Fräuleins überrascht. Einem Mann hätte er herauszugeben gewusst, einem bloß keifenden Weib wohl auch, doch dieses Fräulein Mohnhaupt strahlte etwas aus, das ihn einschüchterte. Er kannte nur ein Frauenzimmer, bei dem es ihm zuweilen auch so ging: Magda Wieners. Wenn das die Frauen der Zukunft waren, dann brachen für die Herren der Schöpfung frostige Zeiten an.

»Gemach, Charlotte«, schritt Vater Mohnhaupt ein, »die Herren tun nur ihre Pflicht.«

»Ja, aber sie tun sie nicht gut.«

Sie sandte noch einen zornigen Blick in Ludwigs Richtung, dann durchquerte sie auf klackenden Pfennigabsätzen den Raum, ohne selbst im Zorn auch nur für einen Augenblick etwas von ihrer eleganten Erscheinung einzubüßen.

Zöllner war sichtlich beeindruckt.

»Meine Tochter ist manchmal etwas impulsiv«, sagte Mohnhaupt mit unübersehbarem Stolz. »Aber in der Sache hat sie recht. Die Art Ihres Auftretens ist mehr als fragwürdig.«

»Wir gehen. Aber Sie sollten daran denken, dass wir Sie auf dem Zettel haben.« An Zöllner gewandt: »Abmarsch.«

»Was für ein Weib, dieses Fräulein«, sagte Zöllner im Wagen, ehe er den Motor anließ. »Die wäre genau meine Kragenweite.«

»Wenn Sie sich da mal nicht übernehmen«, meinte Ludwig. »Glauben Sie mir, für so ein Weib haben Sie den Arsch zu weit unten. Viel zu weit unten. Und jetzt fahren Sie schon los!«

Karl stieg aus dem 830er Horch, schlug die Autotür zu und überquerte die Straße. Auf der ganzen Fahrt hatten er und

Magda kein Wort gesprochen. Der Ohrstecker, den sie in Brennickes Zimmer verloren hatte, hatte Karl schon gereicht. Dass Brennicke ihr den edlen Wagen für die Dauer seiner Abwesenheit überließ, machte das Maß voll. Sie hatte ja nicht einmal einen Führerschein. Offenbar war er als Chauffeur fest eingeplant. Über all das würden sie noch sprechen. Doch jetzt musste er sich auf andere Dinge konzentrieren. Außer ihm war beinahe zur gleichen Zeit noch jemand aus einem Auto gestiegen. Ein Mann, dem man trotz ziviler Kleidung den Polizisten auf hundert Meter ansah. Vermutlich der Kollege, mit dem Ludwig gestern nach dem Anruf des Staatsanwalts telefoniert hatte. Breitsander oder so ähnlich. Bestimmt wollte er, als vermeintlich unbeteiligter Besucher, ebenfalls in die Galerie, um die Stimmung zu testen oder irgendetwas aufzuschnappen. Karl musste ihm zuvorkommen.

Bernhard Mohnhaupt und seine Tochter hatten sich zurückgezogen, in den Schauräumen war, so weit er sie von draußen einsehen konnte, niemand. So leise wie möglich öffnete Karl die Eingangstür. Er wusste nicht mehr, ob beim letzten Mal eine Türglocke angeschlagen hatte. Es blieb still. Abgesehen von den Stimmen aus einem der hinteren Räume. Er schaute, was der Zivilpolizist machte, ob er ihm folgte, doch der wartete noch ab und beobachtete von draußen, was geschah. Karl trat vor ein Gemälde am Durchgang, um möglichst gut zu hören, was hinter den Kulissen gesprochen wurde.

»Wie stellst du dir das vor?«, sagte Bernhard Mohnhaupt aufgebracht. »Jetzt haben wir schon die Polizei hier!«

»Die haben gar nichts, und das wissen sie auch«, versetzte die Tochter streng. »Wegen einer Visitenkarte. Das ist doch ein Witz!«

»Jemand ist tot! Jemand, der unsere Karte hatte!«

»Ein Grund mehr, dass wir uns ruhig verhalten. Und ja nicht die Nerven verlieren. Geh du jetzt zu deinem Termin. Aber hinten raus, falls die noch in der Nähe sind.«

Tiefe Stille kehrte ein. Karl machte einen Schritt, so dass das Parkett unter seinen Sohlen knarrte, gleichzeitig räusperte er sich. Wenige Sekunden später trat Charlotte Mohnhaupt auf den Plan. Ihre sonst blassen Wangen glühten leicht. Hübsch.

»Oh«, machte sie. »Verzeihung. Warten Sie schon lange?«

Karl zog den Hut. »Nein. Ich bin eben erst hereingekommen.«

Sie kniff kurz die Augen zusammen und meinte dann: »Waren Sie nicht vor kurzem schon mal hier? Sie sind doch … warten Sie … Reporter.«

»Schriftsteller.«

»Richtig.« Sogleich verschränkte sie die Arme. »Und was wollen Sie heute?«

»Ich recherchiere immer noch für mein Buch. Meinen Roman. Über … Raubkunst.«

»Mein Vater hat Ihnen doch schon beim letzten Mal gesagt, dass wir nichts für Sie tun können. Es gibt eine Menge anderer Kunsthändler in München. Wieso belästigen Sie nicht einen von denen?«

Karl setzte sein gewinnendstes Lächeln auf. »Weil ich viel lieber Sie belästige.«

Charlotte Mohnhaupt blieb kühl, doch keineswegs uninteressiert, wie ihre wachen Augen verrieten.

»Um ehrlich zu sein … Ich möchte überhaupt nicht mit Ihrem Vater reden, sondern mit Ihnen.«

Ein paar Fotos hatte Magda geknipst, als sie Bernhard Mohn-haupt aus einem Seiteneingang treten und eilig hatte weggehen sehen. Sonst war es ruhig. Sie hatte auf Polizisten in Uniform gehofft, auf Verhaftungen und Widerstand gegen die Staatsgewalt. Stattdessen stand nur ein Mann an der Straße, der unverkennbar ein Zivilpolizist war und wirkte, als wisse er nicht, was er hier sollte.

Die Sache mit dem Wagen hatte Karl erbost. Kein Wort hatte er mehr mit ihr gesprochen. Nur leise in sich hineingeflucht, wenn ihm die Fahrweise eines anderen Fahrers missfiel. Er musste auch gar nichts sagen. Magda kannte die Männer gut genug, um zu wissen, wann einer eifersüchtig war. Fragte sich nur, warum er eifersüchtig war. Weil er sie liebte? Oder weil er sich bloß verantwortlich für sie fühlte und Emil für eine schlechte Wahl hielt?

In der Galerie tat sich etwas. Charlotte Mohnhaupt kam ans Schaufenster und Karl mit ihr. Sie redeten auf eine Weise, die Magda verdächtig vorkam. Wie dieses Fräulein kokett ihr hübsches, streng frisiertes Köpfchen seitlich legte, nur ein wenig. Und wie Karl sie anlächelte. Ließ er sich etwa davon einfangen? War er so leicht zu umgarnen? Männer!, dachte sie verächtlich. Dann reichte dieses Frauenzimmer ihm auch noch etwas, eine Visitenkarte, wie es aussah, mit einem Lächeln, und Karl nahm sie, ebenfalls lächelnd, und steckte sie ein. Zum Abschied küsste er ihr sogar die Hand. War das sein Ernst?!

Magda wandte den Blick ab, verschränkte die Arme vor der Brust und schaute aus dem Seitenfenster, weg von der Straße, über die Karl nun auf das Auto zukam. Als er einstieg, sagte sie kein Wort und würdigte ihn keines Blickes. Sie wusste, wie kindisch das war, doch sie konnte ihn einfach nicht ansehen.

»Stimmt was nicht?«, fragte er.

»Was war denn das eben? Das Geplänkel mit dem Fräulein Mohnhaupt, meine ich.«

Karl ließ den Wagen an. »Recherchearbeit. Ich werde Fräulein Mohnhaupt ausführen. Vielleicht bekomme ich für ein paar Schmeicheleien Informationen.«

»Verstehe«, sagte Magda, nur ein kleines bisschen erleichtert.

»Arbeiten Reporter nicht so? Sie schmeicheln und betrügen, um an Auskünfte zu kommen. Genau wie du Emil Brennicke bei Laune hältst, damit er uns hilft.« Er musste nicht auf das Lenkrad klopfen, sie verstand auch so, dass er vom Auto sprach. Und seinen sarkastischen Ton konnte er sich ebenfalls sparen.

»Wieso fährst du nicht?«, fragte sie.

»Weil ich dir noch etwas geben muss. Von Brennicke.«

Er fasste in seine Manteltasche, holte ein winziges Ding heraus und legte es in ihre Handfläche: den Ohrstecker, den sie am Morgen vergeblich gesucht hatte. Emil war so ein Idiot! Wieso hatte er ihn Karl gegeben? Sie wäre am liebsten im Erdboden versunken.

»Wir müssen für den Erfolg alle unsere Opfer bringen«, sagte Karl und fuhr los.


»Ein Mann, sagen Sie«, wiederholte Ludwig und sah Breitsamer an, der wie ein Halm im Wind auf dem Stuhl herumwankte.

»Er ist aus einem 830er Horch gestiegen. Ich hab das Kennzeichen notiert. Da saß auch noch eine Frau drin. Jung. Hübsch. Dunkler Typ. Aber nur der Mann ist in die Galerie gegangen. Ich bin draußen geblieben und hab beobachtet, was drinnen passiert.«

»Das war richtig.«

Breitsamer atmete auf. »Der Mann hat mit Fräulein Mohnhaupt gesprochen, und sie hat ihm etwas gegeben. Eine Visitenkarte, schätze ich. Danach ist er gegangen, zu der Frau ins Auto gestiegen, und dann sind die beiden weggefahren.«

Ludwig lehnte sich zurück. Eine ungute Ahnung beschlich ihn. »Wie hat der Mann ausgesehen. War er mittelgroß, schlank, dunkles Haar? Ein Mann, der Damen auffällt? Wie ein Hollywood-Schauspieler?« Ludwig überlegte, zu welchem Star die Ähnlichkeit am größten war. »Ein wenig wie dieser … wie heißt er noch … in diesem Film mit dem … Sie wissen schon …«

»… Sie meinen den Psychiater aus *Der Fall Paradin*, stimmt's?«

Alle Achtung, dachte Ludwig. Genau den Film hatte er gemeint. Wie Breitsamer aus seinem Gestammel darauf gekommen war, war ihm schleierhaft.

»Gregory Peck«, warf Zöllner ein, ohne von seinem Aktenblatt aufzuschauen.

»Ja, genau, so ähnlich wie Gregory Peck hat er ausgesehen.«

»Dann kenne ich ihn. Das ist jemand von der Presse. Karl Wieners.« Dass sie alte Schulkameraden waren, verschwieg er lieber.

Breitsamer war sichtlich enttäuscht. Er stand auf, drehte sich an der Tür aber noch mal um. »Also brauch ich das Kennzeichen nicht überprüfen lassen?«

Ludwig überlegte. Wie kam Karl zu einem 830er Horch? Sicher geliehen. »Machen Sie ruhig«, sagte er, »schaden kann's ja nicht.«

Als Breitsamer weg war, zündete Ludwig sich eine Zigarette an. Es lag auf der Hand: Karl hatte gestern seine Telefonate mit Meilhammer und Breitsamer mitgehört und von daher gewusst, was heute früh polizeilicherseits anstand. Ob er da schon auf die Idee gekommen war, selbst aufzukreuzen und im aufgestöberten Trüben zu fischen? Ludwig nahm das dem alten Schulfreund nicht übel. Jeder spielte eben sein eigenes Spiel. Und vielleicht ließ er ihn ja noch an seinem Wissen teilhaben. Wenn nicht, wusste man wenigstens, woran man bei ihm war.

Da er den Wagen nun einmal hatte, wollte Karl ihn auch fahren. Die Tankanzeige stand schließlich auf voll, und es war ja noch früh, eben erst hatten die Kirchturmglocken zehn Uhr geläutet. Zunächst würde er Magda in die Innenstadt bringen, wo sie irgendwelche Besorgungen machen musste, und dann zu Georg fahren, der am Morgen angerufen hatte, weil er ihn dringend sprechen müsse.

Dass Magda schmollte, weil er mit Charlotte Mohnhaupt angebandelt hatte, amüsierte ihn. Zugleich kam ihm seine eigene Eifersucht auf Brennicke albern vor. Er musste sich immer wieder bewusst machen, dass Magda seine Nichte war, das wirkte heilsam. Wenigstens für eine Weile.

»Ich mag diesen Brennicke nicht«, sagte er, nachdem sie beide lange geschwiegen hatten, in versöhnlichem Ton, »aber du triffst deine eigenen Entscheidungen. Ich gebe dir nur den Rat, vorsichtig zu sein. Was weißt du von dem Mann? Außer dass er einen erstklassigen Wagen fährt, meine ich.«

Magda schnaufte, verschränkte die Arme und schaute schmollend aus dem Seitenfenster. Jetzt war sie ganz das kleine Mädchen, das es einem nicht verzieh, dass man es beim Griff in die Zuckerdose ertappt hatte.

»Was letzte Nacht zwischen euch passiert ist, bleibt dein Geheimnis«, fuhr er fort. »Für mich habt ihr einfach nur geredet. Er hat dir den Schlüssel zu diesem tollen Automobil gegeben und – «

»Jetzt hör schon endlich mit dem blöden Wagen auf!«, fuhr sie ihn an. »Und wenn du dir einreden willst, dass Emil und ich nur geredet haben, dann – ach! Halt hier an.«

Er schaute sie erstaunt an. »Hier? Du wolltest doch zum Marienplatz.«

»Ich nehm die Tram. Jetzt halt schon an!«

Sie war laut geworden.

Karl bremste. Der Wagen stand noch nicht, da riss sie schon die Tür auf. Bevor sie hinaussprang, sah sie ihn böse an. Dann war sie draußen, und die Tür knallte zu.

Tatenlos sah er zu, wie sie davonging. Sollte er sie aufhalten? Sie überreden, dass sie wieder einstieg? Über alles mit ihr sprechen? Worüber denn eigentlich? Worum ging es hier? Sicher nicht nur um Fräulein Mohnhaupt. Wahrscheinlich schämte sie sich auch wegen Brennicke. Oder sie ärgerte sich, weil er schlecht über Brennicke redete. Vor allem aber erhoffte sie Dinge von ihm, ihrem Onkel, die er ihr nicht geben konnte. Sie musste vernünftig sein. Erwachsen. So wie er.

Karl parkte den Horch an der Straße. Als er in den Hinterhof trat, blieb er stehen. Der verbrannte Baum war weg, bis auf einen Stumpf, der mannshoch emporragte. Die auf handliche Größe geschnittenen Äste waren zu mehreren Stapeln am Rande des Hofes aufgeschichtet. In der Mitte rauchten ein paar Männer und unterhielten sich. Ein weiterer hockte auf der Erde und inspizierte eine Motorsäge. Ringsherum war alles voller Sägespäne.

»Da habt ihr ja ganze Arbeit geleistet«, sagte Karl zu den Männern. »Bleibt der Stamm so stehen?«

»Kommt morgen weg«, sagte einer, und ein anderer: »Für heute ist Schluss. Kein Benzin mehr.« Er trat gegen den leeren Kanister.

»Alles muss weg«, sagte auch ein dritter, »damit die Herren Schreiberlinge hier ihre Wagen parken können.«

Wohl eher Fahrräder, dachte Karl, wünschte einen schönen Feierabend und ging weiter.

Neben dem Eingang prangte wie frisch poliert ein goldglänzendes Messingschild mit der eingeprägten Schrift: *Redaktion Blitzlicht, 1. Stock*. Gespannt stieg er die Treppe hinauf, ignorierte das *Bitte-klingeln!*-Schild und trat ein. Das Klappern von Schreibmaschinen empfing ihn, außerdem drangen Stimmen und immer wieder aufbrandendes Gelächter aus dem Konferenzraum auf den Gang. Man war offenbar mit Laune bei der Arbeit. Die Tür stand weit offen. Karl überschaute die Runde mit einem raschen Blick: die Männer vom letzten Mal, deren Namen er längst vergessen hatte, dazu ein paar neue, von denen einer besonders hervorstach: ein wahrer Hüne, und mit der Augenklappe und der Narbe quer über dem Gesicht sah er so verwegen aus wie ein Seeräuber.

Karl klopfte an den Türrahmen. »Grüß Gott, die Herren. Den Schorsch finde ich an seinem Schreibtisch?«

»Ja, ja«, schallte es aus mehreren Kehlen zurück, »immer geradeaus, letzte Tür.«

Karl riss die Vorzimmertür auf und blieb überrascht stehen. Der Schreibtisch war von einem jungen Fräulein in einer gelben Strickjacke über einer bis oben zugeknöpften Bluse besetzt. »Anklopfen wäre chic«, sagte sie mit spitzen Lippen. »Wen darf ich melden?«

»Verzeihung, ich wusste nicht … Karl Wieners. Ich werde erwartet.«

Die Tür flog auf, Georg stand, auf Stirn und Wangen feucht glänzend, vor ihm und rief: »Da bist du ja, Karl. Komm rein, komm rein. Fräulein Kurzeck, zwei Kaffee und zwei Cognac.« Er ergriff Karls Hand, zog ihn in sein Büro und warf die Tür ins Schloss. »Na, was sagst du? Langsam kommt die Sache in Schwung. Setz dich, setz dich! Und wie findest du überhaupt meine Vorzimmerbiene? Da freut man sich doch auf die Überstunden, oder?«

Karl ließ sich in den Besuchersessel vor dem wuchtigen Schreibtisch fallen. In einem Aschenbecher glimmte eine Zigarre vor sich hin, ein dünnes graues Rauchfähnchen stieg daraus auf.

»Die Frage ist nicht, was ich dazu sag, sondern deine Inge«, meinte Karl, nur halb im Scherz.

Georg winkte ab. »Die ist froh, wenn ich sie in Ruhe lasse. Und wenn sie doch was dagegen hat, dann genieß ich mein Fräulein Kurzeck eben so lange, wie ich sie hab.«

Karl schüttelte den Kopf. »Pass bloß auf.«

Georg lachte raukehlig auf. »Das sagt der Richtige! Keine Sorge. So schnell schießen die Preußen nicht. Aber Maß genommen hab ich schon. Liegt gut in der Hand, das Hinterteil.«

»Von hier ist die aber nicht, so wie sie redet.«

»Flüchtling. Die sind fleißig und dankbar. Und ein paar Redakteure hab ich auch eingestellt. Haben früher für *Das Reich* geschrieben oder fürs *Schwarze Korps*.«

»Solange es nicht der *Völkische Beobachter* war.«

»Gab auch da gute Leute. Von der Schreibe her gesehen, mein ich.«

Die Tür ging auf, Fräulein Kurzeck brachte auf einem Tablett zwei Tassen Kaffee und zwei Cognac herein und stellte sie auf dem Schreibtisch ab. Stumm sahen Karl und Georg ihr zu. Einmal zwinkerte Georg, aber Karl tat so, als habe er es nicht bemerkt. Als Fräulein Kurzeck fort war, griff Georg nach seinem Cognacglas – sicher nicht zum ersten Mal an diesem Tag – und erhob es. »Auf uns, alter Freund«, sagte er. »Das haben wir uns verdient.«

»Ach ja? Und womit?«

Georg leerte sein Glas in einem Zug, Karl nippte nur, obwohl der Cognac gut war. Französisch. Sicher vom Schwarzmarkt. Ansonsten unerschwinglich.

»Wie geht's voran mit deiner Geschichte?«, fragte Georg.

»Langsam, aber stetig«, sagte Karl vorsichtig. »Es wird immer interessanter. Ich treffe mich mit der Tochter eines Galeristen, die mir vielleicht ein paar Auskünfte geben kann.«

»Verstehe. Aber erst kommt die Arbeit, dann das Vergnügen!«

Karl überging den Einwurf. »Das könnte wirklich eine große Sache werden«, sagte er ernst.

Georgs Augen glänzten. »Was du nicht sagst. Erzähl mehr!«

»Zwei Polen wurden ermordet. Man fand Fotos von Gemälden aus dem Raubkunstbestand bei ihnen. Und Listen. Da ist irgendwas im Gange. Das meint auch Ludwig.«

Georg rieb sich die Hände. »Sehr schön, sehr schön. Ich hab von Anfang an gewusst, dass du der richtige Mann dafür bist. Vielleicht machen wir eine ganze Artikelserie daraus. Eine Titelgeschichte.«

»Ich der richtige Mann?«, fragte Karl. »Das hab ich anders in Erinnerung. Hast mich nicht bloß genommen, weil du Magda einen Gefallen tun wolltest?«

»Papperlapapp, Schnee von gestern!«

Karl lachte und nahm nun doch einen großen Schluck Cognac. Während er sich eine Zigarette ansteckte, sagte Georg: »Aber warum ich eigentlich mit dir reden wollte: Brauchst du immer noch Geld?«

»Wer nicht?« Karl blies eine Rauchwolke in die ohnehin schon dicke Luft im Raum. »Willst du mich etwa fest anstellen?«

Georg lächelte breit. »Das nicht, aber ich hätte was für dich, mit dem du dir schnell was verdienen kannst.« Er zog eine Schublade an seinem Schreibtisch auf, holte eine Mappe heraus und schlug sie auf. Farbfotografien von leicht bekleideten Damen in scheinbar alltäglichen Posen kamen zum Vorschein. Karl verdrehte die Augen. Dieser Schmuddelkram wurde bei Georg allmählich zur fixen Idee.

»Kannst du mir nicht was zu den Bildern schreiben? Ein paar von den Burschen da draußen haben sich schon daran versucht, aber das war alles Murks! Die haben nur einfach ihre eigenen dreckigen Gedanken aufgeschrieben. Wer will so was lesen? Du kommst doch von der Belletristik, für dich ist das bestimmt ein Klacks.«

Karl seufzte. »Warum ist dir dieser Schweinkram so wichtig? Du willst doch ein seriöses Blatt machen.«

»Weil die Mischung das Neue am *Blitzlicht* ist. Mit gutem Journalismus lockst du keinen Hund hinter dem Ofen hervor, das macht heutzutage jeder.«

»Ich kann's ja mal probieren.

»Wunderbar! Tausend bis tausendfünfhundert Anschläge. Saftig, aber mit Esprit und Niveau. Du kriegst zwanzig Mark für jeden Text, egal, ob er später gedruckt wird oder nicht.«

»Seit wann so spendabel?«

»Ich hab einen neuen Finanzier an Bord. Ganz stiller Teilhaber. Aber sehr potent.«

Karl zwinkerte ihm zu. »Dann kannst du mir jetzt sicher auch meine Spesen ersetzen.«

Georg drückte einen Knopf auf seiner Sprechanlage. »Fräulein Kurzeck? Bereiten Sie eine Spesenauszahlung für Herrn Wieners vor. Fünfzig Mark. Und bringen Sie uns noch mal zwei Cognac. Oder am besten gleich die Flasche.«

## Samstag, 29. April 1950

———————

SO FRÜH AM MORGEN ging es in der Möhlstraße noch
gemächlich zu. Die Verkaufsbuden und -stände hatten zwar
schon geöffnet, doch die Verkäufer waren noch damit beschäftigt, ihre Kisten mit Obst, Gemüse und anderen Waren
auf die Straße zu tragen. Viele von ihnen grüßten Magda.
Man kannte sich. Sie überlegte, welche ihrer Investitionen
nächste Woche fällig wurden und rechnete durch, wie viel
Gewinn sie erwarten durfte. Sie kam auf über sechshundert
Mark. Sollte sie das Geld sparen? Oder sich etwas gönnen?
Noch ein Paar italienische Schuhe? Eine Handtasche? Sie
hatte im Schaufenster beim *Oberpollinger* ein zauberhaftes
Abendkleid gesehen. Noch lieber hätte sie Karl zu einem
Herrenschneider geschickt, damit er sich einen Anzug ma-
chen ließ. Aber er würde ein solches Geschenk nie und nim-
mer annehmen. Männer und ihr Stolz.

Noch immer befiel sie ein flaues Gefühl, wenn sie daran
dachte, wie sie sich gestern Karl gegenüber verhalten hatte.
Es war kindisch und dumm gewesen. Wenn er sich mit
Fräulein Mohnhaupt verabreden wollte, sollte er es tun. Und
wenn er Emil nicht traute, so sprach er nur aus, was sie selbst
dachte. Auf keinen Fall durfte Karl sich von ihr bedrängt
fühlen. Das machte alles nur schwerer. Irgendwann würde
auch für ihn der Moment der Wahrheit kommen, an dem er

sich seinen wahren Gefühlen für sie nicht mehr verweigern konnte. Sie glaubte fest daran. Nein, sie wusste es.

Ein Stück vor ihr entdeckte sie Simon. Er kniete neben seinem Motorrad und hantierte daran herum. Wahrscheinlich funktionierte schon wieder irgendwas nicht.

»Was ist denn damit?«, fragte Magda, als sie bei ihm war.

Er blickte nur kurz auf, wandte sich dann gleich wieder dem Motor zu. »Spinnt mal wieder, die Alte. Ich glaub, sie erwischt zu wenig Sprit. Könnte eines der Ventile sein. Oder die Pumpe.«

Irritiert sah Magda zu, wie er weiter am Motor fummelte, so als sei sie gar nicht da. »Was ist denn jetzt?«, fragte sie mit wachsendem Unmut. »Du hast mich herbestellt, also …«

Sie hatte Lust, einfach zu verschwinden. Doch sie blieb. Wir warten auf jemanden, wurde ihr bewusst. Sie beugte sich zum Rückspiegel des Motorrades hinab, kontrollierte ihr Make-up und frischte den Lippenstift auf. Dabei hörte sie, wie hinter ihr ein Automobil langsam heranrollte.

Simon schaute zu ihr hoch und sagte: »Da ist jemand für dich.«

Magda drehte sich um. Vor ihr stand eine wuchtige Mercedes-Limousine mit laufendem Motor. Als sie sah, wie am Fond eine Scheibe heruntergedreht wurde, trat sie näher. Sie ahnte schon, wer in dem Wagen saß: Walter Blohm. Vielleicht, dachte sie, wäre es klüger wegzulaufen. Doch sie war nicht der Typ Frau, der vor einem Mann weglief.


»Schau lieber mal nach Brennickes Wagen«, sagte Veit, der eben in die von Kaffeeduft erfüllte Küche gekommen war. »Da schleicht einer schon eine Weile auffällig herum.«

»Wieso gehst du nicht selbst?«, antwortete Karl mit vollem Mund, denn er hatte eben ein großes Stück von dem

Hefezopf abgebissen, den er vorher tief in seinen Milchkaffee getunkt hatte. »Brennicke ist schließlich dein Logisgast.«

»Aber dir und Magda hat er die Autoschlüssel überlassen.«

Karl machte keine Anstalten, sich zu erheben.

»Herrgott, jetzt geh schon«, brauste Veit auf.

Wieso lag Veit so viel daran, dass ausgerechnet er ging? War er eingeschnappt, weil er den Horch nicht fahren durfte? Missmutig verließ Karl die Küche. Als er schon an der Treppe war, rief Veit ihm hinterher: »Nimm lieber den Autoschlüssel mit.«

»Wieso? Ich fahr nicht weg.«

Veit zuckte mit den Schultern. »Weiß man nie.«

Karl holte also den Schlüssel.

An Brennickes Limousine lehnte ein Mann und rauchte eine Zigarette. Er trug eine Schiebermütze auf dem Kopf, eine Joppe mit Lederflecken an den Ellbogen und eine Arbeitshose.

»Sie da«, redete Karl ihn an, »verschwinden Sie von dem Wagen.«

Der Mann schnippte die heruntergerauchte Zigarette über die Straße. »Immer schön langsam, der Herr«, sagte er. »Ich steh hier nicht zu meinem Vergnügen.« Der Mann war kein Bayer, das hörte man.

»Wollen Sie was Bestimmtes?«

»Sie sind doch der, der was Bestimmtes will. Hört man zumindest.«

Sein Grinsen legte einige Zahnlücken frei.

»Von wem hört man das?«

»Wie wär's mit 'ner kleinen Spritztour? Ich schlage vor, wir nehmen Ihren Wagen. Ich kann nämlich mit keinem Automobil dienen. Bin mit dem Zug da.«

Die Mercedes-Limousine rollte wie ein Schiff die Prinzregentenstraße hinab Richtung Innenstadt. Seit Magda eingestiegen war, hatte Walter Blohm kein Wort gesprochen. Stattdessen las er ohne Hast die Zeitung zu Ende. Sie nützte die Gelegenheit, ihn unauffällig zu mustern. Sicher kein großer Mann, soweit man das im Sitzen beurteilen konnte, eher untersetzt, schütteres, kurzgeschnittenes Haar. Feiner, maßgeschneiderter Anzug. Ein mit Bedacht gewähltes, wohlriechendes Rasierwasser. Kein Ring am Finger. Wie alt mochte er sein? Mitte vierzig?

»Sie müssen entschuldigen«, sagte er schließlich, als er mit der Lektüre fertig war, »ich bin süchtig nach Zeitungen. Ich lese sie alle: *Süddeutsche*, *Abendzeitung*, den *Merkur*, die *Neue Zeitung*.« Sie hatten längst nicht nur den Friedensengel hinter sich gelassen, sondern auch das Haus der Kunst und würden gleich auf die Ludwigstraße treffen.

»Und was lernen Sie aus all den Zeitungen, was Sie nicht schon wussten?«, fragte sie herausfordernd. »Es ist doch immer dasselbe. Immer geht es nur um Macht, Einfluss, Geld.«

Walter Blohm schüttelte den Kopf. »Es ist schrecklich, jemanden in Ihrem Alter so etwas sagen zu hören. Ihnen gehört doch die Zukunft. Nein, Sie sind die Zukunft.«

Magda zuckte mit den Schultern und schaute aus dem Seitenfenster. Sie sah viele leere Fassaden. Hie und da ein Baugerüst, auf dem es geschäftig zuging. Natürlich würde alles, was zerstört worden war, nach und nach wieder aufgebaut werden. Doch war das allein schon Zukunft? Oder von welcher Zukunft redete er? Welche Möglichkeiten hatte jemand wie sie schon?

Der Fahrer bog links in die Ludwigstraße ab.

»Was mache ich hier, Herr Blohm?«, fragte sie. »Was wollen Sie von mir?«

»Nur ein wenig mit Ihnen plaudern.« Er griff in die Innentasche seines Jacketts, holte ein silbernes Zigarettenetui heraus und ließ es aufschnappen. »Bitte, greifen Sie zu.«

Magda nahm eine. Er gab ihr Feuer. Dann kurbelte er sein Fenster etwas herunter, so dass der Rauch abziehen konnte. Sie tat es ihm gleich.

»Stimmt es, was Deinhardt sagt?«, fragte sie. »Dass die Tage der Möhlstraße gezählt sind?«

»Natürlich. Was denken Sie? Es kann ja nicht ewig so weitergehen. Die Zeiten ändern sich. Deutschland und Frankreich nähern sich an. Amerika ist obenauf und wird es auch für eine sehr lange Zeit bleiben. Dadurch eröffnen sich neue Möglichkeiten.«

»Für Sie vielleicht.«

Blohm nahm in kurzer Folge ein paar Züge von seiner Zigarette, dann schnippte er sie nach draußen und schloss das Fenster wieder.

»Ich beobachte Sie schon seit geraumer Zeit, Magda. Ich darf Sie doch Magda nennen?«

Magda nickte, neigte sich aber etwas von ihm weg, wie um die gestattete Vertraulichkeit gleich wieder zurückzunehmen.

»Sie investieren geschickt, manchmal mit etwas Risiko, aber niemals zu waghalsig. Stets überschaubare Summen, und nie alles auf eine Karte. Wieso sind Sie nie selbst in den Handel eingestiegen? Sie haben Talent dafür.«

Kurz bevor die Asche von ihrer Zigarettenspitze fiel, öffnete Walter Blohm den Deckel eines Aschenbechers vor ihnen. Magda aschte hinein und sagte: »Als Frau ist das nicht so einfach, noch dazu, wenn man jung ist.«

»Das kann ein Vorteil sein. Unterschätzt zu werden, meine ich.«

»Sicher. Aber es ist, wie alles, auch eine Frage des Geldes. Für eine große Schieberkarriere fehlte mir schlicht das Startkapital. Alles, was ich hatte, waren Kontakte zu ein paar US-Boys der Versorgungseinheit, die Sachen beschaffen konnten. Das eigentliche Geschäft haben dann andere gemacht. Mich lässt man zum Dank noch ein wenig mitspielen.«

»Und was haben Sie vor, wenn der Schwarzhandel zu Ende geht?«

»Dann wird sich was anderes finden.«

Walter Blohm beugte sich vor, und einen Moment lang glaubte Magda, er wollte ihre Hand ergreifen. Doch das tat er nicht, er sah sie nur eindringlich an und sagte: »Genau das ist der Fehler, Magda. Sie dürfen nicht warten, bis die Dinge auf Sie zukommen. Es ist auch zu wenig, nur auf der Höhe der Zeit zu sein. Man muss der Zeit voraus sein.« Er hob den Zeigefinger. »Aber nicht zu weit. Nur so viel, dass man im richtigen Moment am richtigen Ort ist. Und das sind Sie jetzt, meine Liebe, hier in diesem Wagen: zur rechten Zeit am rechten Ort.«

Das Gestüt lag einige Kilometer vor Freising, irgendwo im Nordosten von München. Reinhard, wie Karls Beifahrer und Lotse hieß, hatte über Landstraßen und Dörfer den Weg gewiesen. Karl hatte allerlei geduckte Höfe und Stallungen, dampfende Misthaufen und windschiefe Scheunen zu sehen bekommen, und alles lag so still und selbstgenügsam zwischen den Hügeln, dass es ihm schien, als könne nichts diesem finsteren Idyll jemals etwas anhaben. Noch entrückter jedoch wirkte die Gegend, durch die sie nun auf einer buckligen Feldstraße fuhren. Gerade jetzt riss wieder der Himmel auf und goss für eine Weile goldenes Licht aus. Nach all dem Ruinengrau der verwüsteten Stadt wirkte das frische

Grün von Gras und jungem Blattwerk unwirklich. In der Ferne leuchteten die hellroten Ziegeldächer des Anwesens. Wie gemalt, das Ganze, dachte Karl.

Auch nach der mehr als einstündigen Fahrt hatte er sich nicht mit dem wortkargen Reinhard angefreundet. Wie auch, da der nur das Nötigste von sich gab, dafür aber ohne Unterlass rauchte. Immerhin hatte die Stimme aus dem Zigarettenqualm verraten, dass Henning von Mahnstein, der Kopf der *Wahren Deutschen*, Karl eingeladen hatte. Oder sollte man eher verschleppt sagen? Wozu das geheimnisvolle Getue im Vorfeld? Schon Veits merkwürdiges Verhalten. Ein Brief und eine Straßenkarte hätten den Zweck auch erfüllt. Wer einen solchen Auftritt suchte, das lehrte Karl die Erfahrung, der hatte es meistens auch nötig.

Je näher sie dem Gestüt kamen, desto deutlicher wurde dessen gebrechlicher Zustand. Tiefe Risse im Putz, hie und da ein gesprungenes oder schon vernageltes Fenster, zerbrochene Dachziegel. Karl lenkte den Wagen in den Hof.

Sie stiegen aus. Niemand erschien, um ihn zu empfangen. Unschlüssig blieb Karl neben dem Auto stehen.

»Es kommt gleich jemand«, sagte Reinhard.

Karl schaute sich um. Auf halbem Weg zu den Stallungen befand sich ein großer, verlassener Zwinger. Ein Bursche fegte hinter Maschendraht den verdreckten Boden. Der Anblick weckte Unbehagen in Karl. Die Gefangenschaft. Die Rheinwiesen. Da waren sie auch so eingezäunt gewesen. Und auch überall nur Dreck. Vom Hunger ganz abgesehen. Er wandte den Blick ab.

»Jetzt kommt jemand«, sagte Reinhard.

In die offene Eingangstür des Haupthauses, zu der eine auch schon etwas brüchige steinerne Treppe hinaufführte, trat aus dem Dunkel eines breiten Flures ein Mann in Reiterhosen und Reitstiefeln. Reinhard zog die Mütze vom Kopf, der Hut, den Karl hätte ziehen können, hing am Garderobenständer, wo er ihn gestern abgelegt hatte. In der Hand hielt der Mann eine Gerte, im Mundwinkel steckte, unter einem Oberlippenbart, ein Zigarillo. Ein vor Brillantine strotzender, dichter schwarzer Haarschopf glänzte in der Sonne. Gemessenen Schrittes stieg der Mann die Treppe herunter, und je näher er kam, desto deutlicher war der Schmiss auf seiner Wange zu erkennen. Unten an der Treppe warf er das Zigarillo fort und trat näher. Karl schätzte ihn auf Mitte vierzig, höchstens fünfzig.

»Willkommen auf Gut Ehrentraut«, sagte er. »Henning von Mahnstein. Sie sind also der Schreiberling, der sich für uns interessiert.«

»Der bin ich wohl. Karl Wieners.«

Die Hand war kalt, der Händedruck fest.

Henning von Mahnstein wandte sich an Reinhard. »Sieh mal nach der Gerlinde. Sie macht mir einen müden Eindruck. Irgendwas stimmt nicht mit ihr.«

»Jawohl, Herr von Mahnstein.«

Reinhard schlurfte davon.

»Für welches Blatt schreiben Sie nochmal?«

»Ein neues Magazin. Soll ab Herbst erscheinen. *Blitzlicht* soll es heißen.«

»So, so. Kleiner Rundgang gefällig?« Henning von Mahnstein wartete keine Antwort ab, sondern ging gleich los. »Sie haben gedient? Ardennenoffensive, hör ich.«

»Nur als kleiner Feldwebel.«

»Sagen Sie das nicht! Es waren keineswegs die niederen Ränge und einfachen Landser, die den Krieg verloren haben. Der Fisch stank vom Kopfe her.« Die Reitgerte klatschte gegen den Stiefelschaft.

Karl hielt sich lieber zurück, ehe er sich mit einer Bemerkung den Mund verbrannte. Henning von Mahnstein schien seine Meinung auch nicht sonderlich zu interessieren, denn er fuhr sogleich fort: »Adolf Hitler war sicher der größte Politiker aller Zeiten. Wie er das deutsche Volk geeint hat. Besser als Bismarck. Einmalig! Aber als Feldherr … nein. Genau wie Stalin hätte er den Generälen die Kriegsführung überlassen sollen. Mit Verlaub – militärisch gesehen war er eben doch nur ein kleiner Gefreiter.«

Von Mahnstein schwieg. War es jetzt an Karl zu sprechen? »Ein sehr schönes Anwesen haben Sie hier«, sagte er, da ihm nichts Besseres einfiel. »Wie lange lebt Ihre Familie schon hier?«

»Das Anwesen gehört mir nicht, es wurde mir nur auf unbestimmte Zeit überlassen, und es befindet sich im Verfall, wie Sie sicher schon bemerkt haben. Was meine Familie betrifft … das bin nurmehr ich allein.«

Karl schwieg. Seltsam. Die Eröffnung von Mahnsteins berührte ihn kein bisschen. Sie wirkte, wie der Mann selbst, unecht. So als spiele er nur eine Rolle und sage Text auf, den andere ihm geschrieben hatten.

»Bei Ihnen steht's ähnlich, wie mir berichtet wurde. Hab mir sagen lassen, dass Ihr Herr Vater buchstäblich bis zur letzten Patrone … Und Ihr Bruder. Russland?«

»Stalingrad.«

»Ja, der russische Winter. Den Iwan selbst, den hatten wir im Sack. Keine Frage. Aber dieser Winter. Diese Kälte. Wen wundert es da, dass der eine oder andere sich zu äußersten Maßnahmen hinreißen ließ? Maßnahmen, die … nun ja, so ist der Krieg. Wer da war, dem muss man nichts erklären. Und wer nicht da war, dem kann man's nicht erklären.«

Karl ertappte sich dabei, wie er nickte.

»Ich zeige Ihnen etwas«, sagte von Mahnstein nach ein paar Sekunden tiefer Stille. »Kommen Sie, hier hinein.«

Er zog die Tür zu einer Stallung auf und führte Karl in einen langen Gang, an dem eine Anzahl Pferdeboxen nebeneinander aufgereiht waren. Viele standen leer, doch aus manchen reckte ein Pferd den Hals nach den beiden Männern, vermutlich in der Hoffnung auf Futter. Beinahe zärtlich streichelte Henning von Mahnstein im Vorübergehen jedem der Tiere über die Nüstern, sagte dabei Worte wie ein liebender Vater sie zu seinen Kindern sprach: »Meine Kleine … mein Guter … ja, du Frechdachs …«

»Ihre Pferde?«, fragte Karl.

»Leider nein. Ich bin wie sie hier nur untergestellt. Sehen Sie sich ihn hier an.« Von Mahnstein blieb vor einer Box stehen, aus der ein Pferd aus großen schwarzglänzenden Augen auf sie herabblickte. »Sultan. Ein Rassepferd. Feinstes Geblüt. Schon die Eltern, erstklassige Rassepferde. Ein Stammbaum über Generationen astrein. Zuchthengst. Deckt nur die besten Stuten. Sehen Sie ihn sich nur an. Man könnte sich in ihn verlieben. Finden Sie nicht?«

Das Pferd war beeindruckend. Glänzendes Fell. Stolzer Blick. Doch eigentlich war Karl kein Pferdemensch. Er liebte die Pferdestärken vor allem, wenn sie unter die Motorhaube eines Automobils gepackt waren.

»Nehmen Sie eine Möhre«, sagte von Mahnstein, »dort aus dem Sack. Geben Sie sie ihm.«

Karl tat, wie ihm geheißen, und reichte Sultan eine Möhre. Der Hengst schnappte sie zuerst mit seinen weichen Lippen und zerkaute sie wenig später krachend.

»Sehen Sie nur diese makellose Statur. Die natürliche Haltung. Diese Eleganz. Ein Muster an Rassebildung.«

»Der Arier unter den Pferden«, sagte Karl unbedacht.

Doch Henning von Mahnstein überhörte die Ironie. Er sah Karl an und lächelte. »Wenn Sie so wollen.«

»Schauen Sie aus dem Fenster«, sagte Walter Blohm. »Was sehen Sie?«

Magda fragte sich, was er meinte. Sie rollten im dichten Verkehr die Kaufingerstraße Richtung Stachus hinunter, die Trottoirs waren voller Menschen, die rasch ihre Einkäufe für den Sonntag erledigten, ehe die Läden mittags zumachten. Danach würde es in der Möhlstraße voll werden, wo es keine Ladenschlusszeiten gab und sogar am Sonntag offen war. Nur an den Freitagen blieben die jüdischen Läden zu, wegen des Sabbats.

»Leute«, sagte Magda nun. »Ich sehe Leute.«

»Falsch«, sagte Blohm. »Sie sehen Kunden.«

»Na und? Wo ist der Unterschied?«

»Menschen werden satt, Kunden nicht. Sie sind wie kleine Kinder. Wollen dies und das. Immerzu.«

»Jeder kann sich pro Mahlzeit nur einmal satt essen«, wandte sie ein.

»Es gibt Bedürfnisse, meine Liebe, von denen ahnen Sie nicht einmal, dass Sie sie haben. Aber sie sind da. Wie schlafende Hunde. Man muss sie nur wecken. Und dann bellen sie so lange, bis sie ihr Futter bekommen.«

Magda zuckte mit den Schultern. Sein Gerede fing an, sie zu langweilen. Wenn er so weitermachte, schlief sie gleich ein.

»Nehmen wir Sie als Beispiel.« Er legte seine kurzfingrige, fleischige Hand auf ihr Knie, nur für einen Moment. »Sie wissen es noch nicht, aber Sie möchten nur zu gerne eine Nacht mit mir verbringen.«

Mit einem Mal war Magda hellwach. Scherzte er? Nein,

dieser Mann scherzte nicht. Und wäre er nicht der gewesen, der er war, hätte sie ihm eine saftige Ohrfeige verpasst. Oder sie wäre aus dem fahrenden Wagen gesprungen. Oder beides. Doch so sagte sie nur mit spitzem Unterton: »Das ist wirklich ein Bedürfnis, das erst geweckt werden müsste. Was, mit Verlaub, nicht ganz einfach werden würde.«

Walter Blohm lachte auf. »Gut pariert. Aber es wird geschehen. Eine jungfräuliche Nacht.«

Magda räusperte sich. »Also ... wenn Sie nicht von sich selbst sprechen ... bei mir kommen Sie dafür leider ein paar Jahre zu spät.«

Wieder lachte er auf. »Nein, nein. Ich spreche weder von Ihnen noch von mir. Ich zeige Ihnen gleich, was ich meine.«


»Wie Verbrecher haben sie uns behandelt«, sagte Henning von Mahnstein, »nur weil wir unserem Volk gedient haben. Ist das gerecht?«

Obwohl noch lange nicht Mittag war, hatte er sich den Rest aus einer bis vor kurzem noch halbvollen Flasche Wein in ein Glas gegossen. Karl saß mit verschränkten Armen am gegenüberliegenden Ende der langen Tafel, mit wachsendem Unbehagen. Die Küche war ein einziger Saustall. Überall schmutziges Geschirr, Unrat und Dreck. Und Henning von Mahnstein schien wild entschlossen, sich zu betrinken.

Im Hof fuhr ein Wagen vor. Der Kettenhund schlug an. Rufe von Männern. Stiefeltritte.

»Mussten Sie auch vor einer dieser Spruchkammern antreten?«, fuhr er fort. »Haben Sie gesehen, was da für Leute über einem zu Gericht saßen? Volksverräter! Erfüllungsgehilfen! Hielten sich für Richter und waren doch nur Lakaien der Besatzungsmacht. Aufknüpfen muss man die! An die

Wand stellen! Einen wie den anderen! Glauben Sie mir, das ist kein Witz: Die Listen sind schon geschrieben, und sie stehen alle drauf. Alle!«

Er leerte das Glas in einem Zug.

»Ich sag Ihnen noch was: Der Amerikaner wird auch noch aufwachen! Und dann wird er erkennen, was wir geleistet haben. Welche Opfer wir …« Er winkte ab.

Karl hörte nur mit einem Ohr hin. Im Hof wurde gerufen. Gelacht. Der Hund hatte aufgehört zu bellen.

»Da ist jemand gekommen«, sagte Karl vorsichtig.

Von Mahnstein reagierte nicht, sondern nahm eine neue Flasche Rotwein vom Büfett. »Jetzt sagen Sie mal ehrlich, Wieners. Haben Sie so ein Pferd schon mal gesehen? So ein Rassepferd?«

Karl rutschte auf dem Stuhl herum. »Nein. Noch nie. Ich muss dann auch langsam …«

Von Mahnstein sah ihn aus großen Augen an. »Was denn? Sie haben mir ja noch gar keine Fragen gestellt. Keine richtigen. Sie sind doch wegen irgendwas hier.« Er lächelte hintergründig. »Ich glaube, ich weiß sogar, weswegen.«

»Äh … ja …«, stammelte Karl. Schweiß sickerte aus seinen Poren.

Von Mahnstein schraubte den Korkenzieher in den Korken.

»Wir müssen die nationale Frage wieder ganz oben auf die Tagesordnung bringen. Deutschland den Deutschen. Raus mit den Ausländern. Den Juden. Wo kommen die überhaupt alle her? Ich dachte, wir haben die umgebracht? Vergast? Heißt es doch dauernd.« Er zog am Korkenzieher, mit einem Plopp kam der Korken heraus. »Sieht man mal wieder … alles Propaganda. Gräuelpropaganda.«

Polternde Schritte im Flur. Kantige Männerstimmen.

»Wem gehört denn der Wagen da draußen?«, rief einer.

Dann standen sie im Raum: vier Männer, zwei von ihnen mit Narben im Gesicht.

»Besuch«, sagte von Mahnstein. »Von der Presse.«

Die Mienen verfinsterten sich sogleich.

»Aber meine Herren«, kam von Mahnstein jedem Einwand zuvor, »wir haben nichts zu verbergen! Und wie ich weiß, steht uns Herr Wieners gesinnungsmäßig nahe.«

»Wieners?«, fragte einer.

»Ja, der Bruder von Veit Wieners«, erklärte von Mahnstein. »Kriegsteilnehmer und so weiter und so fort. Er wird uns helfen, unsere Ideen unters Volk zu bringen.«

Wie kam er denn darauf? Hatte Veit ihm das versprochen?

Stuhlbeine scharrten über die Bodenfliesen. Die Männer setzten sich und schauten Karl erwartungsvoll an. Henning von Mahnstein wartete im Stehen, bis Ruhe einkehrte, dann sagte er: »Wollen Sie Ihre Fragen nicht endlich stellen, Herr Wieners? Wir haben nicht ewig Zeit.«

»Halten Sie an«, sagte Walter Blohm zum Fahrer, »wir steigen hier kurz aus.«

Der Wagen blieb vor dem *Oberpollinger* stehen, wo mit Taschen, Körben und Einkaufsnetzen behängte Menschen ein- und ausgingen. Noch war das Warenhaus weit von seiner früheren Größe entfernt, denn von den vier Stockwerken war lediglich das Erdgeschoss wieder eröffnet. Doch schon bald sollte eine Etage nach der anderen folgen. Magdas Blick fiel sogleich auf das Abendkleid im Schaufenster.

»Gefällt es Ihnen?«, fragte Walter Blohm an ihrer Seite, während der Wagen davonfuhr.

»Es ist elegant.«

»Nicht halb so elegant wie Sie. Kommen Sie, gehen wir ein paar Schritte.«

Ein Stück vor ihnen erhob sich das Karlstor. Fußgänger drängten beiderseits durch kleinere Seitentore, während durch das große Haupttor der Straßen- und Trambahnverkehr lief. Warum waren sie hier ausgestiegen? Wollte er ihr nun zeigen, was er im Wagen angekündigt hatte? Sie war sich nicht sicher, ob sie es wirklich sehen wollte, nach den anzüglichen Bemerkungen, die er gemacht hatte.

»Wie ich höre, arbeiten Sie und Ihr Onkel an einer Geschichte für eine Zeitschrift«, gab Walter Blohm dem Gespräch nun eine unerwartete Wendung.

»Äh … ja …«

»Es geht darin um Raubkunst, richtig? Die bei Kriegsende verschwundenen Bilder aus dem Führerbau.«

Sie wusste, dass es keinen Sinn hatte, es zu leugnen. Er war bestens informiert. Vermutlich durch Simon. Trotzdem oder gerade deswegen musste jedes Wort von ihr wohlüberlegt sein.

»Wir stehen ganz am Anfang der Nachforschungen«, sagte sie. »Es gibt noch keine Sensationen zu vermelden, falls Sie darauf aus sind.«

»Das kommt noch. Ich habe ein gutes Gefühl bei Ihnen. Könnten Sie mir einen Gefallen tun? Keine große Sache. Ich möchte einfach nur auf dem Laufenden sein. Also, falls Sie etwas erfahren, egal, was, geben Sie mir Bescheid?«

Auch wenn er es als Frage formulierte, war klar, dass es keine Frage war, sondern eine Anweisung. Ein Auftrag. Er rekrutierte sie gerade als seine Informantin. Eine Zuträgerin, wie er unzählige in der ganzen Stadt besaß. Darum ging es also die ganze Zeit. Und sie hatte keine Möglichkeit, sich seinem Ansinnen zu entziehen.

»Nun … wie Sie wissen, macht mein Onkel die Recherche …«, versuchte sie es trotzdem. »Deshalb haben Sie ihm ja diesen Herbert Kumpfmayer hinterhergeschickt.«

»Kumpfmayer? Ich? Wie kommen Sie denn darauf?«

»Er hat meinen Onkel beschattet. Und er arbeitet doch für Sie.«

»Er arbeitet für jeden, der ihn bezahlt. Ich greife schon seit einiger Zeit kaum noch auf ihn zurück. Er trinkt zu viel.«

»Sie waren das wirklich nicht?«

»Nein. Wieso sollte ich Sie anlügen? Anscheinend ist noch jemand an Ihren Recherchen interessiert.«

Magda schwieg nachdenklich. Sie glaubte Walter Blohm. Doch wenn er Kumpfmayer nicht beauftragt hatte, wer war es dann?

»Haben Sie zufällig außer mir noch einen anderen Verdächtigen parat?«

»Nicht mal eine Ahnung.«

»Sie sehen, Magda, wie leicht Sie und Ihr Onkel zwischen die Fronten geraten können. Es ist gut, wenn Sie dann einen Freund haben. Hier« – er fasste in seine Manteltasche, holte eine Visitenkarte heraus – »unter dieser Telefonnummer erreichen Sie mich. Aber kein Wort zu niemandem. Auch nicht zu Ihrem Onkel. Die Sache bleibt unser kleines Geheimnis.«

Zögernd betrachtete Magda die Karte. Goldene Prägung auf Büttenpapier.

»Jetzt greifen Sie schon zu!«, drängte Blohm. »Es wird Ihr Schaden nicht sein. Ich bin gerade dabei, gewisse Investitionen zu tätigen. In verschiedenen Geschäftsbereichen. Irgendwo wird sicher ein Platz zu finden sein, der Ihren Neigungen entspricht. Jemand wie Sie kann es in den Zeiten, die jetzt kommen, weit bringen. Sogar als Frau.«

Magda nahm die Karte und steckte sie ein. »Das heißt nicht, dass ich Sie anrufen werde«, sagte sie.

Blohm lächelte.

Sie waren am Karlstor angekommen, durch das gerade bimmelnd eine Straßenbahn rollte. Walter Blohm ging zu einem einbeinigen Kriegsversehrten, der auf seiner Krücke an der Mauer lehnte, und warf ein paar Münzen in den Blechnapf. »Ich habe immer ein paar Groschen in der Manteltasche«, sagte er, als er wieder bei Magda war. »Es ist eine Schande, mit welchem Undank die Veteranen behandelt werden.«

Sie schritten durch das Tor und blieben stehen.

»Sehen Sie dort!« Blohm wies über das Getümmel auf dem Platz hinweg auf einen Bauzaun, hinter dem die Überreste des ehemaligen Kaufhauses *Horn* abgerissen wurden. »Da kommt wieder ein Warenhaus hin, nur größer als das alte *Horn*. Alles tipptopp modern. Ein Konsumtempel erster Güte. Und das dort vis-à-vis, das meinte ich vorhin im Wagen.« Er deutete auf das *Hotel Königshof*, vor der Zerstörung eine der ersten Adressen in München und sicher bald wieder, denn es erstrahlte nicht etwa in seinem alten, sondern in einem völlig neuen Glanz: dem Glanz der Moderne. Die helle Fassade und das Flachdach würden sicher gut zu dem Warenhaus passen, das Blohm ihr eben ausgemalt hatte.

»Das Hotel?«, fragte Magda nach. »Den *Königshof*?«

»Ja. Es wird im Juni eröffnet. Alles nur vom Feinsten. Dort könnten Sie und ich eine wunderbare Nacht verbringen. Noch vor der Eröffnung. Ich kenne jemanden, der uns aufschließt. Wir wären die ersten Gäste.«

Magda schaute in sein lächelndes Gesicht. Das also hatte er vorhin im Wagen mit der jungfräulichen Nacht gemeint. Es war das Bett, die Suite, das ganze Hotel, das sie noch vor der

Eröffnung entjungfern würden. Was sollte sie dazu sagen? Wie sich aus der Affäre ziehen bei einem Mann, der ein Nein nicht gewöhnt war und sicher nicht akzeptieren würde?

Karl schaute ein letztes Mal in den Rückspiegel, dann verschwand Gut Ehrentraut hinter der Kurve. Er war erleichtert, dass er diesen Ort und diese Leute hinter sich lassen konnte. Erfahren hatte er wenig Neues. Egal, welche Frage er stellte, es kamen immer dieselben Tiraden: wie ungerecht, undeutsch, undankbar das neue System sei. Und so weiter. Alle redeten wild drauf los, es war ein einziges Durcheinander. Je mehr Alkohol floss, desto aufgeladener war die Atmosphäre geworden. Nur einmal, als er den Namen Egbert von Xylander in die Runde warf, zuckten alle kurz zusammen. Niemand wollte ihn gekannt haben, und über die verschwundenen Bilder aus dem Führerbau wusste auch keiner was. Vielleicht stimmte das ja. Andererseits: So ein alter Pferdehof mit all seinen leeren Stallungen und Scheunen war nicht nur ein hervorragender Unterschlupf für alte Nazis, er wäre auch ein perfektes Versteck für gestohlene Kunstschätze.

## Sonntag, 30. April 1950

---

LUSTLOS BLÄTTERTE MAGDA in der *Neuen Münchner Illustrierten*. Obwohl es schon nach elf war, war sie noch im Pyjama, unfähig, das Bett zu verlassen. Nach einer Weile schlug sie die Zeitschrift zu, warf sie auf den Boden und ließ sich seufzend auf den Rücken fallen. Sollte sie Karl von Walter Blohm erzählen? Obwohl der es ihr verboten hatte? Wie sollte Blohm es jemals herausfinden? Ach, solche Leute fanden immer alles heraus. Früher oder später. Und dann die Sache mit dem Hotel, das er mit ihr entjungfern wollte. Männer und ihre Phantasien. Obwohl sie so ein Luxushotel schon gerne mal von innen gesehen hätte. Aber ohne Walter Blohm. Er war viel zu alt für sie. Und wenn sie nur daran dachte, dass er sie mit seinen kurzen Fingern überall antatschen würde. Obwohl … gepflegt waren sie, diese Hände, das musste sie zugeben. Sie hatte schon üblere Pratzen ertragen, gleich nach dem Krieg.

Sie schnellte hoch. Nein! Wie konnte sie auch nur für eine Sekunde in Erwägung ziehen, dass sie seinem beleidigenden Verlangen nachgab! Sie würde mit Karl reden. Ihm von Walter Blohm und seinem entwürdigenden Angebot erzählen. Und zwar jetzt gleich, bevor sie es sich anders überlegen konnte.

Sie sprang aus dem Bett, zog sich an und verließ ihr Zimmer. Unten in der Gaststube ging es hoch her. Sonntags nach der Messe war immer viel los, doch heute anscheinend ganz besonders. Sie klopfte an Karls Tür. Keine Reaktion. Abgeschlossen. Vielleicht wusste Veit, wo er steckte.

Als sie in die Gaststube trat, erschrak sie. Anstelle von Veit stand Karl hinter dem Tresen! In einem rotweißkarierten Hemd, die Ärmel aufgekrempelt, zapfte er Bier, so als hätte er sein Lebtag nichts anderes gemacht. Die anderen Gäste fanden das zum Lachen. »Gell, Karli«, rief einer durch den Raum, »jetzt wirst halt doch noch Wirt!«, und ein anderer fiel feixend ein: »Wer nix wird, wird Wirt!« Karl winkte lachend ab. Magda blieb das Lachen im Halse stecken, ja, es verschlug ihr regelrecht die Sprache. Das Hemd, das er trug, die Hose … gehörten die nicht ihrem Vater?

»Da fällt dir nichts mehr ein, oder?«, rief Karl, als er sie bemerkte, und wischte sich eine Strähne aus der verschwitzten Stirn. »Das kommt davon. Ich Depp hab Veit gestern Abend angeboten, dass ich mal in der Wirtschaft aushelfe, und der hat mich gleich in die Pflicht genommen!«

Magda brachte noch immer keinen Ton heraus. Sie drehte sich wortlos um und lief weg.

Wo steckte Magda bloß? Allmählich machte Karl sich Sorgen. So wie sie aus der Wirtsstube gerannt war, ließ vermuten, dass ihr sein Auftritt als Aushilfswirt für zwei Stunden nicht gefallen hatte. Inzwischen hatte Veit ihn abgelöst, aber sie war noch immer verschwunden. Auch seine Mutter, die im Lehnstuhl in der Stube irgendwelche frommen Hefte las, hatte sie nicht gesehen. »Die kommt schon wieder«, meinte sie nur und erging sich dann gleich wieder mit tränennassen Augen darin, wie gut er in den Sachen seines gefallenen Bruders aussah. »Fast so, als wäre er wieder da«, sagte sie, während sie ihn über den Rand der Lesebrille hinweg musterte. Das war es wohl auch, was Magda so erschreckt hatte.

Als Karl zum schier hundertsten Mal vor die Haustür trat, um nach ihr zu sehen, kam sie endlich die Straße herab. Selbst in dem schlichten grauen Rock und der unscheinbaren blassblauen Weste sah sie bezaubernd aus. Nur ihr Lächeln fehlte, um das Bild vollkommen zu machen.

Sie mied seinen Blick, ging einfach an ihm vorbei in den Flur. Er kam ihr nach und hielt sie fest.

»Was ist denn los?«, fragte er, obwohl er es ahnte. »Was hast du?«

»Nichts.« Nach einer kurzen Pause fügte sie hinzu: »Es ist nur ein bisschen seltsam, dich in diesen … diesem Aufzug zu sehen.«

»Das sind nur ein Hemd und eine Hose.«

»Lass mich raten. Oma hat sie dir gegeben. Sie streckt ihre langen Finger aus.«

»So sind Mütter halt«, versetzte Karl. »Aber geht's wirklich darum?«

Sie schlug die Augen nieder und schwieg. Er nahm ihre Hand zwischen die seinen und wollte etwas sagen, wurde aber von zwei Männern daran gehindert, die in lauter Unterhaltung in den Flur platzten und weiter zu den Toiletten wankten.

»Sie nehmen dich mir weg«, sagte sie, »Stück für Stück. Und du lässt es zu.«

»Das ist doch Unsinn!« Er nahm ihr Kinn und hob ihren Kopf, so dass sie ihn ansehen musste mit ihren wunderbaren bernsteinfarbenen Augen. »Ich bin immer für dich da, Magda. Auch wenn ich diese Sachen anziehe oder am Ausschank aushelfe, werde ich nicht zu jemand anderem. Ich versteh ja, dass es ungute Erinnerungen bei dir weckt, wenn du mich so siehst, aber … die Toten sind tot, und die Vergangenheit kehrt nicht zurück.« Ihm wurde eng im Hals, als er das sagte, und ein zweites Mal, als ihm bewusst wurde, warum. »Ich hab selbst viel zu lange gebraucht, um das zu verstehen.«

Sie sah ihn eine kleine Weile an, dann antwortete sie: »Die Vergangenheit ist nicht tot. Sie ist nicht mal vergangen.«

Ludwig wollte schon auflegen, als auf der anderen Seite doch noch abgenommen wurde. Am Apparat war, wie erwartet, Frau Meyerhoff, die Zimmerwirtin. Als er nach Fräulein Gronska fragte, antwortete Frau Meyerhoff knapp: »Ausgegangen. Schon den ganzen Tag.«

»Und Sie wissen nicht zufällig, wohin?«

»Das Fräulein hält es leider nicht für nötig, mir derlei Dinge mitzuteilen.«

Das *leider* war ihr nur herausgerutscht, aber umso ehrlicher. Doch seine Frage war mindestens ebenso unangebracht. Was ging es ihn an, wo Fräulein Gronska ihren Sonntag verbrachte? Was interessierte es ihn überhaupt?

»Dann wissen Sie vermutlich auch nicht, wann sie zurückkommt?«

»Ich kann ihr etwas ausrichten, wenn Ihnen damit geholfen ist.«

»Sagen Sie ihr, sie soll mich morgen im Präsidium anrufen. Nein, morgen ist ja Feiertag. Also übermorgen. Kriminaloberkommissär Gruber. Sie hat die Durchwahl. Es geht wieder um eine Übersetzung.«

Er hängte ein. Die Sache mit der Übersetzung stimmte zwar, es hatte damit aber keine Eile, denn es war ja keine Gefahr im Verzug. Maria Gronska sollte nur wissen, dass er sie nicht vergaß. Und wenn er sogar an einem Sonntag anrief, würde ihr das nur umso klarer sein.

Wo sie sich wohl die Zeit vertrieb? Bei Olga Martova? Ihrer sogenannten Freundin? Er hatte Erkundigungen über diese Person eingezogen. Immerhin, sie war ordnungsgemäß gemeldet, wohnhaft in der Agnes-Bernauer-Straße in Laim, seit zehn Monaten. Achtunddreißig Jahre alt. Gebürtig in Odessa am Schwarzen Meer. Mehrmals von der Sitte am Lenbachplatz aufgegriffen, zu nächtlicher Stunde. Angeblich war sie nur spazieren gegangen. Aus dem Vernehmungsprotokoll des Kollegen sprach mit jedem Wort die Verachtung, die er für sie und ihresgleichen empfand. Ludwig dachte an ihre aufrechte Haltung, den Stolz in ihrem Blick. Nein, Verachtung empfand er keine. Eher Respekt. Der Weg von Odessa nach München war weit, den musste man erst einmal schaffen. Und was für Wechselfälle des Lebens sie genau an die Ecke geführt hatten, an der sie von diesem bigotten Polizeibeamten aufgegriffen worden war, wussten sie alle nicht. Und vielleicht – er lächelte in sich hinein – war sie ja wirklich nur spazieren gegangen. Allerdings hatte in der Akte auch etwas von Besitz und Vertrieb pornographischer Aufnahmen gestanden, von Verdacht auf Rauschgiftschmuggel, der jedoch nicht bewiesen werden konnte.

Eine nervöse Unruhe ergriff ihn. Ein Blick auf die Uhr. Es war kurz nach drei. Annerl war noch mit den Buben vorne an der Donnersbergerbrücke, weil sie immerzu die ein- und ausfahrenden Züge sehen wollten. Er riss ein Stück von der Zeitung ab, nahm den Bleistift, der immer neben dem Telefon lag, und schrieb auf den freien Rand:

*Musste weg. Dienstlich. Bin aber zum Essen wieder da. Ludwig.*

Oder hätte sie es ihm doch sagen sollen? Magda ging in ihrem Zimmer auf und ab. Sie war drauf und dran gewesen. Aber nein. Es war richtig gewesen, es erst einmal für sich zu behalten. War die Wahrheit erst einmal heraus, ließ sie sich nicht mehr zurücknehmen. In was für eine Lage hatte Walter Blohm sie da nur gebracht! Sie hasste ihn dafür.

Es klopfte. »Ja?«

»Ich bin's – Simon. Darf ich reinkommen? Ich hab was für dich.«

Simon? Was wollte der denn? Und was hatte er für sie? Nach einem raschen Blick in den Frisierspiegel ließ sie ihn herein.

Er brachte ein großes Paket, um das eine weiße Schleife gebunden war. »Die Wohnungstür war offen, da bin ich einfach rein«, sagte er und legte das Paket auf dem ungemachten Bett ab.

»Ein Geschenk?«, fragte sie. »Von dir?«

»Leider nein. Walter Blohm schickt mich.«

»Bist du neuerdings sein Laufbursche?«

Er sah sie böse an. Sie und ihr loses Mundwerk! Das wurde ihr noch irgendwann zum Verhängnis.

»Tut mir leid, Simon.«

»Wieso?«, gab er zurück. »Jetzt weiß ich wenigstens, was du von mir denkst. Aber wenn ich sein Laufbursche bin, was bist dann du?«

Ehe sie etwas erwidern konnte, wandte er sich schon zum Gehen. Doch sie hielt ihn fest. »Warte. Wir könnten später zusammen was unternehmen. Kino, wenn du magst.«

»Keine Zeit. Ein anderes Mal vielleicht.«

Schon war er zur Tür hinaus. Es tat ihr weh, dass sie für ihn eine Enttäuschung war, doch das war wohl unvermeidlich gewesen. Sie wandte sich dem Paket zu. Löste die Schleife, riss das Papier auf und öffnete die Schachtel. Sie traute ihren Augen nicht. Weil es schwarz war, dachte sie erst, es sei das Kleid aus dem Schaufenster beim *Oberpollinger*, aber sie erkannte rasch, dass dem nicht so war. Das hier war etwas viel Besseres. Obenauf lag ein Umschlag. Sie öffnete ihn und las:

*Liebe Magda,*
*dieses Abendkleid wird Ihnen sehr viel mehr gerecht als*
*jenes, das wir im Schaufenster sahen. Seien Sie nur nicht*
*zu bescheiden, das Beste ist gerade gut genug für Sie.*
*Ihr Walter Blohm.*

Sie nahm das Kleid aus der Schachtel. Ein schwarzes Wollkleid mit tailliertem Mieder und Glockenrock. Das Dekolleté war mit einem breiten, an den Schultern aufragenden Kragen geschnitten. Extravagant, aber nicht zu sehr. Da wurde ihr bewusst, was sie in Händen hielt. Ihr Herz blieb fast stehen. Das war ein Christian-Dior-Kleid. Im New Look, von dem sie in den Zeitschriften gelesen hatte. So ein Haute-Couture-Kleid gab's höchstens in der Maximilianstraße zu kaufen, und nur für ein kleines Vermögen. Einer wie Walter Blohm hatte vielleicht noch andere Quellen, billig dürfte es aber auf keinen Fall gewesen sein.

»Hallo? Schläfst du?«

Magda fuhr herum. Karl stand an der Tür. Sie hatte ihn gar nicht klopfen hören. Mist, dachte sie. Was sollte sie ihm sagen, woher dieses Kleid kam?

»Was hast du denn da?«, fragte er und kam näher.

Sie räusperte sich. »Ein Kleid.«

»Und was für eines. Très chic.«

»Ja.« Sie spürte ein Kribbeln in ihren Wangen. Beinahe schlagartig brach ihr der Schweiß aus.

Die Karte! Die verdammte Karte!

»Eine Gelegenheit. Die ich nutzen musste.« Sie legte es aufs Bett, so dass es die Karte unter sich begrub. »Was ist denn los? Was willst du?«

Karls Augen waren jedoch magnetisch von dem Kleid angezogen.

»Sei ehrlich. Hat dir das dein Emil geschickt? Wirst du deshalb rot?«

»Hör schon auf!«, fuhr sie ihn an. »Er ist nicht mein Emil!«

»Wie auch immer. Ich treffe nachher Mister Aldrich. Er will wissen, wie mein Ausflug aufs Land war. Falls du mitkommen willst … Wäre doch gut, wenn du ihn mal kennenlernst.«

»Ein anderes Mal. Ich hab Kopfschmerzen.«

Unschlüssig wartete er ab, offenbar in der Hoffnung, dass sie ihm mehr zu dem Kleid erzählen würde. Doch da sie kein Wort dazu sagte, ließ er sie allein.


Das Haus in der Agnes-Bernauer-Straße war von einem Zaun und hoch aufschießendem Gebüsch umgeben. Was sich dahinter befand, war den Blicken weitgehend entzogen. Ludwig stieg vom Rad und schob es über die Straße aufs Trottoir. Was, wenn Maria Gronska gleich auf die Straße trat und ihn erkannte? Sein Herz machte einen kleinen Satz. Umso besser, dachte er dann. Er würde natürlich behaupten, die Begegnung sei reiner Zufall, aber sie würde ihm nicht glauben, und er würde durchscheinen lassen, dass sie recht daran tat.

Doch nicht Maria Gronska trat durch das offenstehende Gartentürl auf die Straße, sondern zwei Männer in geflickten Joppen und mit Schiebermützen auf dem Kopf. Einer von ihnen trug eine Ledertasche bei sich. Als die beiden Ludwig erblickten, stieß einer den anderen mit dem Ellbogen an, dann kamen sie schnurstracks auf ihn zu. Ludwig erschrak. Kannte man sich? Von irgendeiner Ermittlung? Zeugen oder Beschuldigte?

»Grüß Gott, der Herr«, sagte der eine, und der andere, der die Tasche in der Hand hielt und sie jetzt öffnete, anscheinend um etwas herauszuholen, fragte: »Haben Sie kurz Zeit?«

Im allerersten Moment fürchtete Ludwig, der Mann werde eine Waffe ziehen und ihn auf offener Straße erschießen. Seltsam, wie ruhig er blieb. Der Mann holte aber nur ein Klemmbrett aus der Tasche, auf dem ein Zettel hing. »Wir sammeln Unterschriften«, sagte er, und der andere: »Es geht um die politische Situation. Ob Sie denken, dass es wieder einen Krieg gibt.«

Ludwig schaute auf die Unterschriftenliste. Es hatten schon einige Leute unterschrieben. »Wer sind Sie denn überhaupt?«, fragte er.

»Friedliebende Männer«, sagte der eine und der andere: »Gegen atomare Bedrohung und Aufrüstung.«

Ludwig kannte die Sprüche. Kommunisten. KPDler. Die gingen seit ein paar Tagen von Haus zu Haus und spielten sich als Friedensengel auf. Dabei wollten sie nur Reklame für sich und ihre umstürzlerischen Ideen machen. Auch wenn sie als Partei wieder legal waren – ein paar von ihnen saßen sogar im Stadtrat –, auf einer Liste von denen tauchte seine Unterschrift besser nicht auf. Er wollte die beiden schon mit einer sarkastischen Bemerkung abfertigen, besann sich aber anders und sagte stattdessen: »Darf ich die Herren auch was fragen?«

Sie sahen sich an, zuckten mit den Schultern. »Freilich.«

»Sie sind eben aus dem Haus da gekommen. Können Sie mir sagen, wer da wohnt? Was für Leute, meine ich. Oder was Sie sonst Auffälliges gesehen haben.«

»Warum wollen Sie denn das wissen?«, fragte der mit dem Klemmbrett und sah Ludwig scharf an.

»Interessiert mich halt.«

»Wir sind keine Spitzel«, brauste der eine auf, während der andere sagte: »Wir wissen sowieso nix. Es hat keiner aufgemacht.«

Ludwig wollte weitergehen, da fragte der Mann mit dem Klemmbrett: »Was ist jetzt – unterschreiben Sie auf der Liste?«

»Erst wenn der Stalin auch unterschrieben hat.«

Die beiden schüttelten den Kopf, und alle gingen ihrer Wege. Ludwig schob sein Rad bis vor das offenstehende Gartentürl. Ein überwachsener Weg aus Steinplatten führte zur Haustür. In den blühenden Apfelbäumen zwitscherten die Vögel. Was sollte er tun? Ohne konkreten Verdacht endeten seine Befugnisse hier.

Ich hab ja nicht vor, jemanden zu verhaften, dachte er, schob sein Rad in den Vorgarten und lehnte es in einen Strauch.

Das Haus war in keinem guten Zustand. Offenbar hatte es im Krieg eine Brandbombe abbekommen, denn der Dachstuhl und das Obergeschoss waren ausgebrannt. Nur das Erdgeschoss war bewohnt. Statt zu klingeln, schlich Ludwig um das Haus herum. Auf der rückwärtigen Seite hing Wäsche auf einer zwischen zwei blühenden Apfelbäumchen gespannten Leine. Laken und Bettbezüge. Wie eine kosende Hand strich der Wind darüber.

Die Terrasse stand voller Gerümpel: alte Fahrräder, Waschzuber, ein Kanonenofen, Blechgeschirr, Koffer und

Kisten. Ein schmaler Pfad führte zu einer Tür ins Haus, die einladend offen stand. Ludwig zögerte. Das Grundstück unbefugt zu betreten war eine Sache, das Haus eine ganz andere. Wenn er erwischt wurde, wie wollte er es erklären? Reichte eine Polizeimarke als Rechtfertigung?

Man würde sehen.

Mit pochendem Herzen überquerte er die Terrasse, ohne auch nur das leiseste Geräusch zu verursachen. Er kam in einen Raum, der früher die Wohnstube gewesen sein mochte, inzwischen aber ein Schlafplatz war. Wobei es keine Betten gab, sondern nur Matratzen, die auf dem Boden lagen, darauf zerwühlte Decken und Kissen. Wie viele Leute übernachteten hier eigentlich? In einer Ecke sah er fotografische Ausrüstung: Fotoapparate, Scheinwerfer, Blitzlichter.

Ludwig zuckte zusammen. Von draußen drangen Geräusche herein. Doch es war nur der einsetzende Regen. Er atmete auf. Dann fiel ihm die Wäsche im Garten ein! Kam jemand, um sie von der Leine zu holen? Er hielt die Luft an, lauschte. Keine Schritte, nirgends. Dafür Stimmen. Flüsternd. Auf Russisch. Oder Polnisch.

Da bemerkte er im Flur einen zersprungenen Spiegel an einem Schrank, und in diesem Spiegel das Abbild zweier Frauen: Maria Gronska und Olga Martova. Sie saßen in einer gusseisernen Wanne, Olga hinter Maria, sie küsste ihre Schulter, ihren Hals, gurrte zuweilen russische Worte und knetete mit ihren Händen sanft ihre kleinen Brüste. Marias Kopf war zur Seite geneigt, ihr Mund stand offen, und Ludwig glaubte, ihren schweren Atem zu hören. Oder war es sein eigener? Gebannt von diesem Anblick stand er da, gefangen vom Reiz der beiden Frauen und der Unschuld, in der sie ihre Sünde begingen. Draußen trommelte der Regen lauter und lauter auf das Vordach der Terrasse. Olga hob den Kopf und wandte ihn zur Seite, so dass Ludwig ihr Gesicht sehen konnte: die großen Augen, die runden Wangen, die vollen Lippen. Da wurde er gewahr, dass nicht nur er Olga im Spiegel sehen konnte, sondern sie auch ihn. Schlagartig löste sich seine Erstarrung. Er fuhr herum, eilte nach draußen, über die Terrasse, wo er hinter sich Blechgeschirr klappernd zu Boden fallen hörte, erreichte endlich den Garten. Der Regen war jetzt dicht wie ein Vorhang, die Bettlaken und Bezüge hingen satt und schwer auf der Leine. In kurzer Zeit war auch er nass bis auf die Haut.

Hinter sich hörte er eine Frauenstimme, wahrscheinlich Olga, so kräftig und schwer wie sie klang. Verfolgte sie ihn? Natürlich, was sonst! Er lief ums Haus zu seinem Rad, riss am Lenker, doch das Gebüsch wollte es nicht hergeben. Fluchend zerrte er daran. Jeden Moment konnten Olga oder Maria oder alle beide ums Haus schießen, vielleicht mit Stöcken bewaffnet. Doch bevor das geschah, bekam er sein Rad frei, sprang auf den Sattel und schoss wie der Teufel durch den dichten Regenschauer davon, in die völlig falsche Richtung, wie er erst nach einer Weile bemerkte.

*Montag, 1. Mai 1950*

---

MAGDAS RAD HOLPERTE über die löchrige Straße Richtung Innenstadt. Alle Welt war unterwegs zur großen Mai-Kundgebung auf dem Königsplatz. Sogar aus dem Umland kamen sie in Bussen herbei. Manche ließen ihre Transparente und Fahnen schon bei der Anfahrt flattern und skandierten Parolen. Auf der Ludwigsbrücke wurde sie von einem Lkw überholt, von dessen Ladefläche herunter ihr fröhliche Burschen zuwinkten und Kusshände warfen. *Für Arbeit und gerechte Löhne!*, las sie auf einem Schild, *Nein zum Krieg!*, auf einem anderen. Und auf einem weiteren stand: *Gegen Preistreiberei und Schwarzmarkt!* Damit bin wohl ich gemeint, dachte sie. Sollten sie ruhig krakeelen, die deutschen Arbeiter. Hätten sie vor zehn oder fünfzehn Jahren nicht ganz andere Parolen geschrien, dann wären sie heute alle besser dran.

Je näher Magda der Innenstadt kam, desto mulmiger wurde ihr. Es war ein Fehler gewesen, Walter Blohm anzurufen. Was sollte sie ihm sagen? Dass sie das Christian-Dior-Kleid nicht annehmen könne? Dass sie nicht für ihn spionieren werde? Und dass sie auf keinen Fall mit ihm schlafen werde, weder im Hotel *Königshof* noch an irgendeinem anderen Ort?

Sie erreichte das eingerüstete Isartor, auf dem wie überall

die Arbeit heute wegen des Feiertages ruhte, und ließ das Rad im leichten Gefälle ins Tal rollen. In der Weinstraße wolle er sie treffen, hatte Walter Blohm am Telefon gesagt, bei den *Rathaus-Lichtspielen*. Er habe dort mit dem Besitzer zu sprechen. Sie solle ihn im Foyer erwarten.

Magda lehnte ihr Fahrrad neben den Schaukasten, in dem die aktuellen Filme angezeigt wurden. Sie betrachtete ihr durchsichtiges Spiegelbild in der Scheibe der Eingangstür, zupfte an ihrem Haar und trat ein. Es war niemand da.

»Hallo?«, rief sie. »Herr Blohm?«

Sie hörte Schritte, und dann flog er aus einem düsteren Gang heraus auch schon mit ausgebreiteten Armen auf sie zu. »Fräulein Magda! Wie schön!« Ehe sie sich versah, hatte er sich ihre Hand gegriffen und sie geküsst. »Habe die Ehre!«

Erst jetzt bemerkte Magda im Halbdunkel des Ganges, aus dem er hervorgeschossen war, einen Mann, der sich dort hinten unsichtbar machte. Wenn das der Besitzer war, dann verhielt er sich wie ein Besucher in seinem eigenen Haus.

»Sie ahnen nicht, wie sehr mich Ihr Anruf gefreut hat«, sagte Blohm, während Magda verstohlen den Handrücken, den er geküsst hatte, an ihrem Rock abwischte. »Gefällt Ihnen das Kleid? Passt es? Für gewöhnlich habe ich ein sehr gutes Gespür für Konfektionsgrößen.«

»Das Kleid ist wunderbar. Es ist nur so … ich kann es nicht annehmen … leider …«

Er schaute erstaunt. »Warum denn nicht?«

»Es ist zu … Christian Dior …«

»Oh, ich verstehe! Sie fürchten, dass es Sie zu etwas verpflichtet, richtig?« Er winkte ab, als sei dies ein völlig abwegiger Gedanke. »Es ist nur ein Geschenk, Magda. Kein Vorschuss auf irgendetwas. Kann ein Mann heutzutage einer

Frau nichts mehr schenken, ohne sich gleich verdächtig zu machen? In was für Zeiten leben wir!«

»Es tut mir leid …«

Er sah sie an, lächelte fein. »Behalten Sie das Kleid. Bitte.«

Magda wand sich. Was sollte sie tun? Noch war er freundlich, doch das musste nicht so bleiben. Über ihn wurden viele Geschichten erzählt, auch solche mit Frauen, und es waren einige darunter, die kein Happy End hatten. Außer für Walter Blohm.

»Kommen Sie, sehen wir uns einen Film an«, sagte er. »Haben Sie *Export in Blond* schon gesehen? Alle Welt redet gerade darüber. Es geht darin wohl um Mädchenhändler.«

»Jetzt ist doch gar keine Vorstellung.«

»Wo Walter Blohm ist, ist immer Vorstellung!« Er wandte sich an den Mann im halbdunklen Gang. »Meister, fahren Sie den Film ab.«

Blohm nahm ihre Hand und entführte sie ins Dunkel des Kinosaals.


Montag war Ruhetag, und daran änderte auch der 1. Mai nichts. Schließlich war es kein kirchlicher Feiertag. Veit wollte mit dem Tempo in die Stadt fahren, zum Königsplatz, um sich, wie er es nannte, die Gaudi dort anzuschauen. Als Karl fragte, ob er sich anschließen könne, wirkte er wenig erfreut, ließ sich dann aber dazu herab. Karl wollte die gemeinsame Unternehmung nützen, um Veit mehr über die *Wahren Deutschen* zu entlocken. Doch Veit kam ihm zuvor, indem er, kaum dass sie losgefahren waren, fragte: »Wie war denn dein Treffen mit Henning von Mahnstein?«

»Interessant«, antwortete Karl. »Ein merkwürdiger Mensch. Und seine Kameraden … na ja … passen dazu, würde ich sagen.«

Veit bog in den Wiener Platz ein. »Das ist halt der Rest vom Schützenfest. Die besten liegen auf dem Feld der Ehre.«

Feld der Ehre, dachte Karl bitter. So redete nur jemand, der selbst nicht an der vordersten Front dabei war.

»Und du«, fragte Karl weiter, »was ist mit dir? Bist du einer von denen?«

»Das hab ich dir doch schon gesagt.« Er klang genervt. »Ein paar Schulkameraden von mir gehen zu den Treffen. Ich selbst hab nur lose mit ihnen zu tun. Henning von Mahnstein hab ich ein paarmal gesehen, aber bloß flüchtig. Die Versammlungen organisiert einer von seinen Kameraden.«

»Du warst nie draußen bei ihm?«

»Auf dem Gestüt? Nein. Ich weiß nicht mal, wo das genau ist. Irgendwo bei Freising, oder?«

Karl nickte. Er fragte sich, warum es ihm so schwerfiel, Veit zu glauben.

»Hast du ihnen erzählt, dass ich ein Sympathisant bin?«

Veit wandte den Kopf und sah Karl überrascht an. »Das sollte ich doch. Oder hab ich dich falsch verstanden? Ich hab gesagt, du unterstützt als Kriegsteilnehmer ihre Ziele. Willst die Wahrheit schreiben, in einem nationalen Sinn. Und du würdest doch nichts Schlechtes schreiben, oder?«

Karl brummte, ehe er sagte: »Die Wahrheit halt. Und die ist weder gut noch schlecht.«

Sie schwiegen eine Weile, bis sie abgebogen waren und auf das Maximilianeum zusteuerten. Da sie von der Rückseite kamen, sahen sie nur wenig von der Pracht des Gebäudes, aber immerhin die weißblaue Fahne Bayerns und die schwarz-rot-goldene der Bundesrepublik Deutschland einträchtig nebeneinander flattern.

»Da drin sitzt jetzt der Bayerische Landtag«, sagte Veit. »Drum die Beflaggung.«

»Weiß ich«, antwortete Karl. Er war mit dem anderen Thema noch nicht fertig und würde sich durch Veits Geplauder auch nicht davon abbringen lassen. »Hast du bei den *Wahren Deutschen* mal den Namen Egbert von Xylander gehört?«

»Egbert von was?«

»Xylander. Ein Hauptmann der Wehrmacht.«

Veit schwieg, während der Tempo im abschüssigen Kreisel das Maximilianeum umrundete und dabei ordentlich Fahrt aufnahm. Schließlich sagte Veit mit einem Kopfschütteln: »Namen gibt's.«

Weiter sagte er dazu nichts.


Das Licht blendete Magdas Augen, als sie wieder ins Helle trat. Blohm ließ ihr galant den Vortritt und hielt ihr die Tür des Kinosaals auf. »Was sagen Sie zu dem Film?«, fragte er, wartete jedoch keine Antwort ab, sondern fuhr sogleich fort: »Manches war ein wenig an den Haaren herbeigezogen, finde ich, doch es war spannend.«

»Das stimmt«, meinte Magda, obwohl sie vom Film nur die Hälfte mitbekommen hatte. Die Frage, wann Blohm die Situation ausnützen und nach ihrer Hand greifen oder seinen Arm um sie legen würde, hatte sie weit mehr beschäftigt als das Geschehen auf der Leinwand. Doch er hatte sich ihr kein einziges Mal genähert, und nun wusste sie nicht, ob sie erleichtert oder enttäuscht sein sollte.

Im Foyer wartete schon jemand auf sie, und Magda staunte nicht schlecht, als sie den jungen Mann erkannte: Es war Simon.

Sie ging auf ihn zu. »Was machst du denn hier? Woher wusstest du, dass ich hier bin?«

»Das wusste ich nicht«, antwortete er leicht verdutzt, »und ich bin auch nicht deinetwegen hier.«

»Entschuldigen Sie uns«, sagte Walter Blohm, nahm Simon beiseite und hörte sich mit ernster Miene die Nachrichten an, die der ihm mit gedämpfter Stimme überbrachte. Nach einer Weile kehrte Blohm zurück. »Die Geschäfte rufen«, sagte er, »und leider viel früher, als ich gehofft hatte. Wir sehen uns schon bald wieder. Gnädiges Fräulein.« Er nahm ihre Hand und küsste sie. »Ich lasse Ihnen Simon hier. Einen wunderschönen Tag, und bleiben Sie anständig.«

Damit verließ er das Foyer. Es dauerte keine zwei Sekunden, schon fuhr sein Wagen vor, er stieg ein und war weg.

Verlegen standen sich Magda und Simon gegenüber.

»Schau, schau«, brach Simon das Schweigen. »Du und Blohm in einer Privatvorstellung.«

»Zieh daraus bloß keine falschen Schlüsse. Da ist nichts.«

Ein schiefes Lächeln trat auf seine Miene. Magda beschloss, es zu ignorieren.

»Welcher Film?«, fragte er.

»*Export in Blond.*«

»Taugt er was?«

Sie zuckte mit den Schultern. »Manches fand ich ein bisschen an den Haaren herbeigezogen.«

Hinter ihnen räusperte sich der Kinobesitzer. Sie verstanden den Wink und verließen das Lichtspielhaus. Magda schloss ihr Rad auf. »Das mit dem Laufburschen gestern war gemein«, sagte sie. »Entschuldige.«

»Wieso? Stimmt doch. Ich bin sein Laufbursche. Aber wenn man ehrgeizig ist, kann man es bei Herrn Blohm zu mehr bringen.«

Sie schob ihr Rad Richtung Marienplatz. Die Hände in den Taschen schlenderte Simon neben ihr her.

»Wie lange arbeitest du schon für ihn?«, fragte sie.

»Nicht lange. Ein paar Monate.«

»Und hast nie ein Wort gesagt.«

»Darüber spricht man nicht. Mit niemandem. Solltest du auch so halten.«

»Ich? Wieso? Ich bin nicht … ich gehöre nicht …«

Er blieb stehen und hielt sie am Unterarm fest. »Doch, Magda. Walter Blohm ist kein Mann, der ein Nein akzeptiert. Nicht auf Dauer.«

Aufgebracht riss sie am Lenker ihres Rades. »Bloß weil er sich das einbildet, gehör ich ihm noch lange nicht. Was will er denn machen, wenn ich mich weigere? Bringt er mich dann um?«

Simon lächelte. »Das wäre nur eine Möglichkeit. In welchem Film wart ihr gerade?«

Was sollte die Frage? Sie hatte es ihm schon gesagt. »*Export in Blond.*«

»Und worum geht es in dem Film?«

»Um einen Mädchenhändler-Ring in Brasilien.«

Simon grinste. »Glaubst du, es war Zufall, dass er sich mit dir genau diesen Film angesehen hat?«

Was meinte er damit? Dass Blohm sie in ein Bordell steckte, wenn sie ihn zurückwies? Sie machte sich los und ging weiter. »Dann komm ich wenigstens mal nach Brasilien«, erwiderte sie keck.

»Es gibt auch Bordelle im Hafen von Marseille.«

»Jetzt hör schon auf! Du machst mir Angst.«

Er lachte. »Ist doch bloß Spaß!«


Am Karolinenplatz war Endstation. Eine Polizeiabsperrung verhinderte die Weiterfahrt bis zum Königsplatz. Nur zu Fuß kam man durch. »Steig du hier aus«, sagte Veit, »es ist ja gleich da vorne. Ich such einen Parkplatz.

»Und wie finden wir uns nachher in dem Getümmel?«, fragte Karl.

Veit zuckte mit den Schultern. »Zur Not kommst du ja auch alleine nach Hause, oder?«

Verwundert stieg Karl aus. Es machte ganz den Anschein, als wolle sein kleiner Bruder ihn loswerden. Karl sah dem scheppernd davonfahrenden Tempo hinterher, bis er die nächste Ausfahrt aus dem Kreisverkehr nahm und in der Barer Straße verschwand. Dann ging auch er weiter.

Je näher Karl dem Königsplatz kam, desto dichter wurde das Gewimmel. War denn ganz München auf den Beinen? Hauptsächlich Männer in Joppen oder schlichten Anzügen, mit Mützen und Hüten auf dem Kopf. Weithin hörbar schallte eine Rede aus den Lautsprechern, die über den ganzen Platz verteilt waren. »Keine deutschen Soldaten für die Interessen des westlichen Kapitals!«, rief der Redner gerade. Lauter Beifall brandete auf. Die Rednertribüne, mehr zu erahnen als zu sehen, befand sich auf der anderen Seite des Platzes, vor den rußgeschwärzten Propyläen. Aus der vielköpfigen Masse ragten Schilder und Spruchbänder hoch, auf denen Parolen standen wie: *Adenauer – Knecht des Kapitals!* Oder: *Nie wieder Krieg!* Oder: *Wir fordern Arbeit, Brot, Wohnung!* Karl spürte einen Druck auf der Brust. Bei solchen Massenveranstaltungen bekam er leicht Platzangst. Besser, er hielt ein wenig Abstand. Rauchte erst mal in Ruhe eine Zigarette. Er drehte sich um – und wäre fast einem berittenen Polizisten vor das Pferd gelaufen. »Obacht«, sagte der finster dreinschauende Beamte und zog am Zügel. Der Gaul schnaubte.

Durch die Menge schob sich ein Kriegsversehrter, der Zigaretten aus einem Bauchladen verkaufte. Karl nahm zwei Packungen und dazu Feuerzeugbenzin. Er zündete sich gerade eine Zigarette an, da blieb sein Blick an einem Mann hängen, der ungefähr zwanzig Meter entfernt mit dem Rücken zu ihm stand. Schon von hinten kam er ihm bekannt vor, doch als der Mann sich halb herumdrehte, fiel Karl fast die Zigarette aus der Hand. Henning von Mahnstein!

Rasch drehte Karl sich weg. Beobachtete von Mahnstein weiter aus dem Augenwinkel. Der alte Nazi war in eine Arbeiterkluft gekleidet, mit Schiebermütze auf dem Kopf. Die perfekte Tarnung. Nur der Schmiss auf der Wange verriet, dass er kein Proletarier war. Was führte ihn hierher? Dass er für mehr Arbeit, gerechte Löhne und gegen Kriegstreiberei demonstrierte, durfte man getrost ausschließen. Also was dann?

Karl schaute sich über die Schulter um. Wie es aussah, war von Mahnstein alleine. Jetzt setzte er sich in Bewegung, schob sich zwischen einer Gruppe Leute durch, rein in die Menschenmenge. Karl folgte ihm, er musste dichter aufschließen, um ihn nicht aus den Augen zu verlieren. Einmal war es fast passiert, die Menge applaudierte gerade einer Forderung des Redners, und viele rissen dabei die Arme hoch. Doch zum Glück fand er ihn gleich darauf wieder.

Ein Ziel schien von Mahnstein nicht zu haben. Ob er bemerkt hatte, dass er verfolgt wurde? Oder suchte er jemanden in der Menge? Karl atmete auf, als er das dichte Gedränge verließ und sich von dort weg bewegte, in südlicher Richtung. Es schien, als hielte er auf die von einem Bretterzaun umgebene Ruine des Ehrentempels oder den Verwaltungsbau zu. Karl ließ sich wieder etwas zurückfallen. Gerade zur rechten Zeit, denn von Mahnstein blickte sich nur wenig später nach etwaigen Verfolgern um. Danach überquerte er zügig die Straße und verschwand hinter der Ecke des mit Plakaten tapezierten Bretterzauns.

Karl wartete kurz, dann ging er vorsichtig ein Stück

vor, parallel zur Straße, so dass er Einblick bekam, was sich hinter der Ecke abspielte. Wie zu erwarten, war von Mahnstein nicht allein. Zuerst war Karl überrascht, mit wem er ihn dort stehen sah, und dann schon nicht mehr. Sein kleiner Bruder Veit! Deshalb hatte er sich so geziert, ihn mitzunehmen, und ihn dann am Karolinenplatz richtiggehend aus dem Auto geworfen. Wie es schien, kannte er von Mahnstein besser, als er zugegeben hatte, und das hieß, dass wohl auch seine Verbindung zu den *Wahren Deutschen* enger war als behauptet. Was baldowerten die beiden dort aus?

Kumpfmayer rauchte eine Zigarette nach der anderen. Zum Glück hatte er auf Vorrat gedreht. Er hatte schon gewusst, dass er sie brauchen würde. Treffen mit Blohm waren immer heikel. Man glaubte, man tat ihm was Gutes, und am Ende legte er es gegen einen aus. Keiner durfte sich bei ihm sicher fühlen, zu keiner Zeit. Von Informationen konnte er gar nicht genug kriegen, er sog sie auf wie ein Schwamm das Wasser, jede noch so belanglose Sache interessierte ihn. Gleichzeitig verachtete er Spitzel, Agenten und Zuträger. Man könne ihnen nicht trauen, sagte er. Einmal Verräter, immer Verräter.

Blohms Wagen rollte in gemächlichem Tempo die Sendlinger Straße herab, auf das Sendlinger Tor zu, wo Kumpfmayer wartete. Als der Mercedes neben ihm anhielt, warf Kumpfmayer die Kippe weg und stieg ein.

»Ich hoffe, du hast wirklich etwas Wichtiges«, begann Blohm grußlos in übellaunigem Ton.

Verunsichert geriet Kumpfmayer ins Stammeln. »Eine Nachricht … von Herrn Brennicke …«

»An mich?«

»Nein, nicht an Sie. An diesen … Sie wissen schon …«

»Sprich in ganzen Sätzen, Kumpfmayer. Herrgott!« Er schlug sich mit der flachen Hand auf den Oberschenkel. »Du meinst Brennickes ominösen Auftraggeber?«

Kumpfmayer schwitzte. Er kam sich vor wie in der Volksschule, bei Lehrer Neudecker, der ihm ein ums andere Mal das Lineal auf die Finger gedroschen hatte, wenn er wieder nicht richtig gelernt hatte. »Genau den. Ich sollte die Nachricht ablegen. Am Bahnhof. An einem öffentlichen Fernsprecher.« Kumpfmayer holte einen verknitterten Zettel aus seiner Hosentasche.

»Soll das heißen, du hast die Nachricht nicht abgelegt?«, fragte Blohm.

»Doch. Aber vorher habe ich den Umschlag aufgemacht und alles abgeschrieben. Das war ganz leicht, das Aufmachen. Der Kleber hat nur an einer Stelle richtig gehalten. Und nachher hab ich Leim hingeschmiert und – «

»Ja, ja, sehr gut. Du bist ein Genie. Jetzt gib schon her!«

Kumpfmayer reichte ihm den Zettel. Aber er merkte schon, dass er für seine Tat keine Anerkennung finden würde.

»Was ist denn das für eine Sauklaue!«, rief Blohm aus. »Das kann doch kein Mensch lesen.«

Er reichte Kumpfmayer den Zettel zurück. Der strich ihn auf seinem Oberschenkel glatt. Auch ihm fiel es schwer, die eigene Handschrift zu entziffern. Zum Glück hatte er sich die paar Zeilen fast auswendig merken können, so dass er sie nun flüssig hersagen konnte: »Blohm ist raus. Der Hasenfuß weiß eben nicht, was ein gutes Geschäft ist. Doch keine Sorge, es gibt weitere Interessenten. Morgen fahre ich nach Berchtesgaden. Dann kann es sehr schnell gehen.«

Obwohl Blohm sich kaum regte, spürte Kumpfmayer seinen Groll beinahe körperlich. Wie die Hitze eines Feuers, an dem man zu nahe saß.

»Danke«, sagte Blohm. »Sonst noch was?«

Wenig später stand Kumpfmayer wieder auf der Straße. Was würde Blohm jetzt machen?

Magda ließ sich von Simon das steile Stück Weg am Gasteig heraufziehen. Mehrmals drückte sie dabei seinen Arm, damit er nicht gar so schnell fuhr, aber er schaute sie nur durch seine Motorradbrille an, lachte frech und gab noch ein wenig mehr Gas. Depp, dachte sie und ließ, als sie fast oben waren, seine Schulter los. Er schoss davon und schaute sich nicht einmal mehr nach ihr um. Der Schwung, den sie mitnahm, trug sie den Rest der Steigung hinauf. Wie schnell man sich doch fremd werden kann, dachte sie und ließ das Rad in die Kellerstraße rollen. Seit Walter Blohm im Spiel war, verhielt Simon sich anders. Er hatte sie auf einen Kaffee eingeladen, aber dann dauernd Anspielungen gemacht. So als sei es ihre Schuld, dass Blohm in sie vernarrt war. Dabei wollte sie das gar nicht. Im Gegenteil! Sie wollte von ihm in Ruhe gelassen werden. Und sie war auch nicht bereit, die Freundschaft zu Simon so leicht aufzugeben. Der würde sich noch wundern, wie anhänglich sie sein konnte.

Von der Kellerstraße bog sie etwas später in die Milchstraße ein. Schon von weitem sah sie jemanden vor der Tür der Wirtschaft stehen. War das Veit? Als er sie bemerkte, drehte er sich um und ging wieder hinein. Der wurde auch immer eigenbrötlerischer. Höchste Zeit, dass er sich eine Frau suchte.

Magda war kaum vom Rad gestiegen, da rollte ein Taxi an ihr vorbei und blieb ein paar Meter vor ihr stehen. Die hintere Tür ging auf und heraus stieg – Emil Brennicke!

Magdas Herz machte einen Satz. Ob aus Freude oder Zorn oder bloß vor Schreck – sie wusste es nicht. Vielleicht alles zusammen. Emil trug wie stets einen hellen Anzug und einen Hut. Über dem Arm hing ein leichter Mantel. Während der Taxler ebenfalls ausstieg und zum Kofferraum eilte, drehte Emil sich langsam zu Magda um. Mit einem Lächeln auf den Lippen, so anmaßend, dass es sie sogleich gegen ihn aufbrachte. Glaubte, nein, erwartete er, dass sie ihm um den Hals fallen werde?

»Wenn das keine Fügung ist«, sagte er. »Das Erste, was ich bei meiner Ankunft sehe, bist du.«

»Reiner Zufall«, gab sie zurück.

Der Taxler stellte einen Koffer aufs Trottoir, stieg in den Wagen und brauste davon. Emil kam näher. Er schob den Hut in den Nacken und zog die durchsichtigen Brauen hoch. »Hast du mich kein bisschen vermisst?«

»Und wie! Endlich kann ich Ihnen den Kopf waschen.«

Er schaute überrascht. »So? Wie das? Was hab ich verbrochen?«

»Das wissen Sie ganz genau! Mussten Sie meinem Onkel brühwarm erzählen, dass wir … Nun ja, eben …« Sie spürte, wie sie errötete, und das ärgerte sie gleich noch mehr.

»Ich habe ihm gar nichts erzählt.«

Magda stampfte mit dem Fuß auf. Die Zornesfalte an ihrer Nasenwurzel vertiefte sich. »Für wie dumm halten Sie ihn? Oder mich? Sie haben ihm meinen Ohrring gegeben. Und ich kann mir Ihr Grinsen dabei gut vorstellen.«

Emil lachte. »Dein Zorn macht dich nur noch reizender.«

Er wollte ihr Kinn zwischen seine Finger nehmen, doch sie entzog sich ihm mit einer heftigen Bewegung. »Hören Sie bloß auf mit dem Süßholzraspeln! Damit erreichen Sie bei mir gar nichts.«

Entschlossen schob sie ihr Rad zum Eingang.

»Dann willst du dein Geschenk vermutlich auch nicht haben«, rief er ihr nach.

Ein Geschenk? Sie blieb stehen. Was das wohl war? Gewusst hätte sie es gerne. Aber annehmen würde sie nichts von ihm. Und fragen würde sie auch nicht. Sie wartete noch ein paar Augenblicke, ob er es von sich aus verriet. Doch da er schwieg, sagte sie: »Kein Interesse«, und ging weiter.

»Wenn du es dir anders überlegst, kannst du mich ja in meinem Zimmer besuchen«, rief er ihr nach.

Sie brachte das Rad in den Flur und stellte es unter der Stiege ab. Als sie sich umdrehte, erschrak sie fast zu Tode. Veit stand vor ihr! Beide Hände in den Hosentaschen sah er sie an, auf eine verächtliche Weise, wie er es früher nicht getan hätte. Eigentlich benahm er sich erst so, seit Karl wieder da war.

»Ist irgendwas?«, fuhr sie ihn an.

»Dieser Brennicke«, sagte er nur.

»Was ist mit dem?«

»Das frag ich dich.«

»Dann fragst du mich zu viel.«

Sie wollte an ihm vorbei, doch er packte sie am Arm und hielt sie zurück. »Pass bloß auf«, sagte er. »Nicht, dass ich am Ende noch wegen Kuppelei dran bin.«

Magda schlug die Augen nieder. Veit wusste es also auch. »Dann schmeiß ihn halt raus«, sagte sie trotzig und schaute ihn wieder an.

»Oder ich schmeiß dich raus.«

Würde er das wirklich tun? So wie er sie ansah, konnte man es fast glauben.

Magda löste ihren Arm aus seinem Griff und ging nach oben. Ohne ein weiteres Wort.

Als Karl nach Hause kam, stieß er im Flur unverhofft auf Veit. Sie standen sich einen Moment stumm gegenüber, dann meinte Veit grinsend: »Alle Wege führen nach Haidhausen.«

»Scheint so.« Karl wandte sich schon zur Stiege, um auf sein Zimmer zu gehen, doch dann besann er sich und drehte sich wieder zurück zu Veit. »Wir müssten mal reden, wir beide.«

Veit schob die Hände in die Hosentaschen. »So? Über was?«

»Siehst du dann schon. Hast du einen guten Schnaps?«

Sie gingen in die leere Gaststube. Während Veit den Schnaps holte, setzte Karl sich an einen Tisch am Fenster in der Nähe des Ausschanks. In der Tischkante fielen ihm ein paar Kerben ins Auge, und da erinnerte er sich, dass sie von ihm stammten. Er hatte sie als Bub beim Hausaufgabenmachen eingeritzt und dafür ein paar väterliche Watschen kassiert. In seiner Zeit in Berlin waren ihm diese Münchner Erinnerungen wie ferne Träume erschienen; jetzt kehrten sich die Verhältnisse gerade um, Berlin verschwamm und wurde unwirklich.

Veit stellte eine Steinzeugflasche hin, die einen Wacholderschnaps enthielt, den schon ihr alter Herr gerne getrunken hatte. »Der ist hoffentlich recht«, sagte er, und Karl nickte. Er schenkte zwei Gläser voll, dann setzte er sich Karl gegenüber hin, nahm einen Zahnstocher aus dem Becher und steckte ihn in den Mundwinkel. »Und?«, fragte er nur.

»Ich hab dich auf dem Königsplatz gesehen«, sagte Karl. »Mit Henning von Mahnstein.«

Veit kaute auf dem Zahnstocher herum, die Spitze tanzte vor seinem Mund. »Und?«, fragte er wieder nur, ohne Karl aus den Augen zu lassen.

»Das frage ich dich.« Karl nahm seine Zigaretten heraus

und legte sie vor sich auf den Tisch. »Ihr habt euch nicht zufällig getroffen. Ihr wart verabredet. Warum? Was hast du mit denen zu tun?«

Veit nahm den Zahnstocher aus dem Mund, trank den Schnaps in einem Zug und schenkte sich nach. Karl trank nicht. Er zündete sich eine Zigarette an.

»Bist du einer von diesen *Wahren Deutschen*?«, fragte er.

Ohne Karl aus den Augen zu lassen, lehnte Veit sich zurück, sah zu, wie Karl seinen Schnaps nun auch austrank und sich nachschenkte. Erst dann sagte Veit: »Bist du in deiner grenzenlosen Weisheit schon mal auf die Idee gekommen, dass ich das vielleicht für dich mache?«

»Für mich?«

»Für deine Zeitungsgeschichte.«

Karl sah Veit lange an. Auf die Idee wäre er nie gekommen. So wie Veit sich die ganze Zeit benahm. »Das musst du mir erklären.«

»Da gibt's nicht viel zu erklären. Ich weiß, wie wichtig das für dich ist. Und ich hab auch so meine Verbindungen, kenne Leute hier. Egal wie sehr du dich bei von Mahnstein einschmeichelst, er wird dir nie so vertrauen wie mir.«

»Wieso? Du hast doch gesagt, dass du ihn kaum kennst.«

»Schon. Aber einige seiner Leute. Und die bürgen für mich.«

»Wenn du mir helfen willst, warum sagst du das nicht gradeheraus? Warum machst du das hinter meinem Rücken?«

»Weil …« Er wandte den Blick ab, nahm den Zahnstocher aus dem Mund, trank. »Du und Magda, ihr seid doch so … da pass ich nicht rein. Das würde Magda nicht wollen. Die ist doch so auf dich … Da bin ich immer nur der … der, der halt auch da ist, irgendwie … den man gar nicht richtig merkt. Ich dachte mir halt … wenn ich auf einmal mit dem entscheidenden Hinweis daherkomme … dann macht das einen ganz anderen Eindruck auf die Magda … auf dich.«

Karl begann zu verstehen. Mehr als Veit vielleicht lieb war. Es ging hier überhaupt nicht um ihn, Karl. Es ging um Magda. Veit war eifersüchtig, weil sie ihn zu wenig wahrnahm. Und wenn sie ihn bemerkte, dann bekam er nur eine flapsige Bemerkung oder ein Augenrollen.

»Ich werde ein gutes Wort für dich einlegen«, scherzte Karl.

»Bloß nicht!«, rief Veit aus. »Sie braucht das nicht zu wissen. Sonst denkt sie nur wieder, ich will mich einmischen.«

Vermutlich hatte er recht. Das würde sie sagen.

Veit schenkte Schnaps nach, sie stießen an und tranken. Dann neigte Veit sich vor und sagte mit gedämpfter Stimme: »Übrigens, wenn du mich fragst: Das, was ihr sucht, befindet sich bei Henning von Mahnstein. Auf diesem Gut in Freising draußen. Ihr solltet euch dort mal umschauen. Sobald die Gelegenheit günstig ist, geb ich Bescheid.«

*Dienstag, 2. Mai 1950*

LUDWIG WAR NIE zur See gefahren, aber er konnte sich vorstellen, wie sich ein Segler bei völliger Flaute fühlte. Wenn
nichts mehr vor und nichts mehr zurück ging und man
festsaß wie in einer Sülze. Genau so fühlte er sich gerade.
Für die Kollegen war die Mordsache Brandl geklärt: Janusz
Falski hatte die Tat allein oder zusammen mit seinem Sohn
Lech begangen, denn er hatte die Taschenuhr aus Brandls
Safe bei sich gehabt, und das Bild aus dem Büro ließ sich
über die Fotografien und die Liste ebenfalls mit ihm in Verbindung bringen. Bewiesen war damit freilich nichts. Und
wie auch immer, einig war man sich darin, dass die Polen
nur Handlanger gewesen waren. Von wem, davon hatten sie
noch nicht einmal eine Ahnung. Der Aufruf in der Presse
hatte mehrere Hinweise aus der Bevölkerung erbracht, die
gerade abgearbeitet wurden. Bis jetzt hatte sich daraus nichts
Weltbewegendes ergeben, schon gar nicht etwas, das darauf
hinwies, dass die beiden Polen auch nur in kleinem Umfang
mit Raubkunst gehandelt hätten. Sie hatten nichts. Das Einzige, wovon sie mehr als genug hatten, waren Leichen.

»Was ich mich noch frage«, brach Vranitzky das betretene
Schweigen, das sich im Besprechungsraum breitgemacht
hatte. Alle Augen richteten sich auf ihn. »Wir hatten die
beiden Polen doch im Arrest. Also, die Kollegen vom Raub.

Und dann kam dieser Anwalt an. Dieser Dr. Höfer. Wer hat den eigentlich gerufen? Weiß man das?«

»Hab ich schon abgeklärt«, erwiderte Ludwig sofort. »Jemand von uns. Von Rechts wegen stand ihm ja auch ein Anwalt zu.«

Erst nachdem die Worte heraus waren, überlegte er, ob er eben etwas Unwahres gesagt hatte. Nein, hatte er nicht, zumindest wenn man Maria Gronska großzügig als Angehörige der Polizei gelten ließ. Und doch fühlte er sich wie ein Lügner.

Apropos Maria Gronska. Ludwig schaute auf die Uhr. Schon elf. Ob sie inzwischen angerufen hatte? Falls ja, würde sie es hoffentlich später noch einmal probieren. Er wollte die Besprechung eben beenden, als die Tür schwungvoll aufging und Brennicke hereinwehte.

»Verzeihung, die Herren«, sagte er, »mein verspätetes Erscheinen.«

»Verspätet ist gut«, erwiderte Ludwig. »Wir wollten gerade Schluss machen.«

Brennicke setzte sich. »Hab ich was verpasst?«

»Eigentlich nicht. Sie waren im verdeckten Einsatz?«

»Ja. Ganz anderer Fall.«

Ludwig spürte wieder das seltsame Unbehagen, das ihn stets in der Nähe dieses Menschen überkam. Aber davon wollte er sich nicht leiten lassen. »Galerie Mohnhaupt«, sagte er. »Fällt Ihnen dazu was ein?«

Brennicke blickte auf. Zum ersten Mal schien ihn etwas von dem, was hier zur Sprache kam, zu interessieren. Oder zu überraschen. »Der Name ist mir geläufig«, antwortete er zögerlich. »Eine Kunsthandlung im Lehel, Vater und Tochter. Sind uns bislang nicht negativ aufgefallen. Wie kommen Sie auf die Mohnhaupts?«

»Sie wissen es vielleicht noch nicht, aber wir haben den Tatort gefunden. In der Mordsache Janusz und Lech Falski. Dort fand sich eine Visitenkarte von besagter Galerie.«

»Hm«, machte Brennicke. Er überlegte einen Moment, dann meinte er: »Wie gesagt, wir haben nichts gegen sie. Im Gegenteil. Sie waren stets sehr hilfsbereit. Die Visitenkarte kann natürlich auch eine falsche Fährte sein, die der oder die Täter für uns ausgelegt haben.«

»Schon. Aber wieso dann nicht am Fundort der Leichen? Ergäbe mehr Sinn.«

Brennicke nickte. »Lassen Sie mir ein paar Tage Zeit, ich gehe dem nach. Falls die Mohnhaupts wirklich mit Raubkunst handeln, sind sie im Verwischen ihrer Spuren äußerst geschickt. Dann brauch sogar ich ein bisschen länger.«

Ludwig beendete die Besprechung, und die Kollegen schwärmten aus.

Als er wenig später in sein Büro kam, fand er Zöllners Schreibtisch verwaist vor. Wo der wohl auf dem Weg zwischen Besprechungsraum und Büro hängengeblieben war? Vermutlich hatte er einen Schlenker zu einer der Sekretärinnen gemacht, um die er schon länger herumscharwenzelte. Rosa oder Klara oder wie sie hieß. Vielleicht tröstete sein Süßholz sie ja darüber hinweg, dass man den Sekretärinnen schon wieder das Gehalt gekürzt hatte.

Ludwig öffnete das Fenster, setzte sich an seinen Schreibtisch und zündete sich eine Zigarette an. Dann klappte er den Umschlagdeckel der Akte, die mitten auf seinem Schreibtisch lag, zurück. Ein Briefkuvert und eine Anzahl Fotografien lagen vor ihm. Sein Blick wischte oberflächlich über die Fotos. Der Mann darauf war Janusz Falski, auch wenn man zweimal hinschauen musste, um ihn zu erkennen. Das Gesicht auf den Bildern ähnelte nur entfernt dem Anblick, den es bei der Vernehmung geboten hatte, dieser Verbrechervisage, die in Wahrheit das Ergebnis von Auszehrung und schlimmen Erfahrungen war. Hier war es noch rund und voll gewesen, mit etwas Frechem in den Augen. Ludwigs Blick blieb kurz an der Marke und dem Stempel der polnischen Post auf dem fleckigen Kuvert hängen. Was der Brief doch für einen weiten Weg hatte zurücklegen müssen, um hier auf seinem Schreibtisch zu enden. Und dann erst die Menschen, die hinter dem bisschen Papier und Tinte standen.

Das waren genau die Gedanken, die es zu vermeiden galt. Die einen völlig aus dem Tritt bringen konnten.

Er blies Rauch zum geöffneten Fenster hinüber. Wenn Maria in den nächsten – er schaute auf die Uhr: zwanzig Minuten nach elf – fünfundzwanzig Minuten nicht anrief, würde er sie anrufen. Oder noch besser: für einen der kommenden Tage vorladen. Seine Wangen fingen an, leicht zu kribbeln. Was, wenn Olga Martova ihn doch gesehen hatte? Er glaubte es nicht, aber ganz auszuschließen war es auch nicht.

Da schrillte das Telefon. Er erschrak so heftig, dass ihm die Zigarette auf die Akte fiel. Rasch schnappte er sie, legte sie in den Aschenbecher und hob ab.

»Morddienststelle, Gruber«, meldete er sich.

»Grüß Gott. Hier spricht Maria Gronska. Sie haben angerufen?«

Sein Herz schlug wild. Wie klang ihre Stimme? Verlegen? Befangen? Ja, aber klang sie nicht immer ein wenig so?

»Hab ich.« Er blies die Ascheflöckchen, die auf den Fotografien liegen geblieben waren, fort und sagte: »Ich brauche Sie. Am besten heute noch.«

Magda lehnte am Schanktisch und sah zu, wie Karl ein Helles zapfte. Sie würde sich nie an diesen Anblick gewöhnen. Schon gar nicht, wenn er dabei die Sachen ihres Vaters trug. Grobe, karierte Hemden, die Ärmel hochgekrempelt, und dazu weite Wollhosen. Zu viele hässliche Erinnerungen waren mit diesen Sachen und dem Mann verbunden, der sie früher getragen hatte. Streit und Prügel und Nächte im dunklen Keller, ihrem Kerker. Erlebnisse, an die sie nicht erinnert werden wollte. Sie wandte den Blick ab und nahm einen Zug von ihrer Zigarette.

»Vielleicht ist es doch besser, wenn ich heute Abend mitkomme«, sagte sie, ohne ihn anzusehen. Dann blies sie langsam den Rauch in die Luft.

Karl lachte. »Da würde Fräulein Mohnhaupt Augen machen, wenn ich mit meiner kleinen Nichte ankäme.«

Magda musste sich beherrschen, um ihm nicht gleich hier in der Gaststube den Kopf zu waschen. Was meinte er mit *kleiner Nichte*? Doch sie beließ es bei einem weichen Schnauben und einem Augenrollen. »Du willst doch bloß mit ihr ins Bett«, sagte sie. »Was für einen ernsthaften Journalisten äußerst unprofessionell ist. Wie willst du danach noch unbestechlich bleiben? Wenn einmal Gefühle im Spiel sind – «

»Ho, ho«, fiel Karl ihr ins Wort, »schön langsam. Wer redet hier von Gefühlen. Außerdem endet das Treffen heute Abend sicher nicht in Charlotte Mohnhaupts Bett. Sie kann mich noch nicht mal leiden. Also kein Grund zur Eifersucht.«

»Pff«, machte Magda, »wer ist hier eifersüchtig? «

Karl schob das Bier über den Schanktisch. »Kannst du das mal da rüberbringen? « Er wies mit dem Kinn zum Stammtisch, wo ein paar alte Bierdimpfl um Pfennigbeträge Schafkopf spielten.

War das sein Ernst? »Auf gar keinen Fall! «, antwortete sie

im Ton höchster Empörung und zog danach mit gespitzten Lippen an ihrer Zigarette.

Karl lachte. Dann brachte er das Bier selbst an den Tisch und machte mit einem Bleistiftstummel einen Strich auf einem Bierfilz. Es sah so schrecklich natürlich aus. So selbstverständlich. Als sei es nie anders gewesen.

Ich hasse dich, dachte sie.

Und jetzt auch noch dieses Fräulein Mohnhaupt. Magda hatte nichts dagegen einzuwenden, wenn Karl hie und da eine Bettgeschichte hatte. Ein Frauentyp wie er. Dieses Fräulein Mohnhaupt war jedoch keines von den Bahnhofsflitscherln, mit denen ein Mann sich kurz vergnügte, um sie danach gleich wieder zu vergessen. Ihr rotes Haar. Die milchige Haut. Die Strenge in ihrem Blick. Wahrscheinlich würde der Abend heute wirklich nicht in ihrem Bett enden. Aber genau das war das Gefährliche.

»Was ist eigentlich zwischen dir und Emil Brennicke?«, fragte Karl, als er wieder da war. »Ist das mehr als nur … ein Techtelmechtel?«

Typisch, dass er jetzt damit anfing. Was sollte sie sagen? Irgendwas passte nicht mit Emil. Aber vielleicht lag es auch an ihr. Trotzdem wollte sie ihn nicht zu früh abschreiben. »Ich hätte Lust auf eine Coca-Cola«, wich sie aus. »Habt ihr so was?«

Karl umrundete den Schanktisch, holte eine Flasche, öffnete sie und stellte sie vor Magda hin. Sie nippte daran und leckte die Lippen.

»Also?«, hakte er nach.

»Was interessiert's dich?«

»Ich will, dass du glücklich bist. Und dieser Brennicke … das ist kein Mann, der eine Frau glücklich macht.«

Magda sah ihn scharf an. »Du musst es ja wissen.«

Mit dem Angelus-Läuten verließ Ludwig das Polizeipräsidium. Während er stumm seinen Engel-des-Herrn betete, schlenderte er hinüber zum *Café am Dom*, wo Maria vermutlich schon auf ihn wartete. Wie würde es sein, ihr wieder zu begegnen, von Angesicht zu Angesicht? Mit diesen Bildern im Kopf, von ihr und Olga in der Badewanne. Das Beten half gegen die Nervosität, aber nicht gegen die Bilder. Er trat gerade in die Kaufingerstraße, als das Glockengeläut verstummte und sein Nachhall über den Dächern verwehte. Auf einen Regenschirm gestützt stand Maria vor dem Eingang, studierte jedoch nicht das Angebot an Kuchen in der Auslage, sondern hielt nach ihm Ausschau.

»Tut mir leid, dass Sie warten mussten«, rief Ludwig ihr schon aus einigem Abstand zu, wechselte die Aktentasche von einer Hand in die andere und streckte ihr die rechte entgegen. »Grüß Gott! Wieso sind Sie nicht hineingegangen?«

Ihr Händedruck war weich und kalt.

»Ich wusste nicht …«

»Sie sind eingeladen«, sagte er. »Nicht von mir, sondern vom Polizeipräsidium München. Sie können es also jederzeit annehmen.«

Selbstverständlich würde er die Ausgaben nicht einreichen. Sie sollte nur das Gefühl haben, dass es keine privaten Hintergedanken für ein Treffen in einer solchen Umgebung gab.

»Wenn wir noch was wollen, sollten wir uns beeilen«, sagte er. »Sie schließen um halb sieben, und es ist schon gleich sechs.«

Ludwigs Aufgeregtheit war verflogen, ebenso wie die Bilder in seinem Kopf. Galant hielt er ihr die Tür auf. Sie bedankte sich mit einem feinen Nicken.

Die Auswahl an Kuchen war so kurz vor Ladenschluss

dürftig. Ludwig bestellte ein Stück Schwarzwälderkirschtorte für Maria und ließ sich selbst in eine mitgebrachte Papiertüte die letzten beiden Stücke von der Prinzregententorte für zu Hause einpacken. Eines für Annerl, das andere sollten sich die Buben teilen. Dazu zwei Tassen Kaffee.

»Sie sind ein sehr gläubiger Mann«, sagte Maria, nachdem sie an einem der kleinen Kaffeehaustischen Platz genommen hatten.

»Wie kommen Sie denn darauf?«

»Ich habe gesehen, wie Sie sich heimlich bekreuzigt haben. Nach dem Angelus-Läuten.«

Ludwig zögerte. Wieso bejahte er nicht einfach? Stattdessen sagte er: »Wenn ich ehrlich bin, kann ich kaum von glauben sprechen. Es ist mehr ein Hoffen.«

»Und worauf? Dass die Bösen bestraft werden? Sind Sie deshalb Polizist?«

»Ein bisschen komplizierter ist es schon.« Die Art, wie sie fragte, bereitete ihm Unbehagen. »Und Sie? Sind Sie gläubig?«

Sie ging nicht darauf ein. »Was ist es denn, worauf Sie hoffen?«

Er überlegte. Wusste es selbst nicht so recht. Schließlich sagte er: »Wenn es noch etwas gibt, etwas, das über uns Menschen steht, dann … nun, ich weiß auch nicht … dann gibt es vielleicht auch einen Plan. Weil, wenn es den gibt, dann …«

»Ist derjenige mit dem Plan auch für alles verantwortlich? So wie ein Vorgesetzter, der uns Befehle erteilt? Meinen Sie das?«

»So, wie Sie es sagen, klingt es falsch. Nein, es ist komplizierter, wirklich.«

Kaffee und Kuchen wurden aufgetragen, Marias Torte auf einem Teller, Ludwigs beide Stücke in seiner groben Papiertüte. Maria begann sogleich mit großem Appetit zu essen, was Ludwig überraschte. So zierlich wie sie war, hätte er erwartet, dass sie wie ein Spatz aß.

»Sie müssen etwas für mich übersetzen«, sagte er. »Einen Brief. Wir haben ihn im Unterschlupf der beiden Polen gefunden. Er ist vermutlich privat und daher wohl uninteressant für unsere Ermittlungen, aber man weiß ja nie.«

Ludwig öffnete seine Aktentasche, holte einen großen Umschlag heraus und schüttete den Brief und die Fotografien auf den Tisch. Maria aß, während sie die Fotografien betrachtete, ohne Unterlass weiter Kuchen.

»Könnten Sie den Brief lesen?«, fragte Ludwig. »Ich meine, gleich hier? Und mir sagen, was drinsteht? Nur ungefähr.«

Sie nickte mit vollem Mund. Als sie fertig war, schob sie den Teller fort, gab reichlich Milch und Zucker in den Kaffee und rührte um. Danach wischte sie dezent die durch nichts beschmutzten Finger an ihrem Kleid ab und zog den Brief aus dem Umschlag.

Ludwig beobachtete sie beim Lesen und nahm dabei mehrere Schlucke Kaffee. Wie merkwürdig. Die Frau, die vor ihm saß, und die, die er nackt in der Badewanne gesehen hatte – sie schienen zwei unterschiedliche Wesen zu sein. Die eine real, die andere eine Gestalt aus einem Traum. Und es konnte immer nur die eine geben oder die andere, niemals beide zugleich.

»Was steht da?«, fragte er.

»Die Handschrift ist schwer zu entziffern«, antwortete sie nur.

Nach Minuten angestrengten Lesens legte sie den Brief hin und betrachtete wieder die Fotografien. Die meisten zeigten ein junges Paar, eines war ein Hochzeitsfoto, auf einem anderen hatte die Frau ein Kind auf dem Arm. Wenn jemand auf den Bildern lächelte, dann nur sehr verhalten. Dennoch erkannte man – Ludwig wusste nicht, woran –, dass das Paar sich sehr zugetan war.

»Es ist ein Brief seiner Frau«, sagte Maria schließlich in nüchternem Ton. »Ihr Name ist Katinka. Sie schreibt aus Kielce, wo sie und Janusz lebten. Das Kind ist ihre gemeinsame Tochter Alicja.« Maria schaute auf. »Der Junge, der bei Janusz war, dieser Lech – er war nicht sein Sohn.«

Ludwig horchte auf. »Woher wollen Sie das wissen?«

»Weil nirgends von einem Jungen die Rede ist. Und Lech war sechzehn oder siebzehn Jahre alt. Richtig? Der Brief stammt von 1939. Lech war also schon geboren. Nur nicht in dieser Familie. Sonst hätte ihn seine Mutter doch wohl erwähnt. Wahrscheinlich hat Janusz ihn erst später kennengelernt, im Lager oder auf der Flucht, und sich seiner angenommen.«

»Wahrscheinlich«, echote Ludwig, während ihm die Kehle eng wurde. In seinem Kopf hörte er die Stimmen all der Denglers und Zöllners, die sagten: Der Pollack hat sich einen minderjährigen Komplizen geholt für seine krummen Dinger, den hat er dann immer vorgeschickt, weil die Polizei einem Minderjährigen nicht so leicht was anhaben kann, und er selber war fein raus. Aber er, Ludwig, wusste, dass es nicht so war. Dass Maria recht hatte: Janusz hatte Lech unter seinen Schutz genommen.

»Dann steht vermutlich nichts Brauchbares in dem Brief«, sagte Ludwig mit rauer Kehle.

»Nein«, antwortete Maria schmallippig, »nichts Brauchbares. Soll ich ihn trotzdem übersetzen?«

Ludwig bereute seine Wortwahl, ließ es aber auf sich beruhen und sagte nur noch: »Ja, bitte. Und möglichst schnell.«

Das Café hatte sich geleert, eine Bedienung fing schon an, die Tische abzuwischen und die Stühle zusammenzustellen.

»Ich wollte auch noch einmal über die Sache mit Dr. Höfer reden.«

Ihre Haltung spannte sich bei der Erwähnung des Namens sogleich an.

»Ich habe Ihnen doch gesagt, wie es war«, versetzte sie mit einem schnippischen Unterton. »Was gibt es noch zu reden?«

Ludwig neigte sich vor und senkte die Stimme. »Sie lügen, Maria. Ich muss Sie nur ansehen, um das zu wissen. Deshalb kann ich die Sache nicht auf sich beruhen lassen.«

Sie presste ihre schmalen Lippen aufeinander.

»Mir liegt nichts daran, Ihnen das Leben schwer zu machen. Ich denke, es ist schon schwer genug. Dieses dauernde Versteckspiel. Bei Ihrer Zimmerwirtin. In Ihrem Umfeld. Auch beruflich.«

Maria schaute ihn an. Wie in einer Schockstarre.

Sie verstand, worauf er hinauswollte.

»Es gibt kein Gesetz gegen das, was Sie tun«, fuhr er fort. »Sie sind eine Frau, Fräulein Martova ist eine Frau. Wären Sie Männer, wäre es anders, aber so hat niemand etwas gegen Sie in der Hand. Und doch … es gibt ungeschriebene Gesetze.«

Der Kriminalist in ihm war zufrieden. Nicht mehr lange und sie würde reden. Vielleicht schon in den nächsten Minuten. Gleichzeitig spürte er mit jedem Wort, das er sprach, eine Kälte in sich hineinkriechen und sich ausbreiten. Erst waren es die Hände und Füße, die kalt wurden, dann wanderte die Kälte in die Arme und Beine, und sie würde weiter wandern, immer weiter, tief in ihn hinein, bis in sein Herz.

Er kannte diese Kälte von früher, es war die Kälte des Ostens …

Die Bedienung brach die angespannte Stille, als sie an den Tisch trat, um abzukassieren. Ärgerlich sah Ludwig das Mädel mit seinem weißen Häubchen an. Was musste sie ausgerechnet jetzt dazwischenreden?

Er bezahlte. Als sie sich erhoben und zum Ausgang gingen, nahm er Marias Regenschirm, der als einziger noch im Schirmständer lehnte, und reichte ihn ihr. Draußen standen sie sich einen Moment schweigend gegenüber. Sie vermied es, ihn anzusehen. Sollte er sie wirklich vom Haken lassen? War er mit seinen Drohungen nicht schon zu weit gegangen, um jetzt einfach aufzugeben?

»Hat Ihnen Ihr Fräulein Martova eigentlich erzählt, dass sie schon mehrfach mit der Polizei in Konflikt kam?«, fragte er. »Oder haben Sie sich gar auf diese Weise kennengelernt, in einem Vernehmungszimmer hier im Präsidium? Fräulein Martova, die Beschuldigte, und Sie, die Übersetzerin?« Er hielt inne. Hoffte, sie werde endlich reden. Doch nein, sie ersparte ihm den letzten Schritt nicht. »Ich hoffe, Fräulein Martova ist heute gesetzestreu. Kein Schmuggel mehr. Kein Rauschgift. Keine Freier.« Etwas blitzte vor ihm auf. Ein Bild. Eine Erinnerung: Olgas Haus; das Zimmer mit den Matratzen; die Fotoapparate und Scheinwerfer in der Ecke. Er fügte hinzu: »Hoffentlich auch keine unzüchtigen Fotografien mehr.«

Wie ein verschrecktes Reh sah Maria ihn an. Und genau so lief sie auch davon.

Zum wiederholten Mal versuchte Ludwig, Maria zu erreichen. Die Zimmerwirtin klang von Anruf zu Anruf missmutiger. »Das Fräulein ist noch nicht wieder heimgekommen,

Herr Kommissär. Ich habe ihr schon einen Zettel hingelegt, dass sie Sie anrufen soll. Sie müssen es also nicht alle paar Minuten versuchen.«

»Verzeihen Sie die Störung«, sagte Ludwig höflich, obwohl er die alte Schachtel am liebsten erwürgt hätte. »Es ist nur sehr wichtig. Dienstlich«, fügte er hinzu.

Ludwig hängte ein und blieb unschlüssig vor dem Apparat stehen. Er konnte sich schon denken, wo Maria steckte: in der Agnes-Bernauer-Straße, bei Olga Martova. Vielleicht nahmen die beiden gerade wieder ein Bad …

»Was ist denn so wichtig?«, fragte Annerl in seinem Rücken.

Ludwig erschrak. Wie lange stand sie schon da? Er drehte sich zu ihr um. »Ein Fall«, sagte er vage. »Eine Zeugin, die ich dringend sprechen muss.« Das war die Wahrheit. Wieso kam er sich trotzdem schon wieder wie ein Lügner vor?

Annerl trat näher. Sie roch nach den Krautwickeln, die es zum Abendessen gegeben hatte, nach Schweiß und nach Penaten-Creme. Ludwig vermied es, ihr in die Augen zu sehen. »Schlafen die Buben?«, fragte er und wandte sich zur Seite.

»Noch nicht. Aber wenigstens sind sie im Bett.«

Ludwig räusperte sich. »Ich muss noch mal weg. Dienstlich.«

»Wegen dieser Zeugin?«

»Wenn ich sie zum Reden bringe, wären wir einen Riesenschritt weiter.«

Sie nickte. Aber er wusste, dass es ihr eigentlich egal war. Manchmal beneidete er sie um diese Gleichgültigkeit.

»Es kann dauern, bis ich wieder da bin«, sagte er. »Du brauchst nicht auf mich zu warten.«

Er nahm den Hut von Haken und ging Richtung Tür.

»Du hast dich verändert, Wig«, sagte Annerl hinter ihm.

Ludwig blieb stehen, drehte sich aber nur halb zu ihr um. »Das ist bloß die Arbeit. Wir kommen bei ein paar Fällen einfach nicht voran.«

Als die Tür endlich hinter ihm zugefallen war, atmete er tief durch. Er holte sein Radl vom Hinterhof und schob es auf die Straße. Vom Tag war kaum noch etwas übrig, nur eine kleine Neige, schal wie der Rest in einer Bierflasche. Ohne sein Licht anzumachen, fuhr er los. Das kurze Stück runter zur Richelstraße, dann weiter Richtung Donnersbergerbrücke, um auf die andere Seite der Gleise zu kommen.

Mitten auf der Brücke befiel ihn Verzweiflung. Was machte er eigentlich? Welchen Sinn hatte sein Tun? Wem war damit geholfen? Seine Bemühungen, so schien es ihm, verschlimmerten alles nur. Janusz, Lech, Maria, Olga – sie wären besser dran gewesen, wenn er niemals in ihr Leben getreten wäre. Sogar Annerl litt unter seiner Verbissenheit. Und wozu? Hatte Maria nicht recht, wenn sie sagte, dass für ihn die Menschen erst wichtig wurden, wenn sie tot waren? Warum war das so? Und warum konnte er nicht damit aufhören?


Das *Café Luitpold* hatte schon bessere Zeiten gesehen, aber bestimmt nur wenige Gäste, die atemberaubender gewesen wären als Charlotte Mohnhaupt. Sie hatte ihr kupferrotes Haar hochgesteckt zu einer Art Turmfrisur, ihre Lippen leuchteten in intensivem Rot, die grünen Augen schillerten. Karl musste sich beherrschen, um nicht anerkennend zu pfeifen. Seine Bewunderung steigerte sich noch, als sie ihren Mantel ablegte und ein giftgrünes Kostüm darunter zum Vorschein kam, das sich eng an ihre Formen schmiegte. »Sie sehen umwerfend aus«, sagte er, nachdem er ihr aus dem

Mantel geholfen und diesen neben den seinen an die Garderobe gehängt hatte. Regungslos nahm sie das Kompliment entgegen und setzte sich. Ein Kellner eilte herbei, sie bestellte Coca-Cola, Karl ein Glas Riesling.

Charlotte redete nicht lange um den heißen Brei. Der Kellner war kaum fort, da sagte sie: »Die Sache mit dem Roman, den Sie angeblich schreiben, das ist doch eine Lüge.« Es klang keineswegs vorwurfsvoll oder gar aufgebracht, sondern eher scherzhaft.

Daher konnte Karl sein kleines Vergehen leicht weglächeln. »Was nicht ist, kann ja noch werden.«

»Sie schreiben für eine Zeitschrift, richtig?«

»Eine, die noch im Werden ist. Genau wie meine journalistischen Bemühungen. Aber das haben Sie bestimmt schon bemerkt.«

Er bot ihr aus seiner zerknitterten Packung eine Zigarette an, sie griff zu, er gab ihr Feuer, steckte sich selbst eine an. Ihm entging dabei keineswegs, wie sie ihn immer wieder musterte. Er kannte diesen Blick schon aus der Galerie. Ihr gefiel offensichtlich, was sie sah.

Der Kellner eilte mit den Getränken herbei. Sie nahmen beide einen kleinen Schluck.

»Sie können übrigens ganz offen über alles mit mir reden«, versicherte er. »Ich arbeite nicht mit der Polizei zusammen. Ich schütze meine Informanten.«

»Fragen Sie schon. Es geht um die Bilder, die bei Kriegsende aus dem Führerbau verschwunden sind, wenn ich mich richtig erinnere.«

»Richtig. Manche Leute sagen, der Löwenanteil davon sei in einer einzigen Hand. Und die wolle nun verkaufen.«

Charlotte drückte ihre Zigarette aus. »Hab ich auch gehört. Das Geschäft gibt es. Glauben Sie mir.« Ihre grünen

Augen suchten die seinen und verharrten darin. »Man hört von mehreren Interessenten. Aber fragen Sie mich jetzt nicht nach Namen.«

»Schade. Aber dafür habe ich ein paar Namen für Sie. Henning von Mahnstein?«

Er beobachtete ihr Gesicht, wie sie kurz überlegte und dann den Kopf schüttelte. »Nie gehört.« Keine auffällige Regung. Was nichts heißen musste bei einer so kontrollierten Frau wie ihr.

»Egbert von Xylander?«

Wieder ein Kopfschütteln.

Noch jemand fiel Karl ein, obwohl der kein Bestandteil seiner Recherche war. Er fragte dennoch: »Emil Brennicke.«

Und ihm war, als husche beim Klang dieses Namens ein Schatten über ihr Gesicht. Sie räusperte sich. »Ja«, sagte sie dann, »der Herr ist mir bekannt. Ein Polizeiermittler, richtig?«

»Kennen Sie ihn näher?«

»Was meinen Sie mit näher?«

Sie holte ihre eigenen Zigaretten aus der Handtasche, ließ das silberne Etui aufschnappen und nahm eine heraus.

»Was immer *Sie* darunter verstehen wollen.« Er gab ihr Feuer.

»Ich kenne ihn nicht näher«, sagte sie. »Gelegentlich helfen wir ihm, Bilder aufzuspüren, mein Vater und ich. Wieso fragen Sie? Spielt er in Ihrer Recherche eine Rolle?«

»Dieselbe wie Sie. Er ist ein Informant.«

Sie sah ihn an, blies dabei Rauch in die Luft.

»Emil Brennicke ist ein ungewöhnlicher Mann«, sagte sie dann. »In vielerlei Hinsicht.«

Karl wunderte sich. Offenbar hatte Brennicke einen tiefen

Eindruck bei ihr hinterlassen. Was fanden die Frauen nur an diesem Bürschchen? Man musste wohl eine Frau sein, um das zu begreifen.

Im Garten war es stockdunkel. Ludwig musste im spärlichen Schein seines Feuerzeugs den Weg zur Haustür suchen. Auf dem Schildchen neben dem Klingelknopf stand natürlich kein Name. Und die Klingel machte keinen Mucks. Als er anklopfen wollte, merkte er, dass die Tür nur angelehnt war. Anscheinend war das Schloss kaputt.

»Hallo?«, rief er in den Flur. »Ist jemand zu Hause?«

Erst jetzt erklangen Geräusche. Schritte. Eine Tür knarrte in den Angeln. Ein schiefes Lichtviereck spannte sich im Flur auf.

»Кто там?«, fragte zaghaft eine Frau.

Über Ludwigs Kopf ging eine Glühbirne an.

»Fräulein Martova? Sind Sie das? Kommissär Gruber.«

Olga Martova tauchte hinter der Ecke auf. »Что Вы здесь делаете?«, sagte sie.

»Я не говорю по-русски.« Das war der einzige Satz auf Russisch, den Ludwig in seiner Zeit im Osten gelernt und behalten hatte: *Ich spreche kein Russisch*. »Ich suche Fräulein Gronska. Maria Gronska. Ihre … Freundin. Ich muss dringend mit ihr sprechen. Verstehen Sie? Es ist wichtig.«

Olga sagte nichts. Schaute ihn nur an. So als warte sie ab, was er als Nächstes tat. Würde er laut werden? Fordernd? Würde er sie gar mitnehmen? Wenn er nur gewusst hätte, wie viel Deutsch sie verstand. Viele dieser Ausländer stellten sich bei der Polizei absichtlich dumm.

»Können Sie mir nicht sagen, wo ich Fräulein Gronska finde?«, versuchte er es noch einmal. »Ich will ihr nichts Böses. Und Ihnen auch nicht. Im Gegenteil!«

Olga schien zu einem Entschluss gekommen zu sein. Sie winkte Ludwig heran. »Входите!«, sagte sie. »Входите!« Das verstand er. Es hieß: *Kommen Sie!* Er folgte ihr über Gerümpel hinweg in einen Raum, den er schon kannte: die Wohnstube mit den vielen Matratzen. Hier gab es anscheinend kein elektrisches Licht, dafür brannten an mehreren Stellen Kerzen. In ihrem flackernden Schein bemerkte Ludwig, dass eine der Matratzen belegt war. Eigentlich sah er nur einen unter Decken begrabenen Körper. Irgendetwas sagte ihm, dass das nicht Maria Gronska war. Erst jetzt fiel ihm ein, dass er nicht mal seine Dienstwaffe bei sich hatte.

»Входите! Входите!«, ermunterte Olga ihn und gab ihm mit einer Handbewegung zu verstehen, dass er auf den Schlafenden nicht zu achten brauche. Selbst als von dort ein tiefer Seufzer zu hören war, machte sie kein Aufheben davon.

Olga wies auf einen Rattanstuhl, in den Ludwig sich niederließ. Er nahm den Hut ab und legte ihn in seinen Schoß. Dann zündete er sich eine Zigarette an. »Ich hatte heute ein Gespräch mit Fräulein Gronska«, redete er nun drauf los, in der Hoffnung, dass Olga genug verstehen würde, »ein Gespräch, das leider sehr unglücklich endete. Ich möchte, dass Sie Fräulein Gronska Folgendes sagen: Sie braucht sich keine Sorgen zu machen. Ich werde alles auf sich beruhen lassen und nichts weiter unternehmen. Sie nicht mehr behelligen. Verstehen Sie? Weder Fräulein Gronska noch Sie haben von mir etwas zu befürchten. Was machen Sie da eigentlich, Fräulein Martova? Ich verstehe nicht … Was soll das …?«

Olga Martova hatte ihre Bluse aufgeknöpft und die Träger ihres Büstenhalters abgestreift. Ludwig sah ihre schweren, vollen Brüste an, er wollte wegsehen. Und konnte es nicht. Olga war zu schön.

»Hören Sie«, sagte er schwach, »das ist völlig …«

»Pscht«, machte sie. Dann kniete sie sich vor ihn hin, nahm den Hut aus seinem Schoß und legte ihn neben dem Stuhl auf den Boden.

Die Turmuhr der Ludwigskirche hatte eben zehn Uhr geschlagen. Magda lehnte am Brunnen vor der Universität, wo der Schein der Straßenlaternen kaum hinreichte. Zu so später Stunde war hier niemand mehr, und die Autos, die auf der Ludwigstraße vorbeifuhren, brauchten einen nicht zu kümmern. Die Trambahnen noch viel weniger. Ein idealer Treffpunkt also, wenn man nicht gesehen werden wollte. Vielleicht hätte ich doch studieren sollen, dachte Magda beim Anblick des Hauptgebäudes der Universität auf der Straßenseite gegenüber. Dass man für die Zulassung beim Schutträumen und Wiederaufbau des Gebäudes helfen musste, hatte sie nicht geschreckt. Warum also hatte sie es nicht getan? Eines war zum anderen gekommen: erst die GIs der Versorgungseinheit, dann der Schwarzhandel. Wenn die Möhlstraße aber wirklich bald schließen würde, musste sie sich was Neues überlegen.

Unzufrieden seufzte sie auf. Wo blieb Walter Blohm nur? Fünf Minuten würde sie noch warten, dann war sie weg. Ein Teil von ihr hoffte, dass er nicht kam. Was sollte sie ihm sagen? Oder besser: was verschweigen? War es Verrat, wenn sie ihm alles erzählte, was Karl herausgefunden hatte? Die Sache mit Henning von Mahnstein, den *Wahren Deutschen* und dem Gut Ehrentraut? Oder von diesem Hauptmann Egbert von Xylander, dem die Schlüssel des Führerbaus übergeben worden waren? Was änderte es für Karl, ob Blohm diese Dinge wusste oder nicht? Blohm war schließlich nicht hinter der Geschichte her, sondern hinter den Bildern.

Wie es aussah, kam Blohm nicht mehr. Es ärgerte sie,

dass er sie herbestellte und dann stehen ließ. Was war denn das für eine Art? Glaubte er, er könne so mit ihr umgehen? Schmugglerkönig hin oder her, dem würde sie was erzählen, wenn er sich das nächste Mal bei ihr blicken ließ!

Sie ging los zur Trambahnhaltestelle an der Schelling-straße.

Ob Karls Verabredung schon zu Ende war? Ob er überhaupt nach Hause kam in dieser Nacht? Er würde dieses Fräulein hoffentlich nicht mitbringen. Die Vorstellung, dass die beiden … unter dem Dach, unter dem auch sie schlief … Sie bekam Atemnot bei dem Gedanken.

Was sollte sie von all dem halten? Vor allem von Karl? Sie war sich seiner so sicher gewesen. Jahrelang. Hatte eine Verbindung gespürt, über Hunderte von Kilometern. Und nun, da er bei ihr war, wurde er ihr mit jedem Tag fremder. Oder hatte es die Verbindung nie gegeben? War sie nur der Wunschtraum eines einsamen kleinen Mädchens gewesen? Und war sie nun dabei, Karl erst kennenzulernen, als der Mann, der er wirklich war? Sie wusste nicht, ob ihr dieser Mann gefiel.

Als Magda in die Ludwigstraße einbog, kam ihr ein Wagen entgegen. Obwohl sie im grellen Licht der Scheinwerfer nichts erkennen konnte, wusste sie sofort, dass es Blohms Mercedes war. Er verlangsamte sein Tempo und kam schließlich neben ihr zum Stehen. Aus dem Fond sprang Blohm selbst heraus und eilte ihr die wenigen Schritte über das Trottoir entgegen.

»Ich bin untröstlich, meine Liebe!«, rief er. »Es ist unverzeihlich, dass ich Sie warten ließ. Wie kann ich es wiedergutmachen?«

Er nahm ihre Hand und küsste sie nicht nur einmal, sondern gleich mehrfach, was sie reichlich übertrieben und zu sehr alte Schule fand. Sie war ja keine Gräfin oder so was.

Sie wollte ihm schon Absolution erteilen, besann sich jedoch und sagte gnädig: »Die Wiedergutmachung überlasse ich ganz Ihrer Phantasie.«

Sie stiegen ein.

»Wohin?«, fragte der Chauffeur.

»Ich habe Hunger«, sagte Blohm zu Magda. »Wie ist es mit Ihnen?« Ehe sie antworten konnte, wies er den Chauffeur schon an: »Ins *Royal*. Dort bekommen wir bestimmt noch was.«

Der Wagen setzte sich in Bewegung. Blohm wandte sich nun voll und ganz Magda zu, mit tiefen Sorgenfalten auf der Stirn.

»Fräulein Magda, ich muss gerade eine sehr, sehr schwierige Entscheidung treffen. In der gewissen Sache. Falls Sie Informationen für mich haben … egal, wie nebensächlich sie Ihnen erscheinen mögen … dies wäre der Zeitpunkt, sie mit mir zu teilen …«


Wie ein Dieb schlüpfte Ludwig in die Wohnung. Schon vor der Tür hatte er die Schuhe ausgezogen. Doch egal, wie vorsichtig er auftrat, das argwöhnische Knarren des Parketts konnte er nicht ganz verhindern. Auf Zehenspitzen schlich er durch den Flur ins Badezimmer, wo er sich erschöpft auf dem Badewannenrand niederließ.

Er hatte das nicht gewollt. All die Jahre war er seiner Annerl treu gewesen. Sie war sein Ein und Alles. Die Frau, mit der er alt werden und sterben wollte. Daran änderte sich nichts. Damit hatte es nichts zu tun. Von Olgas Seite war es ja nur darum gegangen, ihn milde zu stimmen. Ein Bestechungsversuch, noch dazu völlig unnötig, weil er auch so schon erkannt hatte, dass er zu weit gegangen war. Sie hätte ihm genauso gut zwanzig Mark zustecken können.

Und von seiner Seite? Worum war es da gegangen?

Am besten war es, die Sache ganz schnell zu vergessen. So als sei sie gar nicht passiert.

Er erhob sich und ließ Hose und Unterhose herunter. Dann drehte er das kalte Wasser auf, nahm Lappen und Seife und begann sich zu waschen. Am liebsten hätte er sich am ganzen Körper abgebraust, aber davon würde Annerl sicher aufwachen. Und wie sollte er ihr erklären, dass er mitten in der Nacht unter die Brause ging?

Was er bei Olga nicht in eins brachte, war einerseits der Stolz in ihrer Haltung, in ihren Augen, in jeder Regung, und wie sie sich andererseits auf diese Weise erniedrigte – indem sie ihn leckte wie eine läufige Hündin. Er hatte es gar nicht fassen können, dass sie das tat. Wo doch auch noch dieser Mann im Raum war, der jeden Augenblick aufwachen konnte. Starr, ja völlig regungslos hatte Ludwig es über sich ergehen lassen. Was hatte er dabei empfunden? Er wusste es nicht mehr. Er hatte sich so rasch in ihren Mund ergossen, dass er sie nicht mehr warnen konnte und sich hinterher dafür geschämt. Sie aber, diese Olga, hatte es hingenommen, als sei es für sie nichts Besonderes. Sie hatte einfach nur ausgespuckt, auf den Boden, zu seinen Füßen, neben seinen Hut. Doch wie sie ihn danach angesehen hatte. Voller Verachtung. Den Blick würde er in seinem ganzen Leben nicht vergessen.

Er drehte den Wasserhahn zu, trocknete sich ab und zog sich an. Danach reinigte er das Waschbecken von Seifenresten und warf den Lappen und das Handtuch in den Korb mit der Schmutzwäsche.

Nein, dachte er, als er sich danach im Spiegel betrachtete. Ich habe die Ehe nicht gebrochen. Auch wenn ich besser aufgestanden und gegangen wäre. Warum habe ich es nicht getan? Sie gewähren zu lassen, war nicht recht. Eine Sünde war es, vielleicht sogar eine schwere. Aber es war kein Ehebruch.

Die Schlafzimmertür knarrte verräterisch, als er sie langsam aufzog. Er machte kein Licht. Die Buben schnauften friedlich in ihren Betten. War Annerl wach? Er holte den gefalteten Schlafanzug unter dem Kopfkissen hervor und zog ihn an. Als er sich in die ächzende Bettstatt legte, sagte Anna: »Bist du wieder da.«

»Es hat länger gedauert.«

»Im Bad gerade auch.«

Sie hatte ihre Augen und Ohren überall. Selbst wenn sie schlief.

»Ich hab den ganzen Tag schon so ein ungutes Gefühl im Bauch gehabt. Deine Krautwickel waren wohl zu viel.«

»Geht's dir jetzt besser?«

»Viel besser.«

Für eine Weile lagen sie stumm da. Er hörte sich selber schnaufen. Nach einer kleinen Ewigkeit wanderte seine Hand unter ihre Decke, bis sie auf ihren Körper stieß. Er strich zart an ihrem Bein auf und ab, dem Bein, das am Knie endete. Als Annerl ihr Nachthemd hochzog, flüsterte er: »Nicht. Bloß halten.«

## Donnerstag, 4. Mai 1950

MAGDA BETRACHTETE SICH im Spiegel an der Schranktür. Sie konnte kaum fassen, dass sie ein Kleid von Christian Dior trug. Es passte wie angegossen. Und sie sah atemberaubend darin aus. So als würde sie ihre Abende nicht in Haidhausen verplempern, sondern die Nächte in Monte Carlo oder Paris zum Tag machen, an der Seite eines galanten Herren, der in diesen Träumen noch immer ein wenig aussah wie Karl.

Sie zog das Kleid wieder aus, hängte es zurück in den Schrank und schlüpfte in ihr schlichtes, nach einem Vorbild aus *Burda Moden* selbstgenähtes Modell. Sie würde sich niemals für ein Kleid verkaufen. Deshalb hatte sie Walter Blohm nur so viel erzählt, wie er vermutlich eh schon wusste. Denn erst wenn er durch sie etwas Neues erfuhr, war der Handel geschlossen. Zumindest redete sie sich das ein. Aber vielleicht war diese Zurückhaltung auch eine große Dummheit. Schließlich wollte sie mehr vom Leben haben als nur Haidhausen und selbstgenähte Kleider aus *Burda Moden*.

Auf Karl zählte sie dabei wohl besser nicht. Der entwickelte sich ganz anders, als sie gehofft hatte. Ach, Karl!, seufzte sie in Gedanken. Was er wohl heute wieder machte? Bierfässer abladen? Schmutzige Bettlaken in die Wäscherei bringen? Oder schrieb er doch endlich an dem Artikel? Sie hatte gestern die Schreibmaschine klappern hören. Das hatte sie zuversichtlich gestimmt. Ganz anders als die neue Vertraulichkeit zwischen Karl und Veit. Ein paar Tage dauerte sie jetzt schon. Was da wohl dahintersteckte? Sie wollte es lieber nicht wissen. Nein, eigentlich wollte sie es sehr wohl wissen.

Von draußen drang das Geläut der Glocken von St. Johannes in ihr Zimmer. Elf Uhr. Der Regen hatte auch aufgehört. Höchste Zeit, dass sie nachsah, was der liebe Karl so trieb.

Als sie an seine Tür klopfte, kam das »Herein!« nicht von Karl, sondern von der Oma. Magda trat ein und fand sie dabei, wie sie die Betten frisch bezog. Karls Koffer war weg, die Schranktüren standen offen, im Schrank gähnende Leere.

»Was ist denn hier los?«, fragte Magda verblüfft.

Ihre Oma richtete sich auf. »Der Karl zieht um«, sagte sie.

»Wohin denn?«

»Nach Berlin«, kam es von hinten.

Sie fuhr herum. Veit stand vor ihr. Und weidete sich an ihrer Schockstarre.

»War nur ein Spaß!«, erlöste er sie mit einem Lachen. »Er zieht um in die Wohnung. Ins Büro von deinem Vater. Ein Bett steht ja schon drin.«

»Eine Liege.«

»Karl reicht das. Wir brauchen das Zimmer für Logisgäste. Wenn demnächst die Festspiele in Oberammergau anfangen, wird München voll bis aufs letzte Bett. Und er will es auch, der Karl«, fügte er hinzu, »nicht, dass du denkst, dass das bloß wieder von mir ausgeht.«

Magda rauschte ab. Lief in die Wohnung und dort in das kleine Büro, wo schon ihr Opa und später auch ihr Vater allen privaten und geschäftlichen Schreibkram erledigt hatten. Das tat inzwischen die Oma, weil Veit jeder Sinn für diese Dinge fehlte. Vielleicht ging diese Aufgabe ja bald auf Karl über. Und so weiter, eines nach dem anderen, bis sie ihn ganz vereinnahmt hatten. Bis er mit Haut und Haaren ihnen gehörte. Magda graute vor dieser Aussicht. Genauso graute ihr vor dem Anblick, den das Büro bot, mit Karls Sachen darin: dem Koffer, der ausgepackt neben der Liege stand, im Schrank Karls Anzüge, Hemden, Hosen, gemischt mit Sachen ihres Vaters. Dort, auf dem Stuhl, hatte er gesessen und sie übers Knie gelegt, hatte ihr den nackten Hintern versohlt, und sie hatte gespürt, mit welcher Wonne. Und jetzt würde Karl auf eben diesem Stuhl sitzen? Alles in ihr schrie: Verrat!

Auf dem Tisch stand die Schreibmaschine, daneben lag eine Mappe. Magda schlug die Mappe auf und las die von Hand geschriebene Zeile auf dem Notizzettel: *An heißen Tagen schleckt Fräulein Susi für ihr Leben gern.* Was sollte das bedeuten? Mit ihren Nachforschungen hatte so ein dummer Satz sicher nichts zu tun. Sie blätterte in der Mappe und stieß auf Fotografien teils lasziv, teils schüchtern, aber stets einladend lächelnder Fräuleins in knapper Bekleidung, meist mit tief ausgeschnittenem Dekolleté, aus dem die Brüste jeden Moment wie Gummibälle herauszuhüpfen drohten.

Sie schob die Mappe von sich. Dahinter steckte bestimmt Georg Borgmann mit seiner dreckigen Phantasie und seinen ständigen Anzüglichkeiten! Wie sie diesen Menschen inzwischen verabscheute! Und Karl ließ sich in so was hineinziehen! War er genauso? Aber ja! Natürlich! Alle Männer waren so!

Voller Wut und Empörung wischte Magda die Mappe vom Tisch, die Blätter verteilten sich über den Boden. Sie musste hier weg, sofort, sonst erstickte sie!

Mit einem Knall fiel die Tür hinter ihr ins Schloss, und

ihr war, als sei damit mehr zugefallen als nur die Tür zu einem Zimmer.

Jetzt regnete es schon wieder. Dicke Tropfen, die einem der Wind ins Gesicht trieb. Und er hatte wieder einmal den Schirm im Büro liegen lassen. Zum Glück war er gleich im Präsidium. Er hatte wirklich Glück. Als er über den Hof eilte, ging der Regen erst richtig los.

Auf dem Weg zum Paternoster kam ihm Breitsamer entgegen. Geschleckt wie ein Firmling. Konnte nur ein Gerichtstermin sein.

»Sie werden oben erwartet, Herr Oberkommissär«, sagte er, nachdem er den Hut gelüpft hatte. »Eine junge Dame.«

Ludwig besann sich, aber er kam erst darauf, wer das sein könnte, als Breitsamer sie beschrieb: schmal und zierlich, unscheinbar, alles in allem aber keineswegs uneben.

»Ach«, rief Ludwig aus, »das wird Fräulein Gronska sein. Ich hab ihr die polnischen Briefe zum Übersetzen gegeben.«

»Habe die Ehre«, sagte Breitsamer, lüpfte den Hut noch einmal und ging seiner Wege.

Erst jetzt sackte Ludwig innerlich ab. Maria. Hoffentlich wirklich nur wegen der Übersetzung. Wieso gab sie ihre Arbeit nicht einfach ab? So wie üblich. Oder wollte sie dazu noch etwas sagen? Oder ging es um etwas ganz anderes? Um Olga? Wusste sie …? Sein Herz schlug wuchtig und mit Mühe, als habe sich das Blut in den Adern zu Gelee eingedickt.

Zum Glück waren nur solche Kollegen am Paternoster, die man bloß vom Sehen kannte. Die man grüßte und fertig. Ohne das sonst übliche belanglose Geschwätz.

Alles war wieder da: die Nacht, das Haus in der Agnes-Bernauer-Straße, die Unordnung im Matratzenzimmer,

Olgas Brüste, Olgas Lippen, ihre Zunge – und seine Erregung. Dass ihm das widerfahren war … Als er in der Nacht zurück ins Ehebett gekrochen war, voller Scham und schlechtem Gewissen, hatte er sich gewünscht, es sei nie passiert. Jetzt wünschte er das nicht mehr. Jetzt war unter der Scham etwas anderes zutage getreten: eine Art Sündenstolz.

Ob Maria wusste, was ihre Olga getan hatte?

Er spürte an Hinterkopf und Nacken kleine Schweißperlen aus den Poren treten und langsam durch das kurzgeschnittene Haar nach unten sickern. Zu gerne hätte er sein Jackett ausgezogen, aber wie sollte er, hier im Paternoster oder auf dem Flur? Und nachher war es wahrscheinlich zu spät, das Hemd längst nassgeschwitzt. Wie hätte das denn ausgesehen?

Maria schritt auf dem Flur vor seinem Büro auf und ab. Sie sah aus wie er sich eine Schauspieldebütantin vorstellte, die vor dem Auftritt ein letztes Mal ihren Text durchging. Als sie ihn erblickte, blieb sie abrupt stehen. Er nahm alle Kunst zur Verstellung, die man als Kriminaler im Laufe seiner Berufsjahre lernte, zusammen und grüßte: »Fräulein Gronska, habe die Ehre!«

Sie nickte nur, verlegen selbst um einen Gruß, wie es schien.

»Wieso warten Sie hier auf dem Flur? Treten Sie ein!«

Er ging voraus in sein Büro – Zöllner war nicht da, was für ein Glück! –, wies ihr den Stuhl vor seinem Schreibtisch an, öffnete ein Fenster und setzte sich.

Sie griff in ihre Tasche und holte eine Mappe heraus. »Hier sind die Briefe und die Übersetzungen.«

»Sie hätten die Sachen auch einfach abgeben können.«

»Es ist noch etwas anderes.« Sie atmete, ein letztes Mutschöpfen offenbar. »Ich möchte eine Aussage machen.«

Ludwig zögerte. »Eine Aussage?« Er holte sein Schnupftuch heraus und wischte sich den Schweiß aus dem Nacken. »Hören Sie, was ich gesagt habe … vorgestern …« Seine Stimme war gedämpft, so als fürchte er, die Wände hätten Ohren. »Es tut mir leid. Sie haben nichts zu – «

»Ich will eine Aussage machen«, wiederholte sie, diesmal fester im Ton.

Er nahm seine Zigaretten aus dem Jackett, wollte ihr eine anbieten, erinnerte sich aber, dass es ja filterlose waren, die sie schon einmal abgelehnt hatte. »Sie dürfen auch rauchen«, sagte er, zündete sich selbst eine an und legte das Päckchen so hin, dass sie sich eine nehmen konnte, falls sie doch wollte. »Also?«

Sie räusperte sich erst, ehe sie mit dünner Stimme begann: »Ich habe mich nicht bloß an Herrn Dr. Höfer gewandt, weil mir Janusz und Lech leidgetan haben. Jemand hat mich hingeschickt. Gezwungen. Er hat gedroht, er werde mich und Olga Martova töten, wenn ich nicht tue, was er sagt. Oder wenn ich jemandem davon erzähle.«

»Haben Sie keine Angst«, sagte Ludwig. »Wir holen uns diesen Lump. Und bis wir ihn haben, passen wir auf Sie auf. Auf Sie beide.«

»Ich habe keine Angst mehr«, sagte Maria. »Das ist vorbei.«

Was meinte sie damit? Er fragte nicht nach. Stattdessen: »Wissen Sie irgendwas über den Mann? Wie sah er aus? Ein Name wäre natürlich großartig, aber ich nehme nicht an, dass er sich Ihnen vorgestellt hat. Wenn Sie ihn beschreiben könnten … Und Sie sollten auf jeden Fall in unsere Verbrecherkartei schauen, vielleicht ist er hier bei uns bekannt. Solche Leute haben ja oft eine Vorgeschichte.«

Ludwig versuchte, dem Gespräch etwas Ermutigendes zu

geben, doch er merkte, dass es bei Maria nicht verfing. Ihre Miene blieb ernst und verschlossen.

»Also dann – «

In diesem Moment klopfte es, noch bevor Ludwig »Herein« rufen konnte, flog die Tür schon auf und Emil Brennicke stand im Raum. »Verzeihung, ich – « Sein Blick traf Maria. »Was ist hier los?«

»Blöde Frage«, gab Ludwig schroff zurück. »Wonach sieht's denn aus? Zeugeneinvernahme.«

Brennicke wirkte seltsam unschlüssig, bis er sagte: »Sie haben ja gar niemanden fürs Protokoll.«

»Brauchen wir erst mal nicht. Das ist nur ein Gespräch.«

»Aber ich kann doch protokollieren. Dann muss die Zeugin nicht noch mal kommen.«

Ehe Ludwig widersprechen konnte, saß Brennicke schon an Zöllners Schreibtisch und suchte nach Block und Bleistift.

*Samstag, 6. Mai 1950*

———————————

»HAST DU DAS gelesen?« Veit warf empört die Zeitung auf den Tisch, an dem Karl gerade frühstückte. Wie hätte er irgendetwas gelesen haben können, da Veit die Zeitung gerade erst brachte?

»Was ist denn los?«, wollte er wissen.

»Die Russen behaupten, es gibt keine Kriegsgefangenen mehr bei ihnen. Wer jetzt noch nicht zu Hause ist, der ist tot.«

Karl biss in sein Butterbrot. »Vielleicht stimmt's ja.«

»Schmarrn!« Er trat neben Karl. »Dass du so gleichgültig sein kannst. Sind doch alles unsere Kameraden. Ich sag's dir: Die Westmächte hätten den Deutschen gegen Stalin helfen sollen. Der Churchill hat es kapiert. Weißt du, was er gesagt hat? ›Ich glaube, wir haben das falsche Schwein geschlachtet.‹ Aber da war es schon zu spät.«

Karl kaute auf seinem Butterbrot herum und nahm danach einen Schluck Milchkaffee. Er hatte wenig Interesse, mit seinem kleinen Bruder in aller Herrgottsfrühe die weltpolitische Lage zu diskutieren.

»Wegen der gewissen Sache«, begann Veit, »dem Gut bei Freising.«

»Ja? Was ist damit?«

»Ich hab erfahren, dass Mahnstein und seine Männer bald

293

zu irgendeinem Kameradschaftstreffen fahren. Das geht über Nacht. Vielleicht auch über zwei. Das wäre die Gelegenheit, dass ihr euch dort mal umschaut.«

»Wann genau?«, fragte Karl.

»Montag oder Dienstag, ich sag noch Bescheid.«

»Ist eigentlich Magda schon auf?«

Veit winkte ab. »Bei der weiß man nie, wo sie sich gerade rumtreibt. Oder in welchem Bett sie liegt.«

Karl lehnte sich zurück. Seit ein paar Tagen war Magda merkwürdig zu ihm. Ging ihm aus dem Weg, so schien es. Redete wenig. Er konnte sich schon denken, warum. Sein Umzug in die Wohnung. Sie dachte, er habe mit allem, was er früher bekämpft hatte, einen faulen Frieden geschlossen. Zum Teil mochte es sogar stimmen. Obwohl er sicher nicht mit allem Frieden geschlossen hatte. Aber er war auch nicht mehr mit allem im Krieg. Nur noch, zuweilen, mit seinen Gefühlen für sie. Magda. Er wusste nicht, was er von ihnen halten sollte, von diesen Gefühlen. Nur dass sie nicht das waren, was sie sein sollten, das wusste er. Immer wieder sah er in ihr die Frau, wo er eigentlich die Tochter seines Bruders sehen sollte. Damit auch sein Fleisch, sein Blut. Würde er es jemals können? Sie anzusehen, ohne sie zu begehren? Er redete sich ein, sein unangemessenes Verlangen komme von seiner allgemeinen Schwäche für Frauen, insbesondere so schönen Frauen wie sie eine war. Gleichzeitig ahnte er, dass das nur die halbe Wahrheit war. Bei ihr war noch etwas anderes im Spiel. Trotzdem – oder gerade deswegen – würde er seinem Verlangen nicht nachgeben. Das war eben der Unterschied. Heute, mit achtunddreißig Jahren, wusste er, dass man manchem Vögelchen, das einem in der Brust herumflatterte, die Flügel brechen musste.

»Ich geh dann wieder.« Veit erhob sich.

In der Tür gaben er und die Mutter sich die Klinke in die Hand. Sie kam, um den Tisch abzuräumen. Zumindest behauptete sie das. Doch statt Teller und Tassen zum Spülstein zu bringen, setzte sie sich zu Karl an den Tisch.

»Ich muss mit dir reden«, begann sie, »wegen Magda.«

»Was ist mit ihr?«

Seine Mutter seufzte. »Mit dem Lebenswandel, den sie führt, bringt sich das Mädel um seine ganze Zukunft. Finden bessere Frauen schon keinen Mann. Aber mit dem Ruf, den sie inzwischen hat … Erst gleich nach dem Krieg das mit den Amerikanern. Und jetzt … Kannst du ihr nicht mal ins Gewissen reden, Karl? Wenn sie auf jemanden hört, dann auf dich.«

Magda betrachtete das goldene Armband zwischen ihren Fingern. Wie es funkelte in dem schmalen Lichtstreifen, der durch den Spalt zwischen den Vorhängen hereinfiel. Es war schön. Doch es bedeutete ihr nichts. So wie ihr auch Emil immer weniger bedeutete. Es war ihr bewusst geworden, als er ihr sein Geschenk überreichte, mit vielen Komplimenten und kleinen, in Watte verpackten Spitzen, weil sie ihr Präsent nicht selbst abgeholt hatte. Sie legte es zurück auf das Nachtkästchen. Was würde er erst sagen, wenn sie es ihm zurückgab? Selbst wenn er tobte, es berührte sie nicht im Geringsten.

Sie ließ sich nach hinten fallen, starrte an die Decke. All ihr Denken und Fühlen kreisten immerzu um Karl. Obwohl er ihre größte Enttäuschung war. Vielleicht gerade deshalb. Sie konnte nichts dagegen machen.

Es klopfte.

»Magda? Bist du auf?« Er war es.

»Ja.«

»Kann ich reinkommen?«

Sie setzte sich halb auf und zog sich die Decke über.

Dann stand er vor ihr, im Halbdunkel, weißes Hemd, ohne Krawatte, den obersten Knopf offen, dunkle Hose; die Haarsträhne, die widerspenstige, in die Stirn hängend. Sie biss sich auf die Unterlippe. Mit tastenden Schritten kam er zum Bett, kurz schien es, als wolle er die Vorhänge aufziehen, doch dann setzte er sich, dorthin, wo ihr nackter Fuß aus der Decke hervorlugte.

Ich hasse dich, dachte sie, dafür, dass ich wegen dir so fühlen muss, wie ich fühle.

»Veit hat mir vorhin erzählt, dass wir bald das Gut draußen in Freising unter die Lupe nehmen können«, sagte er. »Montag oder Dienstag. Du bist doch dabei?«

Sie nickte.

»Noch was«, brach Karl nach einer Weile das Schweigen, das entstanden war. »Es geht um … wie soll ich sagen … Brennicke … deinen Umgang mit ihm.«

Er rückte ein bisschen näher, legte wie beiläufig seine Hand auf ihren Fuß. Die Finger umschlossen ihre Fessel locker. Ihr Körper antwortete mit einem flauen Gefühl in der Magengrube und einem heißen Pulsieren im Unterleib.

»Lass es, Magda«, sagte er, »die Sache mit Emil, meine ich. Das ist es nicht wert. Schau, du willst ja sicher auch einmal einen Mann finden, Kinder haben, glücklich werden. Aber in Zeiten wie diesen … viele Männer im Krieg gefallen oder fort … viele Frauen einsam und verlassen … da reicht es nicht, bloß gut auszusehen, um einen Mann zu finden. Einen guten, meine ich. Die anderen, die nur auf ein Abenteuer aus sind, die versprechen dir das Blaue vom Himmel, und am Morgen danach sind sie weg. Alles, was dir bleibt, ist das Gerede der Leute und ein schlechter Ruf. Und davon hast du doch schon genug, oder?«

Mit einer raschen Bewegung entzog Magda ihm ihren Fuß, ihr Oberkörper schnellte vor. »Wer sagt dir«, schrie sie ihn an, »dass nicht ich die bin, die das Blaue vom Himmel verspricht und am Morgen weg ist? Weil eine Frau so was nicht tut? Und warum? Ihr Männer tut es doch auch. Für einen Mann ist es in Ordnung, eine Frau hat danach einen gewissen Ruf!«

»Du musst mich nicht anschreien, ich finde das auch ungerecht. Herrgott, so sind nun mal die Regeln! Ich hab sie nicht gemacht!«

»Das nicht. Aber du lebst verdammt gerne und verdammt gut mit ihnen, oder?«

Sie zitterte am ganzen Körper vor Zorn. Dass ausgerechnet er … das hatte noch gefehlt. Sie war kurz davor, in Tränen auszubrechen. Aber das würde sie nicht!

»Geh«, sagte sie, »ich muss mich anziehen.«

Schwer atmend stand er auf und ging zur Tür. Dort blieb er stehen. »Hör zu … Es tut mir leid … Ich wollte dich nicht …«

»Hast du aber«, sagte sie.


Der Mann auf der anderen Seite des Tisches raubte Ludwig noch den letzten Nerv. Für wie dumm hielt er die Polizei eigentlich? Er und sein Kumpan hatten in der Nacht von Mittwoch auf Donnerstag nach einem ausgiebigen Zechgelage auf der Heimfahrt von Pasing nach Neuaubing ein Pärchen überfahren. Die junge Frau war sofort tot, ihr Verlobter starb, als ein nachfolgender Wagen den Verletzten übersah und ein weiteres Mal über ihn hinwegfuhr. Und nun wollte dieser Lump ihnen weismachen, sie hätten in ihrem Rausch beide nichts von dem Unfall bemerkt. Obwohl die Frontscheibe gesprungen und der Fahrer auch noch eine Platzwunde im Gesicht hatte, weil er mit der Stirn am Lenkrad aufgeschlagen war. »Wir haben vielleicht gedacht, das war ein entlaufener Hund«, sagte der Mann, und zum wiederholten Male: »Ich war außerdem bloß Beifahrer.«

»Was meinen Sie mit *vielleicht*?«, fragte Ludwig.

Erleichtert verließ er nach einer Stunde den Vernehmungsraum. Eigentlich hätte er diesen Samstag frei gehabt, er hatte sich schon darauf gefreut, den Nachmittag mit der Familie im Deutschen Museum zu verbringen, das endlich wiedereröffnet war, aber wie immer, wenn man was Privates plante, kam irgendwas Dienstliches dazwischen. Freilich, was wog sein Verzicht, wenn man bedachte, dass ein junges Liebespaar ausgelöscht worden war, bloß weil zwei alte Deppen besoffen Auto fahren mussten. Gottes Wege sind unergründlich, hieß es. Was für ein Schmarrn, dachte Ludwig und erschrak im nächsten Moment über sich selbst.

Im Flur begegnete ihm Dengler vom Raub, auf dem Weg in den Feierabend. Ludwig nützte die Gelegenheit, um ihn nach Emil Brennicke zu fragen. Das hatte er schon lange tun wollen, aber es hatte sich nie die Gelegenheit ergeben. »Was ist das für einer?«, fragte er nun. »Wie steht er in der Abteilung da?«

»Über den weiß man nicht viel. Der Chef lässt ihn an der langen Leine laufen, und anscheinend bringt er Ergebnisse. Und darauf kommt es doch an, oder?«

»Dann wissen Sie auch nichts Genaueres über seine verdeckte Ermittlung, die er gerade durchführt?«

Dengler winkte ab. »Wenn Sie mich fragen, ist da viel

Schaumschlägerei dabei. Der macht sich bloß wichtig. Aber der Chef fällt drauf rein.«

Als Ludwig in sein Büro kam, schlug die Turmuhr der Frauenkirche gerade vier. Zöllner war natürlich schon im Feierabend. In der Früh der Letzte, am Abend der Erste. Na, den vermisste er auch nicht. Ob von der Fahndung noch jemand da war?

Ludwig versuchte es und erreichte wirklich jemanden.

»Schon was Neues zu Herbert Kumpfmayer?«, fragte er.

Die wenig überraschende Antwort: »Rein gar nichts. Wir melden uns aber, wenn wir was haben. Sie müssen nicht anrufen.«

Ludwig machte sich nicht nur Sorgen um seine Ermittlung, in der Kumpfmayer zu einem wichtigen Mosaikstein geworden war, sondern mehr noch um Maria und Olga. Die Drohung gegen die beiden stand ja noch im Raum. Kumpfmayer musste erfahren haben, dass Maria gegen ihn ausgesagt hatte, nur deshalb war er gerade jetzt untergetaucht. Wie er das erfahren hatte, blieb noch zu klären. Ludwig hatte einen Verdacht: Kumpfmayer spielte vielleicht nicht nur in seiner Mordsache eine Rolle, sondern auch in Brennickes verdeckter Ermittlung, und weil Brennicke das Hemd näher als der Rock war, hatte er die Mordermittlung geopfert, um seine eigene Sache nicht zu gefährden.

Seit Maria ihre Aussage gemacht hatte, rief Ludwig jeden Tag mehrfach bei ihr an, um sich zu vergewissern, dass es ihr gutging. Er hätte ihr auch einen Polizeibeamten für ihren Schutz abgestellt, doch das hatte sie abgelehnt. Sie und Olga würden schon beschützt, hatte sie gesagt. Olga kannte ja allerhand Leute. Dennoch blieb ein ungutes Gefühl.

»Fräulein Gronska ist ausgegangen«, erfuhr Ludwig diesmal von der Zimmerwirtin. »Ich soll Ihnen auch sagen, dass sie Ihre Sorge zu schätzen weiß, Sie aber bittet, von weiteren Anrufen abzusehen.«

Das sagte Maria jedes Mal. Irgendwann würde er sich daran halten. Doch nicht, so lange Kumpfmayer da draußen noch frei herumlief.

## Dienstag, 9. Mai 1950

WENN ENGEL REISEN, dachte Karl beim Blick aus dem Fenster. Endlich machte der Mai seinem Ruf als Wonnemonate Ehre. Sonnig und warm war es geworden, genau das richtige Wetter für eine kleine Landpartie. Karl verzichtete auf die Krawatte, ließ den oberen Hemdknopf offen und schlüpfte statt in das übliche Jackett in eine legere Jacke.

Mit geschultertem Rucksack klopfte er an Magdas Tür. Keine Antwort. Sie war wohl bereits unten. Im Flur begegnete ihm Veit, er stand da, als habe er auf ihn gewartet, beide Hände in den Hosentaschen, einen Zahnstocher im Mundwinkel. »Magda ist schon draußen«, sagte er. »Gute Fahrt.«

Die letzten Tage hatte Karl Magda kaum gesehen. Sie war ihm aus dem Weg gegangen. Wenn sie sich doch begegneten, blieb sie stumm wie ein Fisch. Sprach er sie an, erhielt er nur einsilbige Antworten. Er fand ihre Bockigkeit kindisch und amüsierte sich eher darüber, als dass sie ihn belastete. Natürlich, seine Ermahnungen hatten sie getroffen. Sie erwartete, dass er sich bedingungslos auf ihre Seite stellte, alles unterstützte, was sie tat, ihr in allem recht gab. Aber so ein Mann war er nicht. Außerdem war er lange genug mit einer selbstbewussten, selbständigen Frau verheiratet gewesen, um zu wissen, welche Kämpfe sich lohnten und welche nicht. Deshalb würde er sich auch nicht entschuldigen oder alles auf seine Mutter schieben, die ihn schließlich angestiftet hatte. Er hatte sich ja nur anstiften lassen, weil er ihre Meinung teilte.

Magda stand an den Wagen gelehnt da, in einem blauen Rock, einer hellen Bluse und einer leichten Strickweste. Eine Sonnenbrille beschattete ihre Augen. In verbissenem Schweigen sah sie ihn durch die dunklen Gläser an. Ein wenig irritierte es ihn, dass sie auf der Fahrerseite stand. Als er neben sie trat, sagte sie: »Ich fahre.«

Er musste sich verhört haben. »Du?«

»Emil hat *mir* den Wagen überlassen.«

»Weil er dachte, dass ich ihn fahre.«

Sie stieg ein, schlug die Autotür zu.

Karl klopfte gegen die Scheibe. »Spinnst du?« Er riss die Tür auf. »Du kannst doch gar nicht Auto fahren!«

»Woher willst du das wissen? Ich bin schon gefahren. Sogar öfter. Und so schwer ist es nicht.«

Karl hatte Lust, sie aus dem Auto zu zerren. Er beherrschte sich aber, weil schon ein paar Leute stehen blieben, und sagte nur: »Was ist, wenn uns die Polizei aufhält? Du hast keinen Führerschein.«

»Natürlich hab ich einen Führerschein! Eine erstklassige Arbeit. Sieht zu hundert Prozent echt aus.«

Nicht zu fassen! Er dämpfte den Ton. »Das mit dem Führerschein, … das ist bloß ein Scherz, oder?«

»Jetzt steig schon ein«, sagte sie nur, »sonst fahr ich ohne dich los.« Damit knallte sie die Tür zu. Um ein Haar hätte sie ihm die Finger eingeklemmt.

Wütend schlug er mit der flachen Hand aufs Wagendach. »Du weißt ja nicht mal, wo du hin musst!«

Sie startete den Motor. Offenbar war es ihr ernst. Er lief um den Wagen herum und stieg ein. »Bei nächster Gelegenheit wechseln wir.« Dann nahm er den Straßenplan aus dem

Rucksack und warf diesen mit allem Kram, den er fürs Einbrechen eingepackt hatte, auf den Rücksitz, wo schon die Tasche mit Magdas Sachen lag; außerdem ein Korb mit ihrem Proviant.

Als Magda losfahren wollte, starb ihr der Motor ab. Karl verkniff sich eine Bemerkung. Sie startete ihn wieder, gab diesmal mehr Gas und ließ die Kupplung langsam kommen. So ging es schon besser. Dafür hatte sie Schwierigkeiten mit der Lenkung, man brauchte dafür ja auch Kraft, erst wenn der Wagen rollte wurde es leichter. Er wollte ihr helfen, aber sie stieß ihn weg. Inzwischen wurden sie von einer Handvoll Leuten mehr oder weniger offen beobachtet, einige von ihnen fingen an zu grinsen. Als Magda endlich losfuhr, lachten ein paar Männer und klatschten höhnisch Beifall.

»Die Schaltung hakt ein wenig«, sagte Karl nervös, »du musst mit Gefühl schalten. Achtung, du fährst zu weit in der Mitte. Pass auf den Radfahrer da vorne auf. Da biegt gleich ein Lastwagen ein, siehst du ihn?«

»Sei endlich still!«, rief Magda irgendwann. »Ich muss mich konzentrieren!«

Magda hatte den Bogen schnell raus. Sie hatte immer gespürt, dass sie ein Talent für Autos hatte. Und Simon bestätigte ihr das jedes Mal, wenn er sie auf einer seiner Kurierfahrten, bei denen sie ihn hin und wieder begleitete, ans Steuer ließ. Karl nun auf dem Beifahrersitz leiden zu sehen, weil nicht er, sondern sie den tollen Wagen lenkte, entschädigte sie für einiges, womit er ihr zuletzt auf die Füße getreten war. Sie kurbelte das Fenster herunter und hielt die Hand in den Fahrtwind. Wie wunderbar sich das anfühlte! Beinahe wie fliegen!

»Beide Hände ans Lenkrad«, sagte Karl streng.

Ihre Laune war schon wieder so gut, dass sie ihn dafür

keck in den Oberschenkel kniff. »Jawohl, Herr Lehrer! Zündest du mir eine Zigarette an? Eine von den meinen. In der Handtasche.«

»Jetzt nicht.« Er hatte den Blick starr auf die Straßenkarte gerichtet. »Wenn ich mich richtig erinnere, ist das da vorne rechts die Zufahrtsstraße zum Gut. Passt auch nach der Karte.«

Sie nahmen die besagte Abzweigung. Was hatte er vor? Wollte er bis vor die Haustür fahren? Wäre es nicht vernünftiger gewesen, den Wagen irgendwo stehen zu lassen und sich zu Fuß anzuschleichen? Denn auch wenn dieser Henning von Mahnstein und seine Kameraden ausgeflogen waren, musste irgendjemand dageblieben sein, um die Pferde zu versorgen. Sie konnten also dort nicht einfach auf den Hof fahren, ohne dass jemand sie bemerkte. Doch Magda sagte nichts. Man würde ja sehen.

Es ging für einige Minuten an einem Waldstück entlang. Karl saß die ganze Zeit angespannt da und beobachtete die Umgebung, bis er plötzlich sagte: »Da vor uns, zwanzig Meter, siehst du das?« Ja, sie sah es. Ein Weg, der in das Gehölz abzweigte. Sie bremste und fuhr hinein. Der Boden war hier weich, und der letzte Regen hatte tiefe Pfützen hinterlassen. Irgendwann bestimmte Karl, dass es reichte. Sie kamen in dem Schlamm ohnehin kaum mehr voran.

»Wie weit ist es noch?«, fragte Magda und stellte den Motor ab.

»Zu Fuß mindestens zwanzig Minuten, wahrscheinlich eher eine halbe Stunde.«

Sie stiegen aus, Karl schnallte seinen Rucksack auf, Magda nahm ihre Tasche mit der Fotografie-Ausrüstung. Mit mulmigem Gefühl schaute sie auf die tiefen Fahrspuren, die der Wagen im Waldboden hinterlassen hatte. Ob sie da so einfach wieder herauskamen? Aber diese Aufgabe würden sie lösen, wenn sie zurück waren.

Karl ging los, nicht zur Zufahrtsstraße, sondern weiter auf dem Waldweg. Sie schloss zu ihm auf. Über ihnen zwitscherten Vögel, der Wind rauschte, und hie und da knackte ein Ast. Eigentlich sehr schön hier.

Sie legte ihre Hand in seine Armbeuge, hielt sich dort fest und sagte frech: »Wenn uns jemand begegnet, küssen wir uns einfach, dann denken alle, wir sind ein Liebespärchen.«

Karl sah sie nur aus dem Augenwinkel an, schüttelte dabei den Kopf. »Du wieder.« An dem feinen Lächeln in seinen Mundwinkeln erkannte sie, dass ihm diese Vorstellung nicht gänzlich missfiel.

Zwanzig Prozent Orientierung, zwanzig Prozent Intuition – der Rest: reines Glück. Das war ungefähr die Mischung, die Karl an eine Stelle am Waldrand geführt hatte, von der aus sie das Anwesen gut beobachten konnten.

»Ich hoffe, du findest auch wieder zurück«, sagte Magda. »In einer Stunde oder so wird es dunkel.«

Daran wollte Karl jetzt lieber nicht erinnert werden. Vor allem wenn er daran dachte, dass der Wagen im Dreck feststeckte.

Bis zum Gestüt, dessen Rückseite sie von hier aus sahen, war es seiner Schätzung nach ein halber Kilometer. Ohne Deckung über Pferdekoppeln hinweg. Sie konnten zwar auch außenherum gehen und den Schutz der Bäume am Waldrand suchen, doch das bedeutete einen wesentlich längeren Weg.

Er holte den Feldstecher, den er sich bei Veit geliehen hatte, aus dem Rucksack und beobachtete das Anwesen. Nichts regte sich.

»Vorschlag«, sagte Magda. »Wir gehen schnurstracks da runter, und wenn uns jemand begegnet, stellen wir uns dumm und behaupten, dass wir Spaziergänger sind, die sich verlaufen haben. Ich bin deine Verlobte, wir haben ein lauschiges Plätzchen gesucht …«

Karl überlegte, während er stumm durch den Feldstecher auf die Gebäude schaute. Wer immer da unten noch war, erinnerte sich vielleicht an ihn von seinem letzten Besuch. Aber er konnte ja behaupten, ihm habe die Gegend so gut gefallen, dass er sie seiner … Nichte, Freundin, Verlobten, was auch immer zeigen wollte. Und man war ja nicht in Feindschaft geschieden. Gefährlich war das Unterfangen trotzdem. Wenn hier wirklich ein Kunstschatz im Wert von mehreren Millionen Dollar versteckt war, war nicht abzusehen, wie unerwünschte Besucher aufgenommen wurden.

Was hab ich mir eigentlich dabei gedacht, Magda mitzunehmen?, fiel ihm plötzlich ein.

»Was ist?«, fragte sie ungeduldig. »Gehen wir.«

»Warte!«

Auf dem Gestüt regte sich etwas. Ein Mann kam um die Ecke. Klein, dick, runder Kopf. Der war beim letzten Mal nicht dort gewesen. Zumindest hatte er sich nicht gezeigt. Er stellte sich breitbeinig hin, machte seinen Hosenschlitz auf und schlug in aller Ruhe sein Wasser ab.

»Was machen wir jetzt?«, fragte Magda.

»Wir warten, bis er weg ist, und dann …« Karl senkte den Feldstecher und sah Magda an. »Ich geh besser allein da runter, und du wartest hier. Fotografieren kann ich schließlich auch.«

»Mach dich nicht lächerlich«, sagte sie nur und verlor kein weiteres Wort darüber. »Der Fettwanst ist weg. Wir warten noch ein paar Minuten, dann gehen wir los.«

Es war unmöglich, sie davon abzubringen. Also versuchte Karl es erst gar nicht.

Die Schatten der Bäume ragten schon tief in die Koppeln hinein. Während sie über die freie Fläche spazierten, behielten sie die Stallungen genau im Auge. Doch nirgends eine Regung, der Fettwanst blieb verschwunden.

»Wenn ich mich richtig erinnere«, sagte Karl und deutete nach rechts, »dann waren auf der Seite die Pferde untergebracht.«

Sie hielten sich also an die andere Seite. Dort befand sich eine Tür. Je näher sie kamen, desto deutlicher war aus dem Hof ein Motor im Leerlauf zu hören. Die Tür, auf die sie zuhielten, war mit einem dicken Vorhängeschloss gesichert.

»Lass mich mal«, sagte Magda und holte einen Dietrich aus ihrer Tasche.

Karl behielt die Umgebung im Auge, warf aber auch immer wieder einen Blick zu Magda. Wo sie dieses Einbrecherwerkzeug wohl her hatte? Wahrscheinlich von diesem Simon. Und so geschickt, wie sie damit am Schloss herumhantierte, machte sie das nicht zum ersten Mal.

Endlich hörten sie das erhoffte metallische Knirschen. »Ist offen«, sagte Magda trocken, zog die Tür vorsichtig ein wenig auf und lugte hinein. »Keiner da«, teilte sie mit und zog die Tür weiter auf. Sie knarrte in den Angeln, aber das Brummen des Motors im Hof würde dieses Geräusch zum Glück überdecken. Eilig huschten sie hinein.

Sie befanden sich in einem Pferdestall mit leeren Boxen beiderseits eines Ganges. Die meisten Fenster waren vernagelt, nur durch Schlitze zwischen den Brettern und ein paar wenige offene Fenster gelangte etwas Licht herein. Es war offenbar schon eine Weile her, dass hier Pferde eingestellt waren. Nachdem sie sich vergewissert hatten, dass sie wirklich alleine waren, ging Magda zu den Boxen, Karl sah sich nach einer Tür um, die auf den Hof führte.

»Volltreffer«, hörte er da Magda hinter sich.

Er wandte sich um.

Sie stand vor einer Pferdebox und war gerade dabei, den Fotoapparat aus der Tasche zu holen. Da sah er es auch: Gemälde. Große und kleine. Auf Leinwand, Holz oder Karton. Eine winterliche Szene mit Schlitten und Eisläufern. Niederländisch, schätzte Karl, vielleicht siebzehntes Jahrhundert. Ein Porträt. Sie schauten in die nächste Box. Auch dort lagerten Gemälde. Das Doppelporträt zweier Mädchen mit riesigen Schleifen im üppig wallenden blonden Haar stach ihm ins Auge. Gundi und Gerti, dachte er spontan. Noch einige weitere Boxen waren mit Gemälden vollgestellt. Wie viele es insgesamt waren, ließ sich kaum schätzen. Einiges schien auch in Transportkisten verpackt zu sein. Wenn nicht alles trog, hatten sie den ganzen geraubten Kunstschatz aus dem Führerbau vor sich! Gesamtwert zig Millionen Dollar! Er musste sich beherrschen, um nicht in lauten Jubel auszubrechen.

»Viel zu dunkel hier«, flüsterte Magda. »Ohne Blitzlicht krieg ich nichts davon aufs Foto.«

»Warte.«

Er schaute sich die Seite des Stalles an, die zum Hof hin lag. Sie hatten Glück. Hier schienen auch alle Fenster vernagelt zu sein. »Warte, bis ich es dir sage«, wies er sie trotzdem an, denn er wollte ganz sicher sein. Er schlich zum Tor, das auf den Hof führte, schob es vorsichtig einen Spalt breit auf, lugte hinaus. Vor den Stallungen standen zwei Lastkraftwagen, mit der Rückseite zum Stall, bei einem waren die Planen hochgeschlagen. Wie es aussah, befanden sich auf der Ladefläche weitere Gemälde. Was sollte mit ihnen geschehen? Ein paar Männer gingen über den Hof ins Haus. Sonst war niemand zu sehen.

Da erstarb der Motor des noch verschlossenen Lasters. Ein Mann stieg aus der Führerkabine, schlug die Tür zu und ging ebenfalls ins Haus.

»Jetzt«, sagte Karl zu Magda, »Beeil dich. Und spar dir ein paar Bilder auf. Das hier musst du auch knipsen.«

Während hinter ihm immer wieder Blitze aufflammten, behielt Karl den Hof gespannt im Auge.

Nach einer Weile gesellte sich Magda zu ihm.

Sie strahlte ihn an, boxte ihn sanft in die Schulter. Am liebsten hätte er sie umarmt. Sie hatten es wirklich geschafft! Aber nein, noch war es zu früh für Freudentänze. Erst wenn auch der Rückzug geklappt hatte.

»Die Laster noch«, wies er sie knapp an, »und dann weg.«

»Das geht auch ohne Blitz«, meinte sie und nahm den Fotoapparat hoch.


… und wo steckt eigentlich dieser Kumpfmayer?, dachte Emil noch ungehalten, da bog der Mercedes von Walter Blohm auch schon um die Ecke. Daraufhin vergaß er Kumpfmayer ganz schnell wieder, er musste sich auf das bevorstehende Gespräch konzentrieren. Dass Blohm überhaupt um das Treffen gebeten hatte, war ein gutes Zeichen, trotzdem musste man bei einem wie ihm stets mit Überraschungen rechnen.

Die Limousine kam vor Emil zum Stehen, er stieg ein. Blohms Miene ließ nicht erkennen, wohin das alles führen würde. In einen dunklen Keller, in dem mit Folterwerkzeugen Informationen aus ihm herausgepresst werden sollten, oder doch in ein nobles Restaurant, wo man sich gepflegt über Geschäfte unterhielt? Vorerst schien keines von beidem in Blohms Absicht zu liegen, denn er wies den Fahrer an, den Wagen einfach nur in Bewegung zu halten. Einmal ums Karree.

»Wie gehen die Geschäfte?«, fragte er dann, und ließ es beiläufig klingen, wie eine belanglose Plauderei.

»Man muss zufrieden sein«, antwortete Emil im selben Ton.

Blohm nahm ein Zigarettenetui, bot Emil stumm eine an, doch der lehnte ebenso stumm ab. Also zündete nur Blohm sich eine Zigarette an, kurbelte dann das Fenster einen Spalt breit herunter, um den Rauch abziehen zu lassen.

»Die Gemälde«, fragte Blohm, räusperte sich, fuhr fort: »... sind noch auf dem Markt?«

»Sind sie. Noch.«

»Möglicherweise sollten Sie ... sollte Ihr Auftraggeber seine Bemühungen noch einmal überdenken.«

»Und wieso?«

»Weil ich vielleicht wieder interessiert bin.«

Blohm warf die nur angerauchte Zigarette durch den schmalen Spalt nach draußen. Emil wartete so lange, dann sagte er: »Die Konditionen bleiben unverändert. Immer noch interessiert?«

Blohm nickte. »Handeln Sie nicht voreilig. Tun Sie mir den Gefallen.«

Emil betrachtete seine gepflegten Fingernägel. Er durfte nicht zu schnell einlenken, musste sich zieren. »Nun, ich gebe zu, dass Sie uns der liebste Abnehmer wären. Andererseits ... es eilt nun langsam wirklich. Nervosität stellt sich auf allen Seiten ein.«

Stilles Nachdenken. Würde er schon jetzt zusagen? Das wäre zu schön gewesen. Doch falls nicht, hatte Emil ja noch ein Ass im Ärmel. Das er allerdings nicht sofort ausspielen würde.

»Ich melde mich wieder bei Ihnen«, brach Blohm das Schweigen. »Binnen weniger Tage. Reicht das?«

»Ich hoffe. Garantieren kann ich dafür leider nicht.«

Emil durfte sich die Erleichterung auf keinen Fall anmerken lassen. Dabei fiel ihm eine tonnenschwere Last von der Seele.

Blohm wies den Fahrer an, rechts heranzufahren. Der Mercedes kam zum Stehen. Emil nickte einen stummen Abschiedsgruß, der ebenso stumm erwidert wurde, und hatte die Hand schon am Türgriff, als Blohm sagte: »Wo steckt eigentlich Kumpfmayer?«

Emil wandte sich zu ihm um und fragte: »Vielleicht bei Ihnen?«

»Wie käme er dazu? Er ist Ihr Mann.«

»Und unauffindbar. Mehr weiß ich auch nicht. Es ist schwer, verlässliches Personal zu finden, in diesen Zeiten.«


Sie hatten sich verlaufen. Obwohl Karl sich völlig sicher gewesen war, als er die Richtung vorgab. Er kannte die Himmelsrichtungen, wie wäre er sonst durch sieben Jahre Krieg gekommen? Mehrmals hätte er gewettet, dass hinter dem nächsten Gebüsch das Auto auftauchen musste. Doch das tat es nie. Hier sah aber auch alles gleich aus. Und dass die Dämmerung immer dichter wurde und bald in Nacht übergehen würde, machte es nicht gerade leichter.

»Wir hätten da links gehen sollen, wo ich es dir gesagt hab«, wandte Magda ein.

Er knurrte nur. Vielleicht hatte sie recht. Vielleicht auch nicht.

»Und jetzt, Winnetou, wie geht's jetzt weiter?« Sie wirkte

zugleich genervt und belustigt, welches von beidem überwog, war schwer zu sagen.

Er ging wieder voran, sie bogen um eine Erhebung herum. Und was stand vor ihnen, in all seiner Pracht? Der Wagen. Wie aus dem Nichts. Wie von Zauberhand hingesetzt.

»Voilà! Zufrieden, das Fräulein?«

Innerlich bekreuzigte er sich dreimal.

Nachdem diese Sorge von ihnen abgefallen war, stellte sich wieder das Hochgefühl ein, mit dem er und Magda Gut Ehrentraut verlassen hatten. Wenn der Anschein nicht trog, hatten sie vielleicht den größten Kunstschatz der jüngeren Geschichte gefunden.

»Wir müssen zur Polizei gehen«, sagte Magda. »Damit die Bilder wieder dahin zurückkehren, wo sie hingehören.«

»Ich fürchte, dafür ist es schon zu spät.«

»Warum?«

»Du hast doch gesehen, dass die Bilder verladen werden. Die schaffen alles fort. In ein anderes Versteck. Wahrscheinlich noch in dieser Nacht.«

»Dann verfolgen wir die Laster eben.«

»Das halte ich für keine gute Idee. Ganz abgesehen davon, dass wir selbst erst einmal wegkommen müssen.«

Er blickte auf den Horch, dessen Räder tief im aufgeweichten Waldboden steckten.

»War deine Idee, in den Weg reinzufahren«, sagte Magda.

»Ich weiß.«

»Blöde Idee.«

»Ich weiß.«

»Und jetzt?«

Es war inzwischen dunkel geworden. Karl sammelte Äste und legte sie unter die Räder, damit diese im Schlamm etwas Halt fanden. Magda leuchtete ihm mit der Taschenlampe.

Dann startete Karl den Motor, legte den Rückwärtsgang ein und gab vorsichtig Gas. Die Räder bewegten sich, griffen nach den Ästen, der Wagen kam ein wenig voran. Karl gab etwas mehr Gas. Die Äste wurden in den Schlamm gedrückt, die Räder drehten über ihnen durch, wenig später saß der Wagen noch tiefer im Dreck. Vielleicht ging es ja in die andere Richtung leichter. Und wenn der Wagen festen Grund unter den Rädern hatte, mit viel Schwung zurück und durch den Schlamm. Das konnte klappen. Karl legte den Vorwärtsgang ein, drückte aufs Gas, erst verhalten, dann stärker. Pfützenwasser und Schlamm spritzten bis in die Büsche. Doch der Wagen bewegte sich keinen Zentimeter vorwärts.

»Und jetzt?«, fragte Magda wieder.

»Alleine schaffen wir es nicht«, befand Karl. »Wir könnten zum Gut laufen und Hilfe holen. Dort gibt es Pferde, die uns ziehen könnten. Ist aber ein ziemliches Stück Weg. Und wie man uns dort aufnimmt, wissen wir auch nicht.«

Magda schwieg. Die Aussicht schien ihr nicht zu gefallen. »Lass uns erst was essen«, sagte sie. »Ich hab einen Bärenhunger.«

Karl stellte den Motor ab. Da erst hörten sie den anderen Motorenlärm. Sie erkannten sofort, was das war: die Laster, die sie im Hof des Guts gesehen hatten. Wahrscheinlich mit dem Kunstschatz als Ladung. Kurz darauf sahen sie auch die Scheinwerfer, die durch das Dickicht des Waldes stachen. Wenige hundert Meter entfernt rollten sie vorbei und waren fort. Alles was blieb, waren Dunkelheit und Stille.

»Wir können nur hoffen, dass noch jemand auf dem Gut ist, der uns rauszieht«, sagte Karl.

Magda warf das Papier, in das der Käse und der geräucherte Schinken eingewickelt waren, aus dem Autofenster. Sie hatten alles aufgegessen, was an Proviant noch da gewesen war, und bald würden auch die beiden Flaschen Bier geleert sein. Im Schein der Taschenlampe, die sie zwischen die Lehnen der Vordersitze geklemmt hatten, schüttelte Karl zwei Zigaretten aus der Packung, steckte sie in den Mund und zündete sie an. Eine davon hielt er Magda hin. Sie nahm sie mit ihren Lippen aus seinen Fingern.

»Ich will heute nirgendwo mehr hingehen«, sagte sie rauchend. »Schlafen wir einfach im Auto und sehen morgen früh weiter.«

Er nickte bloß. Er war auch müde.

Sie lehnte sich an ihn. Lauschte, wie er den Rauch tief in seine Lungen sog und ihn dann langsam ausatmete. Sie legte ihre Hand scheinbar beiläufig auf seinen Oberschenkel. Spürte seine Erregung. Und wie ihr Körper darauf antwortete. Eine Weile ließ er ihre Hand, wo sie war, dann nahm er sie in die seine, umschloss sie fest.

»Die Nächte sind immer noch kühl«, sagte er am Ende dieses langen Schweigens.

»Im Kofferraum liegt eine Decke«, sagte sie.

Er legte ihre Hand wie etwas Geliehenes zurück in ihren Schoß. »Ich setze mich nach vorne. Dann hast du die Rückbank für dich.«

Die Zigarette lässig im Mundwinkel, stieg er aus.

Als er weg war, schnippte Magda ihre Zigarette durch das offene Wagenfenster. Dann schob sie rasch ihren Rock hoch, zog ihr Höschen aus, ließ es in ihrer Tasche verschwinden und schob den Rock wieder nach unten. Was tue ich bloß?, dachte sie. Sonst dachte sie nichts.

Er kam mit der Decke. Doch statt sich nach vorne zu setzen, setzte er sich wieder zu ihr auf den Rücksitz. Und wie er sie ansah. Sie wusste, wonach einem Mann war, wenn er eine

Frau so ansah. Und weil sie genau das auch wollte, wich sie dem Blick nicht aus. Er war es, der seine Augen schließlich abwandte.

»Die brauch ich nicht, mir ist noch viel zu heiß«, sagte sie und wischte die Decke von seinem Schoß. Strich dabei über die harte Ausbeulung darin.

Er hielt den Atem an und wandte den Kopf zur Seite. Die Kippe in seinem Mundwinkel war so kurz geworden, dass er sich fast die Lippen verbrannte. Er spuckte sie aus dem Fenster.

»Sieh mich an«, sagte sie.

Er wandte ihr sein Gesicht wieder zu. Wartete, was sie tat.

Ihre Hand schmiegte sich in seinen Nacken, zog ihn näher an sich heran. Er ließ es geschehen. Erst als ihre Lippen sich trafen, zuckte er zurück. »Wir dürfen das nicht …«

»Wer will es uns verbieten? Hier sind nur du und ich.«

»Ja, schon …«

»Wovor hast du Angst?«

Das Schweigen, das folgte, sagte: *vor dir …*

Sie hatte keine Angst. Frech warf sie ihre Beine quer über seinen Schoß.

»Hoppla«, sagte er.

»Hoppla«, antwortete sie und lachte.

Ihre Lippen berührten die seinen, sanft, zögernd. Öffneten sich. Sie schmeckte seinen Mund, seine Zunge. Er schmeckte gut. Süß und bitter zugleich. So wie ein Mann schmecken musste. Sie küsste seine Wangen, seine Stirn. Ihre Zungenspitze strich über seine Augenlider.

Plötzlich spürte sie seine Fingerspitzen an der zarten Innenseite ihres Oberschenkels. Wie sie langsam ihren Weg suchten. Und fanden. Und wie sie, am Ziel angekommen, behutsam eintauchten.

Und gleich wieder zurückzuckten.

»Du trägst kein Höschen?«

»Nein.« Sie sagte das, als wäre es eine Erklärung.

Sein schnaubendes Lachen klang wie Staunen. Vielleicht auch ein wenig nach Verachtung? Weil ein anständiges Mädchen so was nicht machte? Aber wer wollte schon ein anständiges Mädchen vögeln, wenn er auch ein unanständiges haben konnte?

»Du kleines Luder«, sagte er und zwickte sie sanft.

Doch sein Widerstand war gebrochen. Er ließ seine Hand, wo sie war, liebkoste sie und sagte: »Ich will dich ansehen.«

»So einer bist du also«, sagte sie, »ein Augenmensch.«

Die Lust entsteht im Auge des Betrachters, dachte er.

Er sah zu, wie sie ihre Weste abstreifte. Die Bluse aufknöpfte. Darunter ihr leuchtend weißer Büstenhalter. Sie schob die Träger über die Schultern. Entblößte ihre Brüste. Wie schön sie waren. Nippel, rosa wie kleine Himbeeren. So verlockend, er musste sie berühren. Mit den Lippen. Musste sie küssen. An ihnen saugen. Gott verdamm' mich, dachte er, wenn es eine Sache auf der Welt gibt, die ich will, jetzt und in alle Ewigkeit, dann ist es sie. Doch sie kam ihm zuvor. Er wusste nicht, wie sie es in der Enge des Wagens machte, mit einem Mal saß sie mit gespreizten Beinen auf seinem Schoß, löst mit fiebrigen Bewegungen seine Gürtelschnalle. War es ihr Ellbogen oder sein Knie, jedenfalls etwas stieß gegen die Taschenlampe, das Licht stürzte kopfüber und blieb am Himmel hängen, ansonsten diffuses Halbdunkel. Magda ließ sich nicht davon beirren. Sie knöpfte seine Hose auf, packte sein hartes Glied und holte es heraus. Und sie ließ es erst los, als es schon in sie eindrang. Wie sie sich dann bewegte. Ihre Hüften, vor und zurück. Kreisend. Ihr Kopf an seiner Schulter. Ihr heißer Atem an seiner Haut. Ein Schweißtropfen, der auf seiner Brust zerplatzte.

Er schaute die ganze Zeit in das helle Licht am Himmel und ließ alles mit sich geschehen. In einem willenlosen Wollen. Das war neu für ihn, aber es war gut. Er schaute ins Licht und hörte dabei auf ihren Atem, der zu seinem Atem wurde, spürte ihre Bewegungen, die in seine Bewegungen übergingen, und so war es gut und richtig, und so sollte es immer sein …

*Mittwoch, 10. Mai 1950*

---

EMIL SASS wie jedem Morgen vor seinem Frühstück in der Gaststube des *Kammererwirt*. Ein paar andere Tische waren ebenfalls mit jeweils einem Logisgast besetzt. Hausierer. Handwerker von auswärts. Durchreisende. Als Einziger rührte Emil sein Frühstück nicht an. Er hatte keinen Appetit. Nur vom Kaffee nahm er einen Schluck.

Veit spitzte zur Tür herein und war gleich wieder weg. Emil sprang auf und eilte ihm nach. »Warte!« Veit blieb stehen.

»Irgendwas von Magda? Und deinem Bruder?«

»Nichts. Die sind noch nicht da.«

Emil schnaubte. »Was ist da nur los? Es ist doch alles wie geplant gelaufen?«

»Woher soll ich das wissen?«

»Also noch nichts gehört? Von Henning? Oder wem anders?«

Veit schüttelte den Kopf. »Nichts.«

Emil verzog das Gesicht. Eigentlich brachte ihn nichts so leicht aus der Ruhe. Aber gerade jetzt, wo es Spitz auf Knopf stand, wurde sogar er nervös. Blohm brauchte nur noch diesen einen kleinen Schubser, den Magda ihm geben sollte, dann hatte er ihn im Sack. Doppelt ärgerlich, wenn nach all den Anstrengungen alles auf der Zielgeraden scheiterte.

318

»Vielleicht ist bloß das Auto nicht angesprungen«, meinte Veit. »Oder sie haben eine Panne gehabt und in einem Landgasthof übernachten müssen.«

Emil winkte ab. Gründe konnte es natürlich viele geben. Aber um Gründe ging es hier nicht. Es ging darum, dass Magda hier war. Wo er sie brauchte. Dass sie die Rolle spielte, die er ihr zugedacht hatte. Dass sie Blohm überzeugte.

Er kehrte zurück an seinen Tisch in der Gaststube.

Landgasthof, dachte er plötzlich. Vielleicht in *einem* Zimmer? *Einem* Bett? Gelegenheit macht Diebe. Oder in diesem Fall: Liebe.

Mit diesen Aussichten war ihm die Laune erst recht verdorben.


Als er ein Rascheln im Unterholz bemerkte, blieb Karl abrupt stehen. Dann sah er das Reh. Es stand zwischen Sträuchern und fraß von den Blättern. Plötzlich hob es den Kopf. Es hatte ihn auch bemerkt. Einen Moment schauten sie sich an, im nächsten lief das Reh los und war im Nu verschwunden. Erst als es wieder ganz still war, ging Karl weiter.

Was sollte er nur tun? Es hätte nicht passieren dürfen. Unter keinen Umständen. Wie konnte er sich nur derart vergessen! Mit seiner eigenen Nichte zu schlafen! Alfons' Tochter! Magda traf keine Schuld. Sie glaubte, dass sie ihn liebte. So wie sein dummes Herz ihm weismachen wollte, dass er sie liebte. Nein, nicht nur begehrte, ihrer Reize wegen, sondern wahrhaftig liebte. Und wenn es so war?

Völlig egal! Er hätte die Kontrolle behalten müssen. Doch stattdessen hatte er sich ganz in ihre Hand begeben. Ihre Hand … Er musste daran denken, wie sie sein steifes Glied umfasst hatte. Wie sich das angefühlt hatte. Gut. Und doch … So als sei es nur an ihr zu bestimmen, was geschehe und was nicht. Er konnte einer Frau sehr wohl die Führung überlassen … und das genießen. Als eine Spielart. So wie gestern, aber … Jetzt, da er darüber nachdachte, befiel ihn ein Unbehagen, wie das abgelaufen war. Es fühlte sich an wie ein Versagen, jedoch auf andere Weise als er eben noch gedacht hatte.

Karl fröstelte. Morgens war es noch frisch. Und er hatte in der Nacht Magdas Kopf auf seine Jacke gebettet. Bestimmt war sie inzwischen längst wach und fragte sich, wo er war. Höchste Zeit, umzukehren. Sich der Situation zu stellen.

Als der Wagen vor ihm auftauchte, suchten seine Augen sofort nach Magda. Sein Herz flatterte vor Aufregung. Da war sie ja, trat gerade hinter dem Wagen hervor. Ihr Anblick traf ihn wie ein Faustschlag in die Magengrube. Sie war an diesem Morgen schöner und strahlender als je zuvor. Wie eine glückliche Frau sah sie aus.

»Ich wollte dich schon suchen«, sagte sie. »Falls du dich wieder verlaufen hast. Kein Wunder, dass ihr den Krieg verloren habt, mit so einem schlechten Orientierungssinn.«

Karl schwieg. Er lächelte nicht mal. Rasch, damit sie ja keine Gelegenheit fand, ihn festzuhalten und zu küssen, schritt er an ihr vorbei, holte die Jacke aus dem Wagen und schlüpfte hinein. Dann zündete er sich eine Zigarette an. Die ganze Zeit wich er Magdas Blick aus.

»Was ist denn los?«, fragte sie.

Ich werde dir gleich das Herz brechen, dachte er, das ist los. Und mein eigenes werde ich mir aus der Brust reißen müssen.

Er warf die Zigarette in eine Pfütze und sagte ruhig, aber bestimmt: »Es hätte nicht passieren dürfen. Letzte Nacht. Es war falsch.«

»Noch nie in meinem Leben hat sich etwas so richtig angefühlt!«, widersprach sie. Sie wirkte jedoch nicht überrascht von seinem Rückzieher.

»Wie auch immer. Es wird nicht nochmal passieren. Ich habe mich vergessen. Ein unverzeihlicher Fehler, für den ich mich bei dir entschuldige. Ich hätte uns nicht in diese Lage bringen dürfen.«

»Du hättest was?« Sie trat an ihn heran, so dicht, dass er sie ansehen musste. »Mach dich nicht lächerlich. Du bist nur feige, wie die meisten Männer. Aber damit kommst du nicht durch. Weil ich das nicht zulasse!«

Ihr Kampfeswille, ihre Starrköpfigkeit, ihre Selbstsicherheit beeindruckten ihn. Aber sie änderten nichts. Stumm nahm er einen Zug von der Zigarette. Dann sagte er: »Und wie stellst du dir das vor, in Zukunft? Lieben wir uns heimlich? Oder heiraten wir?«

»Wir gehen fort aus München. Von mir aus nach Berlin. In den Osten. Wo gerade etwas ganz Neues aufgebaut wird.«

»Du hast doch keine Ahnung.« Er ließ die Zigarette fallen und trat sie aus.

»Was meinst du?«

»Von mir. Du glaubst, du kennst mich. Aber du täuschst dich in mir. Hast du das noch immer nicht gemerkt? Das Beste, was ich über mich sagen kann, ist, dass ich nie ein Nazi war.«

Magda wollte ihre Hände an seine Brust oder ihre Arme um seinen Nacken legen, doch er fing sie ab, hielt sie an den Handgelenken, sein Griff war fest wie eine Fessel oder Handschellen. Er sah ihr in die Augen und sagte: »Ich liebe dich nicht, Magda. Nicht auf diese Weise. Weil ich niemanden jemals wieder auf diese Weise lieben werde.«

Tränen traten in ihre Augen. Kullerten über ihre Wangen. Aber sie gab nicht auf. »Nein«, sagte sie, »du bist der, der sich täuscht. Vom ersten Augenblick an, als du mich gesehen hast, in der Galerie, da hast du mich geliebt. Da warst du verloren. Ich weiß es!«

»Hör auf!«, schrie er sie an. »Kein Wort mehr! Es war eine einmalige Sache, es ist vorbei. Wenn du nicht damit zurechtkommst, verschwinde ich einfach. Klar?! Ich hau ab, und du siehst mich nie wieder.«

Magda riss sich von ihm los, vergrub ihr Gesicht in den Händen und schluchzte. Er erschrak über sich selbst, wie wenig er dabei empfand, sie so verzweifelt zu sehen. In seinem Innern war eine metallische Kälte, in die nichts mehr eindrang.

Vorsichtig berührte er sie an der Schulter. »Wir müssen – « vernünftig sein, hatte er sagen wollen, doch er kam nicht dazu, denn sie fuhr herum und rannte weg.

Eine Weile stand er stumm da. Dann bemerkte er, wie seine Hände zitterten. Und das Hemd klebte an seinem Körper.

Egal. Es war geschafft.

Hoffentlich.

Er nahm eine Zigarette und zündete sie an. Langsam wurde er ruhig. Der Wagen fiel ihm ins Auge. Das Problem hatten sie ja auch noch.

»Der ist wie vom Erdboden verschluckt«, sagte Zöllner, »der Kumpfmayer. Wir haben alle gefragt, die ihn kennen. Keiner weiß was.«

»Keiner sagt was«, korrigierte Ludwig. »Das ist was anderes.«

Zöllner zuckte mit den Schultern. »Für uns kommt es auf dasselbe raus.«

Auch wieder wahr, dachte Ludwig.

Zöllner hämmerte weiter sein Protokoll in die Schreibmaschine. Es betraf einen anderen Fall.

»Wir haben auch noch nicht alle gefragt«, sagte er nach einer Weile.

»So? Wer fehlt denn noch?«

»Walter Blohm. Für den hat Kumpfmayer früher gearbeitet. Als Handlanger und Mann fürs Grobe.«

Ludwig horchte auf. »Ich dachte, der wurde von Vranitzky befragt. Dazu gibt es doch ein Protokoll. Angeblich hat er schon seit langem keinen Kontakt mehr.« Er fing an, in der Akte, die vor ihm lag, zu blättern.

»Geredet hat sein Anwalt, Blohm saß nur da. Man müsste sich mal den Blohm selbst schnappen und ihn so richtig in die Mangel nehmen. Nicht nur wegen dem Kumpfmayer. Überhaupt. Der hätte bestimmt einiges zu erzählen.«

»Träumen Sie weiter, Zöllner«, sagte Ludwig. »So jemanden kriegen Sie nur dran, wenn er einen Fehler macht. Leider machen solche Leute nur ganz selten Fehler. Und dass Kumpfmayer nicht mehr für Blohm gearbeitet hat, haben etliche Zeugen bestätigt. Er hatte offenbar einen neuen Herrn.«

Ludwig lehnte sich nach hinten. Zöllner traktierte wieder die Schreibmaschine.

Bis jetzt hatte Ludwig sich zurückgehalten, doch ein Gedanke ging ihm einfach nicht aus dem Kopf: Brennicke und Kumpfmayer. Es gab keinerlei Beweis oder auch nur ein Indiz, dass die beiden sich kannten, aber wie Brennicke sich in die Vernehmung Marias gedrängt hatte, war schon auffällig; und kaum hatte sie Kumpfmayer aus der Verbrecherkartei identifiziert, war der auch schon untergetaucht. Ein Schelm, der Böses dabei denkt. Bis jetzt hatte Ludwig sich nicht getraut, Brennicke geradeheraus zu fragen, ob er Kumpfmayer gewarnt hatte, aber vielleicht war es an der Zeit, genau das zu tun. Auch wenn der dann augenblicklich zum Chef lief und sich beschwerte, wegen haltloser Beschuldigungen und unkollegialen Verhaltens. Denn genau das war es: eine haltlose Beschuldigung und unkollegiales Verhalten.

Ludwig rief Brennicke an, und ausnahmsweise erreichte er ihn sogar. »Es gibt was zu besprechen, Kollege«, sagte er. »Machen wir einen kleinen Spaziergang? Ich erwarte Sie unten an der Pforte.«

Brennicke kam mit dem bekannten leicht federnden Gang die Treppe herab, und er hatte auch wieder dieses feine, etwas höhnische Grinsen in den Mundwinkeln. »Jetzt bin ich aber enttäuscht«, scherzte er. »Sie bringen keine Blumen zum Rendezvous?«

Ludwig freute sich auf den Moment, in dem ihm das Lachen dereinst verging; gleichzeitig bezweifelte er, dass dieser Moment jemals kommen würde. Solche Leute, das lehrte die Erfahrung, stürzten vielleicht mal, sie landeten aber immer auf den Füßen.

Seite an Seite verließen sie das Präsidium.

»Ich habe das nur vorgeschlagen«, sagte Ludwig beherrscht, »weil ich nicht wollte, dass ein Kollege mithört.«

»Etwa eine Verschwörung?«, witzelte Brennicke weiter. Doch erst da fiel Ludwig auf, wie angestrengt es wirkte. So entspannt, wie er sich gab, war er nicht.

»Ohne viele Umschweife gefragt: Haben Sie Herbert Kumpfmayer gewarnt?«

Brennicke schaute überrascht. »Wie kommen Sie denn darauf?«

»Sie waren bei der Vernehmung von Maria Gronska dabei und auch bei der Identifizierung. Ich vermute, Kumpfmayer spielt in Ihrer verdeckten Ermittlung eine Rolle, und wenn wir ihn aus dem Verkehr ziehen, haben Sie ein Problem. Ist es so?«

»Nein, in keiner Weise«, antwortete Brennecke ohne Zögern. »Sie reimen sich da etwas zusammen. Dieser Kumpfmayer ist mir gänzlich unbekannt.«

»Dann sagen Sie mir wenigstens, um was es bei Ihrer Ermittlung geht. Vorher glaube ich Ihnen kein Wort.«

»Na, na, Herr Kollege. Schön langsam.« Er schwieg. Überlegte. Sie blieben stehen. »Ich kann Sie nicht einweihen. Nicht im Detail. Ich berichte nur meinem Chef. Es gibt immer undichte Stellen. Aber schon bald, das verspreche ich Ihnen, können Sie alles in der Zeitung lesen. Wir stehen kurz vor dem Abschluss.«

Ludwig hatte so eine Antwort erwartet. Trotzdem bereute er es nicht, Brennicke angesprochen zu haben. Der sollte ruhig wissen, dass er ihn im Visier hatte.

»Dann werde ich Ihnen gerne gratulieren«, sagte Ludwig. »Aber versuchen Sie bis dahin bloß nicht, Ihre Ermittlung auf Kosten der meinen zu führen.«

»Niemand tut das. Ich versichere es Ihnen.«

Ludwig sah Brennicke scharf an. Sein überhebliches Grinsen war verschwunden. Wenigstens das.

»Nichts für ungut«, sagte Ludwig versöhnlich, »aber ich musste das klarstellen.«

»Das haben Sie ja jetzt hinreichend getan. Und dann muss ich auch wieder.« Brennicke hatte sich schon halb umgewandt, drehte sich aber zurück und fügte hinzu: »Wenn wir Glück haben, klären sich Ihre Mordfälle nach dem Abschluss meiner Ermittlung wie von selbst mit auf.«

Laufen, einfach nur laufen. So weit weg, wie es nur ging. Aber Magda wusste, dass es niemals weit genug sein würde und dass der Schmerz sie am Ende immer einholen würde. So blieb sie an der Zufahrtsstraße zum Gut stehen, wischte die Tränen ab und tröstete ihre Augen mit einem Blick über die frühlingshaften Felder, wie sie im glasklaren Licht der Maisonne vor ihr lagen. Ein Feldhase hoppelte über einen Acker, und am Himmel zog ein Vogel mit ausgebreiteten Schwingen schwebend seine Kreise. Dann dachte sie wieder an Karl. Es war zum Verzweifeln. Männer zogen in Kriege, ließen sich mit Gewehren, Granaten und Geschützen beschießen, aber wenn es um Gefühle ging, ergriff sie die Panik. Dass er sie nicht liebte, glaubte sie keine Sekunde. Selbst der Blick, mit dem er sie angesehen hatte, als er es behauptete, strafte ihn Lügen. Warum war er so? Wegen der Leute und dem, was sie hinter ihrem Rücken reden würden? Weil die Leute das, was zwischen ihnen war und was sie selbst Liebe nannte, Inzest und Blutschande genannt hätten? Karl war nicht Vater und nicht Bruder, sondern nur ihr Onkel. Ihre Liebe war also gar kein Inzest. Juristisch. Sie hatte das noch mal im Brockhaus nachgelesen.

Magda seufzte schwer. Sie konnte ja verstehen, dass er über das, was sie getan hatten, im nüchternen Licht des Morgens erschrocken war. Das war sie ebenso. Und auch sie war in den letzten Wochen zuweilen verwirrt gewesen wegen ihrer Gefühle für ihn. Aber das war kein Grund, sie zu unterdrücken. Wenn etwas so stark war, dann schuf es sich sein eigenes Recht. Dann suchte und fand es einen Weg.

Aus dem Wald drang Motorenlärm an ihr Ohr. Anscheinend startete Karl einen neuen Versuch, den Wagen aus dem Schlamm zu kriegen.

Am meisten ärgerte es sie, dass er so tat, als sei sie ein naives junges Ding, das romantische Tagträume mit dem Leben verwechselte. Sie konnte sehr wohl das eine vom anderen unterscheiden. Sie hatte geliebt, mal mit dem Herzen, mal nur mit dem Körper. Sie hatte sich verkauft, um zu überleben. Dreimal war sie schwanger gewesen. Einmal hatte sie das Kind verloren, zweimal hatte sie es wegmachen lassen. Wie konnte er sich ein Urteil über sie anmaßen, ohne all diese Dinge von ihr zu wissen? Wie konnte er annehmen, das Leben sei spurlos an ihr vorübergegangen? Sie war kein Kind und auch kein Backfisch. Sie war eine junge Frau, die wusste, was sie wollte. Die bereit war, um ihre Liebe zu kämpfen. Die einem Mann aber gewiss nicht nachlaufen würde, um ihn zu seinem Glück zu zwingen. Das war ohnehin die schlechteste von allen Strategien.

Das Motorengeräusch aus dem Wald wurde lauter, ganz so, als käme der Wagen näher. Magda drehte sich um. Tatsächlich! Durch das Gebüsch rollte der Horch heran und bog auf den Weg ein. Nicht nur die Kotflügel waren von Schlamm bedeckt, der ganze Wagen war bis zum Dach hinauf verdreckt. Aber immerhin hatte Karl ihn aus dem Morast bekommen. Er hielt neben ihr an. Doch statt auf der Beifahrerseite stieg sie im Fond ein.

»Auch gut«, sagte er. »Wir werden über diese Sache nicht mehr sprechen. Hast du verstanden? Es ist nie passiert. Wenn du das nicht schaffst, dann sag es mir, und ich bin morgen früh weg.«

Wieso stach er ihr nicht auch gleich noch ein Messer in die Brust? Der Schmerz war so heftig, dass sie kurz davor war, wieder in Tränen auszubrechen. Doch sie beherrschte sich, schluckte die Tränen hinunter und sagte nur: »Fahr schon los.«

# Donnerstag, 11. Mai 1950

---

NOCH VON zu Hause aus rief Ludwig Karl an. Es war zwar erst kurz nach sieben, aber er wollte nicht warten. Beim Rasieren war ihm eingefallen, dass er Karl wegen Kumpfmayer fragen könnte. Vielleicht war ihm der Name bei seinen Nachforschungen begegnet. Vielleicht wusste er sogar Näheres über ihn.

»Sagt mir schon was, der Name.« Karl wirkte noch schläfrig. »Mit dem hab ich mich mal geprügelt, auf dem Bahnhofplatz.«

Ludwig glaubte kaum, was er hörte. »So? Und warum?«

»Keine Ahnung. Er ist mir den ganzen Tag nachgestiegen.«

»Hast du den Grund dafür rausgekriegt? Wollte er dich beklauen? Oder hat ihn jemand beauftragt?«

»Letzteres, vermutlich. Aber wer, das weiß ich auch nicht. Vielleicht dieser Walter Blohm. Für den hat er ja mal gearbeitet.«

Das wurde immer schöner! »Walter Blohm? Der Schmuggler? Was will der denn von dir?«

»Nichts, wahrscheinlich. Magda meint, dass es wegen meines Artikels sein könnte. Es gibt Gerüchte, dass Blohm Raubkunst kaufen will. Aber ich glaub ehrlich gesagt nicht, dass jemand wie der sich für mein bisschen Rumgestochere im Nebel interessiert. Der hat doch ganz andere Quellen, wenn er an Informationen kommen will.«

Je mehr Karl erzählte, desto schlechter wurde Ludwigs Laune. Wieso kam er mit diesen Geschichten erst jetzt heraus? Was verschwieg er ihm noch? Hatten sie nicht ausgemacht, sich gegenseitig zu informieren?

»War das alles?«, fragte er, mit Ärger in der Stimme. »Oder gibt es noch mehr?«

»Eine Sache fällt mir ein, die Magda rausgefunden hat. Kumpfmayer hat für eine Frau Brandl gearbeitet. Ist ihr zur Hand gegangen, im Haus, im Garten und mit dem Auto. Wahrscheinlich auch ein bisschen mehr. Veronika Brandl. Die Witwe dieses –«

»Ich weiß, wer Veronika Brandl ist!«, schrie Ludwig in die Sprechmuschel. »Wieso erzählst du mir so was nicht? Das muss ich doch wissen! Du bist manchmal so ein ignoranter –« er suchte nach einem Wort, doch es fiel ihm nur eines ein: »Depp!« Damit knallte er den Hörer auf die Gabel.

Annerl trat aus der Küche in den Flur. Selbst noch im Morgenrock, richtete sie ihm das Frühstück. »Was war denn?«, fragte sie.

»Ach, der Karl. Manchmal muss man sich über ihn aufregen. Er hat sich überhaupt nicht verändert. Alles dreht sich nur um ihn. Ich muss sausen, Schatzl, es pressiert.«

»Ein bissl was isst du aber schon noch.«

Während er im Stehen ein paar Bissen von dem Marmeladenbrot nahm, das Annerl ihm geschmiert hatte, und ein paar Schlucke des noch viel zu heißen Kaffees, überlegte er, was jetzt zu tun war. Am liebsten wäre er gleich von hier aus nach Sendling gefahren, zum Haus der Veronika Brandl. Doch am Ende war sie gar nicht da. Anrufen konnte er auch nicht, weil er die Nummer im Büro hatte. Also erst dorthin. Und wahrscheinlich war es sowieso besser, wenn er gleich mit Unterstützung der Streife anrückte. Falls Karl mit seiner Andeutung recht hatte, war Kumpfmayer für die Brandl nicht nur Handlanger, sondern auch Witwentröster. Vielleicht war er ja dort untergetaucht.

Noch auf einem letzten Rest Marmeladenbrot herumkauend, küsste Karl die gespitzten Lippen, die Annerl ihm hinhielt, dann war er zur Tür hinaus. Wegen des schönen Wetters entschied er sich, das Rad zu nehmen. Da konnte er besser denken als in einer berstend vollen Trambahn.

Der Verkehr stadteinwärts war um diese Zeit beträchtlich, vor allem Laster und Lieferwagen tuckerten die Arnulfstraße hinab, bestrebt, Schlaglöchern, die es reichlich gab, auszuweichen. Noch standen hier vielfach nur die Hüllen kriegszerstörter Häuser, doch Ludwig sah jedes Mal mit Wohlgefallen, wie viel Neues bereits aufgebaut war. Allem voran – und rechtzeitig zum bevorstehenden Beginn der Passionsspiele in Oberammergau – der Starnberger Flügelbahnhof, aber auch das *Hotel Wolff*. Das *Hotel Eden* nebenan wurde jedoch nach wie vor nur von einem flachen Barackenbau vertreten, der die Baulücke eher ausstellte als sie zu füllen, und auch das *Café Eden* war nur eine notdürftige Reminiszenz.

Heute streiften Ludwigs Blicke diese Szenerie nur sehr oberflächlich, denn seine Gedanken drehten sich weiter um Herbert Kumpfmayer, die Witwe Brandl und Walter Blohm. Ihm war, als zeichne sich eine Verbindung ab, auch wenn er – einmal mehr – nichts Handfestes dazu hatte; nur ein dünnes Bauchgefühl auf der Grundlage von noch dünneren Indizien. Doch was, wenn es bei Brennickes Ermittlungen darum ging, genau diesen Walter Blohm, die Größe der

Schattenwirtschaft, zur Strecke zu bringen? Vielleicht war Raubkunst ein Köder, den man ihm ausgelegt hatte. Aber wenn das stimmte, wie konnte es dann sein, dass – angeblich – nur Brennicke und sein Chef so eine Ermittlung durchführten? Das wäre eine gänzlich unübliche Vorgehensweise. Geradezu amateurhaft wäre das. Als wollte man einen Wal mit einer Angel fangen. Hätten dafür nicht verschiedene Abteilungen zusammenarbeiten müssen, bis hin zur Zollfahndung? Selbstverständlich hätten sie das! Alles andere wäre abenteuerliche Selbstüberschätzung gewesen – und hätte damit genau zu Brennicke gepasst!

Mit diesen Gedanken im Kopf war Ludwig die Prielmayerstraße hinabgerollt, auf den Stachus zu. Er bereute es schon, nicht den kleinen Umweg über die Schützenstraße in Kauf genommen zu haben, denn hier fuhren mehrere Trambahnlinien lang, so dass des Gebimmels, Autohupens und Fahrradklingelns kein Ende war. Am Stachus selbst war es nicht besser, eigentlich war es lebensgefährlich, wenn man nicht gut aufpasste.

So wie jemand da vorne, mitten auf dem Platz. Was machte der denn da mitten im Verkehr? Nein, das war überhaupt kein Jemand, das war ein Etwas. Etwas Helles, ein Licht. Aber groß und wie eine Gestalt sah es aus. Da spürte Ludwig einen Schlag, irgendwie verdrehte es ihm den Lenker, ein Auto hupt, die Straßenbahn kommt auf ihn zu, bimmelt, er wird ganz leicht, fliegt im hohen Bogen, Metall knirscht, er prallt auf etwas Hartes, und dann wird es auf einmal stockdunkel …

Es tat noch immer so weh wie im ersten Moment. Als die Worte gesagt wurden. Wie glühende Nadeln waren sie, die einem ins Herz getrieben wurden. Anders als sonst, würde der Schmerz diesmal nicht aufhören. Das wusste Magda. Wenn sie etwas kannte, dann war es der Schmerz. Wenn sie etwas konnte, dann war es, den Schmerz zu ertragen. Nichts konnte sie besser. Fast erschien es ihr, als habe sie nie etwas anderes getan. Dieser Schmerz also, der würde bleiben. Und alles, was sie tun konnte, war, sich an ihn zu gewöhnen.

Am Morgen hatte sie Blohm angerufen, um ihm zu sagen, dass sie etwas für ihn hatte. »Informationen«, hatte sie gesagt, »und mehr.« Nun war sie auf dem Weg zu ihm. In der *Ciro Bar* wollte er sie treffen. Sie schob ihr Rad die Möhlstraße hinab, die Sonne schien auf die ausgelegten Waren der Händler, Schuhputzer warteten auf Kundschaft, der Zitherspieler spielte die Titelmelodie vom *Dritten Mann*, und die Kümmelblattspieler lockten an ihrem Klapptisch Gutgläubige an, die sich das Geld bereitwillig aus den Taschen ziehen ließen.

Eine Nacht bin ich mit ihm glücklich gewesen, dachte Magda ohne besonderen Anlass. Wenigstens das kann mir niemand mehr nehmen, nicht einmal er.

Sie bog in die Höchlstraße ein. Am Vormittag war die Bar noch geschlossen. Magda schaute sich um. Da sie niemanden sah, klopfte sie. Es dauerte ein wenig, bis ein Mann öffnete. Sie sagte, wer sie war und zu wem sie wollte. Der Mann nickte bloß. Er wusste offenbar Bescheid. Aus Sorge, ihr Rad werde draußen vor der Tür gestohlen, brachte sie es in den Eingangsbereich und ließ sich dann in den Garten führen. Dort wies der Mann mit der Hand auf einen kleinen Pavillon, wo sie Walter Blohm auch sogleich erblickte. Statt den vorgegebenen Weg zu nehmen, ging sie einfach über das Grün zu ihm. Von einem Rasen konnte ohnehin keine Rede sein, es war eher eine Wiese.

»Wie schön, dass Sie hier sind«, sagte Blohm.

Magda ließ sich von ihm die Hand küssen. Der stets abgeklärte Schmugglerkönig wirkte ein wenig nervös, seine Wangen waren gerötet, und das Lächeln wirkte angespannt. Er führte sie zum Tisch, setzte sich erst, nachdem sie Platz genommen hatte.

»Nehmen Sie Tee oder Kaffee?«

»Kaffee.«

Beides stand bereit, er griff nach der Kaffeekanne und goss ein.

»Sie sehen abgespannt aus«, sagte er mit besorgter Miene. »Geht es Ihnen gut?«

»Ich hatte nur wenig Schlaf. Nichts, was ein kräftiger Kaffee nicht wieder in Ordnung bringt.«

Sie nahm einen Schluck. Verbrannte sich fast die Zunge, so heiß war er noch.

»Sie wollten mir etwas erzählen?«, sagte Blohm, nachdem sie die Tasse abgestellt hatte.

»Ja. Ich war gestern mit meinem Onkel auf einem Pferdegestüt im Norden von München. Gut Ehrentraut, vielleicht sagt Ihnen der Name was. Dort haben wir die verschwundenen Bilder aus dem Führerbau gesehen. Ich hab alles fotografiert.«

Blohm hörte aufmerksam zu. Was er empfand, war seiner Miene nicht zu entnehmen.

»Wenn Sie Bilder aus dem Führerbau sagen, dann meinen Sie …?«

»Vielleicht alle. Ich weiß es nicht. Sie waren auf mehrere Pferdeboxen verteilt. Und eine ganze Menge war auch schon auf Laster verladen.«

»Verladen?«

»Ja. Sie wurden noch in der Nacht abtransportiert. Wohin,

wissen wir nicht. Leider konnten wir dem Transport nicht folgen.«

Magda holte die Fotografien aus ihrer Handtasche. Sie hatte sie noch in der Nacht von einem Freund, der bei einem Fotografen im Labor arbeitete, entwickeln und von den besten mehrere Abzüge machen lassen. Blohm betrachtete jede einzelne aufmerksam. Erst jetzt bemerkte Magda an ihm eine leichte Unruhe.

»Was denken Sie?«, fragte er. »Ist das der Schatz?«

»Das weiß ich nicht. Aber es waren eine Menge Bilder. Wie Sie auf den Fotografien ja auch sehen.«

»In der Tat. Vielen Dank. Für die Informationen. Und die Fotografien.«

Magda räusperte sich. Dann sagte sie: »Ich wollte noch mal auf das Angebot zurückkommen, über das wir bei unserem ersten Treffen gesprochen haben. Gilt es noch?«


War es vielleicht doch ein Fehler gewesen, Magda zurückzuweisen? Gab er sie zu leicht auf? Und mit ihr die Aussicht auf ein großes Glück? Wenn er mit ihr doch nach Berlin ginge, wo niemand wusste, wer sie war, und wo die Leute andere Sorgen hatten als die, wer mit wem das Bett teilte?

Karl riss sich aus seinen Gedanken, die wie unartige Kinder in jedem unaufmerksamen Moment zu Magda drängten, zu der Nacht mit ihr, zu den Gefühlen und der Lust, die noch so wach in ihm waren, dass es weh tat. Nein, er musste sich auf das Blatt Papier konzentrieren, das vor ihm lag. Musste endlich anfangen, seine Geschichte niederzuschreiben. Auch wenn er nichts als Einzelteile hatte, die kein Gesamtbild ergaben. Georg würde vermutlich sagen: Dann füll die Lücken eben mit deiner Phantasie aus. Wofür bist du Schriftsteller?

Das Mittagsgeläut von St. Johannes schreckte Karl auf.

Schon so spät? Er hatte um eins eine Verabredung mit Andrew Aldrich. Höchste Zeit, sich fertigzumachen.

Er ging ins Badezimmer und wusch Hände und Gesicht.

Wie sie ihn angesehen hatte. Als er sagte, dass sie keine Zukunft hätten. Und dass er sie nicht liebe. Er konnte sich vorstellen, wie es sich angefühlt hatte, diese Worte zu hören. Noch schlimmer war es nur, sie auszusprechen. Wenn man doch ganz anders empfand. Denn so war es. Sie hatte recht. Von dem Moment an, da er sie gesehen hatte, hatte er sie geliebt. Trotzdem gab es keine gemeinsame Zukunft für sie und ihn. Es war unmöglich.

Der Mann im Spiegel nickte zustimmend.

Karl warf sich in ein frisches Hemd, verzichtete aber auf eine Krawatte, und er nahm angesichts des sonnigen Tages das leichte Jackett. Auch den Hut ließ er an der Garderobe hängen. So ging er aus dem Haus.

»Zefix!«, hörte er, kaum auf der Straße, vor sich einen Mann fluchen. »Diese Drecksköter! Die gehören alle vergast! Und ihre Halter gleich mit!«

Karl blieb abrupt stehen. Der Mann war in einen Hundehaufen getreten und versuchte nun, den Kot am Rinnstein von der Sohle zu streifen.

Hundedreck!

Siedend heiß fiel Karl der Hundezwinger auf Gut Ehrentraut ein. Der Mann hinter dem Maschendrahtzaun, der den Boden gefegt hatte. War da auch Hundekot gewesen? Er konnte sich nicht erinnern. Wenn ja, dann musste es auch einen Hund geben. Und dann hatten er und Magda bei ihrem Einbruch mehr Glück als Verstand gehabt, dass er nicht anschlug.

Karl nahm die Trambahn Richtung Innenstadt. Immer wenn er eine junge Frau mit schwarzen Haaren sah, dachte er zuerst, es sei Magda. Aber sie war es nie, und das versetzte ihm jedes Mal einen feinen Stich. Seit gestern hatten sie so gut wie kein Wort miteinander gesprochen. Am Morgen war sie aus dem Haus gegangen, niemand wusste, wohin. Würde sie Dummheiten machen? Man musste auf alles gefasst sein. Liebende Frauen waren unberechenbar.

Karl hatte das *Park Café* als Treffpunkt vorgeschlagen, weil es hier einen hübschen Biergarten gab, in dem man das angenehme Wetter genießen konnte. Er stieg am Stachus aus und durchquerte den Alten Botanischen Garten, an dessen nördlicher Seite das *Park Café* lag. Aldrich erwartete ihn schon. Offenbar saß er schon eine Weile hier, denn sein Glas Limonade war halb leer.

»Was bringen Sie für Nachrichten?«, fragte er.

Karl setzte sich und rief der vorüberhuschenden Bedienung seine Bestellung zu: »Ein Helles!« Dann zündete er sich eine Zigarette an. »Ich hab sie gesehen«, sagte er. »Die Gemälde aus dem Führerbau.«

Aldrich schaute überrascht. »Wirklich?«

»Auf diesem Gut Ehrentraut.« Er erzählte nun, wie er und Magda hingefahren waren und sich hineingeschlichen hatten. »Und da waren sie«, sagte er. »Magda hat alles fotografiert.«

»Und die Gemälde sind immer noch da?«

Karls Bier kam. Er nahm einen Schluck. »Nein. Sie wurden noch in der Nacht abtransportiert. Auf zwei Lastern.«

»Und Sie sind ihnen nicht gefolgt?«

»Unser Auto saß fest. Leider.« Natürlich klang das ziemlich erbärmlich. Das wusste Karl selbst. »Das wäre auch aufgefallen. Nach Sonnenuntergang sagen sich da draußen Fuchs und Hase gute Nacht. Die hätten uns abgeschüttelt. Oder Schlimmeres.«

»Mag sein.«

Aldrich verstummte. Überlegte.

Genau wie Karl. Hätte der Wagen nicht festgesessen, dann hätte er in der Nacht nicht mit Magda geschlafen. Vielleicht wäre es nie passiert. Dafür hätten sie vielleicht den verlorenen Kunstschatz gefunden. Hätten die Sensation des Jahres gelandet. Seltsam, dass sich bei ihm darüber kein Bedauern einstellen wollte.

Es war ein Wunder! Eigentlich hätte er tot sein müssen. Ludwig saß schon lange im Büro, da überfiel ihn immer wieder der Gedanke: Du müsstest eigentlich tot sein. Es war ein Wunder. So wie es im Nachhinein ausgesehen hatte, war sein Vorderrad ins Gleis einer Trambahn gerutscht, so dass es ihm den Lenker verschlug, er war über die Motorhaube einer Limousine geflogen und auf dem Asphalt aufgeprallt. Ein zweiter Wagen konnte gerade noch abbremsen, sonst hätte er ihn glatt überrollt. Doch alles, was er an Verletzungen erlitten hatte, waren Abschürfungen an den Handballen, eine Prellung am Becken und nach kurzer Bewusstlosigkeit eine leichte Benommenheit. Er war rasch wieder auf den Beinen, schaute in teils erstaunte, teils besorgte Gesichter, die fremder und befremdender nicht hätten sein können. Wie von einem anderen Stern. »Nix passiert!«, versicherte er reihum. »Mir geht es gut!« Eine Frau sagte: »Da haben Sie aber einen Schutzengel gehabt.« Er hörte es und überhörte es zugleich. Sogar sein Rad war noch in Ordnung. Er hob es auf und schob es, nur ein klein wenig humpelnd, über die Straße. Hinter ihm löste sich der Stau, den er verursacht hatte, langsam wieder auf. Erst auf der anderen Straßenseite merkte er, wie ihm die Knie schlotterten. Er musste sich eine kleine Weile an eine Hauswand lehnen, bevor es wieder ging.

Im Büro hatte er nur erzählt, er sei mit dem Rad gestürzt. Nichts von einem Sprung oder eher einem Wurf über eine Motorhaube, quietschenden Bremsen. Nichts davon, dass er eigentlich tot sein müsste, nach allen Gesetzen der Wahrscheinlichkeit, und dass nur ein Wunder ihn gerettet habe. Zöllner kicherte in sich hinein, raunte Breitsamer, in der Verbindungstür zwischen den Büros stehend, zu: »Geschmissen hat's ihn, mit dem Rad.« Es kümmerte Ludwig nicht, aber er war trotzdem froh, als Zöllner endlich Mittag machte und in die Kantine verschwand, und als man es aus allen Büros nebenan und von den Gängen schallen hörte: »Mahlzeit!« – »Mahlzeit!« Ludwig blieb an seinem Schreibtisch, er hatte keinen Appetit.

Da haben Sie aber einen Schutzengel gehabt, fielen ihm die Worte der Frau wieder ein. Und erst da erinnerte er sich auch wieder an die Gestalt oder das Licht auf dem Platz, vielleicht war es auch beides gewesen: eine Lichtgestalt. Sein Schutzengel? So wie am Hauptbahnhof, noch keine vier Wochen war es her, als er Lech über die Gleise jagte und beinahe von einem Zug erfasst worden wäre?

Er stand auf und ging zu dem Ausguss in der Ecke, über dem sich ein Spiegel befand. Wo man sich Tintenflecken von den Händen waschen konnte oder ein bisschen frisch machen und kämmen, bevor es zum Chef ging oder zur Einvernahme einer höhergestellten Person. Er ließ sich Wasser in die Hände laufen, wusch sich das Gesicht, betupfte sich die Schläfen. Danach ging es ihm ein wenig besser. Er schaute in den Spiegel. Erst jetzt bemerkte er, dass an seinem Anzug, an der Schulter, die Naht aufgeplatzt war. Man sah es nicht auf den ersten Blick, aber auf den zweiten. Annerl wird sich schönstens bedanken, dachte er, und Fragen wird sie stellen. Zu viele Fragen.

Nachdem er sich wieder an den Schreibtisch gesetzt hatte, kam ihm ein höchst merkwürdiger Gedanke: Was, wenn es überhaupt kein Schutzengel gewesen war? Die Gestalt, die er gesehen hatte. Was, wenn es, ganz im Gegenteil, ein böser Engel war? Einer, der ihn vor ein paar Wochen übers Gleis gelockt hatte, obwohl doch der Zug schon gefährlich nah war? Und diesmal auf die Kreuzung, über die Trambahngleise, die Ludwig sonst immer mied? Aber warum sollte eine Macht das tun: ihn erst in Gefahr bringen und dann retten? Wo wäre der Sinn darin?

Das Schrillen des Telefons riss ihn jäh aus seinem Brüten. Es erschreckte ihn so sehr, dass er beinahe vom Stuhl aufsprang, sein Herz klopfte plötzlich wie wild. Kurz dachte er daran, es einfach läuten zu lassen, er wollte jetzt mit niemandem sprechen, aber dann sah er ein, dass das kindisch war, und er hob ab. Doch er meldete sich nicht wie üblich, mit Namen und Dienststelle, nein, er sagte einfach nur: »Ja?«

»Herr Oberkommissär?«, fragte eine weibliche Stimme vorsichtig. Er kannte sie, konnte sie aber gerade nicht zuordnen. »Oberkommissär Gruber?«, ergänzte sie.

»Ja?«, sagte er noch einmal. »Wer spricht denn da?«

»Frau Mayerhoff aus der Occamstraße. Es ist wegen Fräulein Gronska.«

Es war, als führe ein Blitz in Ludwig hinein. Maria! Olga! Seit zwei Tagen hatte er nicht mehr angerufen. Vergessen hatte er sie! Wie hatte er sie nur vergessen können!

»Was ... ist denn?«

»Ich mach mir halt Sorgen. Weil das Fräulein schon seit zwei Tagen nicht mehr heimgekommen ist. Und sie hat nichts gesagt. Es muss ja nichts bedeuten, aber ich dachte mir ...«

Ludwig warf den Hörer auf die Gabel, sprang auf und rannte aus dem Büro.

In einem Dienstwagen rollte Ludwig vom Hof auf die Straße. Um die stets überfüllte Neuhauser Straße zu vermeiden, fuhr er über die Löwengrube und die Maxburgstraße zum Lenbachplatz. Vorbei an der Brache, wo einstmals die Maxburg war und jetzt nur noch ein Turm und Mauerreste standen, auf den Parkplatz zu, zu dem die Hauptsynagoge eingeebnet worden war. Die tausendmal gesehene und tausendmal übersehene Leere, die ihm von diesen leergeräumten Orten entgegenschlug, raubte ihm plötzlich wieder den Atem; so wie damals, als er diese Verwüstungen zum ersten Mal gesehen hatte. Heute sah er erst, was sie waren: Gräber in der Luft.

Hupend und die Polizeimarke an das Wagenfenster haltend verschaffte er sich gegen jede Verkehrsregel freie Fahrt in den vorbeifließenden Verkehr. »Polizist im Einsatz!«, schrie er. Aber niemand hörte ihn bei all dem Lärm, weshalb alle hupten und die Fäuste gegen ihn schwangen. Am Stachus, wo er heute beinahe gestorben war, bog er in die Bayerstraße ein. Überholte langsame Laster und Baustellenfahrzeuge. Immer vorwärts. Schneller, schneller. Am Bahnhof vorbei, der auf dieser Seite noch immer ein Schutthaufen war, über den Platz, einfach drüber, ohne Rücksicht auf Vorfahrtsregelungen. Immer weiter, die Landsberger Straße hinunter bis nach Laim, dann in die Fürstenrieder und schließlich war er da: in der Agnes-Bernauer-Straße. Er fuhr rechts an den Straßenrand, stellte den Motor ab, sprang aus dem Wagen, ließ den Schlüssel stecken.

Das Gartentürl stand offen. Ein gutes Omen? Ein schlechtes? Er drückte die Klingel. Hämmerte gegen die Tür. Rief ihre Namen: »Maria! Olga!« Keine Regung. Nicht mal ein Laut. Er wollte die Tür schon eintreten, besann sich aber und lief um das Haus herum, zur Terrassentür. Auch die war verschlossen. Zwischen all dem Gerümpel fand er eine Axt. Mit voller Wucht schleuderte er sie in die Glastür. Klirrend und scheppernd zerbarst die Scheibe in große und kleine Scherben. Über die Scherben hinweg stieg er ins Matratzenzimmer.

Einen Moment hielt er inne. Vermied es, zu dem Rattanstuhl zu schauen, in dem er gesessen hatte, als Olga … Sah es dann aber sofort: zwei Matratzen fehlten.

Er lief in den Flur. Rief ihre Namen: »Maria! Olga!« Öffnete Türen. Eine war verriegelt. Nein, doch nicht verriegelt, einen Spalt breit ließ sie sich aufschieben. Etwas lag dahinter. Er stemmte sich dagegen und schob. Den eigentümlichen Geruch, der ihm entgegentrat, erkannte er sofort: Gas!

Er schob mit aller Kraft, der Spalt wurde breit genug, so dass er sich hineinzwängen konnte. In die Küche. Da sah er sie: Maria und Olga. In inniger Umarmung auf einer Matratze.

Regungslos.


Magda stand rauchend am Fenster und schaute auf die Straße hinab. Es war schon ihre dritte Zigarette. Hinter ihr lief das Radio. Ausgerechnet der *Tennessee Waltz*. Wo blieb Emil nur? Sie wollte es endlich hinter sich bringen. Dass sie und Karl seinen Wagen länger gehabt hatten als abgesprochen, hatte ihn erbost. Beinahe ausgerastet war er. Ein Glück, dass vorher ein paar Burschen aus der Straße für fünf Mark den Wagen gewaschen und poliert hatten. Emil wäre wohl durch die Decke gegangen, wenn er den ganzen Dreck gesehen hätte. Doch nicht darüber wollte sie mit ihm reden.

Da kam er! Der Horch blieb genau unter ihrem Fenster stehen, Sekunden später stieg Emil aus. Nur im Hemd, das Schweißflecken unter den Achseln aufwies. Vielleicht bemerkte er es auch und zog deshalb das Jackett wieder an.

Magda drückte die halb gerauchte Zigarette im Aschenbecher aus und stellte das Radio ab. Sie wartete noch, bis die Schritte auf der Treppe verklungen waren, dann verließ sie die Wohnung, und nur wenig später klopfte sie an Emils Tür.

Er öffnete und bat sie herein, mit einem matten Lächeln.

»Was ist los?«, fragte er.

»Ich wollte Sie noch einmal wegen des Wagens um Verzeihung bitten.«

»Schon vergessen.«

Sie wusste, dass nichts vergessen war. Weil er zu den Menschen gehörte, die niemals etwas vergaßen. So gut kannte sie ihn inzwischen.

»Und dann wollte ich Ihnen das hier zurückgeben.«

Sie legte das Armband auf die Kommode.

Er sah sie irritiert an. »Das war ein Geschenk. Geschenke gibt man nicht zurück. Außer …«

»Ich will Sie nicht beleidigen, aber … es sind damit Erwartungen verbunden, die ich nicht erfüllen kann. Ich hätte es von Anfang an ablehnen sollen. Wie ich es übrigens auch getan habe«, fügte sie hinzu.

Seine Wangen röteten sich, während er die Lippen aufeinanderpresste.

»Es tut mir leid«, sagte sie noch und wollte gehen.

»Schön langsam!« Er packte sie am Handgelenk. Sie fuhr herum, schaute in seine Augen und erblickte darin etwas, das ihr Angst machte.

»Lass mich los«, sagte sie. »Das tut weh.«

Er lockerte den Griff, ließ sie aber nicht ganz los und betrachtete sie weiter mit bohrendem Blick. Plötzlich trat ein Lächeln auf sein Gesicht, und erst jetzt gab er sie frei.

»Versteh schon. Du bist eine von denen, die erobert werden wollen. Ich mag das. Ich mag das sogar sehr.«

Damit traf er bei ihr einen Nerv. Sie hatte genug Männer erlebt, die eine Abfuhr nicht akzeptieren wollten und ein Nein nur als eine Taktik ansahen, um sie herauszufordern und noch mehr zu reizen.

»Ich bin eine von denen«, sagte sie in schroffem Ton, »die für dich nichts übrig haben. Verstanden? Das war's.«

Mit zwei raschen Schritten war er an der Tür und verstellte ihr den Ausweg. Sie wusste nicht, was er zu tun imstande war, doch sie traute ihm alles zu.

»Du und dein Onkel, oder?«, sagte er nur. »Das ist der Grund.«

»Keine Ahnung, was du meinst.«

»Er ist dein Onkel, Herrgott! Dein eigener Onkel! Das ist doch krank!«

»Zwischen Karl und mir … das ist … da ist gar nichts. Genau wie zwischen uns. Da ist auch nichts. Und jetzt lass mich raus!«

Emil trat zur Seite. Als Magda ihre Hand auf die Türklinke legte, packte er sie, drängte sich an sie, so nah, dass sie seinen Atem auf ihrer Wange spürte und sagte: »Du denkst, du gehst hier zur Tür raus, und damit ist es vorbei. Erledigt. Aber da täuschst du dich. Es ist erst vorbei, wenn ich das sage.«

Magda riss die Tür auf, sprang auf den Flur und schlug die Tür hinter sich wieder zu. Ihr Herz hämmerte wild. Erleichtert atmete sie durch. Geschafft. Emil war nicht der erste Mann, der gekränkt und aggressiv auf eine Zurückweisung reagierte. Bei ihm überraschte es nur etwas mehr, weil er durch sein jungenhaftes Aussehen so sanft wirkte. Wenn er glaubte, er könne sie umstimmen, hatte er sich aber getäuscht. Diese Katze hatte scharfe Krallen, und sie würde sie auch benutzen.

*Sonntag, 14. Mai 1950*

―――――――――――――

GLOCKENHELL KLANG der Gesang des Kinderchors von den Stufen der Feldherrnhalle herunter auf den Platz. Die junge Chorleiterin nickte den Kleinen im Takt zu, ihre Hand ging synchron auf und ab, mit dem ausgestreckten Zeigefinger als Taktstock.

Emil scharrte innerlich mit den Füßen. Was standen sie hier herum? Worauf wartete Blohm? Was führte er im Schilde? Emil konnte sich nicht vorstellen, dass der skrupellose Gangster wirklich Gefallen an dem schiefen Gesinge fand, schon weil man wegen des Verkehrs ringsum sowieso kein Wort verstand. Als die Gören endlich fertig waren, applaudierte Blohm am lautesten von allen und rief sogar »Bravo!«. So als wäre man in der Oper. Ein paar Leute, die die Darbietung ebenfalls verfolgten, drehten sich schon um.

Kein Wunder, dass die Frau, die Papierrosen für das Mütterhilfswerk verkaufte, auf sie zusteuerte wie eine Fliege auf den Misthaufen.

»Kommen Sie her, gute Frau«, forderte Blohm sie unnötigerweise auch noch auf, »wir nehmen gleich zwei. Was macht das?«

»Eine Mark, zusammen.«

Er gab ihr zehn. »Behalten Sie den Rest.« Dann wandte er sich an Emil. »Hier, die ist für Sie.«

Nicht genug, dass Blohm die Rose gekauft hatte, er steckte sie ihm auch noch ans Revers.

»Am Muttertag«, sagte er, »zu Ehren Ihrer lieben Mutter.«

Die alte Hure, dachte Emil, möge sie verrecken.

Endlich gingen sie. Eigentlich war es Emils Idee gewesen, sich diesmal in der Öffentlichkeit zu treffen. Er hatte sich gleich gewundert, warum Blohm sofort darauf eingegangen war, obwohl er davor stets nur Zusammenkünfte im Geheimen zugestimmt hatte.

»Sie wirken nervös«, sagte Blohm, als sie die Residenzstraße überquerten. »Sollte mich das beunruhigen? Stimmt etwas nicht?«

»Privatangelegenheiten«, beschied er ihn knapp.

Das stimmte sogar. Dass Magda ihm einen Korb gegeben hatte, ließ ihn nicht ruhen. Niemand machte das mit ihm. Er hätte ihr schon längst die entsprechende Antwort gegeben, musste jedoch ins Kalkül ziehen, dass sie auch Blohm auf eine Weise nahestand, die schwer einzuschätzen war. Hier galt es abzuwägen. Noch.

Sie ließen den Straßenlärm hinter sich und traten in den Hofgarten. Beim Anblick der Blumenpracht wurde Emils Laune noch ein wenig schlechter. Als er das letzte Mal hier war – mit Magda –, hatte die Blüte erst begonnen, jetzt war sie voll entfaltet. Ihm war, als falle ein Schatten über ihn. Und Magda stand im Licht, zwischen den Tulpen, Stiefmütterchen und wie sie alle hießen. Die Erinnerung schmerzte. Liebeskummer? Hatte er Liebeskummer? Er?

Im Rundtempel, dem Zentrum der Anlage, wartete neben einem Baugerüst ein Mann mit einem schwarzen Koffer. Auf ihn gingen sie zu. Emils Herz schlug wild. Nun war sogar Magda vergessen.

»Bitte«, sagte Blohm sachlich wie ein Beamter, »das Geld.«

Der Koffer wanderte in Emils Hand. Hunderttausend Deutsche Mark. Die sogenannte Anzahlung.

»Wie geht es jetzt weiter?«, fragte Blohm, obwohl sie das mehrfach besprochen hatten.

»Ich gebe das Geld ab«, erklärte Emil es dennoch ein weiteres Mal, »es wird überprüft, ob alles in Ordnung ist. Dann erhalte ich Nachricht, wo und wie der erste Teil der Sammlung übergeben wird.«

»Ich muss Ihnen also vertrauen.« Blohm war anzusehen, dass ihm das noch immer nicht gefiel. Obwohl er eigentlich gelernt haben müsste, Geschäfte auf Vertrauensbasis zu machen. Tat er das nicht immer?

»Wir sitzen im selben Boot«, antwortete Emil. »Ich bin nur der Laufbursche und bekomme mein Honorar als Erfolgsbeteiligung. Aber erst, wenn der Handel abgeschlossen ist.«

»Sicher. Wann höre ich von Ihnen?«

»In zwei bis drei Tagen.«

## Samstag, 20. Mai 1950

»PUNKT«, SAGTE KARL und schlug die entsprechende Taste auf der Schreibmaschine so kräftig an, dass die Type das Papier durchlöcherte. Er sah das schwarz umrandete Loch kurz an, dann setzte er einen weiteren Punkt daneben und danach gleich noch einen. Wie präzise Einschusslöcher saß ein Punktloch hinter dem anderen. Punkt, Punkt, Punkt wie: *Fortsetzung folgt.* Wirklich? Er lehnte sich in dem alten Drehstuhl zurück und griff nach dem Rest der Zigarette, der noch nicht im Aschenbecher verglommen war. Nahm den letzten Zug und drückte sie aus. Genauso löchrig wie das Papier war auch die Geschichte. So gut wie keine Fakten. Sein Blick fiel auf die Fotografien, die Magda gemacht hatte. Sie waren das einzige Handfeste, das er hatte.

Und schon dachte er wieder an Magda. An die Nacht mit ihr. An das, was sie getan hatten. Was nicht hätte passieren dürfen. Und was er doch nicht missen wollte.

Er hatte befürchtet, sie werde sein Nein nicht akzeptieren. Ihn weiter bedrängen. Gelegenheiten suchen, ihn neuerlich in Versuchung zu führen. Oder ihn, ganz im Gegenteil, hassen und mit bösen Blicken strafen. Ihm offen oder versteckt Vorwürfe machen. Feine Spitzen abschießen. Doch sie tat weder das eine noch das andere. Sie suchte seine Nähe zwar nicht mehr so wie davor. Doch sie wich ihm auch nicht aus. Sie war nur etwas häufiger als sonst außer Haus. Wo sie sich rumtrieb, verriet sie nicht. Er fragte auch nicht. Wenn sie sich begegneten, war sie freundlich und auf eine unverbindliche Art zugetan. Ob sie ihn bei seiner Recherche noch unterstützte, war unklar. Auch danach fragte er nicht.

Eigentlich hätte er mit diesem Zustand zufrieden sein können. War er aber nicht. Manchmal wünschte er, sie würde ihn anbrüllen. Ihn ohrfeigen. Oder ihm auf irgendeine andere Weise zeigen, dass sie ihn noch …

Nein, es war gut so.

Karl stand auf und trat ans offene Fenster. Ein Schwall Hitze traf ihn. Gestern hatte ein früher Sommer die Stadt regelrecht überfallen, mit Temperaturen bis an die dreißig Grad. Kindergeschrei drang herauf. Irgendjemand hatte einen Waschzuber aufs Trottoir gestellt, darin plantschten die Kleinen herum. Er musste an Gundi und Gerti denken. Die beiden hatten das Wasser geliebt. Die Ostsee. Er atmete durch, als könne er so die Seeluft riechen. Doch es roch nur nach Münchner Mief.

Karl kehrte zurück an den Schreibtisch, setzte sich aber nicht, sondern schaute von oben auf das Geschriebene herab. Ob er sich schon erlauben durfte, Ludwig anzurufen? Wenn jemand ihm helfen konnte, dann er. Doch Karl hatte es bisher nicht gewagt, sich bei ihm zu melden, nachdem er ihn so erzürnt hatte. Und Ludwig war ja zurecht aufgebracht gewesen. Sei's drum, dachte er nun. Er wird mir schon nicht den Kopf abreißen.

Als er vor dem Apparat stand und den Hörer bereits in der Hand hielt, fragte er sich, wo er Ludwig an einem Samstag am besten erreichte. Ein pflichtbewusster Beamter wie er war sicher in seinem Büro. Doch dort nahm ein Kollege ab und teilte mit, der Kommissär habe schon seit ein paar Tagen frei, um sich zu erholen.

»Von was denn?«, fragte Karl.

»Er hat einen Unfall gehabt. Nichts Schlimmes. Und überhaupt war er in letzter Zeit ein bisschen angeschlagen.«

Karl legte auf. Angeschlagen? Was sollte das heißen?

Er rief bei Ludwig zu Hause an. Annerl nahm ab und reichte den Hörer weiter. »Gruber.« Ludwig klang matt.

»Du bist angeschlagen, hör ich?«, sagte Karl. »Was ist passiert?«

»Was ist denn los? Brauchst du was Bestimmtes?«

»Ich wollte mich entschuldigen. Du hast recht gehabt mit deinem Anpfiff.«

»Sonst noch was?«

»Können wir reden? Ich kann zu dir kommen, wenn du willst.«

»Lieber in der Stadt. Mir fällt hier langsam die Decke auf den Kopf. Sagen wir im *Augustiner*. Um halb drei. Wir treffen uns am Eingang.«

Ohne ein weiteres Wort legte er auf.

Karl hatte gerade eingehängt, da kam Veit in den Flur. Mit dem wollte er auch noch ein Wort wechseln. »Ich mit dir auch«, antwortete Veit. Er war auf dem Weg zum Klo. Karl schloss sich ihm an. Der Gestank nach Urin stach einem schon an der Tür in die Nase. Als sie nebeneinander an der Pinkelrinne standen, fragte Karl: »Hat eigentlich dieser Brennicke noch sein Zimmer?«

»Hat er. Aber die letzten Nächte war er nicht hier. Zum Glück hat er bis Montag im Voraus bezahlt.« Veit neigte sich ein wenig zu Karl und dämpfte die Stimme. »Und noch was. Im Gut Ehrentraut hat es eine Durchsuchung gegeben. Schon vor ein paar Tagen, aber ich hab's jetzt erst erfahren. Das verdanken die wohl dem lieben Herrn Brennicke. Wahrscheinlich haben die dasselbe gesucht wie ihr. Aber gefunden haben sie nix.«

Im Gegensatz zu uns, dachte Karl.

»Und von Mahnstein und seine Kameraden? Was ist mit denen?«

»Ausgeflogen. Keiner weiß, wohin.«

»Du hast auch keine Ahnung?«

Veit guckte erstaunt. »Ich? Geh zu!«

Er lachte wie über einen schlechten Witz.


Ihre Schritte hallten durch das leere Treppenhaus, in dem es eindringlich nach frischer Wandfarbe roch. Hier drinnen war es wenigstens schön kühl. Magda trug nur eine leichte Bluse, dazu eine Caprihose und Sandalen. Trotzdem schwitzte sie. Die ganze Stadt stöhnte unter der plötzlichen Hitze. Vor ihr ging Walter Blohm die steinernen Stufen hinauf und ließ dabei den Schlüsselbund in seiner Hand munter klimpern. In der zweiten Etage nahm er einen Flur und blieb dort an der dritten Tür stehen. Er legte den Finger auf eine Stelle unterhalb des Spions. »Hier könnte schon bald Ihr Name stehen«, sagte er. Dann schloss er auf.

Die Neubaugerüche waren überwältigend. Himmlische Versprechungen. Strahlend weiße Wandfarbe, Parkett so glänzend und glatt, dass man fürchtete, wie auf Eis auszurutschen. Blohm führte sie durch alle Räume. Wohnzimmer, Küche, Schlafzimmer. Ein kleinerer Raum: das Kinderzimmer. »Können Sie ja anderweitig verwenden«, sagte er. Und sogar noch ein kleiner Balkon. Unter den Fenstern: Heizkörper. »Zentralheizung«, sagte Blohm. »Sie müssen sich um nichts kümmern. Nur hier drehen.« Er machte es ihr vor. So als habe sie noch nie einen Heizkörper gesehen.

Und erst das Bad! Eine riesige, strahlend weiße Wanne, umgeben von Majolika-Fliesen in Türkis, als wäre sie auf dem Meeresgrund. Licht fiel durch ein kleines Fenster. Sie war hingerissen.

»Wir richten es ganz nach Ihrem Geschmack ein«, sagte Blohm.

»Ich werde aber Miete zahlen«, verlangte Magda.

»Selbstverständlich werden Sie das. Denken Sie, ich wäre so reich geworden, wenn ich alles verschenkt hätte?« Er sah sie ernst an. Dann lachte er auf, dass es durch alle Räume hallte. »Wir werden sehen. Nun, was sagen Sie?«

Sie schaute noch einmal um sich und bekam eine Gänsehaut. Nicht nur, weil sich hier drinnen noch die Kühle aus den Tagen vor der Hitze gehalten hatte. Selten hatte etwas sie so überwältigt.

Ich hoffe, ich werde es nicht bereuen, dachte sie und sagte: »Ich nehme es. Es ist ein Traum.«

Blohm lachte. Seine Wangen röteten sich dabei.

Ihre Miene wurde ernst. »Eines muss ich Ihnen noch sagen. Sie sind so nett zu mir.« Sie zögerte einen Moment. »Dass ich die Wohnung nehme, heißt nicht –«

»Hören Sie auf, Magda«, unterbrach er sie. »Denken Sie ernsthaft, ich erwarte *das* von Ihnen? Dann würde ich Sie doch zu meiner Hure machen. Dafür ist meine Wertschätzung Ihnen gegenüber viel zu groß.«

»Aber ob ich sie auch verdiene? Ich habe mich selbst zur Hure gemacht, nach dem Krieg, in der Not damals, aber … das will ich nicht mehr.«

»Wir haben alle unsere Geschichte. Haben Dinge getan, auf die wir nicht stolz sind. Wer will sich da zum Richter aufschwingen? Vielmehr muss ich Sie um Verzeihung bitten. Bei unserem ersten Gespräch, Sie erinnern sich, habe ich sehr unangemessene Dinge gesagt. Über Sie und mich und … das *Hotel Königshof*.«

»Dass Sie es mit mir entjungfern wollen.«

»Wiederholen Sie es doch nicht!« Er wand sich unter der Peinlichkeit, die ihm das offenbar bereitete. »Das war hässlich von mir. Auf eine unverzeihliche Art flegelhaft.«

»Ich kann Ihnen nichts verzeihen, an das ich mich schon nicht mehr erinnere.«

Erleichtert lächelte er.

Und noch einmal sah sie um sich, einmal mehr staunend, wie sie zuletzt als kleines Mädchen gestaunt hatte. Zu schön. Das alles war zu schön, um wahr zu sein. Irgendetwas würde noch kommen. Oder war es schon gekommen? Karl …

Besser, sie dachte nicht daran.

Etwas anderes fiel ihr ein. Etwas, das ihr schon eine Weile auf dem Herzen lag.

»Eine Bitte hätte ich noch. Um einen Gefallen. Es betrifft nicht mich selbst.«

»Dann ist es kein Gefallen. Sagen Sie schon.«

»Simon. Sie wissen, wen ich meine.«

»Natürlich. Was ist mit ihm?«

»Er kann mehr als nur ein Laufbursche sein. Vielleicht können Sie auch für ihn etwas tun.«

Wieder lächelte er. »Daran ist schon gedacht. Glauben Sie, ich würde ein Talent nicht erkennen, wenn ich eines sehe? Er wird die Möglichkeiten bekommen, die seinem Talent entsprechen. Genau wie Sie. Jedem das seine. Das ist mein Wahlspruch. Darf ich Sie noch in eine Eisdiele einladen? Ist nicht weit von hier. Sie haben dort ausgezeichnete Eiscreme.«

Er bot ihr den Arm an. Sie hakte sich unter.

An der Wohnungstür blieb sie noch einmal stehen und

schaute hinter sich. Es fiel ihr schwer, sich zu trennen. Ihr kleines Reich. Schon bald.

»Können Sie mich nachher wieder hier absetzen?«, fragte sie auf dem Weg nach unten. Ein spontaner Einfall. Wahrscheinlich eine Dummheit. Oder sogar ganz bestimmt. »Ich würde gerne die Nacht hier verbringen.«

Er schaute sie an. »Allein?«

Sie nickte.

»Gut, ich gebe Ihnen den Zweitschlüssel. Und wir besorgen noch Decken und was Sie sonst brauchen für eine Nacht.«

Sie schaute ihn an, diesen etwas untersetzten, regen Mann mit seinen gepflegten Händen, und sie sah ihn plötzlich mit ganz neuen Augen.

»Wissen Sie was, Herr Blohm? Sie sind vielleicht ein besserer Mensch, als Sie denken.«

»Jetzt beschämen Sie mich aber. Und tun Sie mir einen Gefallen: Hören Sie auf mit diesem ›Herr Blohm‹.«

»Versprochen.«

Und noch etwas tat sie, und ganz, ohne nachzudenken: Sie küsste ihn auf die Wange und flüsterte: »Danke für alles.«

»Es ist doch nicht deine Schuld«, sagte Annerl. »Du hast nur deine Arbeit getan.«

»Freilich«, antwortete Ludwig wie ein mattes Echo, »nur meine Arbeit getan.«

Die Zornesfalte zwischen ihren Brauen vertiefte sich. »Ich schmeiß die Zeitung jetzt in die Aschentonne. Und du gehst am Montag wieder ins Büro. Das ist ja nicht auszuhalten mit dir!«

Manchmal beneidete Ludwig Annerl um ihre unbedarfte Art, die Dinge zu sehen. Ganz im Alltäglichen verweilend, ohne irgendeinen höheren Gedanken. Oder einen tieferen. Auch in sich selbst schaute sie kaum hinein. Zumindest soweit Ludwig wusste. Natürlich, mit ihrer Behinderung hatte sie genug, das sie beschäftigte. Immer wieder Schmerzen, in dem Teil des Beines, der gar nicht mehr da war. Phantomschmerzen nannten die Ärzte das. Sie klagte nicht. Aber das fröhliche, unbeschwerte Madl, das er geheiratet hatte, war sie auch nicht mehr. Eher sah er in ihr heute schon etwas von der alten Frau, die sie einmal werden würde.

Ludwig riss eine Seite aus der alten Zeitung, den Rest schob er über den Tisch. Annerl wollte gerade etwas sagen, da drang kindliches Greinen aus dem Schlafzimmer. Einer der Buben war aus seinem Mittagsschlaf erwacht, der Kleine, wie es sich anhörte. Annerl schüttelte nur noch den Kopf, dann verließ sie die Küche.

»Ich geh gleich noch weg«, rief Ludwig ihr hinterher.

»Von mir aus«, schallte es zurück.

Er legte das herausgerissene Blatt auf den Küchentisch und las zum vielleicht tausendsten Mal die dürren Worte:

Die Morddienststelle untersucht gerade den Tod zweier Ausländerinnen durch Leuchtgas. Sie wurden am Donnerstag in der Agnes-Bernauer-Straße tot aufgefunden. Ein Fremdverschulden ist unwahrscheinlich. Als mögliches Motiv für den Freitod wird allgemeine Schwermut angegeben. Die Ermittlungen dauern noch an.

Ein Fremdverschulden ist unwahrscheinlich, echote es in seinem Kopf. Was für eine Lüge. Natürlich gab es ein Fremdverschulden. Doch es war nicht Kumpfmayer gewesen, der böse Mann, der Maria und Olga mit dem Tode bedroht hatte, um sie erst zur Kooperation und dann zum Schweigen zu bringen. Vor dem hatte Maria sich nicht mehr gefürchtet, weil sie wusste, dass er ihr nichts mehr anhaben konnte. Sie und Olga würden ihm zuvorkommen. Deshalb war sie ins Präsidium gekommen und hatte ihre Aussage gemacht. Weil sie da schon vorhatte zu sterben.

Und doch gab es Fremdverschulden. Er war der Fremde, der schuldig geworden war. Auf vielfältige Weise. Natürlich, er kannte solche Verhältnisse aus seiner täglichen Arbeit gut genug, um zu wissen, dass diese Menschen viele Gründe hatten, um am Leben zu verzweifeln. Aber dann gab es eben diesen einen Tropfen, der das Fass zum Überlaufen brachte, und diesen Tropfen hatte er ihrem Meer aus Traurigkeit hinzugefügt. Hätte er Maria bloß in Ruhe gelassen. Wieso musste er sie so unter Druck setzen? Wieso konnte er die Sache nicht auf sich beruhen lassen? Die Akte schließen? Wer hätte sich darum geschert? Alle wären zufrieden gewesen, bis rauf zum Chef. Aber nein, aus bloßer Pflichterfüllung heraus hatte er nachgebohrt und nicht aufhören können zu bohren.

Aber stimmte das überhaupt? War das ganze Gerede von der Pflichterfüllung nicht bloß ein Vorwand für etwas anderes? Etwas tief in einem drin, das es genoss, anderen Menschen Böses anzutun? Andere zu erniedrigen? War er so ein Mensch?

Ludwig faltete die herausgerissene Zeitungseite zusammen, stand auf und schob sie in die Gesäßtasche seiner Hose. Aus Sorge, Annerl würde sie sonst verbrennen. Manchmal wünschte er, er könne mit Annerl über all die Dinge reden, die von Zeit zu Zeit in ihm umgingen. Der Krieg und was sich bei der Arbeit so auftat an menschlichen Abgründen. Doch eigentlich war er froh, dass dies in seiner Familie, in seiner Ehe keinen Platz fand. Hier bewahrte er sich so gut es ging – und das war schwer genug – einen Ort der Reinheit. Des Friedens. Was bliebe noch, wenn er auch ihn verseuchte mit all dem Gift, das er in sich trug?

Im Flur hörte er Annerl, wie sie im Schlafzimmer mit den Buben redete. Die Tür war einen Spalt offen. Er ging hin, schob sie etwas weiter auf, warf einen Blick in den abgedunkelten Raum.

»Ich geh jetzt«, sagte er mit gedämpfter Stimme.

»Wann kommst du zurück?«, fragte Annerl.

»Weiß nicht. Wird nicht so spät.« Nach ein paar Augenblicken Schweigen fügte er hinzu: »Ich liebe dich, Annerl. Euch alle.«


Wie verabredet wartete Karl am Eingang des *Augustiner Biergartens* auf Ludwig. An heißen Tagen wie diesem flüchtete ganz München entweder an die Isar oder in seine Biergärten. Obwohl der *Augustiner* immer noch einer der größten der Stadt war, würde es schwer werden, einen Platz zu finden. Aus dem Innern des Biergartens drang, über den Lärm der Besucher hinweg, das Geschmetter einer Blaskapelle. Karl schaute auf die Uhr. Schon zehn nach halb drei. Jetzt verspäten sich schon die Beamten, dachte er scherzhaft; da sieht man, wie tief Deutschland gesunken ist. Er drückte seine Tasche an sich. Diesmal kam er nicht mit leeren Händen. Das sollte Ludwig nach dem letzten Verdruss, den er ihm bereitet hatte, versöhnen. Was er wohl zu den Fotos von den Gemälden auf Gut Ehrentraut sagte? Wo blieb er denn nur? Noch während er sich das fragte, erblickte er ihn in dem Pulk von Leuten, die von der Trambahn-Haltestelle Hopfenstraße kamen. Die Frauen trugen Körbe mit Brotzeit, die Männer brachten nur ihren Durst mit. Ludwigs Gang hatte etwas Schlagseite, fiel Karl auf.

Sie begrüßten sich per Handschlag. Ludwigs Miene war verschlossen, sein Gesicht grau. »Was hast du denn da in der Tasche?«, fragte er. »Deine Brotzeit?«

»Nein. Das zeig ich dir später. Vorher brauch ich was zu trinken.«

Sie hatten Glück. Karl hatte die beiden leicht angesäuselten Zecher, die den Heimweg antraten, als Erster entdeckt. Und sie schafften es auch, vor allen anderen, die wie sie einen Platz suchten, dort zu sein. Im Schatten der großen Kastanien war es sofort um einige Grade kühler. Da drang vom Ausschank das Läuten einer Glocke herüber.

»Gibt's die Glocke immer noch«, sagte Karl.

»Freilich. Manche Dinge ändern sich nie.«

Die Glocke läutete jedes Mal, wenn ein neues Fass Bier angezapft worden war.

»Dann hol ich uns mal zwei Mass. Und du behauptest die Plätze.«

»Ich muss nur meine Dienstmarke vorzeigen, dann räum ich dir den ganzen Tisch.«

Karl stand lange an für die zwei üppig mit Schaum gekrönten Bierkrüge. Als er wieder am Platz war, stießen er und Ludwig an. Das kühle Bier tat gut. Beinahe synchron wischten sie sich danach mit dem Handrücken den Schaum vom Mund, und wie ein Mann holten sie ihre Zigaretten heraus.

»Was ist denn los mit dir?«, fragte Karl. »Hab gesehen, dass du nicht ganz rund läufst.«

»Ach.« Ludwig winkte ab. »Geschmissen hat es mich, mit dem Radl, vorne am Stachus. Fast hätte mich einer überfahren. Geht aber schon wieder. Also, was gibt's?«

»Deine Kollegen haben ein Gut in der Nähe von Freising durchsucht, hat Veit erzählt. Weißt du was darüber?«

»Kaum. Ich war ja nicht im Büro diese Woche. Aber ein Kollege hat mich angerufen, damit ich auf dem Laufenden bin. Der Tipp kam vom lieben Brennicke. Er hat gedacht, sie finden dort die Kunst aus dem Führerbau. Alles auf einen Haufen. Oder zumindest das meiste. Ausgegangen ist es wie das Hornberger Schießen. Die Landpolizei aus Freising ist in Mannschaftsstärke ausgerückt, hat aber nur leere Stallungen vorgefunden. Ein paar Pferde waren noch da. Nur leider keine Kunst. Und die paar Hanseln, die dort arbeiten, haben angeblich von Tuten und Blasen keine Ahnung.«

»Dann will ich dir mal was zeigen.«

Karl drückte die Zigarette im Aschenbecher aus, griff in seine Tasche, holte die Fotografien von Gut Ehrentraut heraus und reichte sie Ludwig über den Tisch.

»Das sind Fotos, aufgenommen auf dem Gut, einige Tage bevor deine Kollegen vom Land ausgerückt sind. Der Schatz war dort.«

Ludwig schaute Karl erstaunt an. »Wo kommen die her? Wer hat sie gemacht?«

»Ich. Genauer gesagt Magda. Wir waren gemeinsam dort.«

Nachdem auch er sich seiner Zigarette entledigt hatte, blätterte Ludwig stumm die Bilder durch. Er zeigte dabei keine Reaktion, was Karl ein wenig enttäuschte. Und zugleich ein Unbehagen in ihm nährte.

Schließlich legte Ludwig die Bilder hin. »Was glaubst du, was du auf diesen Bildern siehst, Karl?«

»Gemälde. Mutmaßlich aus dem Führerbau. Eine Menge Gemälde, wenn du mich fragst.«

»Nein. Wenn du durchzählst, siehst du auf diesen Fotos zwanzig oder höchstens fünfundzwanzig Gemälde. Ansonsten siehst du nur Dinge, die dich denken lassen, dass hier viele Bilder sind. Rahmen. Kisten. Fast komplett verdeckte

Leinwände. Und was da schon auf den Lastern ist, siehst du überhaupt nicht.«

Karl war im ersten Moment sprachlos. Im zweiten stammelte er: »Du meinst … das ist …?«

»Ich meine gar nichts. Ich sag nur, was ich sehe und was ich nicht sehe. Vielleicht ist es ja das, was du vermutest. Nur sehen kann man es auf den Bildern nicht. Außer, man will es unbedingt sehen.«

»Die Kunst entsteht im Auge des Betrachters«, murmelte Karl.

»Was sagst du?«

»Ach, nichts.«

Während Karl dasaß und nachdachte, was das zu bedeuten hatte, nahm Ludwig einen ergiebigen Schluck aus seinem Bierkrug.

»Eines würde mich noch interessieren«, sagte er, nachdem er den Krug abgestellt hatte. »Wie habt ihr es geschafft, da reinzukommen, ohne dass der Wachhund anschlägt? Der war so scharf, der hat sogar den Kollegen gebissen, der ihn aus dem Zwinger holen wollte. Einen erfahrenen Polizeihundeführer. Wie es heißt, mussten sie das Tier erschießen, sonst wären sie seiner nicht Herr geworden. Angeblich ein ehemaliger Wachhund aus Dachau. Darauf abgerichtet, Menschen zu töten. Nicht einmal die Tiere sind heutzutage noch unschuldig.«

Es hat also doch einen Hund gegeben, dachte Karl.

»Blohm ist ein Mann, der eines niemals verzeiht: Verrat. Es ist besser, wenn du gehst, Junge. Glaub mir.«

Emil klopfte Simon auf die Schulter. Der junge Mann wirkte geknickt. Dabei hatte er keinen Grund dafür. Im Gegenteil.

»Mensch, das ist eine Chance für dich! Amerika! Viele würden einen Arm dafür geben, da hinüberzukommen. Und du ziehst so ein Gesicht?«

Simon schaute zur Isar, die munter plätschernd an ihnen vorbeifloss. So als vermisse er sie schon jetzt.

Emil begriff nicht, was den Judenbengel überhaupt so lange in München gehalten hatte. Nur ein paar gutwilligen Klosterbrüdern verdankte er es, dass er die Nazis überlebt hatte. Und hatten die Juden jetzt nicht ihr eigenes Land? Was hielt ihn also in einer Stadt, in der er und seinesgleichen noch immer verhasst waren? Die bayerische Lebensart? Eine verquere Art von Lokalpatriotismus gar, mit dem sich dieses selbstgefällige Bayernvolk in all seiner Dumpfheit vorgaukelte, alles Böse sei nur von Berlin ausgegangen? So als habe nicht hier, in den Bierkellern und finsteren Hinterzimmern von Gastwirtschaften, die Wiege allen Übels gestanden.

Oder hing er in Wahrheit an etwas ganz anderem?

»Ich pass schon auf Magda auf«, sagte Emil. »Und vielleicht bringe ich sie sogar mit rüber, wenn ich nachkomme.«

»Blohm wird sie umbringen, wenn er schnallt, dass alles nur ein Bluff war. An irgendjemandem muss er demonstrieren, dass man so was nicht mit ihm machen kann. Wen sollte er sich sonst greifen, wenn wir alle weg sind? Vielleicht bringt er sogar ihren Onkel um, der wirklich am allerwenigsten Ahnung hat, was läuft.«

Emil klopfte Simon auf die Schulter. »Es ehrt dich, dass du dir solche Sorgen um andere machst. Und sie sind berechtigt. Aber du kannst nichts mehr tun. Ich bin der Einzige, der Magda beschützen kann. Einen Polizisten umzubringen, traut sich auch Walter Blohm nicht ohne weiteres. Das würde ihm viele Scherereien einbringen. Und gerade jetzt will er doch bürgerlich werden. Wenn ich Magda aus seiner

Reichweite geschafft habe, wird er die ganze Geschichte abhaken wie eine bloße Fehlinvestition. Vertrau mir.«

Emil griff in die Ledertasche, die er dabeihatte, und holte einen großen Umschlag heraus. »Hier sind alle Papiere drin, die du brauchst. Dein Schiff fährt von Rotterdam aus. Etwas Geld bekommst du auch. Als Starthilfe.«

Simon nahm den Umschlag. »Sind die Papiere echt?«

»So echt, wie sie sein müssen. Und jetzt Schluss mit den Fragen.«

Simon nickte. Dann wandte er sich um und ging.

Emil sah ihm nach. Der Junge war Gold wert gewesen. Ohne sein geistesgegenwärtiges Handeln hätte Magda Kumpfmayer bei Veronika Brandl aufgespürt. Und wie er Blohms Interesse an ihr geweckt hatte, zeigte viel Geschick. Sie war ideal gewesen, um die vermeintlichen Beweisfotos zu platzieren. Allerdings schien diese Sache zwischen ihr und Blohm einen unvorhergesehenen Verlauf zu nehmen. Dass er ihr gleich eine Wohnung einrichtete, wie Simon ihm erzählt hatte, und sie wohl geneigt war, das Angebot anzunehmen – nein, das war nicht Teil des Plans. Und das würde er ihr auch nicht durchgehen lassen.

Denn wie Blohm war auch er ein Mensch, der eines niemals tat: verzeihen.


Karl saß auf dem Stuhl, auf dem sonst wahrscheinlich die Zeugen saßen. Oder die Verbrecher. Er schaute zu, wie Ludwig seine Fotos mit denen verglich, die die Polizei bei der Leiche des ermordeten Polen gefunden hatte. Dass Ludwig überhaupt auf die Idee gekommen war, sie könnten jetzt noch ins Präsidium fahren, um etwas nachzuschauen, lag an der zweiten oder dritten Mass Bier, die sie der ersten beim *Augustiner* hatten folgen lassen. Ohne sie hätte sich der stets gesetzestreue Ludwig bestimmt nicht über das strenge Verbot hinweggesetzt, eine amtsfremde Person in sein Büro mitzunehmen. Doch Ludwig hatte salopp, wenngleich mit etwas schwerer Zunge, gemeint: »Bei dem Gschwerl, was da tagtäglich ein und aus geht, kommt's auf dich auch nicht mehr an. Und ich rede nicht von den Verbrechern.« Noch viel verbotener war es, unbefugten Personen Einblick in die Akten zu laufenden Fällen zu gewähren. Aber auch das hatte Ludwig mit einem Schulterzucken abgetan. »Mir doch wurscht. Sollen sie mich rausschmeißen. Das wäre mir gerade recht.« So akribisch, wie er mit der Lupe nun die Fotos verglich, hatte Karl seine Zweifel, ob ihm das wirklich egal gewesen wäre. Man sah ihm an, dass er mit Leib und Seele Ermittler war.

»Hoppla«, sagte er bei einem, »was haben wir denn da?«

Karl neigte sich vor. »Was ist?«

Ludwig hob den Blick und legte die Lupe weg. »Die meisten Gemälde auf deinen Fotos sind hier auch abgebildet. Einige sind bei euch nicht drauf. Ich vermute mal, die befanden sich bei eurem Fund in der zweiten oder dritten Reihe. Das hier ist aber was ganz Besonderes.«

Ludwig reichte es über den Tisch. Zwei Mädchen mit riesigen Schleifen im üppigen Haar.

»Dieses Bild wurde bei Otto Brandl gestohlen. In der Nacht, in der er starb. Brandl wurde nicht bloß umgebracht, musst du wissen, sondern vorher gefoltert. Vielleicht wusste er, wo noch mehr zu holen war, und wollte es nicht verraten. Oder er wusste es nicht, und das war sein Pech.«

»Es lohnt sich vielleicht, noch mal ein Wort mit Fräulein Mohnhaupt zu wechseln. Die weiß viel mehr, als sie zugibt.« Karl lehnte sich zurück und überlegte. »Je länger ich darüber nachdenke, desto klarer wird die Sache. Und die Sache mit dem Wachhund passt dazu. Was Magda und ich auf Gut Ehrentraut gesehen haben, war nur für uns aufgebaut. Deshalb war an dem Tag auch der Wachhund weg. Damit wir uns ungestört reinschleichen können. Wir sollten diese Fotos machen. Fragt sich nur, für wen.«

»Wer hat die Fotos inzwischen gesehen?«

»Niemand, außer dir. Kann sein, dass Magda sie auch Brennicke gezeigt hat.«

»Sonst niemandem? Bist du sicher?«

»Niemand, von dem ich wüsste. Ich frag sie.«

»Und ich rede mit Brennicke.« Ludwig packte die Akte zusammen, Karl nahm Magdas Fotos wieder an sich. »Am Ende geht es immer um Geld. Für mich sieht es so aus, dass jemand etwas verkaufen will, was er nicht besitzt. Zumindest nicht alles davon. Was würdest du tun, um jemandem weiszumachen, dass du es doch hättest?«

Karl überlegte. »Mehr scheinen als sein. Ja, das ergibt Sinn. Und dann würde ich Druck aufbauen. So tun, als hätte ich mehrere Interessenten. Und zwar solche, die zum Äußersten entschlossen sind zu kaufen.«

Ludwig hielt abrupt inne. Stand wie erstarrt da.

»Was ist?«, fragte Karl.

»Ich frage mich nur, ob die Morde an den Polen demselben Zweck dienen sollten wie die Fotos: etwas vorzutäuschen. Dass es mehrere Interessenten an dem Schatz gibt. Und zwar solche, die über Leichen gehen. Aber in Wahrheit gab es gar niemanden.«

»Verstehe. Dann hätte der Verkäufer … der Betrüger die beiden umgebracht. Hm … Bringt man nur dafür wirklich zwei Menschen um? Wer ist so eiskalt?«

Ludwig schwieg kurz, dann meinte er: »Vielleicht hat unser Mann zwei Fliegen mit einer Klappe geschlagen. Die

Polen mussten sterben, weil sie als Komplizen beim Brandl-Mord zu viel wussten. Und als Leichen waren sie nochmal nützlich.«

Sie verließen Ludwigs Büro. Ihre Schritte hallten über die Flure und Treppen. Außer den Beamten der Bereitschaft war um diese Zeit niemand mehr da. Um den Haupteingang zu vermeiden, nahmen sie den Weg über einen Lichthof, in dem Streifenwagen parkten. Eine Durchfahrt führte auf die Augustinerstraße. Ludwig nickte einem Pförtner zu. Karl nickte auch. Beinahe unmittelbar vor ihnen ragten die Türme der Frauenkirche auf.

»Fährst du heim?«, fragte Ludwig.

Karl wollte schon bejahen, dann fiel ihm etwas anderes ein. »Bis zum Bahnhof haben wir denselben Weg.«

Ludwig fragte nicht, was er am Bahnhof wollte.

Eigentlich wollte er dort auch nichts. Sein Ziel war das *Hotel Wolff*. Dort ging er an den Empfang und fragte nach Andrew Aldrich. Was der wohl zu all den Neuigkeiten sagte.

»Mr Aldrich ist abgereist«, teilte die Dame auf der anderen Seite des Tresens mit.

Karl konnte es kaum glauben. »Abgereist? Sie meinen …?«

»Er hat unser Hotel verlassen. Schon vor ein paar Tagen.«

»Wissen Sie, wohin er gefahren ist? Wo man ihn erreichen kann?«

»Er hat für Nachsendepost eine Adresse hinterlassen. Ein Hotel in Karlsruhe.«

Sie schrieb die Adresse auf einen Notizblock und riss ihm das Blatt ab.

Nachdenklich verließ Karl das Hotel. Merkwürdig. Wie konnte Aldrich einfach abreisen? Ohne ein Wort. Hatte er das Interesse an der Geschichte um die verschwundenen Bilder verloren? Oder wusste er längst Bescheid? Oder hatte er sich abgesetzt, weil er in all diese Machenschaften verwickelt war? Aber wieso verschwand er nicht nach Chicago, wo er herkam, sondern nach Karlsruhe?

Sie standen am offenen Fenster, rauchten und schauten in den beginnenden Abend, der langsam Abkühlung brachte. Nach der Eisdiele waren sie an der Isar gewesen, für einen kleinen Spaziergang. Vielleicht wird doch alles gut, hatte sie da gedacht. Und nun standen sie also hier, in ihrer künftigen Wohnung und rauchten. Die letzte Zigarette, bevor er ging.

»Wie läuft Ihr Geschäft?«, brach Magda das Schweigen. »Ich meine das, für das ich spioniert habe. Oder darf ich das nicht fragen?«

»Sie können mich alles fragen, wir haben keine Geheimnisse voreinander.« Er warf die brennende Zigarette, von der er wieder nur ein paar Züge genommen hatte, auf die Straße hinunter. »Ich fürchte, es gibt überhaupt kein Geschäft. Man hat mich aufs Glatteis geführt. Ich habe eine Anzahlung geleistet, doch die Ware lässt auf sich warten.«

Er sagte das ganz ruhig, so als sei es keine große Sache.

»Macht Sie das nicht wütend?«

»Sehr sogar. Nur bei Ihnen bin ich entspannt. Sobald ich durch diese Tür dort gehe, werde ich nicht mehr entspannt sein.« Er ging weg vom Fenster, in die Mitte des Raumes. Jeder seiner Schritte auf dem Parkett hallte durch die ganze Wohnung. »Ich bin sie so leid, diese Dinge. Den Schwarzmarkt. Den Schmuggel. Die Schmiergelder. All das. Ich bin kein Gangster. Ich bin Geschäftsmann. Investor. Als solcher will ich künftig gesehen und respektiert werden. Das ist meine Aufgabe. Die Zeiten ändern sich, und wenn man sich nicht mit ihnen ändert, gehen sie über einen hinweg.«

Magda hätte ihn zu gerne gefragt, ob es stimmte, was man sich von ihm erzählte: dass er zur Durchsetzung seiner Interessen vor Mord und Körperverletzung nicht zurückschreckte. Doch sie ließ es lieber bleiben. Wahrscheinlich war es besser, solche Dinge nicht zu wissen.

Er kam wieder ans Fenster. »Jetzt muss ich gehen«, sagte er, nahm Magda die Zigarette aus den Fingern und warf sie wie zuvor die seine auf die Straße hinunter. »Bringen Sie mich zur Tür?«

Sie begleitete ihn. Mit einem mulmigen Gefühl. Schon mehrfach an diesem Tag hatte es Momente der Nähe gegeben, in denen ein Kuss in der Luft hing. Sie war stets ausgewichen. Würde sie es wieder können? Oder war sie es ihm nicht allmählich schuldig? Als ahne er ihren inneren Zwiespalt, hielt er ihr unerwartet nur die Hand hin und sagte: »Auf Wiedersehen, Magda, und eine schöne erste Nacht in Ihrer eigenen Wohnung.«

Sie reichte ihm ihre Hand, er führte sie an seine Lippen, küsste sie und ließ sie los. Dann öffnete er die Tür. »Vergessen Sie nicht abzuschließen«, sagte er noch. »Außer Ihnen ist keine Menschenseele im Haus, und rundherum sind nur Ruinen. Schlafen Sie wohl.«

Dass Sie mir die Situation so deutlich vor Augen führen, dachte sie, wird sicher nicht zu einem ruhigen Schlaf beitragen.

»Ich habe mir deshalb erlaubt, unter Ihrem Fenster einen Mann zu postieren«, fuhr er fort, »der auf Sie aufpasst.«

Trotzdem stellte sich nun, da sie alleine war, ein mulmiges Gefühl ein. Vielleicht war es doch keine so gute Idee, hier gleich zu übernachten. Sie drehte den Schlüssel im Schloss um und steckte ihn ein.

Dann ging sie ins Schlafzimmer, wo ein Feldbett und ein

großer Koffer standen. Blohm hatte von einer Telefonzelle aus einen seiner Männer angerufen und beauftragt, Sachen herbringen zu lassen, die sie für die Übernachtung brauchte. Ein Bett und Decken, Handtücher, Seife, Zahncreme und Bürste, Kamm, besonders weiches amerikanisches Toilettenpapier; ja, sogar an Zeitschriften hatte er gedacht, falls sie vor dem Einschlafen noch ein wenig lesen wollte. Da dort, wo einmal Glühbirnen hängen würden, jetzt nur Drähte aus der Decke ragten, hatte er auch eine Petroleumlampe bringen lassen. Weil es schon ziemlich dunkel geworden war, zündete Magda sie an. Und lächelte über die bizarren, riesenhaften Schatten, die sie selbst an die Wand warf.

Eines hatte Blohm vergessen, einpacken zu lassen: ein Nachthemd. Aber wozu brauchte sie eines? Das war der Vorteil davon, ganz allein zu sein. Sie zog Hose, Bluse und Büstenhalter aus und schlüpfte nur in ihrem Höschen unter die Decke. Zum Schlafen war es eigentlich noch zu früh. Doch sie spürte eine wohlige Müdigkeit in ihren Gliedern. Einfach nur für eine Weile die Augen zumachen, dachte sie, und mir vorstellen, wie es einmal hier, in meiner eigenen Wohnung, aussehen wird.

Als sie die Augen wieder aufschlug, ahnte sie, dass sie sie mehr als nur eine kleine Weile geschlossen hatte. Sie hatte tief geschlafen. Ein Klopfen an der Tür hatte sie geweckt. Wer konnte das sein? Blohms Wachmann, der nach dem Rechten sehen wollte?

Im flackernden Licht der Petroleumlampe stand sie auf, schlüpfte in Hose und Bluse und ging an die Tür.

»Wer ist da?«

»Ein Freund von Karl.«

Die Stimme war ihr unbekannt. »Seit wann hat Karl Freunde, die keinen Namen haben?«

»Ich heiße Andrew Aldrich«, kam es zurück. »Sicher hat Karl Ihnen von mir erzählt.«

»Das hat er. Aber einen Freund hat er Sie eigentlich nie genannt. Was wollen Sie? Und wie haben Sie mich überhaupt gefunden?«

»Können wir darüber nicht drinnen reden? Wir haben allerdings nur wenig Zeit.«

Was hatte das nun wieder zu bedeuten?

Magda überlegte. Sollte sie den Mann wirklich hereinlassen? Karl kannte Aldrich. Genau wie Emil, der ihn einen Gangster genannt hatte, dem man besser nicht vertraute. Was sollte sie also tun?

»Na gut«, sagte Aldrich, »denn reden wir eben durch die Tür.«

»Hat wirklich Karl Sie geschickt?«, fragte Magda.

»Das habe ich nicht behauptet. Nur dass ich ihn kenne. Und um auch gleich Ihre nächste Frage zu beantworten: Informationen sind hier leicht zu kriegen, schon für ein paar Dollar. Daher weiß ich, dass Blohm Ihnen diesen goldenen Käfig schenken will. Vertrauen Sie ihm nicht! Egal, wie schön das klingt, was er Ihnen ins Ohr flüstert.«

»Aber was sollte er von mir wollen? Was kann ich ihm schon bieten?«

»Sehr viel. Als Mittel zum Zweck. Blohm ahnt, dass Brennicke ihn übers Ohr hauen will. Er weiß aber auch, dass Brennicke Ihnen verfallen ist. Das macht Sie wertvoll, als ein Druckmittel. Falls es nicht wirkt oder Sie für ihn überflüssig werden, lässt er Sie fallen. Und damit meine ich –«

»Ich weiß, was Sie meinen«, fiel sie ihm ins Wort.

»Sie sind zwischen zwei sehr gefährliche Männer geraten,

Fräulein Wieners.« Wie es sich anhörte, war sein Mund jetzt ganz nah an der Tür.

Magda trat einen Schritt näher heran. Sie schob die Hand in die Hosentasche, umschloss den Schlüssel.

»Und Sie? Sind Sie auch gefährlich, Mr Aldrich?«

»Nicht für Sie. Für Sie bin ich der einzige Weg aus der Gefahr, in der Sie schweben. Ich bin Ihre Rettung.«

*Sonntag, 21. Mai 1950*

---

KARL KLOPFTE an Magdas Schlafzimmertür. Erst sachte, dann lauter. Keine Antwort. Schlief sie noch? Oder war sie schon aus dem Haus?

»Magda? Bist du da?«

Es blieb still. Da ging er hinein.

Ihr Bett war unberührt.

Wo steckte sie nur? Mit wem war sie unterwegs? Ein schlimmer Verdacht regte sich. Karl lief in die Wirtsstube, wo Veit sich auf den Ansturm der Kirchgänger vorbereitete. Ein paar von den Stammgästen, deren sonntäglicher Weg ins Wirtshaus nicht über die Pfarrkirche führte, saßen schon an ihren Tischen und spielten Karten oder politisierten. Karl klopfte auf den Schanktisch, damit Veit ihn wahrnahm.

»Hast du Magda gesehen?«

Er schüttelte den Kopf. »Heute nicht.«

»Und gestern?«

Er überlegte. »Auch nicht.«

»Sie hat auch nichts gesagt? Dass sie länger wegfährt oder so?«

Wieder ein Kopfschütteln.

»Und Brennicke? Hast du den heute schon gesehen? Oder gestern?«

»Auch nicht. Warum?« Seine Augen weiteten sich. »Denkst du –?«

»Keine Ahnung, was ich denken soll. Ich hab einfach kein gutes Gefühl. Also, wenn du was weißt …«

»Ich weiß nix, Herrgott!«, brauste Veit auf. »Ich bin hier nur Wirt!«

Verdächtig, diese Dünnhäutigkeit. Leider konnte Karl nicht weiterbohren, weil Kathi hereinkam und irgendwelche Geschichten aus der Küche mitteilen musste.

Das Telefon klingelte. Karl lief in den Flur und nahm ab. Zu seiner Überraschung meldete sich Bernhard Mohnhaupt. »Ich muss mit Ihnen sprechen«, sagte er, »heute noch.«

Mit einem schweren Kopf war Magda am Morgen erwacht. Seitdem saß sie hier in diesem fensterlosen Kellerloch. Die einzige Verbindung nach draußen war ein Loch in der Tür, durch das ab und zu ein Auge blickte. Eine Matratze, ein Schemel, das war die ganze Einrichtung. Von der Decke hing eine Glühbirne, die fahles Licht verbreitete. Auf einem Teller lagen ein paar belegte Brote, daneben standen ein Krug Wasser und ein Glas. Wofür der mit einem Brett abgedeckte Eimer in der Ecke gedacht war, konnte sie sich denken. Wie sie an diesen Ort gekommen war, wusste sie nicht. Das letzte, woran sie sich erinnerte, war, dass sie Andrew Aldrich die Tür aufgeschlossen hatte, dass er über sie herfiel und ihr etwas auf Mund und Nase drückte. Ein in eine Flüssigkeit getränktes Tuch, vermutlich Chloroform oder Äther. Sie hatte noch immer leichte Kopfschmerzen davon, und ein wenig übel war ihr auch. Das konnte aber auch von dem modrigen Geruch kommen.

Ihr Magen knurrte. Sie aß eines der Brote. Ohne Appetit. Trank ein paar Schlucke Wasser. Es schmeckte abgestanden.

Zumindest löschte es den Durst. Wie lange wollte Aldrich sie hier festhalten? Würde sie jemals wieder das Licht des Tages sehen? Wenn er sie töten wollte, hätte er es dann nicht längst getan? Wofür die Umstände? Vielleicht braucht er mich vorher noch für irgendwas, gab sie sich selbst die Antwort.

Von draußen drangen Geräusche herein. Schritte. Stimmen.

War das schon das Ende ihrer Gefangenschaft? Sie hoffte es inständig. Trotzdem zog sie sich sicherheitshalber in die hinterste Ecke des Raumes zurück.

Die Tür wurde aufgeschlossen.

Magda rechnete damit, Andrew Aldrich vor sich zu sehen. Doch sie wurde überrascht. Mehr als das. Sie glaubte kaum, wen sie vor sich sah: Veit!

Sprachlos starrte sie ihn an.

»Du?«, hauchte sie schließlich.

»Keine voreiligen Schlüsse«, sagte er. »Ich hab damit nichts zu tun. Als ich es erfahren hab, hat mich fast der Schlag getroffen.«

Wie auch immer. Er war hier. Ihr Onkel. Um sie herauszuholen.

Sie machte ein paar Schritte auf ihn zu. Wie er sie ansah. Erst da wurde ihr bewusst, dass sie unter der Bluse keinen Büstenhalter trug und er das offenbar bemerkt hatte. Sie verschränkte die Arme.

»Ist dir kalt?«, fragte er.

»Äh … ja.«

»Es lässt sich bestimmt eine Decke oder so was auftreiben.«

Sie brauchte einen Augenblick, um zu begreifen, was das bedeutete. Ihre Freude verpuffte.

»Heißt das, ich soll noch länger hierbleiben?«

»Wenn's nach mir gehen würde, wärst du überhaupt nicht hier. Aber wann ist es schon jemals nach mir gegangen.« Er legte eine Hand auf ihre Schulter. »Keine Angst, ich hol dich schon noch raus. Bald. Alles wird gut. Tu einfach, was man dir sagt, und verhalt dich ruhig.«

Wollte er wirklich gehen und sie in diesem Loch zurücklassen? Wenn er das tat, würde sie ihm das nie verzeihen!

»Veit … du kannst mich doch nicht einfach …«

»Glaubst du, ich entscheide das?«, brauste er auf. »Ich mach auch bloß, was mir gesagt wird.«

»Von wem?«

»Je weniger wir wissen, desto besser. Also keine Fragen. Hier!« Er griff in die Tasche, die er dabeihatte. »Ein paar von deinen Zeitschriften. Und das Buch, das du gerade liest.«

Er legte alles auf den Schemel, neben den Teller mit dem einen belegten Brot, das noch da war.

»Jetzt schau nicht so«, sagte er. »Das ist nicht viel anders als damals, wenn Alfons dich in den Keller gesperrt hat, weil du frech warst. Weißt du's noch? Da hab ich dir auch Sachen gebracht. Und ich hab mich vor die Tür gesetzt und mit dir geredet, damit du keine Angst hast.«

Wollte Veit jetzt ernsthaft mit ihr in Erinnerungen schwelgen? In einem Keller eingesperrt zu sein, war schon damals nicht lustig gewesen, und heute war es das noch viel weniger.

Als er sich zur Tür wandte, packte sie ihn am Arm. »Geh nicht, Veit! Bitte!«

»Ich hol dich raus«, versprach er. »So schnell, wie es nur geht. Vertrau mir!«


Karl hoffte, dass Bernhard Mohnhaupt ihm etwas wirklich Wichtiges mitzuteilen hatte, wenn er ihn schon nach Grünwald zitierte. Er sollte jedoch nicht in die Villa kommen, in

der die Familie Mohnhaupt wohnte, sondern an die Tram-
bahnhaltstelle vor dem Filmgelände. Karl nahm trotzdem
nicht die Tram, er lieh sich lieber den Tempo von Veit. Er
erreichte den Treffpunkt mit zehn Minuten Verspätung.

Bernhard Mohnhaupt erwartete ihn bereits. Er trug einen
breitkrempigen Hut, der sein Gesicht verschattete. Als Karl
bei ihm war, nahm er ihn ab und fächelte sich damit Luft zu.
Auf seiner Stirn standen dicke Schweißtropfen.

»Gehen wir ein wenig unter die Bäume«, sagte er. »Dort
ist es nicht ganz so heiß.« Die Hitze setzte ihm zu. Aber das
war es nicht allein. Der Mann hatte einen schweren Stein
auf dem Herzen, das war unübersehbar. »Wir müssen über
Emil Brennicke reden«, begann er schnaufend. »Über diesen
Herrn möchte ich Sie ins Bild setzen.«

Sie waren im Schatten der Bäume angekommen. Hier war
es gleich viel angenehmer. Mohnhaupt setzte den Hut wieder
auf, und so folgten sie dem Weg, der, wie ein Hinweisschild
verraten hatte, an die Isar führte.

»Emil Brennicke ist zwar Polizist«, fuhr Mohnhaupt fort,
»doch er benutzt seine Dienstmarke vor allem für eigene
Pläne. Soweit ich es verstanden habe, will er einen sehr reichen Schmuggler und Schieber um einen erheblichen Geld-
betrag prellen, indem er ihm Bilder verkauft, die er gar nicht
besitzt. Solche Leute können ja schlecht zur Polizei gehen,
wenn sie betrogen wurden.«

Karl staunte nicht schlecht. Brennicke war der Drahtzie-
her hinter allem? Dann sollten die Fotos, die Magda auf Gut
Ehrentraut gemacht hatte, wohl dem Schmuggler unterge-
jubelt werden. Nicht von Brennicke persönlich, sondern von
jemandem, der kein geschäftliches Interesse hatte und darum
glaubwürdig war. Ihm fiel nur eine Person mit Kontakten
zum Schwarzmarkt ein, auf die das zutraf: Magda!

»Und Sie?«, fragte Karl schroff. »Welche Rolle spielen Sie, Ihre Tochter, Ihre Galerie bei dieser Farce?«

Mohnhaupt räusperte sich. »Nun ja … wir haben auch mit solchen Bildern gehandelt. Vieles, was bei Kriegsende aus dem Führerbau verschwand, liegt oder hängt heute noch in Münchner Häusern. Noch mehr wurde in der schwierigen Zeit bei den Hamsterfahrten ins Umland gegen Lebensmittel eingetauscht. Die Bauern haben meist keine Ahnung, was sie bekommen haben. Was die Bilder wert sind. Charlotte und ich holen diese Werke zurück. Sammeln sie. Manchmal verkaufen wir auch eines.«

»Aber Sie erstatten sie nicht an ihre Besitzer zurück.«

»Die sind doch tot. Vertrieben. Oder sonst was.« Mohnhaupt holte ein Taschentuch aus der Hosentasche und wischte sich erst über den nassgeschwitzten Nacken, tupfte sich danach die Stirn ab.

»Brennicke hat uns lange beobachtet, ohne uns zu melden. Dann machte er sich an Charlotte heran. Erpresste uns. Er brauchte unsere Bilder für seinen Plan. Erst hieß es, wir sollten ihm die Bilder nur leihen. Damit er etwas hatte, das er dem Käufer zeigen konnte. Wir bekämen dafür einen Anteil. Später wollte er die Bilder für uns verkaufen und den Erlös mit uns teilen. Ein für beide Seiten vorteilhaftes Geschäft, nannte er das frech. Obwohl es eigentlich ja unsere Bilder waren und wir ihn nicht brauchten, um sie zu verkaufen. Und von dem ergaunerten Geld aus dem Betrug sollten wir auf einmal überhaupt nichts mehr erhalten. Er wurde immer dreister. Ich begriff, dass er erst zufrieden sein würde, wenn er uns bis aufs letzte Hemd ausgeraubt hatte. Und selbst dann –«

Mohnhaupt verstummte. Jetzt kam vermutlich der heikelste Teil. Da er weiterhin schwieg, fragte Karl: »Und?«

»Er hat mir Charlotte genommen. Sie ist wie besessen von ihm. Würde für ihn durchs Feuer gehen. Aber er nutzt sie nur aus.«

Karl erschrak. Dieser Brennicke war ein noch größerer Lump, als er gedacht hatte.

»Hören Sie. Meine Nichte ist verschwunden, und ich hab den Verdacht, dass Brennicke was damit zu tun hat. Dass sie mit ihm durchgebrannt ist. Oder vielleicht hat er sie entführt.« Karl war stehen geblieben, genau wie Mohnhaupt. Der sah ihn mit tiefem Ernst an und sagte: »Wenn Ihre Nichte bei diesem Mann ist, schwebt sie in großer Gefahr. Er ist ein Sadist und schreckt vor nichts zurück.«

»Wo ist sie?«

Walter Blohms Miene drückte ernste Besorgnis aus. Offenbar lag ihm wirklich etwas an Magda. Emil war überrascht. Der Punkt, den Blohm verkannte, war jedoch: Auch ihm lag an ihr.

»Ich weiß es nicht«, sagte er wahrheitsgetreu. »Wie kommen Sie überhaupt darauf, dass sie bei mir sein könnte? Sie hat mir vor kurzem einen Korb gegeben. Hat sie Ihnen das nicht erzählt?«

»Als würden Sie sich darum scheren.«

Emil lächelte. Wohl wahr, dachte er.

Durch die dunklen Gläser seiner Sonnenbrille schaute er auf die Menschen, die hier vor dem Café unter Sonnenschirmen saßen. Dann wandte er den Blick nach schräg gegenüber, zur Feldherrnhalle, und ein wenig weiter nach rechts zur Theatinerkirche. In kleinen Grüppchen standen dort Leute herum, betrachteten die Gebäude, um dann wieder einen Blick in ihre *Baedeker* Reiseführer zu werfen. Ein Polizist lehnte an seinem Motorrad und überwachte mit trä-

gem Blick den mäßigen Autoverkehr. Das hier war genau
der richtige Ort, um sich mit einem Gangster zu einem heik-
len Gespräch zu treffen, versicherte sich Emil. Zu viele Menschen. Zu viel Aufmerksamkeit. Keiner von Blohms Leuten
würde sich hier auf einen Wink des Chefs hin erheben und
ihn in die Mangel nehmen können.

»Haben Sie schon mal in Erwägung gezogen, dass Magda
verschwunden ist, weil sie vor Ihnen Angst hat?«, fragte
Emil, um sogleich anzufügen: »Aber sind wir nicht eigentlich
hier, um über was anderes zu reden als Weibergeschichten?«

»Sie meinen darüber, dass Sie mich betrogen haben?«

»Ich?«, tat Emil empört. »Sie verkennen die Lage! Ich bin
selbst ein Betrogener. Ich habe die Anzahlung abgegeben.
Seitdem Funkstille. Von meiner Provision habe ich keinen
Pfennig gesehen.«

Blohm schaute über den Rand seiner Sonnenbrille. »Und
das soll ich Ihnen glauben?«

»Es ist die Wahrheit! Ich will auch mein Geld. Deshalb
gebe ich Ihnen alle Auskünfte über meinen Auftraggeber.
Ihr Netz an Informanten ist verzweigter als meines. Vielleicht stöbern Sie ihn ja auf.«

Blohm lachte schnaubend, wie über einen schlechten
Witz. »Sie sind ein erstaunlicher Mensch, Brennicke. Das
muss man Ihnen lassen. Aber glauben Sie ja nicht, dass ich
mich ein zweites Mal von Ihnen täuschen lasse.«

»Ich habe Sie nie getäuscht, Herr Blohm. Das heißt: bis
auf ein einziges Mal.« Emil rückte die Sonnenbrille zurecht. »Es ist wahr: Ich kannte meinen Auftraggeber. Anders wäre ich niemals für ihn aktiv geworden. Er hat aber
absolute Vertraulichkeit verlangt. Um zu verhindern, dass
Sie sich selbst an ihn wenden. Und ihn … nun ja … ohne
zu bezahlen um seinen Schatz erleichtern.« Emil räusperte

sich. »Ihnen eilt nun mal ein gewisser Ruf voraus, Herr Blohm. Aus eben diesem Grund habe ich auch behauptet, dass ich meinen Auftraggeber nicht kenne. Sonst hätten Sie womöglich versucht, den Namen irgendwie aus mir herauszuholen.«

»Und diese Botschaften, die Kumpfmayer überbringen musste?«

»Nur eine Finte. Ich hab damit gerechnet, dass Kumpfmayer Ihnen das zutragen würde. Deshalb hab ich ihn ja ausgewählt.«

Knurrend schob Blohm sein halbvolles Glas Waldmeisterlimonade von einer Seite zur anderen. »Wer ist denn nun Ihr gottverdammter Auftraggeber?«, raunzte er Emil an. »Spuckens Sie's endlich aus!«

»Ein Henning von Mahnstein.«

»Und wo ist der Mann jetzt?«

»Untergetaucht. Und die Kunstwerke hat er mitgenommen.«

Es war offensichtlich, dass Blohm wenig Gefallen an dieser Wendung der Geschichte fand. Viel lieber hätte er ihn wohl von seinen Männern in einen Wagen zerren lassen, um ihn erst in einem tiefen Keller eingehend mit verschärften Methoden zu verhören und ihn dann in der nächsten Kiesgrube endgültig zu erledigen. Dazu würde es, dessen war Emil sicher, weder heute noch an irgendeinem anderen Tag kommen.

»Und jetzt soll ich ihn für Sie aufspüren?«, fragte Blohm unwirsch. »Sie haben Humor!«

»Finden Sie ihn und machen Sie mit ihm, was Sie wollen. Aber erst, wenn Sie die Bilder haben. Ich kann sie dann für Sie verkaufen. Gegen Provision, versteht sich.«

Blohm hatte offenbar genug gehört. Er warf ein paar

Münzen für die Limonade auf den Tisch, sprang auf, sagte: »Wir sprechen uns noch« und ging zu seinem schwarzen Mercedes, der an der Residenzstraße parkte. Der Motor startete, und Walter Blohm rauschte ab.

Hätte nicht besser laufen können, dachte Emil.

Im gleichen Moment trat ein Mann an den Tisch, der trotz der Hitze einen nachtblauen Anzug trug, sogar mit Krawatte. »Verzeihung, der Herr«, sagte er, »der Platz ist ja jetzt frei, oder?«

»Allerdings«, sagte Emil lächelnd.

Der Mann verrückte den Stuhl so, dass er fast neben Emil saß, ließ sich nieder und schlug sogleich die *Süddeutsche Zeitung* auf, die er mitgebracht hatte. Die Bedienung kam an den Tisch, steckte Blohms Geld ein und nahm dessen halbvolles Glas weg. Der neue Gast bestellte, ohne die Zeitung zu senken, eine Tasse Kaffee.

»Draußen nur Kännchen«, sagte die Bedienung.

»Dann eben ein Kännchen.«

Die Bedienung war flott, es dauerte keine drei Minuten, bis sie auf einem kleinen Tablett das Gewünschte brachte und gleich wieder verschwand.

»Wie ist es mit Blohm gelaufen?«

»Gut.« Emils Blick blieb starr geradeaus gerichtet. »Wo ist Magda, Andrew?«

»Du wolltest, dass ich sie verstecke. Das hab ich getan.«

»Aber doch nicht vor mir.« Emil musste sich beherrschen, um die Fassung zu bewahren. Es war möglich, dass hier noch Leute von Blohm herumlungerten, mit dem Auftrag, ihn zu beobachten. »Lässt du sie auf dieselbe Weise verschwinden wie Kumpfmayer?«

»Wieso? Keine Ahnung, was du meinst.«

»Du solltest ihn warnen, dass er bald Besuch von der

Polizei bekommt. Sonst nichts. Seitdem ist er verschwunden. Ohne das geringste Lebenszeichen.«

»Ich habe nur getan, was du wolltest. Alles Weitere entzieht sich meiner Kenntnis. Und zumindest Ersteres gilt auch für Fräulein Wieners.«

»Wenn ihr was zustößt, bring ich dich um. Das weißt du.«

»Gewiss. Ich will meine Bilder zurück. Die brauchst du ja jetzt wohl nicht mehr. Wenn ich sie habe, bekommst du Fräulein Wieners.«

Emil holte sein Etui aus der Hosentasche, ließ es aufschnappen und nahm eine Zigarette heraus. »Du kriegst deine geklauten Defreggers und Spitzwegs schon, keine Sorge. Ich schicke sie dir sogar nach Amerika, wenn du willst.«

Wie unfähig kann man sein, dachte er, während er sich die Zigarette anzündete. Der Kerl stahl im *Collecting Point* wie ein Rabe, war aber nicht in der Lage, seine Beute außer Landes zu schaffen. Drei, vier Jahre hatten die Sachen in einem Versteck gelegen. So was wäre einem Emil Brennicke sicher nicht passiert. Und jetzt machte Aldrich Ärger wegen jeder kleinen Verzögerung. Wenn er nicht aufpasste, landete er doch noch im Knast. Es kostete Emil nur einen Anruf.

»Danke für das Angebot«, sagte Aldrich säuerlich, »aber diesmal schaff ich es schon. Ich lass dich wissen, wo der Austausch über die Bühne geht.«

Er blätterte die Zeitung um.

Emil rief nach der Bedienung. »Zahlen, bitte!«

»Wusstest du übrigens«, sagte Aldrich in die Stille hinein, »dass der liebe Herr Kumpfmayer Wachmann in Dachau war? Ich hab mich ein wenig umgehört.«

»Mag sein. Nach so was frage ich nicht.«

»Ich schon.«

Die Bedienung kam und legte die Rechnung auf den

Tisch. Emil holte seine Geldbörse heraus und kramte im Kleingeldfach herum.

Natürlich war Andrew als Jude an der Stelle empfindlich. Waren nicht etliche seiner Verwandten im KZ umgekommen? Aber wenn er nicht damit zurechtkam, dass so ziemlich jeder Deutsche auf die eine oder andere Art Dreck am Stecken hatte, was wollte er dann überhaupt hier, im Land der Täter?

## Montag, 22. Mai 1950

LUDWIG WAR FROH, dass er wieder ins Büro konnte. Keinen Tag länger hätte er es zu Hause ausgehalten. Untätig. Erst als er gestern mit Karl zusammen an seinem Schreibtisch gesessen hatte, hatte er sich wieder lebendig gefühlt. Zu seinem Erstaunen stellte sich dieses Gefühl jetzt, da er das Polizeipräsidium durch die Vordertür betrat, nicht wieder ein. All die Kollegen, die wie er ankamen und den Hut lüpften, die nur grüßten oder ein belangloses Gespräch beginnen wollten – sie machten ihm Angst. Wenn er bloß an die breiten Treppen und hohen Flure, das Summen und Hallen und gelegentliche Türenschlagen dachte, befiel ihn Beklemmung. Er vermied den Paternoster, weil die Kollegen sich dort gewöhnlich sammelten, lief die Treppe hinauf, in scheinbarer Eile, damit ihn bloß niemand ansprach, und verschwand schließlich in seinem Büro. Wo Zöllner schon an seinem Schreibtisch saß, Zeitung las und Tee trank, den er in einer Thermoskanne von zu Hause mitgebracht hatte.

»Morgen«, sagte er nach kurzem Aufblicken, und dann, die Augen schon wieder in der Zeitung: »Geht's wieder?«

Ludwig stellte seine Aktentasche neben den Schreibtisch.

»Wissen Sie zufällig, wer die Selbsttötung aus der Agnes-Bernauer-Straße macht?«

»Vranitzky, glaub ich.«

Vranitzkys Büro war nur zwei Türen weiter. Als Ludwig, gleich nachdem er kurz geklopft hatte, eintrat, saß Vranitzky an der Schreibmaschine und tippte mit zwei Fingern einen Bericht.

»Die Agnes-Bernauer-Straße?«, fragte Ludwig und deutete auf das Papier, das müde aus der Maschine hing.

»Der Abschlussbericht.«

»Schon?«

Vranitzky lehnte sich zurück. »Die Sache ist klar. Keine Anzeichen von Fremdeinwirken. Weder im Obduktionsbericht noch vom ED. Fingerabdrücke haben wir natürlich jede Menge, da sind, wie die Nachbarn sagen, viele Leute ein und aus gegangen. Aber am Küchenfenster, das eigens abgedichtet wurde, damit das Gas drin bleibt, nur die Abdrücke der beiden Weiber. Dafür haben wir Fotos gefunden. Pornographie der übelsten Sorte. Ein richtiger Dreck. Mit Männern und Frauen. Ich hab nur ein paar gesehen, aber das hat mir gereicht. Man möchte sich die Augen mit Seife auswaschen.«

Ludwig glaubte, keine Luft mehr zu bekommen. Sein Herz raste, und der Schweiß brach ihm aus.

»Beide Frauen?«, brachte er nur mit Mühe hervor. »Auf den Fotos?«

»Nur die Russin. Die Polin nicht. Aber dass jemand, der mit einer solchen Person Umgang pflegt, für uns und fürs Gericht übersetzt ... Gut, dass das keiner weiß. Das gäb einen schönen Skandal.«

Ludwig machte einen Schritt zur Tür.

»Kein Wunder, dass die beiden Weiber so einen Ausweg gewählt haben«, meinte Vranitzky noch. »So ein Abgang passt genau, wenn Sie mich fragen. Eine seelische Verwahrlosung ist das heutzutage, da waren wir früher doch ...«

Ohne ein Wort verließ Ludwig das Büro. Erst auf dem Flur kam er wieder zu Atem. Sein Puls wurde auch ruhiger. Er wischte sich mit dem Handrücken den Schweiß ab. Was war das denn gewesen? Und so plötzlich! Geradezu aus dem Nichts. Neu waren ihm diese Zustände freilich nicht. Bei Kriegsende hatte er das auch schon ab und zu gehabt. Es hatte sich mit der Zeit aber wieder gelegt.

»Ist alles in Ordnung, Kollege?«, fragte jemand in seinem Rücken.

Ludwig drehte sich um – und erschrak. Emil Brennicke stand vor ihm.

»Alles bestens«, log Ludwig. »Nur ein bisschen Magendruck.«

»Hoffentlich kein Geschwür. So was kriegt man schnell hier drin.«

Ludwig fiel die Aktentasche in Brennickes Hand auf. Er deutete drauf und sagte: »Kommen Sie oder gehen Sie?«

Brennicke grinste breit. »Letzteres. Ich hab kurzfristig Sonderurlaub genommen. Heute ist mein erster freier Tag seit langem. Hab nur was im Büro vergessen. Keine Sorge, jemand anderes aus unserer Abteilung wird Ihnen zuarbeiten, bis ich wieder da bin. Das ist alles abgeklärt.«

»Und was ist mit Ihrem großen Fall? Der verdeckten Ermittlung, um die Sie so viel Wind machen?«

»Ich mach keinen Wind, den machen Sie. Und gut Ding will Weile haben. Ich muss dann auch. Eine Verabredung. Sie verstehen.« Er zwinkerte. »Wünsche noch frohes Schaffen.«

Er nickte einen Gruß und ging weiter.

Ludwig schaute ihm nach, bis er im Treppenhaus verschwand. Sonderurlaub, dachte er. Ausgerechnet jetzt. Er wusste nicht wieso, aber auf ihn wirkte es eher so, als wolle sich da jemand absetzen. Oder zumindest für eine Weile untertauchen.

Als Ludwig zurück in sein Büro kam, tippte Zöllner gerade an einem Bericht. »Jemand hat für Sie angerufen«, sagte er, ohne aufzuschauen.

»So? Wer?«

»Ein Herr Wieners.«

»Und was wollte er?«

»Hat er nicht gesagt. Sie sollen zurückrufen. Klang wichtig.«

Was konnte Karl von ihm wollen? Doch es traf sich gut. Ludwig musste sowieso mit ihm reden. Nur Zöllner störte.

»Seien Sie so gut, Herr Zöllner«, sagte er, »gehen Sie für mich zum Kollegen Vranitzky. Ich glaube, ich hab dort meine Zigaretten liegen lassen.«

Zöllner schaute wenig erfreut auf. »Sie können eine von meinen haben.«

»Ihr Kraut mag ich nicht. Jetzt gehen Sie schon.«

Zöllner rollte mit den Augen, stand unwillig auf und verließ das Büro mit polternden Schritten, jeder einzelne von ihnen eine unausgesprochene Protestnote.

Die Tür fiel gerade hinter ihm zu, da wählte Ludwig bereits die Nummer des *Kammererwirts*. Schon nach dem zweiten Läuten nahm Karl ab.

»Magda ist fort«, sagte er atemlos. »Vielleicht mit Brennicke durchgebrannt. Oder von ihm entführt.«

Ludwig brauchte einen Moment, um zu verdauen, was er gehört hatte. »Brennicke hab ich eben noch gesehen. Auf dem Flur. Er wirkte nicht so, als habe er gerade eine Geisel genommen.«

»Hm«, machte Karl. Es blieb lange still in der Leitung.

»Vielleicht hat er sie auch dazu gebracht, freiwillig mit ihm durchzubrennen.«

»Dagegen wäre schwer was zu unternehmen«, sagte Ludwig. »Eine erwachsene Frau kann gehen, wohin sie will und mit wem sie will.«

»Ja, schon. Das Seltsame ist bloß: All ihre Sachen sind noch da. Sie hat nichts mitgenommen.«

»Das klingt schon eher nach unfreiwilligem Verschwinden. Muss trotzdem keine Entführung sein. Vielleicht ein Unfall. Seit wann ist sie abgängig?«

»Seit gestern. Nein, eigentlich seit Samstag.«

»Da rufst du jetzt erst an?«

»Veit meinte, sie ist auch früher schon mal ein paar Tage ausgeblieben, ohne dass man wusste, wo sie steckte. Und dann war sie auf einmal wieder da. Als wäre nichts gewesen. Aber allmählich mach ich mir Sorgen.«

»Na gut. Wenn sie morgen nicht da ist, gibst du eine Vermisstenanzeige auf. Und gleich, wenn wir hier fertig sind, rufst du alle Krankenhäuser an. Kann sein, dass sie irgendwo bewusstlos liegt. Ich frag auch bei uns nach, ob irgendwas reingekommen ist.«

»Krankenhäuser. Dass ich daran nicht gedacht hab.« Nach kurzem Schweigen fuhr Karl fort: »Es gibt auch was Neues über Brennicke. Ich hab gestern mit Bernhard Mohnhaupt gesprochen, dem Galeristen, du weißt schon.«

In diesem Moment ging die Tür auf. Zöllner kehrte zurück. »Da waren keine Zigaretten«, sagte er sofort in einem übellaunigen Ton.

Ludwig achtete nicht darauf. »Wir reden gleich weiter, Karl«, sagte er ins Telefon. »Ich hol dich ab.«

Magda saß auf ihrer Matratze und starrte auf das Loch in der Tür. Seltsam, dass sie sich von dort beobachtet fühlte, obwohl sie in dem Loch bisher noch kein Auge ausgemacht hatte. Von Zeit zu Zeit bekam sie Wutanfälle, dann schrie sie herum und hämmerte mit Fäusten gegen die Tür. Doch es kam keine Reaktion. War da draußen überhaupt jemand? Dann wieder schmiedete sie schreckliche, grausame Pläne. Sie stellte sich vor, wie sie es mit irgendeiner Finte schaffte, doch jemanden zum Nachschauen zu bewegen, und wenn sein Auge sich dann an das Guckloch presste, würde sie einen spitzen Gegenstand hineinstechen. Aber sie hatte keinen spitzen Gegenstand. Außer ihren Fingern. Einem Menschen mit dem Finger das Auge ausstechen – niemals hätte sie erwartet, dass das eine verlockende Vorstellung sein könnte.

Irgendwann war gestern das Licht ausgegangen. Sie vermutete, dass es da Nacht gewesen war. Ihr Zeitgefühl hatte sie längst verloren. Im Dunkeln hatte sie sich zur Matratze getastet und dabei den Schemel mit dem Teller umgestoßen. Nach einer Weile war sie eingeschlafen. Als sie aufwachte, brannte das Licht wieder, der Schemel stand auf seinen vier Beinen, darauf befand sich ein Teller mit mehreren Scheiben Brot, Käse, Wurst. Ein Krug mit frischem Wasser. Ziemlich eintönige Kost, dachte sie trotzig. Sie teilte es sich besser für einen ganzen Tag ein, denn sie glaubte nicht, dass die Tür tagsüber aufgehen würde.

Wo nur blieb Veit? Dem würde sie was erzählen. Wie konnte er es zulassen, dass sie an einem solchen Ort war? Natürlich, sie war nicht immer nett zu ihm gewesen, aber er hatte es herausgefordert mit seinen anzüglichen Blicken und den zweideutigen Scherzen. Und nichts rechtfertigte, dass er sie hier auch nur eine Sekunde zurückließ. Nein, dass er einfach gegangen und bis jetzt nicht wieder aufgetaucht war, würde sie ihm nie verzeihen. Obwohl es eigentlich keine Überraschung war. Wann hatte sie sich je auf ihn verlassen können?

Plötzlich vernahm sie Schritte vor der Tür.

Sie sprang auf. Ein paar Atemzüge lang war es wieder völlig still. Dann wurde ein Schlüssel in das Schloss gesteckt und umgedreht. Die Tür ging einen Spalt breit auf. Aber nicht weiter. Und dann wieder: nichts. Stille.

»Hallo?«, rief sie. »Wer ist da?«

Keine Antwort.

»Bist du das, Veit?«

Blöde Frage, dachte sie im Nachhinein. Veit hätte doch was gesagt.

Vorsichtig näherte sie sich der Tür. Schob sie weiter auf.

In diesem Moment ging das Licht aus.

Ein paar wuchtige Herzschläge später wurde sie gepackt, nach draußen gezerrt und jemand presste ihr ein Tuch auf Mund und Nase.


Gleich nach dem Gespräch mit Ludwig hatte Karl alle Krankenhäuser angerufen, die er im Telefonbuch finden konnte. Nirgendwo war eine nicht identifizierte junge Frau eingeliefert worden. Ein Teil von ihm war beruhigt, ein anderer noch viel besorgter. Wo steckte sie bloß? Ging es ihr gut? Wenn sie fortgegangen war, würde er damit zurechtkommen. Glaubte er. Nur diese Ungewissheit quälte ihn. Hatte ihm schon in der Nacht den Schlaf geraubt. Und als er doch endlich eingeschlafen war, hatte er wieder von seinen Mädchen geträumt und von Heidi. Zum ersten Mal seit Wochen. Und das Aufwachen hatte so weh getan wie stets. Kam jetzt alles wieder? Die Verzweiflung? Die lähmende Schwermut? Der Schmerz?

Ein Auto fuhr vor und hupte. Ludwig. Karl lief hinaus und stieg ein. Ludwig hatte sich von Emils Chef unter einem Vorwand dessen Adresse geben lassen. »Wir müssen in die Fraunhoferstraße.«

»Und was machen wir dort?«

»Je nachdem. Wenn Brennicke da ist, warten wir, bis er weggeht und hängen uns an ihn dran. Wenn nicht, schauen wir uns in seiner Wohnung um.«

»Wohnt er allein?«

»Da geh ich jede Wette ein.«

»Brauchen wir dafür nicht irgendwas Amtliches? Von einem Richter oder so?«

»Offiziell schon. Aber wir sind ja offiziell gar nicht da. Und jetzt erzähl, was du von Bernhard Mohnhaupt erfahren hast.«

Während Ludwig losfuhr und den Dienstwagen ziemlich flott auf die Ludwigsbrücke zu jagte, berichtete Karl, was Mohnhaupt ihm erzählt hatte: von Brennickes ausgeklügeltem Bluff, mit dem er einen reichen Schieber hinters Licht führen wollte – »Kann sich nur um Walter Blohm handeln«, murmelte Ludwig –, und wie er mit den Mohnhaupts umging. »Brennicke hat kein Gewissen«, sagte er. »Und das Fräulein Mohnhaupt scheint ihm hörig zu sein. Würde mich nicht wundern, wenn der noch sehr viel mehr Leichen im Keller liegen hätte. Im übertragenen und vielleicht sogar wortwörtlichen Sinn.«

Ludwig nickte. »Otto Brandl. Janusz Falski und Lech, von dem wir nicht mal den Nachnamen kennen. Und vielleicht hat er auch Herbert Kumpfmayer beseitigt, als der zur Belastung wurde. Wäre Mohnhaupt bereit, gegen Brennicke auszusagen?«

»Zweifelhaft. Schon wegen seinem Fräulein Tochter.

Außerdem hat er keine handfesten Beweise. Es stünde Aussage gegen Aussage. Während Brennicke eine Menge gegen Mohnhaupt in der Hand hat. Er kann ihn im Handumdrehen ruinieren.«

»Wieso? Was hat er denn gegen ihn?«

»Ihr habt doch bei einer eurer Leichen Mohnhaupts Visitenkarte gefunden.«

»Nicht bei der Leiche, aber am eigentlichen Tatort.«

»Laut Mohnhaupt hat Brennicke sie dort hingelegt. Um ihn unter Druck zu setzen. Falls er nicht spurt, hat er noch weitere fingierte Beweise in der Hinterhand, die ihn in den Mord verwickeln.«

Sie fuhren über die Ludwigsbrücke, vorbei am Deutschen Museum. Auf der anderen Seite des Flusses bog Ludwig links ab. Jetzt ging es ein Stück an der Isar entlang und dann rechter Hand in die Fraunhoferstraße, wo sich zwischen den Mietshäusern, wie überall in der Innenstadt, noch so manche Ruine und Baulücke auftat. An einigen wurde schon gearbeitet. Ludwig fuhr die Straße runter bis zu dem Ende, wo die Bomben einen Durchbruch zur Blumenstraße geschaffen hatten, und dann wieder rauf. Von Brennickes Wagen war nichts zu sehen. Schließlich hielten sie an.

»Wir klopfen einfach mal«, sagte Ludwig. »Dann wissen wir, ob er da ist.«

»Und wenn er aufmacht?«

»Sag ich einfach, dass ich noch was Dienstliches fragen muss.«

Sie stiegen aus und überquerten die Straße. Von irgendwoher klang der Lärm einer Mörtelmischmaschine. Zu sehen war sie allerdings nicht. Ludwig drückte gegen die Haustür. Sie war offen. Die Stiege war schon ziemlich abgelaufen, das Holz knirschte mürrisch unter den Tritten der Männer. Wie sich zeigte, wohnte Brennicke im zweiten Stock. Ludwig drückte auf den Klingelknopf neben der Tür. Die Schelle war bis auf den Gang heraus zu hören. Niemand kam, um zu öffnen. Sicherheitshalber läutete Ludwig noch einmal.

»Und jetzt?«, fragte Karl.

»Jetzt haben wir *das*.«

Ludwig holte einen Dietrich aus der Hosentasche und öffnete damit innerhalb von Sekunden die Tür.

Drinnen musste alles zügig gehen. Weil Ludwig offiziell gar nicht hier sein durfte, übernahm Karl die Durchsuchung. Ludwig stellte sich ans Fenster und überwachte die Straße, damit sie schnell genug aus der Wohnung verschwinden konnten, falls Brennicke nach Hause kam.

Die Einrichtung war eher spärlich. Keine Bilder an den Wänden oder auf den Möbeln. Wahrscheinlich war die Wohnung möbliert gemietet. Karl nahm sich als Erstes den Sekretär vor. Der war wie erwartet abgeschlossen. Doch mit Ludwigs Dietrich war das Schloss kein Hindernis.

Karl durchsuchte die Papiere und Korrespondenz, fand jedoch nur Rechnungen für die Autowerkstatt, Gehaltsabrechnungen, Bankbelege, Mietquittungen, Scheckformulare, auch etwas Bargeld. Was völlig fehlte, war etwas Persönliches. Kein Brief, nicht einmal eine Postkarte oder auch bloß eine kleine Notiz. Ein Adressbuch oder dergleichen fand sich auch nicht. Dieser Mann schien kein Leben zu haben. Was schlicht nicht sein konnte.

Karl durchsuchte nun die Kommoden und Schränke. In einer der Schubladen, unter Socken und Wäsche, bemerkte er einen doppelten Boden. Er löste das Brett heraus, und eine schmale Metallkiste kam zum Vorschein. Sie enthielt ein in Leder gebundenes Fotoalbum.

Karl schlug es irgendwo in der Mitte auf. Er sah Fotos

von Frauen und Männern, doch ihm war im ersten Moment nicht klar, was er auf den Bildern sah. Dann begriff er es und schlug das Album erschrocken zu.

»Was ist?«, fragte Ludwig. »Was hast du gesehen?«

»Die Hölle«, flüsterte Karl entgeistert.

Die Kapelle war als Treffpunkt gut gewählt, das musste Emil zugeben. Sie lag abseits von jeder Ortschaft im bayerischen Oberland, keine Menschenseele weit und breit, und als Zugabe ein Bergpanorama als Kulisse, wie geschaffen für eine Bauernszene von Franz Defregger, den Andrew ja so sehr schätzte.

Emil bemerkte vor sich die Abzweigung in die Feldstraße, die auf eine Baumgruppe zu führte, hinter der sich wohl die Kapelle befand. Von der Straße aus war sie nicht zu sehen. Errichtet hatte sie vermutlich ein Großbauer der Gegend, für irgendeine glückliche Fügung, Errettung oder wofür das fromme Landvolk eben so betete. Andrew hatte eine Schwäche für alles Volkstümliche, für Bräuche, Sitten und Trachten. Ganze Tage fuhr er über Land und schaute Dorfkirchen, Friedhöfe und Bauernhöfe mit Lüftlmalereien an. Dass der Judenhass hier auch eine lange und ungebrochene Tradition hatte, focht ihn anscheinend nicht an.

Wir sehen alle nur das, was wir sehen wollen, dachte Emil, während er in die Feldstraße einbog. Zum Glück. Sonst hätte Blohm sich niemals auf dieses fadenscheinige Geschäft eingelassen.

Schon nach kurzem sah Emil durch das Dickicht der Bäume und Sträucher das rote Ziegeldach der Kapelle hindurchschimmern. Je näher er kam, desto mehr bemächtigte sich seiner eine nervöse Unruhe. Schon bald würde er Magda bekommen, und er kannte einen Ort, noch viel geheimer und abgeschiedener als diesen, an den würde er sie bringen, und dort würde sie ihn sehr, sehr glücklich machen.

Als Emil um die Baumgruppe bog, sah er die Kapelle – kaum größer als eine Gartenlaube – und daneben einen Pritschenwagen, vor dem Andrew stand und einen Zigarillo rauchte. Emil hielt an und stieg aus.

»Ist sie da drin?« Er deutete auf die mit einer Plane überdachte Ladefläche des Pritschenwagens.

Andrew nickte. »Sie ist noch nicht wach.«

Emil schob die Plane beiseite und riskierte einen Blick. Sie lag mit dem Rücken zu ihm eingekrümmt da, gefesselt und mit einem Sack über dem Kopf. Den Rest ihres Körpers umhüllte eine Decke. Emil streckte die Hand nach ihr aus, doch Andrew schob ihn weg.

»Besser, wir wecken sie nicht auf, solange das Betäubungsmittel noch wirkt. Wo sind die Bilder?«

Sie gingen zum Horch. Auf der Rückbank, in Kartoffelsäcke eingeschlagen, lagen ein halbes Dutzend Bilder. Andrew warf sein Zigarillo fort und schaute in jeden der Säcke hinein, vergewisserte sich, dass es seine Bilder waren.

»Gut«, befand er am Ende.

Sie trugen die Bilder zum Pritschenwagen und stellten sie auf die Ladefläche.

»Dein Geld hast du ja schon«, sagte Emil. »Und ich will jetzt, was mir noch fehlt zu meinem Glück.«

»Es gibt noch etwas, über das wir reden müssen.«

Emil schaute ihn erstaunt an. Was meinte er? Dann fiel ihm etwas ein. »Geht's um Simon? Gibt's Schwierigkeiten? Du sollst ihn nur mit rübernehmen. Wenn du oder dein Chef nichts mit ihm anfangen kann, dann mach mit ihm, was du willst.«

»Es geht nicht um Simon. Das ist alles eingefädelt. Und

der Junge wird es weit bringen, er hat den richtigen *spirit*. Es geht um Kumpfmayer.«

»Was ist mit ihm? Ist er wieder aufgetaucht?«

»Gewissermaßen. Und ich will dir was zeigen. Komm, gehen wir in die Kapelle.«

Emil fragte sich, ob die Kapelle nicht abgeschlossen war. Vermutlich war sie das auch gewesen. Doch für so ein Schloss reichte ein rostiger Nagel, um es aufzubekommen. Drinnen roch es muffig, vermutlich Schimmel im Gebälk oder im Gemäuer. Gut, dass Andrew die Tür offen ließ, so kam frische Luft herein. Vor einem kleinen Altar standen zwei Betstühle. Der Platz reichte gerade einmal für eine Handvoll Menschen. Das etwas ungeschlacht ausgeführte Altarbild zeigte einen Mann, dem die Haut abgezogen wurde.

»Der Heilige Bartholomäus«, sagte Andrew. »Erst hat man ihn gehäutet, dann wurde er kopfüber gekreuzigt. Nach der Legende.«

Andere Leute haben auch nette Ideen, dachte Emil und unterdrückte ein Grinsen. Er gab sich jedoch desinteressiert und fragte nur: »Und? Was ist jetzt mit Kumpfmayer?«

»Reden wir erst über dich.«

Emil sah etwas Bedrohliches in Andrews Augen. Irgendwas führte er im Schilde. Ein Glück, dass er seine Walther eingesteckt hatte.

»Ich frage mich manchmal, was man unter deiner Haut finden würde, wenn man sie dir abzieht«, sagte Andrew. »Ich meine natürlich im übertragenen Sinn. Wer ist Emil Brennicke?«

»Hör auf mit dem Gequatsche. Ich geh jetzt.«

»Emil Brennicke«, sagte Andrew, »Polizeibeamter aus Karlsruhe. Weltkriegsteilnehmer. Vermisst. Und plötzlich taucht er wieder auf. Aber nicht in Karlsruhe, sondern in

Augsburg. Geht später nach München. Warst du eigentlich jemals in Karlsruhe? «

Feine Härchen stellten sich in Emils Nacken auf. Er spürte das Schulterholster unter seinem Jackett. Die Muskeln in seinem Unterarm und in seiner Hand spannten sich an.

»Was soll denn das? Worauf willst du hinaus? «

Er kannte die Antwort. Denn eines war klar: Andrew wusste über ihn Bescheid. Ja, er hatte sich gehäutet. Hatte seine eigene Haut abgestreift und war in eine andere geschlüpft. Einige hatten das getan nach dem Krieg. Es waren ja so viele, auf die Zuhause ein Leben wartete, nicht zurückgekehrt. Man musste es nur anziehen wie einen Mantel, der am Wegesrand lag, und wenn er in einem besseren Zustand war als der eigene und auch noch passte, so behielt man ihn eben an.

»Emil Brennicke ist gestorben und wiederauferstanden«, sagte Emil, der nicht Emil war. »Was willst du tun? Willst du mich erpressen? Willst du das ganze Geld, das wir Blohm abgeknöpft haben? Geht es darum? «

»Es geht nicht um Geld. Es geht um Wahrheit. Wer bist du? «

Mit einer schnellen Bewegung fasste Emil, der nicht Emil war, unter sein Sakko, in das Schulterholster, und zog seine Walther hervor. Im Nu war sie entsichert und durchgeladen.

»Ich bin der Mann mit der Waffe«, sagte er. »Mehr musst du nicht wissen.«


Karl wünschte, er hätte die Fotos nicht gesehen. Sie hatten sich in seine Seele eingebrannt und würden von dort nie mehr verschwinden. Bilder von nackten Frauen, die an Seilen hingen, an Tische genagelt waren, denen man tiefe Wunden beigebracht, ja Körperteile abgetrennt hatte. Und daneben Männer mit nacktem Oberkörper, selbst blutüberströmt, wenn es auch nicht das eigene Blut war, das an ihnen herabfloss. Lachend, jubelnd, mit Gläsern und Flaschen in der Hand. Und unter den Bildern höhnische Kommentare wie: *Mein Liebchen hat jetzt noch ein Loch bekommen* oder *Die Schickse sehnt sich nach ein bisschen Haue.*

»Wir haben schreckliche Dinge im Krieg gesehen, Ludwig«, sagte Karl, mit Tränen in den Augen, »aber so was?!«

Ludwig schwieg lange, dann sagte er: »Gleich nach dem Krieg, als die Amerikaner in Dachau draußen waren … da haben sie die Dachauer Bürger gezwungen … ins Lager, damit sie sich das anschauen … Und in den Wochenschauen, überall … diese Bilder …«

»Bei uns auch«, sagte Karl matt.

Er erinnerte sich, dass er oft die Augen zugemacht hatte. Weil die Bilder nicht auszuhalten gewesen waren. Leichenberge, mit Raupen zusammengeschoben wie Abraum. Hunderttausende, hieß es, oder sogar Millionen. Es gab Leute, die meinten, dass das alles nicht stimme, dass es nur Gräuelpropaganda sei. Alle wussten, dass dem nicht so war. Allen war so, als habe man diese Bilder irgendwann geträumt und danach vergessen, und nun tauchten sie wieder auf. Und trotzdem glaubte man ihnen nicht. Weil man ihnen nicht glauben wollte.

Die Fotos stammten jedoch nicht aus einem KZ. Die Männer waren Soldaten. So wie sie auch. Keine Totenkopf-SS. Wieso redete Ludwig also plötzlich von KZ? Was wollte er damit sagen? Dass sie auch so gewesen waren wie diese perversen Mörder?

»Exzesstäter«, sagte Karl. »Das waren Exzesstäter … Nicht mal die Nazis haben so was gutgeheißen.«

Woher kam der plötzliche Drang, sich zu verteidigen? Er

hatte nichts getan, das auch nur annähernd so schrecklich gewesen wäre wie das, was er auf diesen Bildern sah. Ein Soldat war er gewesen. Nur ein Soldat. Das machte ihn doch nicht zum Komplizen solcher Schandtaten, oder?

Wieso fühlte er sich dann trotzdem schuldig?

Wir sind alle schuldig geworden, sagte eine Stimme in ihm, durch die Dinge, die wir getan haben, und durch die Dinge, die wir *nicht* getan haben.

Die Stille im Raum war hart und kalt wie Stahl.

Dann kam Karl ein Gedanke, der noch schauerlicher war als alles, was ihm bisher durch den Kopf gegangen war.

»Glaubst du, es ist das, was er Magda antun will?«

Ludwig blickte auf.

»Wir wissen nicht, ob sie bei ihm ist. Ob er sie hat. Das wissen wir nicht.«

Doch, dachte Karl. Wir wissen es. Ich weiß es.

Und er wusste noch etwas: Wenn er Magda verlor, so wie er davor seine Mädchen und Heidi verloren hatte, dann würde er das nicht überleben.


»Gunther«, sagte Emil, der nicht Emil war. »Das war mal mein Name. Vor langer Zeit. So lange ist es her, es ist schon fast nicht mehr wahr.«

Andrew stand ruhig da. Dass sich das Blatt gewendet hatte, schien ihm keine Angst zu machen.

»Wie hast du es herausgefunden?«, fragte Gunther.

»Durch einen von diesen Zufällen, die unser aller Leben bestimmen. Ich hatte in der Gegend Verwandtschaft und hab heute noch Bekannte dort. Bei Deutschen, mit denen ich zu tun habe, will ich gerne wissen, was sie so getrieben haben. Und was ich über Emil Brennicke erfahren habe, hat so gar nicht zu dir gepasst. Verdächtig war vor allem, dass er, der immer ein Familienmensch war, nach dem Krieg nie versucht hat, seine Familie zu finden. Und wie er mir dann von Leuten, die ihn kannten, beschrieben wurde … da wusste ich gleich: Das kannst nicht du sein.«

»Ja, ja, ihr Juden habt ein Gespür für das Seelische. Nicht umsonst habt ihr all diese Dinge erfunden. Psychoanalyse, oder wie das heißt. Aber nur damit du's weißt: Ich hatte nie was gegen euch Juden. Im Gegenteil. Ich hab euch bewundert. Die tumben Deutschen waren nur neidisch auf euch. Und mir haben eure Mädchen immer so gut gefallen. Ich hab eine Schwäche für den südländischen Typ. Schwarzes Haar, dunkle Augen, ausgeprägte Nasen …« Er grinste.

»Das ist ein Klischee. Nicht alle Juden sehen so aus.«

Und wenn schon. Emil zuckte mit den Schultern.

»Du willst wissen, wer ich war? Ein Krimineller. Ein Volksschädling. Ein Sittlichkeitsverbrecher. So bin ich ins KZ gekommen. Nach Sachsenhausen. Schon im Sommer dreiundvierzig war der Krieg so verfahren, dass sie sogar Leute wie uns gebraucht haben. Menschlichen Abschaum. Ein paar in Ungnade gefallene SSler haben sie uns auch zugeschoben. Wir sollten uns bewähren. Als Kanonenfutter. Ich hab mitgemacht. Besser, als im KZ zu verrecken, dachte ich mir, und wer weiß, was sich für Möglichkeiten auftun. Einheit Dirlewanger. Sagt dir das was? Oskar Dirlewanger.« Er schnaubte. »Unser Kommandierender war das schlimmste Scheusal von allen. Der Auftrag: Partisanenbekämpfung im Generalgouvernement. Niederschlagung des Warschauer Aufstands. Wir waren die härtesten Schweinehunde von allen. Über die ganze Propaganda, den Nazi-Kram, haben die meisten von uns nur gelacht. Drum mussten sie uns in Schach halten wie reißende Wölfe. Alle haben sie uns verachtet: die Wehrmacht, die SS. Die Rassekrieger. Weil wir nicht mit *Anstand* gemordet haben wie sie. Weil wir keine *Prinzi-pien* hatten. Nun ja, jeder belügt sich selbst, so gut er kann. Die Russen haben mich dann irgendwann erwischt. Genau wie Emil Brennicke. Kripokommissar in Karlsruhe, wie er mir im Gefangenenlager erzählt hat. Voller Stolz. Einer von denen, die mich ins Zuchthaus und ins KZ gebracht haben. Ich hab ihm in einer dunklen Neumondnacht das Genick gebrochen. Und konnte abhauen. Hab mich durchgeschlagen. Den Kripomann als Rolle hab ich mir zugetraut. Ich kannte den Laden ja, wenn auch von der anderen Seite. Da war es ganz leicht –«

In diesem Moment erhielt Gunther einen Schlag auf die Hand, die die Waffe hielt. Ein Schuss löste sich, die Kugel schlug krachend in das wurmstichige Holz eines Betstuhls. Klappernd fiel die Walther auf den steinernen Fußboden. Ein zweiter Schlag traf Gunther in die Kniekehlen. Er sackte zusammen. Blinzelnd schaute er in das Licht, das ihn blendete. Er sah nur eine Silhouette, die eine Schaufel in der Hand hielt, dann, als seine Augen sich angepasst hatten, erkannte er den Mann, der ihn mit der Schaufel geschlagen hatte: Simon. Wo kam der denn her? Im nächsten Augenblick wurde es ihm klar: Nicht Magda hatte auf der Ladefläche des Pritschenwagens gelegen, sondern er.

»Undankbarer Dreckskerl!«

Die Hand schmerzte höllisch. Das Handgelenk war vielleicht gebrochen.

Andrew hob die Waffe auf und richtete sie auf Gunther. Der bekam es jetzt wirklich mit der Angst. »Was wollt ihr von mir? Das Geld? Ihr könnt es haben. Es ist im Auto. Nehmt es.«

»Steh auf«, sagte Andrew. »Wir haben nicht vor, dich zu töten.«

Das beruhigte Gunther nur ein wenig. Er rappelte sich auf. Der Schmerz in seiner Hand wurde immer schlimmer. Würde er damit überhaupt Auto fahren können? Hasserfüllt sah er Simon an. Dessen Miene zeigte keine Regung.

Sie verließen die Kapelle. Gunther rechnete damit, dass sie zu seinem Auto gehen würden. Er hatte das Geld wirklich dabei, es war unter der Rückbank versteckt. Doch Andrew nahm die andere Richtung, um die Kapelle herum.

»Ich muss dir was zeigen«, sagte er, »wegen Kumpfmayer.«

Schon nach wenigen Schritten sah er, was Andrew meinte: ein tiefes Loch. Ein Grab? Er blieb stehen. Erst als er die Mündung der Pistole in seinem Rücken spürte, ging er weiter. Bis an den Rand der Grube. In der befand sich eine große, verschlossene Kiste. Ein süßlicher Geruch lag in der Luft, den Gunther nur zu gut kannte. Er ahnte Böses.

»Ist da Kumpfmayer drin?«, fragte er.

Andrew bückte sich nach einem Seil, das am Deckel der Kiste befestigt war, und zog daran. Der Deckel klappte auf.

Ein Schwall heftigen Gestanks stieg auf. Gunther hielt schlagartig den Atem an, um sich nicht zu übergeben. Doch ihm war, als dringe der Leichengestank durch seine Poren in ihn ein. Die Verwesung war an der Leiche noch nicht allzu weit fortgeschritten. Was Gunther am meisten entsetzte, waren die Augen. Milchig trüb, doch weit aufgerissen, so als hätten sie alle Schrecken der Welt auf einmal gesehen. Da begriff Gunther: Kumpfmayer hatte noch gelebt, als man ihn in die Kiste gelegt und vergraben hatte. Und – so wurde ihm klar, und es stockte ihm dabei das Blut in den Adern – dieses Schicksal war auch für ihn vorgesehen. Ehe er etwas tun konnte, traf ihn schon von hinten ein heftiger Schlag in den Rücken, er fiel und landete genau auf Kumpfmayers Leiche, von Angesicht zu Angesicht. Sein Herz blieb schier stehen. Nichts wünschte er sich in diesem Moment mehr, als dass es so wäre: dass sein Herz aufhörte zu schlagen. Doch es schlug weiter. Immer weiter. Kumpfmayers tote Augen waren das Letzte, was Gunther in seinem Leben zu sehen bekam, denn schon senkte sich der Deckel des Sarges auf ihn, und dann setzten die Schläge des Hammers ein, der die Nägel ins Holz trieb.

»Fräulein? Hallo?«

Die Worte drangen nur wie ferne Echos zu Magda durch. Erst das Anstupsen und Schütteln an der Schulter machten sie wach. Sie riss die Augen auf – und erblickte über sich die Gesichter von zwei Männern. Erschrocken fuhr sie hoch, dann weg von ihnen, merkte erst jetzt, dass sie in einem Feldbett lag, das nach hinten kippte. Sie fiel, die Decke und das Bett landeten auf ihr.

»Fräulein! Nicht so schreckhaft. Wir tun Ihnen nichts.«

Sie kämpfte sich aus der Decke. Wo war sie überhaupt? Nicht mehr in dem Kellerloch, das merkte sie gleich. Es roch hier ganz anders. Als sie sich aus der Decke befreit hatte, schaute sie sich um. Sie war wieder in der Wohnung. Wie kam sie hierher? Wie lange hatte sie geschlafen?

»Sie, Fräulein«, sagte nun der andere der beiden Männer, »Sie können hier nicht einfach Quartier beziehen. Das sind Privatwohnungen. Wie sind Sie überhaupt reingekommen?«

Magda rappelte sich auf. »Ich … ich darf hier sein. Das ist meine Wohnung … äh … das heißt, sie gehört Walter Blohm, ich bin die Mieterin.«

»Mag ja sein, Fräulein, aber einziehen können Sie noch nicht.«

Magda schaute von einem Mann zum anderen. »Und Sie«, fragte sie, »was machen Sie hier?«

»Das Elektrische.«

Das hätte sie sich eigentlich denken können, so wie die beiden angezogen waren: blaue Arbeitshosen, karierte Hemden, Schiebermützen auf dem Kopf.

Als sie aufstehen wollte, merkte sie, wie wacklig ihre Beine noch waren. Und schwindlig war ihr auch.

»Langsam, junge Frau«, sagte einer der beiden Männer, und der andere: »Bleiben Sie lieber, bevor Sie noch vor ein Auto laufen.«

Doch Magda schnappte sich ihre Handtasche, und dann war sie auch schon draußen. Auf dem Weg nach unten kehrten Bruchstücke ihrer Erinnerung zurück. Das Guckloch in der Tür. Der Keller, ja, sie sah den Keller wieder deutlich vor sich. Die Matratze. Den Stuhl und darauf den Teller mit den belegten Broten. Den Eimer. Wie war sie an diesen Ort geraten? Andrew Aldrich, fiel ihr ein. Und Veit. Er war bei ihr aufgetaucht. Hatte er sie aus dem Kellerloch befreit? Aber wieso war sie dann in ihrer Wohnung aufgewacht und nicht im *Kammererwirt*? Veit hätte sie doch bestimmt dorthin gebracht. Er wusste ja nichts von der Wohnung.

Sie trat auf die Straße. Die Hitze verschlug ihr den Atem. Wie ein Kissen lag sie über der Stadt. Magda blinzelte in den Himmel. Schwarze Wolken ballten sich zusammen. Es sah nach Gewitter aus. Ein Gewitter, ja, das wünschte sie sich. Mit Blitz und Donner. Und ganz viel Regen. Regen, der alles abwusch. Den Schmutz. Alles …

Finster schauten die Gewitterwolken durchs Fenster herein. Es blitzte, donnerte, und dicke Tropfen schlugen wie kleine Fäuste gegen das Fenster. Sie hatten alles getan, was möglich war, sagte Ludwig. Er hatte eine Vermisstenmeldung an die Fahndung herausgegeben, alle Polizisten, ob zu Fuß, mit Motorrad oder Auto hielten Ausschau nach Magda. Nach Emil konnte er allerdings nicht ohne weiteres suchen lassen. Schließlich war der ein Kollege, und sie hatten wenig Handfestes gegen ihn. Zumindest nichts, an das sie auf legale Weise gekommen waren. Also behalf Ludwig sich, indem er einfach nach dessen Horch BL 830 suchen ließ, ohne den Namen des Halters zu erwähnen. Das Kennzeichen befand sich in den Akten, seit Karl in Brennickes Wagen ohne Einladung zur Polizeiaktion in der Galerie Mohnhaupt gefahren und dort aufgefallen war.

In der Hoffnung, er werde irgendwann auftauchen, hatten Karl und Ludwig noch ewig vor Brennickes Haus ausgeharrt, doch vergebens. »Wir dürfen nicht vergessen«, hatte Ludwig von Zeit zu Zeit wiederholt, »dass wir gar nicht wissen, ob Magda wirklich bei Brennicke ist.« Karl fragte sich, ob ihm das Mut machen sollte. Es machte ihm keinen Mut.

Wie um den neuen Schmerz mit altem Schmerz zu betäuben, nahm er das Fotoalbum zur Hand, das er aus Berlin mitgebracht, bis heute aber kein einziges Mal aufgeschlagen hatte. Heidis Anmut auf den Bildern traf ihn wie ein Schlag, die beiden Mädchen zu sehen drückte ihm fast das Herz ab. Nein, es ging nicht. Keinesfalls. Er klappte das Album zu. Nahm die Briefe, die Magda ihm geschrieben hatte. Zwei mit Bindfäden zusammengehaltene Bündel. Das eine mit den geöffneten, das andere mit den ungeöffneten, die nach dem Krieg gekommen waren. Vielleicht würde er sie eines Tages lesen, aber nicht heute.

Er stand am Fenster und schaute in das Gewitter hinaus. Wo war eigentlich Veit die ganze Zeit? Mehrfach hatte Karl den Tag über von einem öffentlichen Fernsprecher aus zu

Hause angerufen, um zu fragen, ob Magda aufgetaucht war, doch wenn überhaupt jemand abnahm, dann stets nur seine Mutter. Außer ihr war auch jetzt niemand in der Wohnung. Sie schien sich mehr Sorgen um Karl zu machen als um Magda. Alle halbe Stunde kam sie herein und sah nach ihm. Er hatte ihr allerdings auch verschwiegen, in welcher konkreten Gefahr er ihre Enkelin wähnte.

»Die kommt schon wieder«, hörte Karl sie hinter sich sagen. »Unkraut vergeht nicht.«

Er drehte sich um. Wie konnte sie so herzlos sein? Da er sich wortlos wieder zum Fenster wandte, ging sie.

Das Blitzen und Donnern hatten nachgelassen, es regnete noch heftig, doch der Himmel hellte sich bereits auf.

Wie lange er so dastand, war ihm nicht bewusst. Die Zeit schien eingefroren zu sein, und mit ihr die Gedanken und die Gefühle. Geräusche in der Wohnung brachen das Eis auf. Wer war gekommen? Magda? Er rannte in den Flur. Da stand sie, von oben bis unten durchnässt, zitternd und bibbernd, und sah ihn an aus ihren großen bernsteinfarbenen Augen.

Für diesen einen, besonderen Moment wollte er glauben, dass es doch einen gnädigen Gott gab.

»Du bist da!«, rief er. »Geht es dir gut?«

Statt zu antworten, fing sie an zu weinen. Und er weinte mit ihr. Vor Erleichterung. Sie lebte! Sie war da! Unverletzt, wie es schien. Er nahm sie in den Arm, drückte sie an sich.

»Wo warst du nur?«, sagte er. »Ich hatte solche Angst.«

Sie brachte kein Wort heraus. Er wollte sie nicht bedrängen. Sie musste sich erst beruhigen. Die Zeit zum Reden würde noch kommen.

*Dienstag, 23. Mai 1950*

———————————

ALS MAGDA am Morgen erwachte, wusste sie erst nicht, wo sie war. Aber dann erkannte sie ihr Zimmer, ihr Bett und atmete erleichtert auf. Sie war in Sicherheit. Bis sie bemerkte, dass jemand im Zimmer war.

»Nicht erschrecken«, sagte Veit und trat ein paar Schritte näher, »ich bin's bloß.«

Magda zog die Decke bis unters Kinn und starrte ihn aus großen Augen an. Was machte er hier?

»Ich muss dir das alles erklären«, sagte er.

Sie blieb stumm. Wenn er glaubte, sie würde ihm verzeihen, dass er sie in dem Loch sitzen lassen hatte, täuschte er sich.

»Ich hatte keine Ahnung, dass Aldrich dich entführen und einsperren will. Das musst du mir glauben!«, beschwor er sie. »Er ist zu mir gekommen und hat mich wegen dir und Brennicke ausgefragt. Dann hat er gesagt, dass Brennicke ein gefährlicher Mann ist, dass er dich aber vor ihm beschützen wird. Als du auf einmal verschwunden warst, bin ich fuchsteufelswild geworden und zu Aldrich hin, damit er mir erzählt, was los ist. Er hat mich zu dir gelassen und versprochen, dass dir nichts passiert und dass es so das Beste für dich ist. Ich hab aber kapiert, dass es ihm nicht darum geht, dich zu beschützen, sondern ein Druckmittel gegen Brennicke zu haben. Der ist nämlich total verschossen in dich, und das wollte Aldrich wohl für sich ausnutzen. Genau weiß ich es aber auch nicht. Bevor dir was passiert, wollte ich dich rausholen. Sogar eine Pistole hab ich mir besorgt. Schau, hier!« Er zog eine Waffe aus der Hosentasche, so klein, dass sie in jedes Handtäschchen gepasst hätte.

»Nimm das Ding weg!«

Er steckte sie wieder ein. »Ich hätte jeden über den Haufen geschossen, der sich mir in den Weg stellt. Aber da war niemand mehr. Und du warst auch weg. Ich bin fast gestorben vor Sorge um dich.«

Veit ließ sich auf dem Stuhl vor ihrer Frisierkommode nieder, mit der Lehne nach vorn. In seiner Hosentasche zeichnete sich die Waffe ab.

Was sollte sie von der Geschichte halten? Wenn sie stimmte, musste sie sich dann weiter wegen Emil Sorgen machen? War sie noch immer in Gefahr?

»Von jetzt an beschütze ich dich, Magda«, versprach Veit, als habe er ihre Gedanken gelesen, und rückte mit dem Stuhl etwas näher an das Bett. »Wenn dir einer was tun will, muss er erst an mir vorbei.«

Dann kann ja nichts mehr passieren, dachte sie sarkastisch.

»Und du?«, fragte sie indes. »Was war deine Rolle?«

Sein eben noch entschlossener Blick wurde unstet, er kratzte sich im Nacken. »Was heißt hier Rolle. Ich hab Brennicke hin und wieder einen Gefallen getan. Nichts Großes. Botschaften überbracht. Sachen besorgt. Von dem eigentlichen Plan hatte ich keine Ahnung. Und von Aldrich wusste ich lange Zeit überhaupt nichts. Erst als er mich deinetwegen angesprochen hat. Und ich hab mich überhaupt nur deshalb auf Brennicke eingelassen, weil ich dachte, ich krieg vielleicht was raus, das Karl und dir hilft.«

Veit rückte mit dem Stuhl noch ein wenig heran, bis er mit dem Knie an die Bettstatt stieß. Magda wurde mulmig.

»Frag Karl, er weiß Bescheid!«, behauptete er. »Wirklich! Er hat dir nur nichts erzählt, weil ich ihn darum gebeten hab.«

Meinetwegen, dachte Magda. Was kümmerte es sie? Sie war mit all dem fertig. Das Einzige, was sie wollte, war, dass er sie in Ruhe ließ. Alle sollten sie in Ruhe lassen.

»Bitte geh jetzt«, sagte sie. »Ich will mich anziehen.«

Er sah sie an wie ein getretener Hund. Als sie die Augen von ihm abwandte, stand er auf und schlurfte zur Tür. Dort drehte er sich noch mal um.

»Was wirst du tun?«, fragte er. »Gehst du wegen der Sache zur Polizei?«

»Vielleicht.«

»Das solltest du dir gut überlegen. Im eigenen Interesse.«

Damit ging er.

Sie wusste, was er meinte: die Schwarzmarktgeschäfte. Doch selbst wenn das nicht gewesen wäre. Was sollte es bringen, zur Polizei zu gehen? Das war reine Zeitverschwendung. Aldrich war bestimmt untergetaucht, vielleicht schon auf dem Weg über den Ozean. Und es war immerhin möglich, dass er sie wirklich vor Emil hatte beschützen wollen. Denn Emil war gefährlich.

Sie setzte sich an die Bettkante und kämmte sich mit den Fingern durch ihr zerzaustes Haar. Nein, sie würde mit überhaupt niemandem über die Entführung reden. Auch nicht mit Karl. Sonst würde er noch mehr den besorgten Onkel spielen. Davon hatte sie jetzt schon genug. Das alles war sowieso nicht mehr wichtig. Es gehörte zu ihrem alten Leben. Doch sie würde bald ein neues beginnen.

Da bemerkte sie etwas auf dem Boden: ihr Höschen, das sie gestern einfach abgestreift hatte. Durch Veits Herumrücken auf dem Stuhl stand nun ein Bein genau darauf. Sie zog das Höschen unter dem Stuhlbein heraus und hob es auf, und während sie das tat, fiel ihr etwas ein, über das sie sich gestern beim Ausziehen gewundert hatte: Warum hatte sie das Höschen verkehrt herum an?

Sie war sicher nicht so aus dem Haus gegangen. Um es falsch anziehen zu können, hätte sie es also irgendwann ausziehen müssen. Wann sollte das gewesen sein? Sie konnte sich nicht erinnern. Hatte sie es einfach vergessen? Oder – ihr Atem stockte. Hatte jemand anders sie aus- und wieder angezogen? Hastig untersuchte sie den Stoff genauer. Kein Blut. Sie zog die Pyjamahose bis zu den Knien herunter und betrachtete ihre Oberschenkel, besonders die Innenseiten. Ein paar blaue Flecken fand sie, doch an Stellen, die nicht unbedingt darauf hindeuten mussten, dass jemand sich an ihr vergangen hatte. Sie wusste, wie es sich anfühlte und auch wie man aussah, wenn ein Mann sich mit Gewalt genommen hatte, was er wollte. Aber als ihr das mal passiert war, war sie bei Bewusstsein gewesen, sie hatte sich gewehrt, und viele Verletzungen waren dadurch entstanden.

Kurz war ihr, als würde sie ohnmächtig. Sie sackte zurück auf das Bett. Fing sich wieder. War sie deshalb noch einmal betäubt worden? Damit wer auch immer das mit ihr tun konnte, ehe er sie freiließ? Aber was hatte er getan? Hatte er überhaupt etwas getan? Wie sollte sie das jemals wissen?

»Ein Bild für die Götter«, sagte Kriminalrat Schmid sichtlich bewegt beim Anblick der regungslos daliegenden jungen Frau.

Ludwig und Staatsanwalt Meilhammer tauschten einen Blick. Sie mussten zugeben: Selten hatte der Ausdruck so sehr gestimmt. Der Mann, der die junge Frau so aufgebahrt hatte – ihr Mörder –, hatte unübersehbar ein Auge fürs bildwirksame Detail und offenbar einen Hang zur Melodramatik. Kein Wunder. Er kam beruflich vom Film. Die junge Frau selbst, eine Hildegard Schmidbauer, dreiundzwanzig Jahre alt, war seine Sekretärin und Geliebte. Er hatte sie in dem Hotelbett, in dem er es vorher noch mit ihr getrieben hatte, erwürgt und ihr einen Strauß Maiglöckchen in die gefalteten Hände gelegt. Die Augen hatte er ihr zugedrückt, die Würgemale am Hals so gut wie möglich mit ihrem blonden Haar verdeckt. Nur ihren Mund, den hatte er offenbar nicht geschlossen bekommen. Das störte die Anmut der Toten nun ein wenig. Nachdem das Arrangement seinen Ansprüchen genügt hatte, war er im Vorzimmer des Kriminaldirektors vorstellig geworden, hatte den Mord gemeldet und die Tat auch gleich umfänglich gestanden. Sein wenig originelles Motiv: Eifersucht.

*Maiglöckchen-Mörder*. Die Bezeichnung drängte sich auf. Ludwig sah sie schon in den Schlagzeilen der morgigen Blätter vor sich.

Nachdem sie ihre Arbeit getan hatten, gingen Meilhammer, Schmid und Ludwig nach unten. In der Lobby wartete ein Pulk Journalisten. Sie hatten ja ihre Kontakte in allen größeren Hotels, Gaststätten und Bars und erfuhren so immer, wo in München gerade was los war. Schmid stellte sich ihren Fragen, Ludwig und Meilhammer verzogen sich durch einen Hinterausgang zum Rauchen. Ludwig bot ungefragt eine Zigarette an und gab auch gleich Feuer.

»Was ist eigentlich mit Ihrem Kollegen Emil Brennicke los?«, fragte Meilhammer. »Man hört, sein Wagen sei herrenlos aufgefunden worden, von Herrn Brennicke selbst fehle jede Spur.«

Ludwig sagte nichts, zuckte nur mit den Schultern.

»Merkwürdig daran ist vor allem«, fuhr Meilhammer fort, »dass Sie, Herr Gruber, noch bevor das Verschwinden von Brennicke offiziell wurde, nach seinem Wagen haben fahnden lassen. An dem Tag war Brennicke sogar noch kurz in seinem Büro. Also, vermisst in dem Sinne hat ihn da außer Ihnen noch niemand.«

Die Ruhe selbst, zog Ludwig an seiner Zigarette. Diese Ruhe in seinem Innern, es war allerdings die Ruhe im Auge eines Sturms.

Sollte er erzählen, was sie in Brennickes Wohnung gefunden hatten? Obwohl sie von Rechts wegen gar nicht hätten dort sein dürfen? Ludwig kümmerten die rechtlichen und disziplinarischen Folgen seines Handelns wenig, er fürchtete eher die Umstände, die vielen Fragen und den Papierkrieg, den sie unweigerlich mit sich bringen würden.

»Es gab einen Anfangsverdacht«, sagte er, »dass Brennicke in Schiebereien mit Raubkunst verwickelt ist und sich absetzen wollte. Außerdem bestand die Gefahr, dass er jemanden entführt hatte. Gefahr im Verzug. Sie verstehen. Letzteres hat sich als falsche Annahme erwiesen. Für Ersteres fehlen mir leider noch heute die Beweise.«

Meilhammer atmete schwer. Ludwig wusste, dass seine Erklärung mehr als dürftig war. Auch Meilhammer musste sehen, dass er nicht wie ein Polizist gehandelt hatte, sondern auf eigene Faust, so als verfolge er eigene Absichten.

»Warten wir ab, ob er wiederkommt«, sagte Meilhammer bloß. »Oder irgendwo aufgegriffen wird. Dann soll er sich äußern.«

»Und wenn er nicht mehr auftaucht?«

Meilhammer schaute streng. »Wissen Sie etwas? Dann reden Sie.«

»Nein. Ich weiß nichts. Woher auch?«

Aber eine Ahnung hatte er.

»Wenn er nicht mehr auftaucht«, sagte Meilhammer, »bewahren wir alle ihm ein ehrenvolles Angedenken als einen Kollegen, der sich im Dienst für Volk und Vaterland aufgeopfert hat, wahrscheinlich bis in den Tod.«

Ludwig klopfte die Asche von seiner Zigarette. »Ein Held.«

»Genau das, was dieses junge Land braucht.«

»Heißt es nicht: Arm das Land, das Helden braucht?«

»Heißt es wohl.«

Meilhammer warf seine Kippe auf den Boden und trat sie aus.

Ludwig holte die Packung aus der Jacketttasche, klopfte zwei Zigaretten heraus. »Hier, fürs Büro.«

»Sehr aufmerksam.«

Meilhammer tippte an seinen Hut und verschwand nach drinnen, um Kriminalrat Schmid bei den Presseleuten zu unterstützen.

Ludwig warf die Kippe weg. Eigentlich erwarteten ihn die Kollegen auch wieder im Hotel. Geständnis hin oder her, es mussten Zeugen befragt, Abläufe rekonstruiert, Fakten überprüft werden. Auch ein Geständnis musste erst noch untermauert werden, denn wie leicht ließ es sich später widerrufen. Doch wie schon in allen Tagen seit Marias und Olgas Freitod überkam ihn eine große Unlust, wenn er nur an die Polizei, das Präsidium, die einzelnen Kollegen dort dachte. Am Morgen hatte er Annerl gefragt, was sie davon hielte, wenn er den Dienst quittierte. Sie wirkte keineswegs überrascht. So als habe sie seine Gedanken in den letzten Tagen, das Für und Wider in seinem Kopf belauscht. »Das wirst du uns nicht antun«, sagte sie erbost, »mir und deinen Kindern.«

Vielleicht kann ich ja in eine andere Abteilung wechseln, tröstete er sich. Aktenverwaltung. Das könnte mir gefallen.

# Dienstag, 30. Mai 1950

KARL LAG LUSTLOS auf dem Kanapee und hörte Radio. Ein Kommentar zur politischen Lage in Asien, wo sich der Konflikt zwischen den Amerikanern und den Russen offenbar zuspitzte. Doch Karl war nur mit einem Ohr dabei. Das andere lauschte auf die Schritte, die durch die Wohnung liefen. Magdas Schritte. Sie war heute Morgen sehr geschäftig. Als sie in die Wohnstube kam, streifte sie ihn nur mit einem Blick und ging dann zur Kommode.

»Was bist du denn so emsig?«, fragte er.

»Ich ordne nur ein paar Dinge.« Sie schaute ihn nicht einmal an. Ein paar Minuten später war sie verschwunden.

Irgendwas bereitete sie vor. Wieso stritt sie es ab? Wieso redete sie nicht mehr mit ihm? Erst ihr merkwürdiges Verschwinden, das sie im Nachhinein herunterspielte. Sie habe nur ein paar Tage Ruhe haben wollen. Dabei hatte er mit eigenen Augen gesehen, wie verstört sie gewesen war. Was verbarg sie vor ihm? Hatte es mit Brennicke zu tun? Von dem hatte man seither nichts mehr gehört. Er galt als vermisst. Ludwig hatte erzählt, dass die Polizei seine Wohnung durchsucht hatte. Karl fragte sich, ob dabei auch das grauenhafte Fotoalbum gefunden worden war.

Veit kam herein und stellte sich vor Karl hin. »Wie ich sehe, arbeitest du heftig an deinem Artikel.« Er grinste.

»Lass mich in Ruhe.« Karl drehte sich weg.

Veit kam näher. »Ich hätte da was für dich.«

Karl drehte sich zurück. »Ach. Was denn?«

»Die Geschichte, was in der Nacht vor der Plünderung im Führerbau passiert ist. Erzählt von einem, der selbst dabei war.«

Karl schaute ihn erstaunt an. Sein erster Gedanke: Veit hatte Egbert von Xylander aufgetrieben. Doch Veit verriet nicht, um wen es sich handelte, er sagte nur: »Heute Abend. Wir gehen gemeinsam hin.«

Und die Wirtschaft?, wollte Karl schon fragen, aber dann fiel ihm ein, dass sich durch den gestrigen Pfingstmontag der Ruhetag verschoben hatte.

»Darf ich Magda mitbringen?«

»Wenn sie will.«

Karl ging zu ihr, um sie zu fragen. Sie saß auf dem Boden und ordnete Papiere. Auf einem Stapel erkannte Karl seine alten Briefe. Was machte sie damit? Wegwerfen? Er fragte lieber nicht, verkündete stattdessen: »Wir treffen heute Abend jemanden, der mit eigenen Augen gesehen hat, was im Führerbau passiert ist.«

»Wer ist *wir*?«, wollte sie nur wissen.

»Veit und ich. Und du, hoffentlich.«

»Ihr schafft das auch alleine.« Ohne aufzublicken, sortierte sie weiter ihre Papiere.

Er stand eine kleine Weile stumm da und sah ihr zu. Er wollte sie so viel fragen. Aber er wusste nicht wie. Und je mehr er darüber nachdachte, desto weniger greifbar wurde, was er fragen wollte. Er kam sich so verloren vor. Schließlich drehte er sich um und ging.

»Machst du die Tür hinter dir zu?«, sagte sie in seinem Rücken.

Es war schon neun Uhr abends, da klopfte Veit endlich an Karls Tür und trat auch gleich ein. »Auf geht's, fahren wir.« Das war alles, was er sagte.

Sie nahmen den Tempo. Es ging in die Stadtmitte. Veit wurde nicht müde zu betonen, wie schwer es gewesen war, den Kontakt zu dem Informanten herzustellen und ihn dazu zu bewegen, sich zu einem Gespräch bereitzuerklären. Welches Risiko das für ihn bedeutete. Karl hörte gar nicht mehr hin. Er fragte sich, wo er diesen ominösen Informanten treffen sollte, und war ziemlich erstaunt, als die Fahrt im Stadtzentrum, unweit vom Marienplatz, endete, vor einem schon von außen reichlich anrüchig wirkenden Etablissement. *Bongo Bar* hieß der Laden, ein paar junge Kerle lungerten unschlüssig vor dem Eingang und den gläsernen Schaukästen herum, in denen Fotos der Damen hingen, die hier auftraten.

»Was ist das für ein Lokal?«, fragte Karl.

»Genau das, was du denkst, das es ist«, erwiderte Veit und grinste.

Eine Striptease-Bar. Karl glaubte es kaum.

Sie traten durch die Glastüren ein, schoben sich durch den schweren Vorhang gleich dahinter. Schummriges Licht, auf der Bühne verrenkte sich eine üppige Blondine zu schmissigen Rhythmen bei dem Versuch, sich möglichst lasziv ihrer Korsage zu entledigen. An den Tischen saßen vereinzelt Männer vor harten Getränken, rauchten und starrten entweder andächtig oder gebannt auf die Bühne; saßen mehrere an einem Tisch, feixten sie auch und rissen Sprüche. Wenn Karl sich nicht täuschte, waren es hauptsächlich Amerikaner. Geschäftsleute. GIs.

Veit brachte Karl an einen Tisch abseits der Bühne. Hier saß ein einzelner Mann vor einem Bier, mit einer Zigarette zwischen den Fingern. Karl erkannte ihn erst, als er fast schon neben ihm saß.

»Sie?«, sagte er nur.

»Ja, ich«, antwortete von Mahnstein. Oder wie immer er in Wirklichkeit hieß.

Veit ließ sich auf der anderen Seite Henning von Mahnsteins nieder und schaute immer wieder zur Bühne, wo die Blondine ein Häkchen nach dem anderen löste.

Karl holte Block und Bleistift heraus. »Dann schießen Sie mal los.«

Von Mahnstein grinste. »Wollen Sie nicht erst die Künstlerin würdigen?«

Karls Blick blieb auf ihn gerichtet. Doch sie wurden noch einmal unterbrochen, eine leicht bekleidete Bedienung kam an den Tisch und gewährte tiefe Einblicke in ihr Dekolleté, während sie erst Karls und Veits Bestellung aufnahm und etwas später die Getränke hinstellte.

»Wer sind Sie wirklich?«, fragte Karl nun.

»Ich bin nicht Hauptmann Egbert von Xylander, falls Sie das erwartet haben. Aber Sie müssen deshalb nicht enttäuscht sein. Ich kann Ihnen mehr erzählen, als der Hauptmann es könnte. Der war nämlich schon weg, als das, wofür Sie sich interessieren, passierte.«

»Nicht schlecht«, sagte Veit. Er meinte aber etwas anderes.

»Hauptmann von Xylander hat die Schlüssel für den Führerbau von Herrn Reger erhalten, und der Hauptmann hat sie mir übergeben. Dann hat er das Gebäude verlassen, nachdem er sich vorher den Kübelwagen, mit dem er stiften gehen wollte, mit Fressalien vollgeladen hatte. Ich habe mich meiner früheren Münchner Verbindungen erinnert und meinen alten Spezl Otto Brandl verständigt, von dem ich wusste, dass er Fuhrunternehmer war. Er kam mit mehreren Lastwagen und etlichen Männern angerauscht, und wir haben aufgeladen, was ging. Brandl wollte vor allem Vorräte bunkern, aber irgendwann hat er mir geglaubt, dass die Kunst im Keller viel wertvoller war. Wir haben genommen, was wir tragen konnten. Und es musste schnell gehen. In der ganzen Stadt waren die Leute schon auf den Beinen, und es war nur noch eine Frage der Zeit, und zwar verdammt wenig Zeit, bis sie auch zum Führerbau kamen.«

Von Mahnstein nahm einen Schluck Bier und verfolgte für eine Weile schweigend das Geschehen auf der Bühne, wo die Tänzerin inzwischen blankgezogen hatte, bis auf ihren Hüfthalter und die Netzstrümpfe. Einige der Männer johlten und pfiffen.

»Und?«, fragte Karl, denn die Geschichte konnte hier doch nicht zu Ende sein.

Von Mahnstein wandte ihm den Blick wieder zu. »Wie gewonnen, so zerronnen«, sagte er. »Unsere Laster wurden vom Mob aufgehalten. Und ausgeräumt. Ein paar Bilder sind Brandl geblieben, mehr nicht.«

Karl sah von Mahnstein forschend an, doch bei diesem Licht und dem dichten Rauch sah er eigentlich nur das Weiße in seinen Augen.

»Gibt es jemanden, der mir Ihre Geschichte bestätigen kann?«, fragte Karl.

»Otto Brandl. Hoppla, der ist ja tot.« Von Mahnstein grinste.

»Was ist mit den Fahrern von damals?«

»Suchen Sie. Vielleicht finden Sie ja einen. Und wenn Sie Glück haben, redet er sogar mit Ihnen.«

In diesem Moment brandete Beifall, Johlen und Pfeifen auf. Die Nackttänzerin war mit ihrer Darbietung fertig, verbeugte sich, warf lustlos Kusshände und ging ab.

»Und was ist mit Emil Brennicke?«, fragte Karl nun.

Statt ihm zu antworten, wandte von Mahnstein sich an Veit. »Keine Fragen zu Brennicke war ausgemacht. Und zu der ganzen Sache.« Er wirkte mit einem Mal nervös.

»War ausgemacht«, sagte Veit zu Karl.

Der verstand. Von Mahnstein hatte Angst vor Blohm. Schließlich hatte er Brennicke dabei geholfen, Blohm um ein hübsches Sümmchen zu erleichtern. Und Blohm war nachtragend.

»Ich schreib kein Wort zu Brennicke. Es bleibt alles unter uns. Versprochen. Es interessiert mich einfach nur.«

Von Mahnstein wirkte unschlüssig. Der Drang, sein Wissen an den Mann zu bringen, damit zu prahlen, war mit Händen zu greifen.

»Na gut«, gab er ihm schließlich nach. »Brennicke hat erfahren, dass Brandl in den Abtransport der Bilder verstrickt war. Nicht von mir, da kannte Brennicke mich noch gar nicht. Er war felsenfest überzeugt, dass der alte Sack den Löwenanteil der Bilder auf die Seite geschafft hat und seinen Schatz irgendwo hortet. Die beiden Polen sollten aus ihm rausprügeln, wo dieses Versteck war. Aber Brandl hatte eben nur diese enttäuschende Geschichte auf Lager. Und dann war er tot.«

»Das hat Brennicke Ihnen einfach so erzählt? Dass er Brandl umgebracht hat?«

»Das war ja nicht er, sondern der junge Pole. Hat Brennicke zumindest behauptet. Der Junge hatte einen Hass auf die Deutschen und ist wohl ausgerastet.«

»Verstehe«, sagte Karl. »Und da hat Brennicke eben das Beste draus gemacht und diesen riesigen Bluff aufgezogen.«

»Genau. Hatte alles an Bildern zusammengekratzt, was er kriegen konnte, damit es nach was aussieht. Seine Idee war das allerdings nicht, das wäre zu viel der Ehre für den Mistkerl. Das ist diesem amerikanischen Juden eingefallen.«

»Sie meinen Aldrich? Andrew Aldrich.«

»So heißt er wohl.«

Irgendwie passte das, fand Karl. Brennicke war vielleicht klug, aber nicht so klug, wie er selbst dachte.

»Und Sie?«, fragte Karl weiter. »Wie sind Sie zu Ihrer Rolle gekommen?«

»Über ihn hier.« Von Mahnstein deutete auf Veit.

So ist das also, dachte Karl, während er in Veits breites Grinsen schaute. Doch er war nicht wirklich überrascht. Dass Veit nur Informationen für seinen Artikel sammelte, hatte er ihm nie wirklich abgekauft. Darüber würde noch zu reden sein.

»Anfangs hoffte Brennicke«, fuhr von Mahnstein fort, »dass ich ihn doch noch zum Kunstschatz führen würde. Aber als ich ihm bloß eine Geschichte erzählt hab, die er schon kannte, sind wir uns anderweitig handelseinig geworden. Das Gestüt da draußen war ideal für seinen Plan, und mich hätte es dort eh nicht mehr lange gehalten. Da kam es mir gerade recht, dass ich vor meinem Umzug meine Kriegskasse ein wenig auffüllen konnte.«

Von Mahnstein verstummte. Er leerte sein Glas und wischte sich den Mund ab. »Genug«, sagte er, nachdem er aufgestoßen hatte. »Ich hab Ihnen sowieso mehr erzählt, als ich erzählen wollte.« Er stand auf, beugte sich über Karl und sah ihn drohend an. »Wenn ich irgendwas von Brennicke oder diesem Juden oder meinen Namen in der Zeitung lese, schreiben Sie nie wieder was. Dann sind Sie tot.«

»Von Mahnstein ist also Ihr wirklicher Name?«, gab Karl zurück.

Ohne ein weiteres Wort stand von Mahnstein auf und verließ die Bar. Es war klar, dass seine Zeche an ihnen hängenblieb. War nur zu hoffen, dass er nicht mehr als das eine Bier gehabt hatte.

Eine Art Conférencier trat ins Scheinwerferlicht auf der kleinen Bühne und kündigte die nächste Darbietung an: eine exotische, dunkelhäutige Schönheit aus der Karibik.

»Die sehen wir uns noch an«, sagte Veit. »Wenn wir schon hier sind. Und ich wollte schon immer eine nackte Negerin sehen.«

Eine halbe Stunde später verließen Karl und Veit die *Bongo Bar*. Sie hatten viel schwarze Haut gesehen, doch geredet hatte Veit nicht. Kein einziges Wort. Obwohl Karl ihn mit bohrenden Blicken angesehen hatte. Glaubte er wirklich, er könne das aussitzen? Als sie im Tempo saßen und Veit gewendet hatte, glaubte Karl nicht mehr daran, dass Veit von sich aus reden würde und sagte: »Findest du es nicht an der Zeit, dass du mal mit der Sprache rausrückst?«

Veit setzte diesen überraschten Blick auf, den Karl schon zur Genüge an ihm kannte. »Ich? Wieso?«

»Du steckst doch in der Sache mit drin. Und erzähl mir bloß nichts mehr davon, dass du nur für mich Informationen beschaffen wolltest.«

Veit lächelte, und das Lächeln wirkte sogar echt. War er so unbedarft, wie er tat, oder war er im Gegenteil so verschlagen?

»Es gibt wirklich nicht viel zu erzählen«, behauptete er.

»Du warst doch Brennickes Mann. Hast dies und das für ihn eingefädelt. Und wie ich dich kenne, weißt du eine Menge über Brennicke.«

»Ich? Brennickes Mann?« Er verriss fast den Lenker vor echter oder gespielter Empörung. »Wenn überhaupt, dann war ich Aldrichs Mann. Es war so: Aldrich hat irgendwie rausgekriegt, dass Henning in der Nacht dabei war, bei der Aktion im Führerbau, meine ich, aber für ihn war's unmöglich, mit ihm in Kontakt zu treten. Man sieht ihm den Juden ja auf hundert Meter an. Und weil Henning von Zeit zu Zeit seine Veranstaltungen bei mir gemacht hat, ich aber keiner von seinen Kameraden bin, hat Aldrich mich angesprochen. Als Mittelsmann. Brennicke hab ich erst später kennengelernt. Ich hab natürlich mitgekriegt, dass die zwei was abziehen, aber sie haben mich nicht eingeweiht. Und dass Brennicke dafür Leute umgebracht hat, das wusste ich nicht. Ich schwör's dir! Mir war der Mann von Anfang an unsympathisch. Schon wie er sich an unsere Magda rangeschmissen hat. Widerwärtig! Aldrich dagegen … den mochte ich. Oder wie die Amis sagen: Den fand ich okay.« Er grinste breit.

Karl hätte noch einige Fragen zu Veits Rolle bei all den Täuschungen gehabt. Etwa ob er gewusst hatte, dass er und Magda auf Gut Ehrentraut ein Potemkinsches Dorf vorfinden würden, das nur für sie aufgebaut worden war. Karl war ziemlich sicher, dass Veit das gewusst oder zumindest geahnt hatte. Doch er würde es natürlich abstreiten und seine Hände in Unschuld waschen. Also fragte er lieber etwas anderes.

»Von Mahnstein hat vorhin gesagt, dass Brennicke und Aldrich keine Freunde waren. Dafür haben sie aber ziemlich gut zusammengearbeitet.«

»Brennicke hat mehrmals damit geprahlt, dass er Aldrich mit irgendwas in der Hand hat und dass er nach seiner Pfeife tanzen muss.«

Die Bilder, die Aldrich im *Collecting Point* unterschlagen hatte, fielen Karl ein. Davon hatte Brennicke mal gesprochen, und das stimmte vielleicht sogar.

Veit verstummte. Genau wie Karl.

Röhrend klapperte der Tempo über die holprige Straße.

Wir waren alle nur Figuren in einem Spiel, dachte Karl, man hat uns hierhin geschoben oder dorthin, uns dies glauben lassen oder etwas anderes. Je nach Bedarf. Und traf das nicht irgendwie auf das ganze Leben zu?

## Montag, 12. Juni 1950

---

KARL HÄMMERTE AUF die Tasten der Schreibmaschine ein. Endlich hat er den richtigen Dreh für die Geschichte gefunden. Statt aus Spekulationen, Halbwahrheiten und Lügen eine Geschichte über den Kunstraub im Führerbau zusammenzureimen, erzählte er die Geschichte seiner eigenen Suche. Eine Reportage im amerikanischen Stil. Magda würde –

Er hielt inne. Brach mitten im Satz ab. Weil ihm wieder bewusst wurde, dass Magda fort war. Schon seit fast zwei Wochen. Sie hatte keine Adresse hinterlassen, nur eine Rufnummer. Er würde sie anrufen. Bald. Wieso hatte er es noch nicht getan? Wovor hatte er Angst?

Er beendete den Satz. Schrieb den nächsten. Noch einen. Dann zündete er sich eine Zigarette an.

Neubau, hatte sie gesagt. Drei Zimmer. Erstvermietung. Und die Einrichtung: sehr modern.

Wie war sie an diese Wohnung gekommen? Als alleinstehende Frau? Wenn selbst Familien mit mehreren Kindern oftmals noch in einem einzigen Raum leben mussten? Irgendwas war da faul. Sie und ihre halbseidenen Kontakte.

Er las das Geschriebene noch einmal durch. Ganz ordentlich, fand er. Aber sicher nicht das, was Georg sich erhoffte. Zu viele lose Enden, würde er sagen. Zu viele Unschärfen.

Auslachen würde er ihn. Ihm das Honorar vorenthalten. Und ihn hochkant aus dem Büro schmeißen. Sollte er ruhig.

Es fehlte noch ein runder Schluss. Vielleicht so? Karl tippte: *Den Kunstschatz gibt es, das ist eine Tatsache. Aber er befindet sich nicht in der Hand eines Diebes, sondern in den Händen vieler. Denn es gab nicht nur einen Raub, sondern viele. Ende offen, Fortsetzung folgt.* Er schmetterte den letzten Punkt aufs Papier, dann rief er sofort Georg an. Fräulein Kurzeck stellte ihn durch.

»Es ist vollbracht«, sagte er. »Ich bring's dir gleich vorbei.«

»Bin gespannt«, sagte Georg.

Karl hängte ein. Er überlegte ein paar Sekunden. Sollte er Magda anrufen? Ihr mitteilen, dass er mit der Reportage fertig war, und sie zur Feier des Tages zum Mittagessen einladen? Auch wenn sie ausgestiegen war, gebührte ihr doch ein Anteil an Ehre und Geld.

Sie nahm nach dem dritten Läuten ab. Ihre Stimme zu hören, ließ ihn völlig vergessen, weshalb er angerufen hatte.

Es blieb still. Er wartete, dass sie etwas sagte, doch dann wurde ihm klar, dass er ja angerufen hatte und dass es deshalb an ihm war zu sprechen.

»Der Artikel ist fertig. Ich bring ihn nachher zu Georg in die Redaktion. Ich dachte … du willst ihn vielleicht vorher lesen.«

»Warum sollte ich? Es ist deine Arbeit. Und er ist sicher gut.«

»Aber du hast auch einen Anteil daran. Sogar einen sehr großen. Können wir uns nicht wenigstens sehen? Zur Feier des Tages? Du könntest mir endlich mal deine Wohnung zeigen.«

Wieder blieb es still in der Leitung. Dann sagte sie: »Wir treffen uns in der Stadt. In der Neuhauser Straße hat ein neues Café eröffnet. Gegenüber von der St. Michael Kirche. Wir treffen uns dort um zwei. Das Café heißt *Zur Schönen Münchnerin*.«

Magda behielt den Hörer noch eine Weile in der Hand, ehe sie ihn zurück auf die Gabel legte. Wahrscheinlich hätte sie nein sagen, ihn abweisen sollen. Aber sie hatte es nicht übers Herz gebracht. Sie wollte ihn sehen. In ihrer Nähe haben. Auch wenn es Gift für sie war.

Sollte sie ihm doch sagen, wo sie wohnte? Ihm gestatten, dass er sie besuchte? Sie schaute sich im Wohnzimmer um. Stellte sich vor, wie er auf dem Sofa saß, sich zu dem eleganten Tischchen mit der ungewöhnlichen, geschwungenen Form vorbeugte, auf dem der Aschenbecher stand. Ob ihm die Luftigkeit der Einrichtung – die feingliedrige Stehlampe, die leichtfüßige Kommode, der Vitrinenschrank und die hellen, gemusterten Vorhänge – auch so gut gefallen würde wie Walter Blohm? Er hatte ihren feinen Geschmack bewundert und gemeint: »Das wird der Stil der neuen Zeit! Sie werden sehen. Sie sind mit Ihrer Wahl Avantgarde.«

Sie liebte diesen Ort, den sie sich geschaffen hatte, und vielleicht würde sie eines Tages hier sogar glücklich sein. Aber noch war sie es nicht. Denn diese Wände waren Zeugen eines Verbrechens geworden, vielleicht sogar von zweien. Sie hatten zugesehen, wie Aldrich sie entführt hatte. Ob das zweite Verbrechen auch hier oder noch in dem Keller geschehen war, wusste sie nicht. Daher war auch dieser Ort zumindest verdächtig. So wie die Männer. Aldrich zuerst. Aber auch Veit, ihr eigener Onkel. Vielleicht war er wirklich gekommen, um sie zu befreien, aber dann … Sie erinnerte sich an den Blick, mit dem er sie angesehen hatte. Als ihm aufgefallen war, dass sie keinen Büstenhalter trug. Und danach hatte er sie hierhergebracht. Angeblich wusste er zwar ihre neue Adresse nicht, doch wenn Aldrich sie gekannt hatte, kannte er sie auch. Zumindest war es nicht auszuschließen. Und Blohm, ihr so selbstloser Wohltäter und Förderer? Dem Posten, den er die Nacht über vor dem Haus aufgestellt hatte, war nicht einmal aufgefallen, dass sie verschleppt wurde. Aldrich musste auf der Rückseite des Gebäudes hereingekommen sein. Blohm konnte durch die Vordertür ein und aus gehen. Er hatte sogar einen Schlüssel zur Wohnung. Vielleicht war er einfach so gekommen, hatte sie schlafend gefunden und seinem Verlangen nachgegeben. Nicht sehr wahrscheinlich, das wusste sie selbst. Aber möglich. Sogar die beiden Männer, die sie aufgeweckt hatten, die Elektriker, waren verdächtig. Eigentlich jeder. Jeder Mann. Und was war mit dem auf so mysteriöse Weise verschwundenen Emil, der mit Aldrich gemeinsame Sache gemacht hatte?

Magda sank auf das Sofa, schaute in die *Münchner Illustrierte*, die offen dalag. Ein Artikel über die sich zuspitzende Kriegsgefahr in Asien. Sie klappte das Heft zu.

Schrecklicher noch als eine Vergewaltigung war die Ungewissheit. Sie wusste nicht, was passiert war, ob der Mistkerl sie nur berührt hatte oder doch mehr. Sie wusste nicht, wann und wo das geschehen war. Sie wusste gar nichts. Genau genommen wusste sie nicht einmal, ob überhaupt etwas passiert war, denn je länger sie nachdachte, desto unsicherer wurde sie, ob sie nicht doch selbst ihr Höschen aus und dann falsch herum wieder angezogen hatte. Aber aus welchem Grund hätte sie es ausziehen sollen?

Und ausgerechnet jetzt erlaubte sich auch noch ihre Monatsregel einen Ausreißer. Was sollte sie davon halten? Nein, die Blutung würde schon noch kommen. Sie war öfter überfällig.

»War das Magda?«

Karl erschrak, als seine Mutter ihn so ansprach. Er war so tief in Gedanken gewesen, dass er sie nicht kommen gehört hatte. Weil nach einer gewittrigen Phase die Hitze zurückgekehrt war, trug sie nur eine leichte Weste, aber einen Hut auf dem Kopf. Sie kam wohl aus der Kirche.

Karl nickte bloß und wollte schon weiter, doch sie hielt ihn fest.

»Sei froh, dass sie weg ist, Bub«, sagte sie. »Solange sie hier war, hat sie uns nur Verdruss gemacht.«

Er sah sie entgeistert an. »Wie kannst du so reden. Sie ist immer noch deine Enkelin.«

Ein merkwürdiger Ausdruck trat auf ihr Gesicht. So als ginge etwas in ihr vor. Als gäbe es etwas, das sie zugleich sagen und verschweigen wollte. Schließlich nahm sie ihn am Arm und raunte auf eine verschwörerische Weise: »Gehen wir nach oben.«

Karl folgte seiner Mutter die Treppe hinauf. Was kam jetzt? Sie ging voraus in die Wohnstube, nahm, obwohl es noch nicht einmal Mittag war, den Kräuterschnaps aus dem schweren Büfettschrank, brachte ihn an den Tisch und füllte ein Stamperl bis zum Rand.

»Ich will keinen Schnaps«, sagte er.

»Jetzt noch nicht«, antwortete sie, »aber nachher bestimmt.«

»Red schon endlich!«

Sie sammelte sich einen Moment lang, dann begann sie:

»Helga und Alfons haben immer ein Kind gewollt. Aber es hat lange nicht sein sollen. Das weißt du ja vielleicht noch. Und dann ist eines Tages zufällig ein Schulfreund von Helga bei uns aufgetaucht. Ein SA-Mann. Der war früher schon vernarrt in die Helga, aber da wollte sie ihn nicht. Diesmal war's anders. Aber nicht, dass du denkst, sie ist dem Alfons untreu geworden. Der hat es gewusst. Und gebilligt. Sie wollten halt so dringend ein Kind. Und der Herrgott hatte ein Einsehen, Helga war auch gleich schwanger. Aber zugleich hat der Herrgott die beiden auch gestraft. Sie wollten natürlich einen Buben, und es wurde ein Mädel. Und was für eines! Vom ersten Tag an war es ein Kampf. Als hätte das Mädel um die Sünde gewusst, der es sein Dasein verdankt, und sie die Eltern büßen lassen.«

Staunend hatte Karl zugehört. Unglaublich war das – und schon im nächsten Moment wunderte er sich nicht mehr. Ja, Alfons und Helga in ihrem Fanatismus war alles zuzutrauen.

»Und woher weißt du davon?«

Seine Mutter seufzte. »Mei, Karl, es gibt Sachen, die weiß man nicht und man weiß sie trotzdem. Aber die Helga hat's mich auch wissen lassen, bevor sie … du weißt schon.«

Sich vergiftet hat, für Führer, Volk und Vaterland, dachte er bitter. Weil sie nicht in einer Welt ohne Nazi-Ideale und ohne Hitler leben wollte. Weil das für sie kein Leben gewesen wäre. Diese Idiotin! Dieses menschenverachtende Frauenzimmer! Jetzt brauchte er wirklich einen Schnaps! Er kippte das Stamperl in einem Zug hinunter. »Und der eigentliche Vater? Was weiß man über ihn?«

»Wie gesagt, ein Schulfreund von der Helga. SA-Mann, damals in Regensburg und nur auf Besuch in München. Rassisch einwandfrei, da hat die Helga schon aufgepasst, und der Alfons hätte auch nichts anderes geduldet. Aber sonst … später hat er Juden versteckt, heißt's, in Regensburg, da sind sie ihm draufgekommen, und dann halt KZ …«

Sie zuckte mit den Schultern und ließ die Hände in den Schoß fallen, so als habe eine blinde Naturgewalt ihn hinweggerafft, gegen die man machtlos war.

Karl sprang auf. Er hatte genug gehört und wollte nur noch eines: weg von hier!

Karl war im Tempo durch die Stadt gerauscht, als sei er vor etwas auf der Flucht. Und das war er auch. Magda war nicht seine Nichte! Nicht blutsverwandt. Das änderte alles!? Sie konnten zusammen sein, ohne dass ein Makel auf ihnen lag. Was sollte er nachher, wenn er sie traf, machen? Ihr die Wahrheit sagen? Musste er das nicht sogar? Und dann?

Karl bremste ab und holperte mit dem Tempo übers löchrige Trottoir in die Durchfahrt zum Hinterhof, in dem die Redaktion des *Blitzlicht* lag. Von dem verbrannten Baum, der hier bei seinen ersten Besuchen gestanden hatte, war nur noch ein Wurzelstock übrig. Motorräder, Radl und ein Opel füllten jetzt den Hof. Das Redaktionsgebäude war eingerüstet, Arbeiter schlugen mit Hämmern den Putz von den Wänden.

In der Redaktion ging es zu wie in einem Bienenstock. Alle Türen standen offen, Schreibmaschinen klapperten, Männer liefen von einem Büro zum anderen. Karl klopfte an Georgs Vorzimmertür, Fräulein Kurzeck schaute nur kurz auf und sagte: »Er erwartet Sie.«

»Karl!«, rief Georg. »Altes Haus!«

Karl legte die vollgetippten Seiten auf Georgs Schreibtisch. »Hier. Lies.« Mehr sagte er nicht. Er ließ sich in den Besuchersessel fallen und zog seine Zigaretten heraus. Georg schaute ihn forschend an. Karl wich dem Blick aus.

Georg nahm die Papiere, lehnte sich zurück, fing an zu lesen. Nach den ersten beiden Seiten legte er alles hin und meinte: »Ich seh schon.«

»Was?«

»Brillant.«

»Wie bitte?«

Georg lehnte sich vor. »Du hast es, Karl. Das merkt man in der ersten Zeile.« Er zündete sich auch eine Zigarette an. »Bei den anderen klingt noch immer die Goebbels-Schule durch, das kriegen die ums Verrecken nicht raus. Da liest sich alles wie *Völkischer Beobachter*. Du hast diesen amerikanischen Stil. Klar. Knapp. Präzise.«

Niemand hätte mehr erstaunt sein können als Karl. »Dann willst du das Geschreibsel veröffentlichen?«

Georg lächelte. »Nein, will ich nicht.«

»Aber es ist doch so brillant.«

»Langsam.« Georg stand auf, kam um den Schreibtisch herum und setzte sich auf die Kante. »Du kriegst natürlich dein Geld, einschließlich Spesen. Aber eine Veröffentlichung ist ausgeschlossen. Ich hab dir ja schon erzählt, dass ich einen neuen Geldgeber habe, und der ist gewissermaßen in diese Geschichte verwickelt. Selbst wenn sein Name nicht fällt, wüsste doch jeder, um wen es sich handelt.«

Karl brauchte ein paar Sekunden fassungsloses Schweigen, bis er verstand. »Blohm? Walter Blohm ist dein Geldgeber?«

Georg nickte zufrieden. Wie ein Angler, der seinen besten Fang präsentierte. »Wir können früher rauskommen als geplant. Gerade fabrizieren wir eine Nullnummer, damit geht's an die Anzeigenkunden, und noch vor dem Herbst sind wir am Markt. Und das Beste daran: Ich kann dir jetzt schon eine feste Stelle anbieten. Feuilleton, wenn du willst. Oder lieber Politik?«

Karl war sprachlos. Er vergaß sogar die Zigarette zwischen seinen Fingern.

Georg öffnete die Tür zum Vorzimmer. »Fräulein Kurzeck, der Cognac.«

Karl merkte, dass ihm Asche auf die Hose gefallen war. Er

wischte sie fort, drückte die Zigarette im Aschenbecher aus. Sollte er sich jetzt ärgern? Oder freuen? Oder beides? Sollte er das Angebot annehmen? Doch wie käme er dazu, es abzulehnen? Georg hatte auch gar nicht gefragt. Für ihn verstand sich die Antwort von selbst.

Während Fräulein Kurzeck die befüllten Gläser hereinbrachte, stand Karl auf. Georg schaute verdutzt.

»Wo willst du denn hin?«

»Ich hab noch eine andere Verabredung.«

Fräulein Kurzeck machte die Tür hinter sich zu. Georg drückte Karl ein Glas in die Hand. »Für einen Cognac wird ja noch Zeit sein. Muss das Fräulein halt ein paar Minuten warten.«

Sie stießen an, Karl kippte den Cognac in einem Zug hinunter als wäre es ein Stamperl Schnaps. Georg zog die Brauen zusammen.

»Stimmt was nicht mit dir?«

Karl stellte sein Glas hin. »Ich muss.« Er hatte die Hand schon an der Türklinke, da fiel ihm etwas ein, das er noch fragen wollte. Er drehte sich um.

»Dieser Andrew Aldrich«, begann er, »den kennst du doch schon länger. Was weißt du eigentlich über ihn?«

Georg überlegte. »Eigentlich nicht viel. Ich hab ihn mal interviewt, für die *AZ* damals. Da war er noch beim *Collecting Point*. Er war nur der Assistent von jemandem. Oder der Assistent vom Assistenten. So genau weiß ich es nicht mehr.«

»Danach seid ihr in Kontakt geblieben.«

»Lose. Postkarten. Kurze Treffen, wenn er mal hier war. Kontaktpflege. In dieser Branche weiß man nie, wann man wen braucht. Und wer heute ein kleiner Fahrer ist, ist morgen vielleicht ein Chef.«

»Und als er jetzt wieder nach München kam, hat er dich angerufen.«

Georg nickte.

»Und dann hat er dich auf die Idee mit der Führerbau-Geschichte gebracht.«

Georg überlegte. »Jetzt, wo du es sagst. Ja, er ist darauf gekommen.«

»Aber dass ich den Artikel schreiben soll, das war deine Idee. Oder auch seine?«

»Meine. Er kannte dich ja gar nicht. Warum? Ist das wichtig?«

»Nein, eigentlich nicht.«


Das Café *Zur schönen Münchnerin* war gut besucht. Kein Wunder, es war gerade nach Mittag, und es gab schon wieder reichlich Leute, die sich noch einen Kaffee und ein Stück Kuchen leisten konnten. Da die Tische in der unteren Etage allesamt belegt waren, stieg Magda die Wendeltreppe in die obere hinauf. Hier wurde gerade ein Tisch an einem der zierlichen Fensterbögen frei. Karl war noch nicht da, sie war ja auch eine Viertelstunde zu früh. Sie schaute sich im Café um. Holzvertäfelung – was war das? Kirschbaum? –, rote Polstermöbel, an den Wänden kleine Spiegel und Porträts schöner Damen, aus der Schönheiten-Galerie von Schloss Nymphenburg, wie eine Bildunterschrift verriet. Hübsch. Fast schon mondän.

Eine Bedienung kam an den Tisch, doch Magda vertröstete sie, sie erwarte noch jemanden.

Karl kam auf die Minute pünktlich. Sie sah ihn schon, als er noch auf der Wendeltreppe war. Wegen der Hitze trug er nur ein kurzärmeliges Hemd. Er sah sie nicht gleich, so dass sie ihn unverstellt anschauen konnte. War wirklich er eine

Enttäuschung gewesen? Oder hatte sie ihn nur zu lange mit den Augen des Kindes und der Heranwachsenden gesehen? Jetzt sah sie ihn an als Frau und dachte: Ich werde ihn immer lieben. Immer.

Er sah sie, lachte erleichtert, so als habe er gezweifelt, dass sie wirklich kommen werde, winkte sogar. Dann ließ er sich nieder.

»Bezaubernd siehst du aus«, sagte er.

Ja, das rote Sommerkleid, das sie ausgewählt hatte, war hübsch. Zeigte etwas Dekolleté, aber auch nicht zu viel.

»Was hältst du von einem Gläschen Sekt?«, fragte sie. »Zur Feier des Tages?«

»Was feiern wir denn?«

»Na ... dich und deinen Artikel.«

»Unseren. Aber egal.«

Er bestellte den Sekt.

»Georg will den Artikel nicht drucken.«

»Ach. Wieso?«

»Sein finanzstarker stiller Teilhaber ist leider doch nicht ganz so still. Zumindest wenn es ihn selbst angeht. Er spielt in unserer Geschichte nämlich eine Rolle.«

Magda ahnte, von wem er sprach, sagte aber nur: »Du kannst die Geschichte woanders anbieten.«

Karl winkte ab. »Georg hat mir eine feste Stelle angeboten.«

»Wirklich? Toll!«

Da kam der Sekt, genau zur rechten Zeit. Das Perlen, erst in den Gläsern, dann in Mund und Rachen, zuletzt im Bauch. Ein Glücksgefühl stieg in Magda auf. Oder war das der Alkohol? So rasch? Oder war es doch Karl, der sie beschwingte? Einfach nur, weil er da war? Hier mit ihr.

Karls Miene wurde plötzlich ernst, ja beinahe feierlich. »Ich muss dir etwas sagen.« Er senkte den Blick, griff nach ihrer Hand und ließ, während er redete, seinen Daumen von einem Knöchel zum anderen wandern und wieder zurück. Obwohl das Reden mehr ein Stammeln war. »Das mit dir … ich meine, im Auto … das war für mich so ein Moment im Leben …« Er verfiel in Schweigen.

Was wollte er ihr sagen? Und wieso schwieg er auf einmal?

Nachdem er noch eine Weile auf ihre Hand geschaut hatte, auf das Spiel seines Daumens mit ihren Knöcheln, schaute er hoch. Seine Miene hatte sich verändert. Etwas in ihm hatte sich verändert. Sie spürte es deutlich.

»Ich will nicht, dass du weggehst«, sagte er. »Eine junge Frau wie du sollte nicht alleine wohnen. Es kann so viel passieren. Jemand muss auf dich aufpassen.«

Sie entzog ihm ihre Hand.

Das war es, was er ihr hatte sagen müssen?

Dafür hätte er sich nicht zu bemühen brauchen.

»Als dein Onkel habe ich die Pflicht …« Der Satz blieb so unvollendet wie alles zwischen ihnen.

Schweigend leerten sie ihre Gläser, Karl bezahlte, und plötzlich war ein Abgrund zwischen ihnen. Tief vielleicht, fand sie, ja, aber gar nicht so breit. Mit etwas gutem Willen und etwas weniger Feigheit hätten sie ihn überspringen können.

Auf der Wendeltreppe blieb Karl hinter ihr. Ihr wurde plötzlich schummrig. Nur für einen Moment, dann ging es gleich wieder. Draußen vor dem Café standen sie sich gegenüber. Verlegen.

Und jetzt?

»Ich bin immer für dich da«, sagte er.

»Ich weiß«, antwortete sie. Sie sagte nicht: Aber bloß da sein, das ist mir zu wenig.

Und doch sah er sie an, als hätte sie die Worte gesagt. Als hätte er sie gehört.

Plötzlich nahm er sie in die Arme, drückte sie fest an sich. Dann lockerte er die Umarmung, streichelte ihre Wange, sah ihr dabei tief in die Augen und küsste sie. Zärtlich. Auf den Mund.

»Verzeih mir«, flüsterte er danach, »bitte verzeih mir.«

Karl wusste nicht, wie lange er so dagesessen und auf das Lenkrad gestarrt hatte. Fragten sich die Leute schon, was mit ihm los war? Er blickte auf, schaute sich um. Der Wagen parkte hinter der provisorischen Ladenzeile am Marienplatz. Wo einmal altehrwürdige mehrstöckige Häuser mit Läden, Anwaltskanzleien, Arztpraxen und Mietwohnungen gewesen waren, war jetzt nur noch Brachland, das sich die Natur zurückholte. Wenigstens im Kleinen. Huflattich wuchs hier, Wegerich, Löwenzahn, Disteln, sogar hie und da eine hochaufragende Königskerze. Nein, hier war niemand außer ihm. Nur ab und zu jemand, der zu seinem Wagen ging.

Warum hatte er Magda nicht die Wahrheit gesagt? Über ihre Herkunft. Hatte sie nicht ein Recht darauf, es zu erfahren?

Es würde alles zwischen ihnen ändern. Wenn nichts mehr zwischen ihnen stand, dann –

Er wischte sich über die Augen. Sie waren nass. Sein ganzes Gesicht war nass.

Magda und er … die gemeinsame Nacht … schmerzhaft und schön …

… und doch …

Die Worte, die er einst zu Heidi gesagt hatte, wie konnte

er sie nun zu Magda sagen? Lügen würden es sein. Nein, keine Lügen, aber auch nicht wahr. Irgendetwas drittes, für das es kein Wort gab.

In ihm war noch so viel Schutt, der weggeräumt werden musste, ehe er etwas Neues aufbauen konnte. Aber wie sollte er das machen? Es war einfach zu viel. Zu groß. Zu tief.

Und wollte er überhaupt jemals wieder so verletzlich werden, wie eine Liebe ihn machte?

Glück. Es ging nicht um Glück. Es ging darum, zu überleben. Einfach nur zu überleben.

Und dann würde man weitersehen.

*Donnerstag, 22. Juni 1950*

---

ZUM ERSTEN MAL trug Magda das Dior-Kleid. Blohm würde Augen machen. Sie betrachtete sich im Spiegel am Kleiderschrank. Stellte sich seitlich. Legte die Hand auf den Bauch. Noch sah man nichts. Es war ja auch zu früh. Immerhin wusste sie Bescheid. Vor zwei Tagen hatte ein Frauenarzt ihr die ohnehin nicht mehr abweisbare Tatsache bestätigt. »Sie sind guter Hoffnung«, hatte er ihr eröffnet. Dass ihre Freude sich in Grenzen hielt, versetzte dem Mann einen ersten Dämpfer, der zweite kam, als sie ihm, auf die Frage nach dem glücklichen Gatten, mitteilte: »Es gibt keinen.«

Obwohl sie geahnt hatte, dass sie schwanger sein könnte, wirkte die Gewissheit wie ein Schock. Karl kam als Vater nicht in Frage, so viel war sicher. Es musste also der große Unbekannte mit den vielen Namen sein.

Ihr erster Gedanke: Das Ding muss weg. Sie hatte schon die Frau in der Landwehrstraße anrufen wollen, die ihr bei den früheren Abtreibungen Ärzte vermittelt hatte, aber dann hatte sie den Anruf doch nicht gemacht. Dieses Ding in ihrem Bauch, hatte sie sich gesagt, war überhaupt kein Ding. Zumindest nicht, wenn sie es als etwas anderes ansah. Sicher, es war das Ergebnis eines schrecklichen Übergriffs. Kein Kind der Liebe, so wie es sein sollte. Doch konnte es nicht zu einem Kind der Liebe werden? Konnte sie es nicht dazu machen? Mit ihrer Liebe?

Es läutete an der Tür. Das war Blohm. Eine Viertelstunde vor der verabredeten Zeit. Nicht zum ersten Mal. Das musste sie ihm noch abgewöhnen. Sie ging an die Tür, zur Gegensprechanlage.

»Ich bin's«, sagte er, »Blohm.«

Sie hatte anfangs versucht, ihn mit Walter anzusprechen, hatte sich aber nicht daran gewöhnen können. Auch nicht in Verbindung mit dem vertraulichen Du. Deshalb nannte sie ihn einfach nur Blohm. Inzwischen nannte er sich selbst so.

»Komm rauf«, sagte sie und drückte auf den Knopf, der unten die Haustür öffnete.

Nachdem sie Gewissheit über ihre Schwangerschaft und auch darüber gehabt hatte, dass sie das Kind bekommen wollte, hatte sie beschlossen, Blohm das Kind als seines unterzujubeln. Er war die beste Wahl. Er hatte Geld und öffnete Möglichkeiten. Als sie in der Zeitung las, dass das *Hotel Königshof* am vierundzwanzigsten Juni wiedereröffnet wurde, erinnerte sie Blohm an sein Versprechen, das Hotel mit ihr zusammen zu entjungfern. Heute sollte die Nacht der Nächte sein. Erst gingen sie in die Oper, die bis auf weiteres im Prinzregententheater spielte, danach gab es ein spätes Abendessen, und den Rest der Nacht würden sie im *Königshof* verbringen. Blieb nur zu hoffen, dass er nicht anfing, kleinlich die Monate zu zählen, wenn sie ihm in einigen Wochen die Botschaft seiner baldigen Vaterschaft überbrächte.

Es klopfte. Magda ging, um nun auch hier zu öffnen. Sie war vorsichtig geworden.

Blohm trug einen Smoking, und er sah ausgezeichnet darin aus. Stattlich. Wie ein Mann von Welt. Wie jemand, dem schon bald die ganze Stadt gehörte.

»Sieh sich das einer an!«, rief er aus, als er Magda in ihrem Kleid erblickte. »Als wäre es für dich gemacht!«

Er küsste ihre Hand. Sie küsste ihn auf die Wange. Bis jetzt hatte sie ihn nur so geküsst. Das würde sich in dieser Nacht ändern.

Sie wusste, wie gut sie aussah. Am liebsten hätte sie Stöckelschuhe zu dem Kleid getragen, doch weil Blohm etwas kleiner war als sie, hatte sie flache Schuhe gewählt.

»Gehen wir?«, fragte sie.

Sie zog ihre Handschuhe an und nahm die Tasche vom Garderobenschränkchen. Zusammen mit Blohm verließ sie die Wohnung.

Auf dem Weg nach unten fiel Magda etwas ein.

»Wir haben uns doch neulich gefragt, was aus meinem Freund Simon geworden ist.«

Simon war einfach verschwunden, ohne Abschied oder auch nur eine Nachricht. Blohm wusste auch nichts darüber, und das war mehr als verwunderlich, denn sonst wusste er immer alles.

»Wo steckt der kleine Scheißkerl?«, fragte er, nur halb im Scherz.

»Er hat mir eine Karte geschrieben. Aus Amerika! New York! Es geht ihm gut.«

»So.« Blohm schwieg eine kleine Weile. »Das sollten wir auch mal machen«, meinte er dann. »Nach Amerika. Amerika ist die Zukunft.«

*Sonntag, 25. Juni 1950*

---

DER ORT, den Maria und Olga als letzte Ruhestätte ausgesucht hatten, war gut gewählt. Der Waldfriedhof wirkte kein bisschen bedrückend, weil durch die Bäume so viel Leben in ihm war. Ludwig kam gerne her. Auch bei der Beisetzung war er gewesen. Er wunderte sich heute noch, warum er erwartet hatte, dass er der Einzige sein werde, der hinter den Särgen herging. Es war jedoch ein stattliches Grüppchen von Trauergästen erschienen, größtenteils Frauen, aber auch ein paar Männer. Warum auch nicht? Maria und Olga hatten schließlich ein Leben gehabt. Seit der Beisetzung war er mehrfach hier gewesen. Heute hatte er frische Blumen dabei. Pfingstnelken. Er nahm die alten, verwelkten Blumen weg und steckte die frischen in die Vase. Nachher würde er auch die Urnengräber von Janusz und Lech besuchen.

Ludwig starrte auf das Doppelgrab. Ein Rechteck aus schwarzer Erde. Am Morgen hatte das Radio vermeldet, dass in Asien Krieg ausgebrochen war. In Korea. Alle fragten sich nun, wie lange es dauern würde, bis es auch in Europa wieder losging. Ludwig fragte sich das nicht. Der Krieg war längst im Gange. Oder noch immer. Zwei seiner jüngsten Opfer lagen hier unter der Erde.

*Nachwort*

---

Wie jeder Roman, so ist auch dieser eine Erfindung seines
Autors. Die Figuren, die die Handlung tragen, haben nie gelebt, die Ereignisse, die geschildert werden, sind nie passiert.
Ähnlichkeiten mit realen Personen oder Ereignissen wären
daher zufällig und unbeabsichtigt.

Doch jeder Erfindung geht ein Finden voraus, das heißt eine
Realität, die es schon vor dem Buch gab und auf der das Buch
fußt. Zu dieser Realität gehört das München des Jahres 1950,
gehören der Schwarzmarkt, nicht nur in der Möhlstraße,
und die Schmuggler; dazu gehören die vielen Verlorenen
und Verzweifelten, die Krieg, Verschleppung und Vertrei-
bung entwurzelt haben und in denen viele Münchner damals
nur ein Ärgernis sahen, statt das, was sie waren: Opfer eines
politischen Wahns, der in ihrer Stadt seinen Ausgang genommen und den viele von ihnen bis zum bitteren Ende mitge-
tragen hatten. Zu dieser Realität gehört auch die Raubkunst,
die 1945 aus dem sogenannten Führerbau in München unter
nicht geklärten Umständen verschwand. Es gab auch einen
Hauptmann Egbert von Xylander, dem zuletzt die Schlüssel-
gewalt übergeben wurde. Wie er damit wirklich verfahren
ist, liegt völlig im Dunkeln.

Beim Finden der Realität waren mir insbesondere diese Personen mit ihrem Wissen behilflich, wofür ich mich an dieser Stelle herzlich bedanken möchte: zum einen bei Polizeipräsident a. D. Arved Semerak für einen Rundgang durch das Münchner Polizeipräsidium und die Einblicke in die Polizeiarbeit früherer Tage; außerdem bei Dr. Stephan Klingen und Dipl.-Ing. Janine Schmitt vom *Zentralinstitut für Kunstgeschichte* in München dafür, dass sie mich nicht nur großzügig an ihrem Fachwissen zum »Führerbau-Diebstahl« teilhaben ließen, sondern mich auch in die Tiefen des Gebäudes am Königsplatz führten. Die Freiheiten, die ich mir im Roman genommen habe, oder die Fehler, die mir unterlaufen sein mögen, haben aber nicht meine Quellen zu verantworten, sondern ich ganz alleine.

Hat Ihnen der erste Band der 1950er-Jahre-Trilogie gefallen?

Dann lesen Sie gleich weiter – hier die exklusive Leseprobe
zu Band 2 »**Die Nachtigall singt nicht mehr**«.

Ab **24. März 2021** überall da, wo es Bücher gibt.

## *Dienstag, 5. Juli 1955*

---

## MÜNCHEN

ALS TOMÁŠ ČIERNY das Postamt betrat, ahnte er nicht, dass
er auf dem Weg zu seiner Hinrichtung war. Die große Uhr
hinter den Schaltern zeigte elf Minuten vor drei, ihm blieben noch acht Minuten zu leben, von denen er zwei damit
verbrachte, sein gemietetes Fach aufzusuchen, die Tagespost
herauszunehmen und flüchtig durchzusehen. Obenauf hatte
ein Zettel mit dem Hinweis gelegen, dass am Schalter zwölf
noch eine eingeschriebene Sendung auf Abholung wartete.
Er glaubte zu wissen, woher die Sendung kam, und hielt es
fälschlich für Glück, dass am Schalter zwölf niemand anstand und er so keine Zeit verlor. Unverzüglich legte er dort
den Zettel und seinen Reisepass vor. Da er an jedem Werk-
tag hierherkam, war er bekannt und der Ausweis eigentlich
überflüssig. Um der Vorschrift zu genügen, warf der Beamte
dennoch einen flüchtigen Blick hinein und verschwand dann

in den Raum nebenan. Čierny schaute auf die Uhr. Sieben Minuten vor drei. In Gedanken war er schon bei dem Treffen mit Walter Blohm, zu dem er allerdings ebenso wenig erscheinen würde wie um acht Uhr abends am slowakischen Stammtisch.

Der Schalterbeamte kehrte mit einem Päckchen zurück. »Wenn das Kekse sind, dann ziemlich gehaltvolle«, scherzte er hinter der Glasscheibe und schob die Empfangsbestätigung durch die Luke.

»Kekse wären schön«, antwortete Tomáš Čierny in seinem fast makellosen Deutsch, unterschrieb den Zettel und erhielt im Gegenzug das Päckchen. Es hatte wirklich die Größe und Form einer handelsüblichen Keksschachtel, war mit einer Briefmarke und einer Notopfer-Berlin-Marke beklebt und schwerer, als man erwarten würde. Die ungleichmäßig gezogene Handschrift, in der die Adresse auf das Packpapier geschrieben war, ließ Čierny kurz stutzen, denn er hatte sie noch nie auf einer der Sendungen aus Frankfurt gesehen. Doch der Absender in der linken oberen Ecke beruhigte ihn fürs Erste: *Čierny Rechtsanwalt*. Tomáš Čierny hatte zwar keinen Verwandten in Frankfurt, doch er wusste, wer sich hinter dieser Angabe verbarg. Oder nahm es zumindest an. Sicher würde er erst sein, wenn auch die Parole stimmte.

Čierny glaubte, er habe alle Zeit der Welt, um sich dessen gleich hier im Postamt zu vergewissern. Blohm erwartete ihn schließlich erst um halb vier. Mit einer leicht nervösen Unruhe im Bauch trat er an eines der beiden Schreibpulte in der Mitte der Halle, riss das Packpapier auf und las auf dem Karton den Satz: *Die Nachtigall singt nicht mehr*. Er atmete auf. Nur eine Handvoll vertrauenswürdiger Personen aus seinem engsten Umkreis kannte die Parole, die sich zudem alle paar Tage änderte. Neugierig, was man ihm aus Frankfurt schickte – technisches Gerät? Pässe? –, wollte er wenigstens einen kurzen Blick in das Päckchen werfen.

Während er den Deckel anhob, war ihm, als nähere sich jemand, er blickte hastig auf, und in der Tat: Dieser Journalist Karl Wieners kam schnurstracks auf ihn zu. In dem Moment, in dem er ihn erkannte, schoss aus dem Innern der Schachtel eine Stichflamme empor, und im nächsten verwandelte sich das Postamt in einen Ort des Schreckens, wie München ihn seit dem Ende des Bombenkriegs nicht mehr gesehen hatte …

Sie können den nächsten Roman von

ANDREAS GÖTZ

kaum erwarten?

Wir informieren Sie über diese und weitere
spannende Neuerscheinungen
mit unserem kostenlosen Newsletter.

Hier können Sie sich anmelden:

*fischerverlage.de/unterhaltungsnewsletter*